논술 인문학

論述 人文學

조진태 지음

논술 인문학

論述 人文學

조진태 지음

25년차 대입 논술로
풀어보는 인문학 쟁점들

주류성

"아는 만큼 읽고, 읽은 만큼 쓸 수 있다."

20세기 말 도입된 논술 시험은 지난 25년 동안 숱한 사교육 논쟁을 불러일으키면서도 여전히 대입 전형의 한 갈래로 남아있다.

인문계 교육의 최종 목표는 자신의 생각을 논리적으로 펼치는 글쓰기에 있다고 할 것이다. 이를 실현하기 위해 논술 시험이 도입되었지만, 현실은 입시를 위한 벼락치기나 주입식 서술의 한계를 여전히 동반했다. 애초의 취지가 제도로 정착되면서 수용자의 요구에 따라 변질된 것이다. 조선 시대 과거도 그러했을 것이다.

20여 년 동안 현장에서 논술을 가르치면서, 논술 시험의 순기능과 한계를 동시에 목격했다. 우선은 학생들이 스스로 생각하고 사색할 여유가 없는 상황에서 논술은, 역시 입시의 한 수단으로 전락했다는 것이다. 어떻게 하면 더 나은 대학에 합격할 수 있는가라는, 입시 지상주의로 논술고사의 본래 취지는 상당 부분 훼손될 수밖에 없었다. 우리나라 논술은 프랑스의 바칼로레아 논술과 달리, 제시문을 통해 학생의 사유를 묻고 일정한 예시 답안을 공개한다. 한 이론을 주어진 시간 내에 얼마나 깊이 있게 이해하고, 이를 확대, 적용할 수 있는지를 평가한다. 객관성을 토대로 평가할 수 있지만, 여기에 사교육이 침투할 여지를 남긴다.

그럼에도 불구하고, 어떤 학생들은 논술 고사에 담긴 지문 속에서 생각을 키웠고, 입시와 무관한 사고를 펼치기도 했다. 그리고 글을 익혀 제 생각을 쓰고는 했다. 논술 답안은 단답식이 아닌 만큼 학생 못지않게 논술 교사에게도 사색을 요구했고, 정선된 지문을 통해 참으로 많은 배움을 얻었다. 매년 양질의 지문을 선별하고, 고민해서 치열한 지적 사유를 제공한 대학들에게 감사하며, 대학에서 공유되는 인문학적 고민들을 묶어 기록하고 싶은 욕구가 이 책을 기획한 첫 번째 이유이다.

논술 25년 역사는 인문학적 물음들의 보고(寶庫)이다. 그 과정에서 고등학교 교육과정을 지나치게 넘어 섰다는 비판도 제기되었지만, 한 문제, 한 문제에는 대학의 치열한 지적 설계가 담겨 있어 인간과 사회를 둘러보는 다양한 사유를 이해하는 이정표이기도 했다. 그리고 어떤 학생의 답안지는 교사에게 가르침을 주기도 했다.

이 때문에 일방적인 논술 해설서가 아닌, 선생이 대학 문항과 학생 사이를 오가며 느낀 고민을 정리해서 기록하고 싶었다. 그래서 자습서가 아니라, 논술 고사를 통한 지적 성찰과 기록이라는 인문학적 관점으로 접근했다. 논제들을 통해 사고하는 즐거움을 한번 쯤 공유해 볼 수 있도록, 수험서와 인문학적 교양서의 가운데쯤 자리매김하고자 나름 노력을 기울였다.

지금까지 인문계 논술에 출제된 문제는 수천 문항을 넘지만 인문학적 사색은 하늘아래 매년 새로운 지식일 수 없다. 고작 25년 만에 인문학적 고민이 해소될 수 없으며, 아마도 영원히 그러하다는 사실이 인문학의 매력이다. 현실은 늘 불투명하고, 고민은 돌고 돈다. 그래서 되풀이되는 논술고사 주제를 오랜 기간 지켜본 직관과 통찰로 묶어, "대학은 이러한 질문들을 이러한 방식으로 물었다"고 목차로 정리했다.

　1장부터 4장까지는 우리가 살아가는 자본주의 사회를 성찰하고, 탄생부터 죽음에 이르는 긴 여정에서 인간이 어떤 삶을 살아야하는가라는 물음들로 구성했다. 5장부터 8장까지는 사회 속 인간을 향한 물음을 배치했으며, 9장에서 13장에는 '삶의 꽃'이라고 할 수 있는 문화에 대한 논의에서 시작해 동서양의 만남으로 시각을 넓혔다. 14장부터 17장은 대학들이 가장 많은 질문을 던진 자본주의 경제체제 논의로, 18장에서 21장은 정치, 기술, 인터넷 등 시사적인 주제들로 시선을 돌려 보았다. 그리고 22장부터 29장은 결국 인간의 본질에 대한 물음으로 되돌아온다. 언어를 통해 지식을 형성하고, 이를 기록하며, 윤리, 사회적 삶을 영위하는 인간의 근본적인 특성에 대한 탐색들이다. 30단원부터 32단원은 모든 논술 문제의 공통분모, 즉 주어진 텍스트를 통해 타인의 사유를 수용해서 이를 확대하거나 혹은 전복(顚覆)하는 인문학적 '사고 실험'의 원론을 제시했다.

　물론, 포함되지 않은 주제들이 더욱 많을 수밖에 없다. 인문학적 사유가 비단 한 권의 책으로 엮이기는 어렵다. 나아가 나름대로 분류한 질문들에 답하는 필자의 고민과 전개 방향도 정답은 아니다. 애초 인문학에 정해진 길은 없으며, '남들이 가지 않은 길'에 더 많은 자원이 숨겨져 있는 만큼 다양한 물음에서 자신의 이해력을 가늠해 보고 이러저런 해법들을 공유, 독해와 사고력을 확장해 '자신만의 길'을 모색해 볼 수 있다면 이 책은 제 몫을 다한 것이다. 학생들이 논술을 어렵게 느끼는 가장 큰 이유는 제시문 독해에 실패, 논제가 묻는 의도를 제대로 파악하지 못하기 때문이다. 논술의 핵심은 글 솜씨가 아니라 사고력이며, 이는 개인의 지적 체험과 비례한다. 논술은 백일장과 달라 글 솜씨가 당락을 좌우하지 않는다. 따라서 다양한 제시문을 주제에 따라 발췌, 인용했지만 대학이 공개한 예시 답안은 포함시키지 않았다. 대학별 서술법만 마지막에 간단하게 언급하였다. 기출 문제 전문을 보고 싶을 경우, 해당 연도에 따라 인터넷에서 손쉽게 검색할 수 있다.

활자가 아닌 영상의 시대, 논술 고사는 좁은 탁자에서 활자를 통해 제 생각을 펼치라고 요구한다. 아무리 화려한 스마트폰 영상도 결국 사람을 통해 태어난다. 그리고 사유의 모태는 활자이다. 이러한 점에서 논술 시험은 나름의 순기능을 지니고 있다. 기능성 운동화가 범람하는 시대라도, 짚신부터 고무신에 이르는 문헌을 뒤져보는 일은 신발 신는 즐거움을 더해 주고 신발의 주인은 발이라는 사실을 잊지 않게 해준다. 이런 의미에서 21세기 초 인문학 과거 시험의 역사를 한번 쯤 기록해보자는 기획을 시도했다. '대학 지성들이 그동안 어떤 고민을 했는지 보고 싶다'면서 선뜻 응해준 주류성출판사에 감사한다.

2021년 봄

목차

자본주의 사회에서
생산성과 효율성이 최고의 덕목으로
자리매김하는데,
이는 삶의 수단인 물질을 획득하는
유효한 도구이기 때문이다.

I

자본주의와
삶의 방향

현대인은 왜, 재화가 늘 부족할까요?

자본주의와 욕망

- 풍요속의 빈곤

숭실대학교는 2018학년도 모의 논술에서 바버라 크루거의 사진 예술, '나는 쇼핑한다, 그러므로 존재한다(1987)'를 출제했는데요, 산업화와 자본주의가 맞물리면서 현대인은 그 끝을 알 수 없는 '풍요와 빈곤'을 동시에 맛볼 수 있는 모순적인 시간을 살고 있습니다.

이렇게 말씀 드리면, "아, 서구 사회와 아프리카 이야기구나", 이렇게 지레 짐작하실 수도 있는데요. 천만의 말씀입니다. 유럽과 미국인, 아프리카 오지의 원주민, 그리고 매우 어정쩡한 위치에 있는 한국인까지 늘 이런 번민 속에서 살아갑니다. 심지어 하루에도 이 같은 일이 수차례 교차합니다. 이것은 간단한 사례로 실증됩니다.

국민 가게 '천원샵'을 다들 좋아합니다. 만만하니까요. 그래서 초등학교 딸아이와 갈 때는 마음대로 골라라, 쇼핑 바구니가 그리 커 보이지 않는 천원의 만족을 한 없이 누립니다. 이때만은 마트에서 '1+1상품'에 따라 그날그날 식구들의 입맛을 정해주는 아내조차 한껏 풍족해 지는 시간입니다. 여담이지만, '천원샵'은 소비자의 이런 심정을 정말 제대로 찌르고 있습니다. 하지만 '천원샵'을 나와서 10년이 넘은 낡은 자동차를 타고, 우뚝

솟은 강변 아파트를 지나면, 흥은 깨어지기 마련입니다. 잠시 마트에 들른 아내는, 금빛 라벨이 붙은 정육 코너에서 "살 것이 없다"고 자존심을 세운 뒤, 유통기한이 임박한 초특가 세일 코너를 유심히 보고 결국 바구니에 '1+1, 돼지 앞다리 다진 고기'를 담습니다. 저희 집 식탁은 이러한 아내의 수고 덕에 늘 풍요롭지만, 아내의 마음은 어쩐지 빈곤할 것입니다. 1등급 라벨이 붙은 정품 한우 고기를 선뜻 산 기억이 없으니까요. 아내에게 갈등의 원인을 제공한 저 또한 풍요로운 식탁에서 가난한 눈칫밥을 먹습니다. 동시에 아프리카 오지 사람들도 서구 다큐멘터리 제작진이 놓고 간 짜릿한 위스키 향기가 아쉬울 때면, 야자수를 발효한 술을 타박하며, 이러한 박탈감을 토로할 것입니다. 왜 늘 먹는 풍족한 식탁에서 결핍을 느끼는지 묘한 부분입니다.

대학이 이러한 현대인의 자본주의 생활양식을 놓칠 리 없습니다. 출제 문제가 너무 많아 그 목록만 소개한다 하더라도 감당하지 못할 정도입니다. 그런데 그 뿌리는 이렇습니다. 시작은 고전 읽기 돌풍을 일으킨, 서울대 1997학년도 정시논술 문제가 열었습니다. 어른을 위한 동화 생텍쥐페리의 '어린 왕자'를 통해 이러한 자본주의 생산양식과 인간관계에 대한 질문을 던지면서, 현대인의 삶에 대한 성찰을 요구합니다.

"그래, 완전한 곳은 절대로 없다니까."
여우는 한숨을 쉬었다. 그리고 여우는 자기 이야기로 말머리를 돌렸다.
"내 생활은 늘 똑같애. 나는 닭을 잡고, 사람들은 나를 잡는데, 사실 닭들은 모두 비슷비슷하고, 사람들도 모두 비슷비슷해. 그래서 나는 좀 따분하단 말이야. 그렇지만, 네가 나를 길들이면 내 생활은 달라질 거야. 난 보통 발소리하고 다른 발소리를 알게 될 거야 . 보통 발자국 소리가 나면 나는 굴속으로 숨지만 네 발자국 소리는 음악 소리처럼 나를 굴 밖으로 불러낼 거야."

- 서울대학교 1997학년도 정시 논술

이 제시문은 자본주의 생산양식과 인간관계를 동화책처럼 정말 쉽게 전달하고 있지만, 그 의미는 그렇게 간단하지 않습니다. 따라서 '§2. 자본주의 구조와 개인의 실존'에서 상세히 논의키로 하고, 여기에서는 자본주의 소비 구조를 분석, 문제를 제기하는 단계부터 시작하겠습니다.

모든 생명체는 생존에 필요한 자원을 외부에서 조달받도록 설계되어 있습니다. 식물은 햇볕과 토양의 자양분을, 초식동물은 물과 초목을, 그리고 육식동물은 다른 초식동물을 취합니다. 이를 본능에 따른 욕구라고 이름 짓겠습니다. 극히 일부 생명체를 제외하면, 욕구를 채운 만족 상태에서는 일시나마 휴식을 취합니다. 일단 배부른 사자는 초원에 초식동물이 널브러져 있어도, 사냥에 나서지 않고 잠시 평화로운 초원을 유지합니다. 여분의 고기를 저장할 냉장고도 없으니까요.

그런데 인간에게는 욕구에 욕망이라는 소비기제가 더해지게 됩니다. 이는 자신의 처지가 유난히 풍요롭다고 해서 멈추지 않습니다. 풍요로울수록 오히려 결핍이 강해지는 모순적인 속성마저 지니고 있습니다. 욕구와 욕망은 이렇게 비유될 수 있습니다. 배가 고파서 밥을 먹는 것은 욕구를 채우는 행위입니다. 하지만 '햇살 가득한 남도 들녘에서 자란 유기농 쌀'로 밥을 짓고 싶은 마음, 이것은 욕망이 될 것이고, 이는 채워질 수 없는 연쇄 고리를 이루면서 행복과 불행을 끊임없이 교차시킵니다. 이른바 풍요속의 결핍이 생기는 것입니다. 대량생산과 소비를 주도하는 자본주의 생산양식은 이러한 욕망에 기름을 붓고, 불길을 연일 당기게 됩니다. 이제 계급의 문제는, 물리적 힘에서 재화의 소비라는 경제 영역으로 옮겨갔습니다. 그리고 자본주의 사회에 들어서면, 신은 자신의 자리를 인간의 피조물인 물질, 요즘으로 치면 '명품'에게 내주는 비극을 맞이합니다. 신에 대한 경건성이 물질에 대한 숭배로 바뀌는 것이지요. 이른바 '물신화(物神化)'라는 화두가 생기게 되는 것입니다. 이를 단순한 수식으로 표현하면 다음과 같습니다.

$$만족(행복) = \frac{성취}{욕망}$$

공식에서 성취의 대상은 시대와 사회, 여건에 따라 달라질 것입니다. 조선시대 선비와 농부가 다를 것이고, 아마존의 원주민과 서구인의 기준도 다를 수밖에 없습니다. 그런데 자본주의 사회는 아주 편리하게 이 성취의 기준을 수치로, 분명하게 제시합니다. 바로 화폐로 환원시키는 것이지요.

이 경우 욕망이 0으로 수렴한다면, 성취와 무관하게 만족은 무한대로 향할 것입니다. 흔히 불자들이 말하는 무욕의 삶에서 얻는 깨달음, 즉 해탈의 경지가 여기에 해당합니다. 누더기 가사를 입고, 지팡이 하나만 들고서도 만족하는 성철 스님의 삶은 수학적으로는 이렇게 설명될 수 있습니다. 그러니 '산은 산이고, 물은 물일 뿐', 인위적인 욕망이 개입할 여지가 없는 경지를 설파합니다. 이에 비해 욕망이 무한으로 향한다면, 아무리 화려한 성취를 얻어도 만족은 0으로 수렴하게 됩니다. 세상만사가 온통 짜증나는 옹색한 지경입니다. 소위 'in 서울대학'에 진학하고도, 'SKY'를 생각하며 이를 악물고 기어코 반수하려는 경우도 어느 정도 여기에 해당합니다. 물론 이러한 삶의 태도에도 양면성이 있는 만큼 이는 나중에 다시 이야기 하겠습니다. 여하튼 자본주의 사회에서 소비자들은 조용히 살고 싶어도 끊임없이 욕망을 자극받으며, 깨어 있는 내내 자신이 얼마나 가난하고 불우한지를 나날이 검증받습니다. 증명은 간단합니다. '대한민국 1%...' 어느 자동차 회사의 광고 문구입니다. 그 자동차를 탄다고 해서 '대한민국 1%'가 되지도 않고, 그 기준이 도무지 무엇인지 알 수도 없는 애매한 문구지만, 연일 '거짓말'을 진짜처럼 떠들어 대니, 어지간히 주체성이 있지 않고서는 세뇌당할 수밖에 없습니다. 퇴근길 한강변에 줄지어 선 아파트를 보면서 느끼는 낭패감, 더구나 그 아파트가 당신의 품격을 지켜준다고 버스 좌석마다 빼곡히 붙은 분양광고가 노골적으로 현실을 일깨워 줍니다. 경기도로 향하는 빨간 버스를 타고 한강변을 지나면서 자의반 타의반으로 교체한 신형 스마트폰으로, 드라마 '스카이 캐슬'의 배역들을 욕하면서 잠시 께름칙한 기분을 떨치는 이때만큼은 '루저 인생'이라는 생각을 잊게 됩니다. 그럭저럭 마음을 다잡고 아파트에 들어서면, 군데군데 으쓱거리는 외제차들이, 멀쩡하게 잘 달리는 내 차를 초라하게 만듭니다.

이 모든 과정에는 상대적 박탈감이라는 마음의 상처가 똬리를 틀고, 질투와 욕망을 무한 생산하는 동인이 됩니다. 사실 무인도에 혼자 산다면, 명품 따위는 생각지도 않고, 물고기를 잡고 나무 열매나 먹으며 살겠지요. 하지만 옆 친구가 오렌지 캔 주스를 마시면, 멀쩡한 내 오렌지가 마뜩찮아 보이는 것입니다. 언젠가 외딴 섬에 여행을 갔을 때, 민박집 아주머니의 탄식이 기억납니다. 예전에 파, 마늘 농사짓고 살 때는 안 그랬는데, 요즘에는 여행객이 딴 집에 들어가면 속이 상해서 그 집을 쳐다보기도 싫어진다고. 사는 것은 풍족해졌는데, 마음은 그렇지 않다고요. 더구나 한 집이 화려한 현대식 콘도로 건물을 리모델링하고 간판을 달고 난 뒤로는 마을에 리모델링 열풍이 일었고, 이제는 여행객들이 다 돈으로 보인답니다. 아직 리모델링을 하지 못해 고민이 깊은 아주머니의 모습, 섬 마을의 사소한 풍경 속에도 자본주의 삶의 양식이 고스란히 담겨 있습니다. 그 아주머니의 민박집 간판에는 굵은 매직으로 '가족 같은...'이라는 문구가 있더군요.

　욕망을 부추기는 현대인들의 소비구조에서 이를 부추기는 광고의 허상이 절대적인 영향력을 발휘합니다. 늘 접하는 광고는 사실, 거짓말의 정도를 지나쳐 '사이렌의 유혹'을 능가하는 수준입니다. 그 몸에 나쁘다는 소주조차도, 아름답게 치장한 연예인이 스크린에서 '청정한 이슬'로 둔갑시켜버리는 마술을 부립니다. 이는 논술에서 문제 제기 지문으로 줄곧 출제되어왔습니다.

> **공급자는 소비자를 교묘하게 설득하고 현혹해야 한다. 소비자는 공급자가 펼치는 판매 전략에 이끌려 환각의 상태에 빠지기도 한다. 갖가지 빛깔과 음향과 향기, 행운의 약속과 연출은 소비자의 감정을 자극하고 그의 이성을 마비시키기도 한다. 이성의 브레이크를 약간 느슨하게 만들고 감정의 엔진을 한껏 돌리면 구매가 이루어진다. 그리하여 산업화가 먼저 진행된 국가일수록 자본과 지식과 노동력의 더 많은 부분을 오로지 물건을 탐나도록 만드는 데 쓴다. 심지어는 충족시킬 경우 소비자가 해를 입게 되는 욕구조차 만들어진다. 소비의 왜곡 현상이 나타나는 것이다.**
>
> - 고려대 2008학년도 모의 논술

　두 번째는 혼자 살수 없는 공동체 사회에서 필연적으로 느끼는 상대적 박탈감이라는 심리 현상입니다. 그 아주머니는 과거에 파, 마늘을 심을 때보다는 풍요로울 것입니다. 그럼에도 불구하고, 이웃주민과 끊임없는 비교가 상실감을 더해 간다고 볼 수 있습니다. 이는 올림픽 메달리스트의 비유로도 잘 알려져 있습니다.

> 1995년 미국 코넬대 심리학과 연구팀이 1992년 바르셀로나 올림픽 메달리스트들의 감정을 분석한 결과 동메달리스트들의 행복도가 은메달리스트들보다 더 높았다. 은메달리스트는 "한 발짝만 더 나갔어도 금메달이었는데…" 라며 금메달리스트와 자신을 비교하지만 동메달리스트는 "까딱 잘못했으면 메달을 따지 못할 뻔 했다"며 동메달을 땄다는 사실에 큰 만족감을 느낀다는 것이다.

- 서울여자대학교 2008학년도 수시 논술

나아가 소비자와 공급자가 화폐로 매개되면서 상대방에 대한 인간적 유대가 소멸되고, 그 자리를 피상적이고 위선적인 계약 관계가 새롭게 대체하게 됩니다. 이 과정에서 개개인은 물질에게 자신의 자리를 내주는 소외를 겪게 되고, 이 소외가 모든 인간관계를 피상적으로 이끌어 갑니다. 이를테면 "고객님, 커피 나오셨습니다"가 단적인 사례인데요. 이것은 솔직하게 말하면, "화폐님, 커피 드세요" 정도가 될 것입니다. 이 또한 다음 장에서 다루게 될 것인데요. 다음 제시문이 이러한 문제의식을 드러냅니다.

> 오늘날 백화점의 경우, 고객은 우선 거대한 건물과 수많은 점원들과 잔뜩 진열된 상품에 의해 압도된다. 이 모든 것에 비해 그는 자기가 얼마나 보잘 것 없는 존재인가를 느끼게 된다. 백화점의 입장에서 보면, 인간으로서의 그는 아무런 중요성을 갖고 있지 않으며, 단지 '한 사람'의 고객일 뿐이다. 백화점은 고객을 놓치지 않으려고 하지만, 그는 단지 추상적인 고객으로서 대접받을 뿐이지 구체적인 고객으로서 중요시되지 않는다. - 한양대학교, 2001학년도 정시 논술

이제, 문제의 원인을 진단해야 되는데요. 광고회사는 선원들을 풍랑 속에 내던지는 '사이렌'이고, 소비자는 피해자로 파악하는 시각은 일방적

인 하소연에 불과합니다. 소비자들이 광고회사에 그러한 주문을 끊임없이 내고, 이에 광고회사가 기꺼이 화답한다고 보는 편이 사실에 가깝습니다. 소비자가 원하니, 그들의 욕망에 맞추어 충실하게 광고를 제작할 뿐이니까요. 결국 현대 사회가 그렇게 짜여 있습니다. 학생들에게 농담 삼아 'SKY'진학하면, 성공한 것인가?'라고 물으면, 적지 않은 학생들이 "그렇지요"라고 대답합니다. 그런데 질문을 점차 지방 대학으로 낮추어 가면, 어느 선부터는 대답을 머뭇거립니다. 학생들의 머릿속에 이미 대학 진학의 층위가 인생의 성공과 실패라는 공식으로 자리 잡고 있는 것이지요. 이것마저 학생들 스스로의 생각은 아닙니다. 자신들은 그렇다고 착각하지만요. 그렇다고 학부모님의 주체적 판단은 더더욱 아닙니다. 산전수전 겪고 살다보니, 그냥 그렇게 아무런 의심 없이 마치 자명한 진리처럼 받아들이고 있을 뿐입니다. 아이가 커서 진학하면 '부모'들은 기꺼이 자신의 지위를 '학(學)부모'로 대체해 버립니다. 이제 아이는 부모와 더불어 경쟁사회를 무작정 뛰어가는데, 그 맹목적 신념의 짜임새는 간단합니다.

현대사회에서 효율성과 생산성이 높아야 바람직한 인간 대우를 받는다.
높은 효율성과 생산성을 보증하는 자격증을 부여해야 좋은 대학이다.
좋은 대학에 다니면, 바람직한 인간이다.

이러한 프레임이 마치 진리처럼, 아무 의심 없이 내면화되어 있는 것입니다. 이 때 생산성과 효율성이 무엇을 뜻하는지도 아주 간단합니다. 물질과 돈, 즉 무한한 욕망을 채울 수 있는 '사냥 도구'로, 어느 순간부터 삶에서 절대적인 위치를 부여받은 것이지요.

"공부해서 무엇 하느냐"라는 질문에 "좋은 대학, 좋은 직장, 좋은 배우자를 만나, 좋은 아파트에서 산다"는 솔직하고 상식적인 대답을 들을 수 있습니다. 압축하면, "인생으로 무엇을 하느냐"고 묻는데, "아파트를 산다"고 답하는 셈입니다. 얼핏 상식적이지만, 이렇게 정리하면 전혀 상식적이지 않습니다.

당신의 눈은 무엇을 위해 존재하는가?
최고급 선글라스를 끼기 위해서다.

이러한 모순은 간단하게 '가치전도(價値顚倒)'라는 개념으로 정리할 수 있는데요. 이는 목적과 수단이 뒤집히는 현상입니다. 삶의 수단이며 도구인 물질이, 무한한 욕망의 힘을 빌려서 삶의 목적과 주인으로 둔갑하는 현상, 당연히 지문으로 등장합니다.

산업시대 개막이래 여러 세대들은, 자연을 지배하고 물질적 풍요를 가져오며 최대 다수에게 최대 행복을 가져다주고 방해받지 않는 개인적인 자유가 보장되리라는 약속을 믿어왔고 그 약속이 실현되리라는 희망을 가지고 있었다. 그러나 산업시대는 결국 이 위대한 약속을 이행하는데 실패하였고, 점점 많은 사람들이 새로운 사실을 인식하게 되었다. 이제 우리는 사유재산, 이윤, 힘을 지주로 삼고 있는 사회에 살게 되었다. 우리가 살고 있는 사회는 재산을 획득하고 이익을 추구하는데 전념하고 있기 때문에 우리는 좀처럼 생존의 존재양식에 대하여 관심을 두지 않으며 대부분의 사람들은 소유양식을 가장 당연한 생존양식으로, 심지어는 우리가 받아들일 수 있는 유일한 생활양식으로 알고 있다.

- 한양대학교 1999학년도 정시 논술

그러니까 소유가 삶의 존재를 규정하는 양상으로 바뀌고 있다는 지적입니다. 지금까지 내용은 이렇게 정리할 수 있습니다.

"자본주의 사회에서 생산성과 효율성이 최고의 덕목으로 자리매김하는데, 이는 삶의 수단인 물질을 획득하는 유효한 도구이기 때문이다. 이 물질은 영원히 채워질 수 없는 욕망을 자극하는 소비 시스템과 맞물려 현대인들을 무한히 자극한다. 이제 삶의 목적은 해체되고, 물질의 유용성만이 유일한 목표로 설정되어 현대인들을 끊임없는 '속도 경쟁'으로 내몰고 있다. 이 속도에서 뒤처지는 순간, 자본주의의 낙오자로 전락한다."

그런데 대학에서는 이러한 문제 제기만으로 그치지는 않습니다. 이에 대한 비판과 성찰, 그리고 대안의 모색을 부단히 출제했습니다. 다음 장에서 이어 살펴보겠습니다.

경기대학교 2010학년도 모의 논술, 영화 '모던 타임즈'의 한 장면

02 자본주의 구조와 개인의 실존

- 벌레와 루저 문화

"사람이란 그저 한 가지밖에 쓸모가 없다니까", 어린 왕자의 한 구절은 1936년 개봉한 영화 '모던 타임즈'의 장면들과 많이 겹치는데요, 공장 노동자로 등장한 찰리 채플린이 기계의 틈바구니에서 허덕이며 나사를 조이는 장면을 유독 연상시킵니다.

사람은 불행하게도 자신이 태어나는 시간과 공간을 스스로 결정할 수 없습니다. 태어나는 순간부터 일정한 사회의 구조와 제약 속에 놓이게 되는데, 그 사회는 도리어 냉정하게 사람을 걸러냅니다. 우리는 전적으로 무한정한 자유를 누리고 있다고 착각하지만, 실제로는 주어진 틀에서 제한된 선택만 허용될 뿐입니다. 조선시대에 노비로 태어난 소녀가 어느 정도 자유를 누릴 수 있었을까요. 우선 가엾다는 마음이 들 것입니다. 하지만 조선 시대에 길들여진 노비가 현대의 고3 수험생을 본다면, 마찬가지로 동정할 것입니다.

어느 나라 어떤 도시에 사는 지가, 또는 부모의 사회적 지위 등이 그물망처럼 한 개인을 속박합니다. 그래서 어떤 이는 명품 매장에서, 또 다른 이는 '천원샵'에서 만족하는 법을 배우면서 살아가게 됩니다. 또 대한민국에 태어났다면, 초등학교부터 12년의 정규 교육을 마치 자연의 이치처럼 당연하게 따르고, 수능시험과 대학의 서열 등을 받아들이면서 서서히 자신의 사회적 위치를 자각합니다. 식당에서 메뉴를 고르면서 자유를 누린다고 착각하지만, 자신의 주머니 사정에 따라 들어가야 하는 식당이 정해져 있다면 본질적인 자유가 아닐 것입니다. 이를 사회학자 피에르 부르디외는 '아비투스(Habitus)'라고 이름 붙였지요. 사회 구조와 관습 속에서 형성된 개인의 습관 정도로 이해할 수 있습니다.

사회에서의 삶은 개인이 사회화된다는 것을 전제한다. 사회화는 개인이 인간들 사이의 사회적 관계를 익히고 한 사회 혹은 집단의 규범과 가치, 신앙에 동화되어 가는 메커니즘에 상응한다. 부르디외에게서 사회화는 다음과 같은 방식으로 설명되는 아비투스(habitus)의 형성에 의해 특징 지워진다. (중략)
아비투스는 우리가 현실을 지각하고 판단할 수 있게 해주는 해석 틀인 동시에, 우리의 실천을 만들어 내는 장본인이다. 그것은 일상적인 의미에서 개인의 인성을 규정하는 토대가 된다. 우리는 자신이 이미 이러저러한 성향과 감수성을 지니고 있으며, 이러저러하게 행동하고 반응하는 태도와 스타일을 가지고 태어났다고 느낀다. 포도주보다 맥주를 좋아하고 정치 영화보다 액션 영화를 좋아하는 것, 또 좌익보다 우익에 표를 던지는 것은 아비투스의 산물이다. 우리의 표상은 우리가 차지한 위치(그리고 거기에 결부된 이해관계)와 지각·판단 구도의 체계이자, 우리가 사회 내의 어떤 위치를 지속적으로 경험함으로써 습득하는 인식과 평가구조인 아비투스에 따라 달라진다. - 건국대학교 2012학년도 수시논술, 파트리스 보네위츠 저, 문경자 역, '부르디외 사회학 입문'

우리가 살고 있는 자본주의 사회는 말 그대로 사람이 아니라 자본이 지배하는 구조입니다. 그래서 필연적으로 생산성과 효율성이 최고의 덕목으로 자리 잡게 됩니다. 그러다 보니 자본이 부리는 노동자들은 끊임없이 시간과의 전쟁, 즉 속도전을 치르면서 숨 가쁘게 살아갑니다. 수험생들은 한 문제라도 더 풀기 위해 학교와 학원을 오가면서, 사춘기를 잊도록 강요받고, 집과 회사를 오가는 아버지 또한 야근과 철야 근무를 자연스럽게 소화합니다. 루이스 캐롤은 '거울 나라의 앨리스'에서 이와 같은 현대인의 모습을 풍자합니다. 앨리스는 아무리 정신없이 달려도, 주변의 경치는 도무지 변하지 않는다고 한탄합니다. 세상도 그 만큼 함께 뛰어 가고 있었던 것입니다.

이 같은 속도전의 궁극적인 목표는 결국 '소유'입니다. 쉽게 말하면 돈이지요. "왜 그토록 인생을 송두리째 바쳐서 '소유'를 추구하는가?"라는 물음을 던질 겨를도 없습니다. 그러한 질문을 하는 것만으로도 자칫 낙오자나 패배자라는 인상을 줄 수 있기 때문이지요. 수험생이 "왜 밤낮없이 공부해서 대학에 가야해?"라고 묻는다면, 어머니는 대답 대신 곧바로 몸져누울 것입니다. 어머니가 답변하지 못하는 이유는 간단합니다. 어머니도 그러한 생각을 해 본 적이 없는 사회 구조, 건드릴 수도 건드려서도 안 되는 금기(禁忌)를 문제 삼고 있기 때문입니다. 자본주의 구조는 이미 '소유'가 삶, 즉 개인의 '존재'를 대신하고 있습니다. 명품 옷을 입으면 사람마저 명품이 되고, 강변 아파트가 개인의 품격을 정해주고, 외제 자동차가 신분을 과시하는 수단으로 자리 잡고 있습니다. 모든 가치의 척도가 돈으로 쉽사리 환산되고, 결국 사람마저 여기에 포함되는 구조에 갇혀 살아갑니다. JTBC드라마 'SKY 캐슬'은 대한민국의 현주소를 적절히 반영하고 있습니다. 실제로 드라마에 나오는 주역들은 인생의 'SKY'와는 정반대인 저급하고 저열한 군상에 불과하지만, 높은 시청률은 우리 사회가 지닌 가치의 왜곡을 심각하게 드러냅니다.

　주체적이고 자율적인 삶, 즉 당신의 '존재'를 이미 돈, '소유'가 대체하고 있는 상황을 가치전도라고 말씀드렸는데요. 이러한 사회 속에서 자의건 타의건 필연적으로 낙오자가 발생합니다. 삶의 수단인 물질이 인간을 도리어 지배하면서, 인간이 스스로 삶과 사회에서 외면당하는 '소외'는 '물질이 주도하는 왕따' 정도로 이해할 수 있고, 이는 다양한 문학 작품을 통해 형상화 되었지요. 이러한 사회 구조를 정면으로 거부하는 사람도 있을 것이고, 아무리 노력해도 그런 사회의 주류로 편입되지 못하는 부류들도 존재합니다. 이번 생은 포기하고 다음 생을 기약하는 이른바 '루저 인생'입니다.

> 한 사회의 구성원이 전반적으로 공유하는 문화를 주류문화 또는 전체문화라고 한다면, 그 사회 내의 일부 구성원들만 공유하는 문화를 '하위문화'라고 한다. (중략)
> 가령 최근 부상한 루저 문화는 현대 사회의 무한 경쟁에서 패배했거나 패배할 수밖에 없는 사람들의 정서를 대변하는 문화를 의미하는 말로 쓰인다. 패자는 수적으로 다수이지만 영향력 측면에서는 약자이고 소수가 되는 것이 일반적이다. 경쟁에서 낙오한 수많은 사람들은 사회의 구조와 현실을 비판하고 풍자하며, 약자와 패자에게 공감을 표하기도 한다. 이러한 정서가 음악, 문학, 개그 프로그램 등에도 반영되어 나타나는데, 한편으로는 승자를 동경하면서도 다른 한편으로는 패자들의 정서에 감정이입하며 다소 저항적인 내용과 형식으로 현대 사회에 경고의 메시지를 보내기도 한다. 그러면서도 비관과 낙담에만 빠져 있기보다는 나름의 유머 코드를 유지하며 미래를 기약하는 특징도 있다.
>
> -건국대 2018학년도 모의 논술, 고등학교 '사회·문화'

‘루저 문화’의 ‘씁쓸한 웃음’을 통해 다양성과 역동성을 제시하면서 삶의 궁극적 의미인 ‘진짜 인생’이란 무엇인가를 묻고 있는 논제인데요. 루저 문화의 실상은 이보다 더욱 참담한 형태로 나타나게 마련입니다. 프란츠 카프카는 소설 ‘변신’에서 이 문제를 문학적 상징으로 녹여 인간의 실존에 정면으로 질문을 던집니다. 생산성과 효율성으로 짜인 거대한 자본주의라는 기계 속에서 한 개인이 충실한 부품의 역할을 거부했을 때, 자신에게 돌아오는 결과를 충격적인 모습으로 형상화하고 있지요.

어느 날 아침 그레고르 잠자가 악몽에서 깨어났을 때 자신이 침대 위에서 한 마리의 커다란 벌레로 변해있음을 깨달았다. 그는 갑옷처럼 딱딱한 등을 대고 벌렁 누워있었다. 고개를 쳐들고 보니 껍데기에 활 모양으로 불룩한 갈색무늬가 보였다. (중략) "지배인님! 저도 곧 직장으로 나가겠습니다." 그러나 그레고르는 이런 말들을 급히 쏟아놓았기 때문에 자기가 무슨 말을 했는지 거의 알 수도 없을 지경이었다. (중략) 아버지는 찬장 위에 있는 과일 접시에서 사과를 집어 주머니에 잔뜩 집어넣더니 처음에는 겨누지도 않고 사과를 연달아 던졌다. 던져진 사과 하나가 그레고르의 등을 스쳤지만 다치지는 않고 빗나갔다. 그러나 다음에 날아온 사과가 그레고르의 등을 제대로 맞히고 말았다. 뜻밖에 받은 심한 고통으로 그는 옴짝달싹 못하고 온 감각이 마비되어 그 자리에 뻗어버렸다. 아무도 꺼내주지 않았기 때문에 사과는 등에 박힌 채 남아있었다.(중략) "어머니! 아버지! 이 이상 더 못 견디겠어요. 아버지와 어머니는 아직 사정을 잘 모르시지만 저는 알고 있어요. 저는 이런 괴물을 오빠라 부르고 싶지 않아요. 그러니 저것을 없애버려야 해요." (중략) 교회에서 시계탑이 새벽 3시를 칠 때까지 그는 이처럼 허전하고 고요한 명상에 잠겨 있었다. 창밖이 환하게 밝아오기 시작한 것을 그는 짐작할 수 있었다. 그때 그의 머리가 자기도 모르게 밑으로 푹 수그러졌다.

그리고 그의 콧구멍에서는 마지막 숨이 힘없이 새어나왔다. (중략) 그런 후에 세 사람이 함께 집을 나섰다. 몇 달 동안이나 이런 일은 없었다. 세 사람은 전차를 타고 교외로 나갔다. 전차 안에는 그들 세 사람뿐이었다. 따뜻한 햇볕이 차안으로 흘러 들어왔다. 그들은 편안하게 좌석에 몸을 기대고 장래 일에 대한 이야기를 주고받았다.　　　　　　　　　　－ 한양대학교 1999학년도 정시 논술, 카프카 '변신'

줄거리 소개를 위해 다소 길게 인용했는데요. 간단하게 줄이면 누군가의 자식이자 오빠가 벌레로 변하자, 가족들이 사과를 집어 던져 죽인 뒤, 묻고 나서 비로소 평온한 일상을 되찾았다는 것입니다. 수험생들이 사전 지식이 없었다면 기껏해야 "장애인을 사랑하자" 정도로 답안을 작성했을 것이고, 이 문제와 서울대에서 출제한 '어린왕자'가 고전 읽기의 돌풍을 불러오기도 했습니다. 한국 문학에도 숱한 카프카의 후예가 있는 만큼 고상한 설명은 접어두고 이 때 벌레를 '구조(시스템)의 낙오자', 즉 루저로 설명할까 합니다. 실제 현실 사례를 들어보자면, 수능에 서너 차례 실패한 수험생이, 수능 다음날 거실에서 당당하게 TV를 시청하기란 어려울 것입니다. 고작 '밥벌레'라는 소리를 듣기 십상이지요. 여동생이 사수생 오빠에게 짜증을 낸다면 분명 사과를 던지는 행위가 될 것입니다. 실직해서 경제 기반을 상실한 남편도 아내가 던지는 사과의 표적이 될 수 있습니다. 지금까지 제기한 문제를 간단하게 정리하면 이렇습니다.

인간이 사회를 지배하고 인간의 행복이라는 목적에 경제기구를 종속시킬 때에만, 또한 인간이 적극적으로 사회과정에 참여할 때에만, 지금 인간을 절망-고립감과 무력감-으로 몰아넣는 상황을 극복할 수 있다. 오늘날 인간이 고민하는 것은 빈곤보다 오히려 자신이 큰 기계의 톱니바퀴, 즉 자동인형이 되고 말았다는 사실, 그리고 자신의 삶이 공허하게 되어 의미를 상실하고 말았다는 사실이다.
— 덕성여대 2008학년도 정시 논술, 프롬, '자유로부터의 도피'

이제 문제의 해법을 찾아갈 시간입니다. 실제 현실에서는 뾰족한 해법이 있을 리 없지만, 대학은 제시문을 통해 다양한 인문, 사회학적 상상력을 학생들에게 물어왔습니다. 주로 문학 지문이 대안으로 많이 제시되는데, 우선 소유에 속박되어 살아가는 개인의 삶을 성찰해보자는 논의가 그 첫걸음이 됩니다.

미국 동부의 종교 공동체인 아미시(Amish)의 주요 관심사 가운데 하나는 그들 자신의 사회적 욕망을 억제하는 것이다. 인간 대부분은 개인적인 신분이나 지위의 상승을 추구한다. 우리는 다른 사람들이 우리를 주목하고 부러워하며 존경하고 심지어 우리에게 찬사를 보내기를 원한다. 이러한 사회적 욕망들이 상당한 정도로 우리의 삶을 지배한다. 그 욕망들이 우리가 어디에 사는지, 어떻게 사는지, 우리가 선택한 삶을 유지하기 위해서 얼마나 열심히 일을 해야 하는지 등을 결정한다. 그런데 아미시인들은 정반대이다. 그들은 다른 사람들에게 좋은 인상을 심어주기 위해서 옷을 입지는 않는다. 그들은 일치를 위해서 같은 옷을 입는다. 만일 당신이 아미시인이라면 절대로 하지 말아야 할 것은 다른 사람들의 관심을 불러일으키기 위해서 옷을 입는 일이다. 마찬가지로 아미시인들의 마차는 다 똑같은 모습이다. 누구의 마차가 더 눈에 띈다든지 하는 것은 금물이기 때문이다. 아미시인이 아닌 다른 미국인들은 친구나 이웃에 뒤지지 않기 위해서 열심히 일하지만, 아미시인들은 주변 사람들보다 더 두드러져 보이지 않기 위해서 열심히 일하는 것이다.
— 숙명여자대학교 2012학년도 수시 논술

이와 함께 인류학자 헬레나 노르베리 호지의 '오래된 미래, 라다크로부터 배우다' 또한 줄기차게 출제된 지문입니다. 저자는 인도 북부에서 소박한 공동체 삶을 영위하는 라다크를 통해 "인류의 태고적 모습이 우리의 미래가 되어야 한다"는 삶의 정신을 소개하는데요. 결국은 자본주의와 대비되는 원시 공동체 사회를 통해 자본주의 구조를 응시하고 있다고 볼 수 있습니다. 그런데 저자의 염원과는 달리, 이 책이 세계적으로 알려져 라다크가 관광 명소로 둔갑하면서 상업화된 자본주의 문화가 속속 이식, 라다크의 공동체 정신이 위협받고 있다고 합니다. 자본의 침투력은 역시 놀라울 따름입니다.

왜 세상은 끊임없이 위기로 비틀거리는 걸까? 언제나 이런 모습이었던가? 예전에 더 나빴던가? 아니면 더 좋았던가?

티베트 고원과 고대 문화의 고장 라다크(인도 북동부)에서 보낸 16년이라는 시간은 위의 질문에 대한 내 대답을 극적으로 바꾸어 버렸다. 나는 그동안 알고 있던 산업문화의 모습을 전혀 다른 시각으로 바라보게 되었다.

라다크에 오기 전, 나는 진보라는 것은 어느 정도 불가피한 것이라고 생각했고 그에 대한 의문을 갖지 않았다. 공원을 가로질러 새 도로가 나거나 200년 된 교회 옆에 철제와 유리로 된 건물이 들어서거나 길모퉁이 가게 대신 현대식 대형 마트가 들어서는 것을 그저 수동적으로 받아들이며 현대 생활이라는 것은 그렇게 매일매일 힘들고 숨 가쁘게 계속되는 것이라 느끼고 있었다. 그러나 지금은 그렇지 않다. 라다크는 내게 미래를 향하는 길이 꼭 하나가 아니라는 확신과 함께 커다란 힘과 희망을 주었다.   – 경희대학교 2015학년도 수시 논술

문학 작품에서는 박민규의 소설 '삼미 슈퍼스타즈의 마지막 팬클럽'이

출제 빈도 1위를 기록할 것입니다. 만년 꼴찌 팀인 삼미 슈퍼스타즈의 선수들이, 역시 서두르거나 뛰어다니는 일과는 무관한 게으른 도시 '삼천포'에서 느릿느릿 훈련하면서, 야구의 진짜 목적인 놀이의 즐거움에 푹 빠진다는 내용이 단골로 인용됩니다. 야구의 목적이 승패가 아니고, 놀이듯이 삶도 그래야 한다는 것이지요. 최근에 출제된 김언수의 소설 '캐비닛- 토포러'의 한 부분을 보면, 이 게으름이 아예 '긴 잠'으로 둔갑합니다. 자본주의 사회에서 개인적 차원의 전면 파업인데요. 소설에서는 실제로 자질구레한 일상에 갇혀 대다수의 사람들이 긴 잠을 자지 못한다고 토로합니다.

토포러(torporer)는 매우 긴 잠을 자는 사람을 일컫는 말이다. 토포러들은 짧게는 두 달에서 길게는 이 년 동안 먹지도 깨지도 않은 채 내내 잠만 잔다. (중략) 토포러들의 공통점은 긴 잠에서 깨어나면 활기차고 열정적으로 자신의 일에 몰입하며, 주위 사람들에게 다정다감해지고, 성격이 긍정적이고 낙관적으로 바뀌며, 또 굉장히 건강해져서 병이 있는 사람들은 간혹 병이 치유되거나 호전되는 일이 있으며, 몸의 노폐물과 숙변이 빠져나가고 지방이 분해되어서 날씬해진다는 것이다. (중략) 시간이 곧 돈으로 환금되는 21세기에 토포는 재앙이다. 그러나 어떤 사람에게는 축복이기도 하다. (중략) 사실 나는 그저 토포의 늪에 한 번쯤 풍덩 빠져 보고 싶다. 회사만 안 잘리고, 월급만 제대로 나오고, 보험금이나 적금 통장에 '빵꾸'만 안 나고, 주위 사람들에게 '인생을 왜 그딴 식으로 사냐'라는 식의 잔소리만 안 듣는다면, 모든 것을 잊고 그저 한 육 개월쯤 푹 자고 싶은 심정이다. 그런데 토포러들은 많은 사람들이 이렇게 자질구레한 일들에 계속 신경을 쓰기 때문에 토포 상태에 빠지지 못한다고 말한다.

- 건국대학교 2020학년도 수시 논술

이제 마지막으로 20년 전에 출제된 시 한편을 감상하면서 이 단원을 마무리하겠습니다. 시속 화자와 토포러가 지향하는 바는 결국 삶의 주체적 성찰과 여유라는 점에서 같다고 생각해도 별반 틀림이 없을 것입니다. 20년이 지나면서 사는 것이 더욱 바빠졌나 봅니다.

> 산이 날 에워싸고
> 그믐달처럼 사위어지는 목숨
> 구름처럼 살아라 한다.
> 바람처럼 살아라 한다.

- 한양대학교 1999학년도 정시 논술

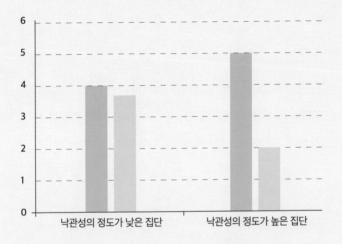

낙관성의 정도가 낮은 집단   낙관성의 정도가 높은 집단

자기 능력에 대한 인식의 현실성 정도가 높은 집단

자기 능력에 대한 인식의 현실성 정도가 낮은 집단

03 어떻게 살 것인가?

- 가치의 지향에 따라 달라지는 행복

시험을 치른 학생들을 '낙관성'과 '자기 능력에 대한 인식의 현실성'을 기준으로 네 집단으로 나누어 시험성적을 분석하였다. 다음 도표는 집단별 시험성적의 평균값을 보여준다. 성적은 점수가 높을수록 우수한 것으로 해석한다.

- 연세대학교 2013학년도 수시 논술

내가 이렇게 외면하고 거리를 걸어가는 것은 잠풍 날씨가 너무나 좋은 탓이고
가난한 동무가 새 구두를 신고 지나간 탓이고 언제나 꼭 같은 넥타이를 매고 고은 사람을 사랑하는 탓이다.
내가 이렇게 외면하고 거리를 걸어가는 것은 또 내 많지 못한 월급이 얼마나 고마운 탓이고
이렇게 젊은 나이로 코밑수염도 길러보는 탓이고 그리고 어늬 가난한집 부엌으로 달재 생선을 진장에 꼿꼿이 짖인 것은 맛도 있다는 말이 작고 들려오는 탓이다.

- 서울대학교 2006학년도 수시 논술, 백석 '내가 이렇게 외면하고'

'가난한 친구의 소박한 새 구두를 축복하며, 백화점의 화려한 명품을 외

면하고, 많지 못한 월급에 만족하며, 조촐한 생선찌개에 만족'하는 시적 화자의 삶에 동의하시나요. 연세대학교 도표에 따르면, 자칫 가장 낮은 시험 집단에 포함될 수 있습니다. 그 반대가 될 수도 있고요.

논술 시험이라고 해서 매번 논리적리고 딱딱한 문제만 출제되는 것은 아닙니다. 때로는 수필형 주제도 선보입니다. 어차피 답이 없는 것은 마찬가지니까요. "왜 사는가?"라는 질문은 사실 넋두리에 불과하지만, "어떻게 살 것인가?"는 질문은 제법 유효합니다. 인간은 끊임없이 현실에서 무엇인가를 추구하다가, 속절없이 사라지는 존재입니다. 그런데 아무리 많은 부와 지식, 사회적 성취를 이루어도 만족하지 못하는 불완전자로, 늘 결핍과 갈증에 시달리지요. 최상위권 대학을 가기 위해 반수를 해서 결국 성공한다고 하더라고, 그것이 전부는 아닙니다. 막상 진학하면 나보다 뛰어난 인재들이 넘쳐나고, 취업에, 승진에 첩첩산중입니다. 그렇지만 자신의 목표를 설정해서 부단히 정진하고, 못 이룰지도 모르는 꿈을 향해 한발 한발 나아가면서 인류의 문명이 발전했다고 해도 과언이 아닙니다. 날고 싶다는 이카로스의 욕망은 결국 밀랍이 녹아 추락하는 고통을 동반했지만, 인류에게 비행시대를 열게 하는 근원적인 힘이 되었을 것입니다. 자신을 사랑하고, 기록하고 싶은 나르시스의 염원이 카메라를 만들고, 영상시대를 열었지요. 그런데 비행시대가 인류의 끝은 아닙니다. 우주 시대를 향한 염원이 남아있고 이것이 성취되면 또 다른 꿈이 인류를 유혹할 것입니다. 갈증과 성취, 그리고 또 다른 갈증의 연속, 거품처럼 허망한 인간이 무한하고 완전한 세계를 끊임없이 갈구한다는 모순에서 조물주의 신묘한 솜씨를 엿볼 수 있습니다. 이러한 인간 유형을 현세적이고 이상을 추구하는 모습이라고 정리해봅니다.

"삶의 의미와 더 차원 높은 목적을 추구하고 따르는 자보다 더 책임 있는 갈매기가 대체 누구란 말입니까? 우리는 수천 년 동안 물고기 대가리나 찾아다녔습니다. 그러나 이제 우리는 삶의 이유를 갖게 되었습니다. 배우고, 발견하고, 자유로워지는 것! 저에게 한 번 기회를 주십시오. 제가 발견한 것을 여러분에게 보여줄 수 있게 해주십시오." - 서울대학교 2006학년도 수시 논술

그리고 이상을 향한 인간의 염원을 시인 유치환은 '깃발'을 통해 '이것은 소리 없는 아우성, 저 푸른 해원(海原)을 향하여 흔드는, 영원한 노스텔지어의 손수건. (중략) 아! 누구인가? 이렇게 슬프고도 애닯은 마음을, 맨처음 공중에 달 줄을 안 그는'이라고 형상화합니다. 이러한 '손수건의 몸부림'은 물론 양면성을 지니고 있습니다. 새로운 성취와 더불어, 결코 만족할 수 없는 삶의 고단한 펄럭임이 되겠지요. 다음 제시문은 성취와 고통이라는 이중성을 동시에 보여줍니다.

한 옛날에 옷을 입을 줄도 모르고, 집에 거주할 줄도 모르고, 불을 사용할 줄도 모르는 야만족이 열대에 있는 그들의 고향을 떠나, 이른 봄부터 늦여름까지 북방으로 이동하였다. 9월이 되어 밤에는 제법 추워 오는 것을 느끼게 될 때까지 그들이 더운 고장을 떠나서 이미 추운 고장으로 와 버린 줄은 꿈에도 몰랐다. 추위는 날마다 더해 갔다. 그 까닭을 알지 못하는 그들은 이리저리 도피하기 시작했다. 그들 중에 얼마는 남쪽으로 되돌아갔다. 거기서 그들은 다시 옛 생활을 계속했다. 그리고 그들의 후예들은 오늘에 이르기까지 야만을 면하지 못하게 되었다. 다른 방향으로 흩어져 방황하던 사람들은 그들 중 극히 소수만을 제외하고는 모두 멸망했다. 살을 에는 듯한 추위를 피할 길이 없던 일부 소수는 인간의 가장 높은 기능인 의식적인 발명의 능력을 사용하게 되었다. 그들 가운데 어떤

이들은 땅을 파고 구멍을 만들어 몸 둘 곳을 삼았다. 어떤 이들은 오막살이와 잠자리를 만들기 위해 나뭇가지와 잎사귀들을 모았다. 또 어떤 이들은 그들이 잡아 죽인 짐승의 가죽으로 그들의 몸을 가렸다. 오래지 않아 이 야만인들은 문명으로 향한 가장 훌륭한 진보의 발걸음을 내딛게 되었다.

- 서강대학교 2007학년도 수시 논술

한 옛날 깊고 깊은 산 속에 굴이 하나 있었습니다. 토끼 한 마리 살고 있는 그곳은 일곱 가지 색으로 꾸며진 꽃 같은 집이었습니다. 토끼는 그 벽이 흰 대리석이라는 것을 모르고 살았습니다. 나갈 구멍이라고 없이 얼마나 깊은지도 모르게 땅 속 깊이에 쿡 박혀 든 그 속으로 바위들이 어떻게 그리 묘하게 엇갈렸는지 용히 한 줄로 틈이 뚫어져 거기로 흘러든 가느다란 햇살이 마치 프리즘을 통과한 것처럼 방안에다 찬란한 스펙트럼의 여울을 쳐놓았던 것입니다. (중략)
그는 생각하였습니다. '이렇게 고운 빛을 흘러가게 하는 저 바깥 세계는 얼마나 아름다운 곳일까...' 이를테면 그것은 하나의 개안(開眼)이라고 할까. 혁명이었습니다. (중략)
드디어 마지막 관문에 다다랐습니다. (중략) 전율하는 생명의 고동에 온몸을 맡기면서 그는 가다듬었던 목을 바위틈 사이로 쑥 내밀며 최초의 일별(一瞥)을 바깥세계로 던졌습니다. 그 순간이었습니다. 쿡! 십 년을 두고 벼르고 기다리고 있었다는 것처럼 홍두깨가 눈알을 찌르는 것 같은 충격이었습니다. 그만 그 자리에 쓰러졌습니다. 얼마 후, 정신을 돌린 그 토끼의 눈망울에는 이미 아무 것도 비쳐 드는 것이 없었습니다. 소경이 되어 버린 것입니다. 일곱 가지 색으로 살아온 그의 눈은 자연의 태양 광선을 감당해 낼 수가 없었던 것입니다.

- 건국대학교 2000학년도 정시 논술, 장용학 '요한 시집'

처음에 소개한 시문학에서, 고단한 일제강점기와 해방 이후를 살았던 시인 백석은 부단히 욕망하고 추구하는 현실 삶의 고민을 다른 방식으로 풀어보자고 제안합니다. 화려한 물질과 성취의 유혹을 외면하고 친구의 새 구두와 적은 월급, 그리고 구수한 찌개에서 삶의 고단함을 씻어보려는 것이지요. 현실의 성취보다는 욕심을 줄여, 만족하면서 얻어가는 삶의 가치, 이를 초월적 삶, 현실에 얽매이지 않는 달관과 낙관의 자세라고 이름 지어 보겠습니다. 역시 시인 서정주는 '낮잠'에서 이러한 인간의 한계를 이렇게 노래합니다.

> 妙法蓮華經(묘법연화경) 속에
> 내 까마득 그 뜻을 잊어먹은 글자가 하나.
> 武橋洞(무교동) 왕대포집으로 가서
> 팁을 오백원씩이나 주어도
> 도무지 도무지 생각이 안 나는 글자가 하나.
> 나리는 이슬비에
> 자라는 보리밭에
> 기왕이면 비 열끗짜리 속의 쟁끼나 한 마리
> 여기 그냥 그려 두고
> 낮잠이나 들까나.

끊임없이 이상을 갈구하지만, 결국 채울 수 없는 '법화경'의 한 글자를 한잔 막걸리와 낮잠이라는 속세의 삶으로 채우게 됩니다. 점점 나이가 들면서, 마음에 드는 삶의 지향점이지만 역시 어린 학생들에게 권하기는 어렵습니다. 내적 만족이라는 합리화에 빠져 자칫 현실 도피나 자기 정체(停

滯)에 빠질 수 있지요. 다음 제시문은 초월적 삶의 가치와, 동시에 자기 합리화로 흐를 수 있는 양면을 잘 보여줍니다. 한 통행료 징수원의 삶이지요.

오클랜드 섬과 샌프란시스코를 잇는 금문교에는 17개의 통행료 징수대가 있다. 나는 지금까지 수천 번도 넘게 그 징수대들을 통과했지만 어떤 직원과도 기억에 남을 만한 가치 있는 만남을 가진 적이 없다. (중략)
몇 달 뒤 나는 그 친구를 다시 발견했다. 그는 통행료 징수대 안에서 음악을 크게 틀어 놓고, 아직도 혼자서 파티중이었다. 내가 다시 물었다. "지금 뭘 하고 있는 거요?" 그가 말했다. "당신 지난번에도 똑같은 걸 물었던 사람 아니오? 기억이 나는구먼. 난 아직도 춤을 추고 있소. 똑같은 파티를 계속 열고 있는 중이라니까." (중략)
그가 말했다. "다른 사람들이 내 직업을 따분하게 평가하는 걸 난 이해할 수 없소. 난 혼자만 쓸 수 있는 사무실을 갖고 있는 셈이고, 또한 사방이 유리로 되어 있소. 그곳에선 금문교와 샌프란시스코, 그리고 버클리의 아름다운 산들을 다 구경할 수 있소. 미국 서부의 휴가객 절반이 그곳을 구경하러 해마다 몰려오지 않소. 그러니 난 얼마나 행운이오. 날마다 어슬렁거리며 걸어와서는 월급까지 받으며 춤 연습을 하면 되거든요." - 건국대학교 2000학년도 정시 논술, 캔필드·한센, '마음을 열어주는 101가지 이야기'

이 징수원에게 다음 제시문의 필자는 이렇게 충고를 할 수도 있습니다. 당신의 삶을 조금이라고 바꾸어보면, 자동차를 타고 금문교를 지날 수 있다고요.

이제 욕망도 욕심도 크게 갖고 많이 이루자. 모든 욕심을 버리고 선비처럼 청빈

하게 살 수 있다면야 무얼 더 논하겠느냐마는, 그렇지 못하다면 원하는 것을 이루기 위한 마음과 노력을 멈추어서는 안 된다. 이제 마음껏 욕망하자. 단, 현명하고 아름답게 욕망하자. 나를 위해 마음껏 욕망하는 것은 나 자신의 행복에도, 또 내가 속한 사회의 발전에도 크게 이바지한다. 아름답게 욕망한다는 것, 그것은 모든 것을 버리고 비우라는 어려운 조언보다는 나와 같은 시대를 사는 모든 사람들의 풍요와 행복을 위해 훨씬 더 현실적이며 행복한 조언이 될 것이라 확신한다.
- 숙명여자대학교 2012학년도 수시 논술

이제 연세대학교는 이러한 두 삶의 절충점을 한번 찾아보라고 요구합니다. 부단히 현실 목표를 추구하면서도, 만족하는 법을 배우는 삶이지요. 이른바 현실주의적 낙관성을 중심 지문으로 출제하고 있습니다. 이와 함께 돈키호테식의 비현실적인 낙관성과 부단히 현실에만 집착하는 현실주의적 인간형의 한계도 동시에 제시합니다. 그리고 도표는 현실성을 갖추면서도 낙관성을 지닌 그룹이 가장 높은 점수를 얻는다는 사실을 보여줍니다.

'현실주의적 낙관성'은 현실에서 동떨어지지 않은 낙관적 사유 성향이다. 현실주의적 낙관성은 자신에 대한 규칙적 점검, 잠재적 기회와 변화하는 상황에 대한 재평가와 연관된다. 자기 신념의 실현가능성을 확인하기 위해 환경적·사회적 피드백에 주의를 기울인다. 현실주의적 낙관성은 아무리 힘든 상황에서도 긍정적 성장 또는 배움의 기회가 있을 것이라는 인식을 통해 이루어진다. (중략)
예를 들어 사람들은 "잔에 물이 반 밖에 안 남았다고 보지 말고 아직도 반이나 남았다고 보라"거나 "먹구름 뒤의 태양을 보라"는 식으로 격려한다. 그러나 낙관성은 하나의 신념이므로 잘못된 믿음일 수도 있다. 예를 들어 대다수의 사람들은 자신에게 암이나 심장 질환이 발병하거나 결혼생활이 파탄에 이르거나 경제적으로 파산할 가능성이 사회의 평균치보다 훨씬 낮다고 믿는다. 이러한 유형의 비현실적 낙관성은 근거 없는 안전감을 줄 수 있다. 장기적으로 볼 때 행복증진에 도움이 되기 위해서는 낙관성이 현실적이어야 한다.

- 연세대학교 2013학년도 수시 논술

조금 거슬러 올라가면 서강대 문제에서도 이러한 사고방식을 묻고 있습니다. 지나친 낙관성을 경계하면서도 현실에 만족하는 충실한 삶의 모습을 통해 대책 없는 낙관성이 지닌 자기 합리화를 비판하라는 문제였습니다.

'태양의 도시'의 모든 거주민들은 음식과 재화의 생산에 참여했다. 모든 사람들이 들판에서 일했기 때문에, 동물을 다루고 키우는 일도 잘 이해할 수 있었다. 기술에 숙달되지 않고 손으로 하는 노동을 하찮은 것으로 여겼던 유럽의 귀족들은 웃음거리가 되었다.
 태양의 도시 안에서는 일감의 동등한 나눔을 통해 모든 사람에게 문화적 활동에 참여할 기회가 제공되었다. 사람들은 하루에 단 네 시간만 일했으며, 그 나머지는 '기쁘게 배우고' 토론하고 독서하며, 시를 읊고, 쓰고, 걷고, 정신과 육체를 숙련하거나 노는데 쓸 수 있었다. 모든 사람들에게 있어 작업과 교육, 여가의 민주주의화는 16세기의 관행이나 규범과 큰 대조를 이루었다.

- 서강대학교 2008학년도 수시 논술, 캐롤린 머천트, '자연의 죽음'

삶의 지향성과 목표에 대해서 작가 김기림은 수필 '단념'에서 적당한 만족을 단호하게 거부합니다. 그리고 이상을 추구하는 삶의 가치를 이렇게 역설합니다.

"살아간다고 하는 것은 별게 아니었다. 끝없이 단념해 가는 것, 그것뿐인 것 같다. 산 너머 저 산 너머는 행복이 있다 한다. 언제고 그 산을 넘어 넓은 들로 나가 본다는 것이 산골 젊은이들의 꿈이었다. 그러나 이윽고는 산 너머 생각도 잊어버리고 '아르네[1]'는 결혼을 한다. 머지않아서 아르네는 사, 오 남매의 복(福) 가진 아버지가 될 것이다. 이렇게 세상의 수많은 아르네들은 그만 나폴레옹을 단념하고 셰익스피어를 단념하고 토머스 아퀴나스를 단념하고 렘브란트를 단념하고 자못 풍정낭식(風定浪息)[2]한 생애를 이웃 농부들의 질소(質素)한 관장(觀葬)[3] 속에 마치는 것이다.(중략)

'일체(一切)냐 그렇지 않으면 무(無)냐?' 예술도 학문도 늘 이 두 단애(斷崖)[4]의 절정을 가는 것 같다. 평온을 바라는 시민은 마땅히 기어 내려가서 저 골짜기 밑바닥의 탄탄대로를 감이 좋을 것이다."

글이 다소 어렵지만, 소박한 아르네의 삶을 단호하게 거부하고 있습니다. 그렇지만 여전히 이러한 삶은 부담이 됩니다. 저에게는 다음과 같은 아르네의 삶이 더 큰 매력을 줍니다. 당신은 어떻습니까.

> 딸아이가 공부를 마치고 취직해서 첫 월급을 받았다. 딸아이는 나에게 휴대 전화를 사 주었고 용돈이라며 십오만 원을 주었다. 첫 월급으로 사온 휴대 전화를 나에게 내밀 때, 딸아이는 노동과 임금을 자랑스럽게 여기고 있었고, 그 자랑스러움 속에는 풋것의 쑥스러움이 겹쳐 있었다. 그때 나는 이 진부한 삶의 끝없는

---

1) 아르네: 노르웨이의 작가 비에른손이 쓴 소설「아르네」(1858)의 주인공으로 감성적이며 먼 곳을 동경하는 젊은이.
2) 풍정낭식: 바람이 자고 파도가 잔잔해진다는 뜻으로, 들떠서 어수선하던 것이 가라앉음.
3) 질소한 관장: 사람들이 지켜보는 가운데 치르는 소박한 장례.
4) 단애: 낭떠러지.

순환에 안도하였다.

그 아이는 아마 월급쟁이로서 평생 살아가게 될 것이었다. 진부하게, 꾸역꾸역 이어지는 이 삶의 일상성은 얼마나 경건한 것인가. 그 진부한 일상성 속에 자지러지는 행복이나 기쁨이 없다 하더라도, 이 거듭되는 순환과 반복은 얼마나 진지한 것인가. 나는 이 무사한 하루하루의 순환이 죽는 날까지 계속되기를 바랐고, 그것을 내 모든 행복으로 삼기로 했다.

- 단국대학교 2015학년도 모의 논술, '고등학교 문학'

티치아노, '인간의 세 시기'(1511~1512), 위키아트, 연세대학교 2005학년도 정시 논술

04 삶과 죽음, 인간의 불완전성

- 삶과 종교, 무엇이 거짓일까?

'불완전성과 이로 인한 결핍과 불안'

인간은 이를 평생 숙제처럼 안고 살아가는 숙명적인 존재입니다. 인간은 홀로 태어나 함께 살아가지만, 결국 홀로 미지의 세계로 사라지는 불완전자입니다. 인생에 가장 결정적이고, 막대한 영향력을 미치는 탄생과 죽음에서 사실상 자신의 선택은 전적으로 배제돼 있습니다. 여기에서 조물주의 짓궂은 성격을 짐작케 하는데요. 그래서 인간은 "왜 태어났느냐?"라는 질문을 던질 수 없습니다. '왜?'라는 질문은 시작과 끝이 전적으로 자신의 책임에 따라 이루어졌을 때에만 성립하기 때문입니다. 어느 날 갑자기 맹수가 득실거리는 정글에 아이를 납치해 데려다 놓고, "너 왜 이곳에 왔느냐?"고 물을 수는 없습니다. 다만, 앞으로 어떻게 살 것이냐는 질문은 가능할 것입니다. 따라서 "왜 태어났는가?, 왜 생로병사의 고통 속에서 악착같이 살아가다 허무하게 죽어가는가?"라는 질문처럼 어리석은 짓은 없습니다. 그런데 인간은 당장 답할 수 없는 부분이라고 해서, 덮어 두는 고분고분한 존재가 아닙니다. 악착같이 이유를 캐묻고, 정 모르면 만들어내서라도 스스로를 위로합니다. 그래서 풍랑과 같은 자연재해를 이해하기 위해 포세이돈을 만들어내고, 인당수에 심청을 던졌으며, 원인을 알 수 없는 질병을 견뎌내기 위해 처용가를 만들어서 위로받았습니다. 이러한 노력이 고등한 형태로 진화되어 체계화된 결과물이 종교일 것입니다. 따라서 이런 논의들은 사실 여부와는 아무런 관계가 없습니다. 그럴 듯한 개연성과 인간의 불완전에서 비롯되는 갈증을 채워주는 초월적 상상력이 그 발판이 됩니다. 이른 바 종교적 유형의 해법이 될 것입니다. 종교적 해법이 비현실적이라고 해서 무가치하다고 할 수는 없습니다.

영화 밀양에서 피아노 학원 강사(전도연)는 남편을 잃고 고향 밀양으로 내려가 외아들에 의존해서 삶을 이어가지만, 아들마저 유괴범의 손에 희생되자 절망의 나락에 빠집니다. 삶의 모든 희망을 잃은 그녀가 찾은 안식처는 종교였습니다. 탄생과 소멸의 모든 과정을 신의 섭리로 받아들이고, 종교인으로 거듭난 그녀는 마침내 교도소를 찾아 자식을 살해한 유괴범을 면회합니다. 신의 뜻에 따른 '용서와 화해'의 마지막 단계, 그러나 그녀는 역시 종교에 귀의한 유괴범에게서 "하느님이 나를 용서했고, 나의 기도가 당신에게 평온을 주었다"는 말을 듣는 순간, 자신의 믿음이 현실을 외면해 보려는 허망한 몸짓이었다는 사실을 자각하게 됩니다. 자신도 모르게 누가 누구를 용서했다는 것인지, 혼란에 빠진 것입니다. 평온의 안개가 일순간에 사라지고 그녀는 다시 냉혹한 현실과 마주서게 됩니다. 그녀는 예배 모임에서 유행가 '거짓말이야'를 확성기로 틀어놓고 다시 세속인으로 돌아옵니다. 영화는 현실과 종교의 세계를 오가는 전도연의 뛰어난 연기를 통해 종교의 이중성을 잘 드러내고 있습니다. 바로 감당하기 어려운 현실의 무게를 견디는 개인적인 위로와 안식, 그러나 결국 현실은 아무것도 변한 것이 없다는 사실에서 비롯되는 현실 도피처의 기능입니다.

수능을 앞두고 학부모들이 가끔 용한 점쟁이를 찾는데, 여지없이 부적을 구매합니다. 이것이 결코 허망하다고 볼 수 없는 이유는, 그 학부모는 두통약으로는 절대 해결할 수 없는 위로와 안식을 일정기간 얻기 때문입니다. 이른바 종교의 개인적 기능에 해당합니다. 하지만 부적에만 의존한다면 아이의 성적은 내년에도 오르지 않습니다. 지나칠 경우 현실을 외면하고 도피하는 것, 이것은 역기능에 해당합니다.

이에 비해 인간의 불완전성을 극복할 해법을 부단히 현실에서 찾고 밑도 끝도 없는 노력을 기울이는 세속적인 인간형도 있습니다. 자연 현상을 관측해서 바람과 풍랑을 해석하고, 결국 전염병의 원인인 바이러스를 찾아내는 부류들입니다. 현실의 한계에 굴하지 않고 합리성, 과학성을 추구한다고 볼 수 있지만 삶과 죽음이라는 본질적인 문제에 직면하면 역시 이들의 답변도 옹색해지기 마련입니다. 그렇지만 이러한 인간의 불완전성과 이에 대한 극복의지는, 인류 문명의 발전에 부단히 기여해 왔습니다.

> 태초에 하나님이 인간을 창조하실 때
> 축복의 단지를 곁에 두시고, 말씀하시길,
> "줄 수 있는 모든 것을 그에게 주겠노라,
> 이 세상 여기저기 흩어진 부를
> 이 한 줌에 다 모으리라."

> 그래서 먼저 힘이 길을 뚫자, 이어서 아름다움,
> 다음엔 지혜, 명예, 쾌락이 흘러 들어갔다.
> 거의 동이 날 무렵, 하나님은 잠시 멈추셨다.
> 모든 보물 중에 혼자만 남아,
> 안식이 맨 바닥에 있음을 보시고.

그리고 말씀하시기를, "만약 내가

이 보석조차 인간에게 부여한다면,

나보다도 내 선물들을 더 숭배할 것이니,

자연을 지은 하나님 대신, 자연에서 안식할 것이요.

결국 우리 둘 다 패배자가 되리라."

"그러므로 다른 축복은 누리나,

늘 목마른 불안에 젖게 하리라.

인간은 풍요롭되 피로에 시달리게 하라. 그리하여 적어도,

선(善)이 그를 인도치 못하면, 피로함이 그를

내 품에 던질 수 있도록."

- 연세대 2006학년도 정시 논술, 조지 허버트, '도르래'

흔히 해소 대상으로 보는 '불안'이 때로 그 해소 과정에서 인류 문명의 발전을 견인했다는 논제입니다. 지구가 혜성과 충돌할 것이라는 공포가 뉴턴의 고전물리학을 확립시켰고, 부모와 떨어진 아이가 말을 배우는 과정이 빠르다는 지문 등이 동시에 출제되었지요. 그리고 대학 논제는 가장 근원적인 한계 상황인 죽음에 대한 인식과 태도를 정면으로 묻기도 합니다. 10대 수험생들은 거의 생각조차 해본 적이 없는 논제가 대학 논술에는 종종 등장합니다. 수험생은 젊지만 문제를 출제하는 교수들은 나이가 많은 탓일 지도 모릅니다. 서강대는 페스트가 창궐한 유럽을 무대로, 이에 맞서는 인간의 실존적인 한계를 다룬 카뮈의 소설 '페스트'를 출제합니다.

그 달 말경에, 우리 시의 고위 성직자 측에서는 집단 기도 주간을 설정함으로써

그들 특유의 방법으로 페스트와 싸우기로 결정했다. 대중 신앙심의 표시가 담긴 이 행사는 일요일에 페스트에 걸렸던 성(聖) 루가에게 드리는 장엄한 미사로 끝맺기로 되어 있었다. 그 기회에 파늘루 신부는 강론을 위촉받았던 것이다. (중략)

"그래도 선생님은 파늘루 신부처럼 페스트에도 그것대로의 유익한 점이 있어서 사람의 눈을 뜨게 하고, 사람으로 하여금 생각을 하게 한다고 여기고 계시겠죠!"

리유는 답답해서 머리를 흔들었다.

"이 세상의 모든 병이 다 그렇죠. 그러나 이 세상의 모든 고통에 있는 것은 페스트에도 역시 있습니다. 하기야 몇몇 사람들을 위대하게 만드는 구실도 하겠죠. 그러나 그 병으로 해서 겪는 참상과 고통을 볼 때, 체념하고서 페스트를 용인한다는 것은 미친 사람이나 눈먼 사람이나 비겁한 사람의 태도일 수밖에 없습니다."

리유는 어조를 높였다고 할 수도 없었다. 그러나 타루는 그를 진정시키려는 듯이 손을 저었다.   – 서강대학교 2001학년도 정시 논술, 알베르 카뮈, '페스트'

여기에서 신부는 종교적 유형, 의사 리유는 현실적 해법을 부단히 모색하는 세속형 인물입니다. 지문을 읽고 난 학생들은 대부분 신부 파늘루에게 적대감을, 의사 리유에게는 무조건적인 호감을 보이는데요. 그리 간단한 문제는 아닙니다. 당시 페스트는 불치병이었고, 어쩌면 기도 속에서 생을 마감하는 사람들이 더 평온했을 수도 있습니다. 불치병에 걸려서 온갖 민간요법을 다 써보다가 가산을 탕진하는 경우보다는, 조용히 지나온 삶을 반추하며 주변을 정리하는 삶도 의미가 깊습니다. 여담이지만 서강대는 미션 계열의 학교이기도 합니다. 그렇다고 서강대가 종교에 대해 우호적인 태도만을 출제하지도 않습니다. 종교적 믿음과, 종교의 개인적, 사회적 기능에 대한 학문적인 논의는 전혀 별개니까요.

디오니소스 종교의 핵심은 광란적인 춤을 통해 무아경에 빠져드는 것이다. 가면을 쓴 여신도들은 한겨울 밤에 손에 횃불을 들고 춤을 추며 산에 오른다. 북과 피리소리는 귀가 멍할 정도로 시끄럽게 울려 댄다. 음악소리가 고조될수록 춤도 점점 더 빨라진다. 여인들은 무아경에 빠져들기 시작한다. 땅에서는 꿀과 젖이 솟아 나오는 듯한 황홀경이 눈앞에 펼쳐진다. 격렬한 춤에 취한 여신도들은 신들린 상태에 이른다. 광기가 그들의 감각을 지배한다. 현실세계는 사라지고 신과 한 몸이 되는 절정감에 온몸을 떨기 시작한다. 산속에서 야생짐승을 만나면 이는 곧 디오니소스의 현신이다. 앞장을 선 여신도가 디오니소스의 지팡이 '튀르소스'를 흔들며 그 짐승에게 덤벼든다. 신의 몸과 피를 먹고 신성의 일부를 나누어 가지려는 욕망에서 여신도들은 놀라운 힘을 발휘한다. 짐승보다도 더 빨리 더 힘차게 뛰어가서는 그 짐승을 잡아 무서운 기세로 찢어 죽인다. 모두가 피를 흘리며 미친 듯이 짐승의 살과 피를 날로 먹어 치운다. 이제 신이 그들의 몸속으로 들어온 것이다. 아니 그들 자신이 신의 살과 피를 먹고 마심으로써 신과 하나가 된 것이다. 이때쯤이면 무아경은 절정에 이른다. 여신도들은 더 이상 춤을 출 수 없을 만큼 지치면 땅바닥에 쓰러진다. 이제 제정신이 다시 돌아올 때까지 이들은 기진맥진한 채 아침을 기다린다.

- 서강대학교 2008학년도 수시 논술, 유재원, '그리스 신화의 세계'

이 지문에서는 비현실적 종교의 광기가 지닌 위험성을 제기하고 있는데요. 현실 문제를 외면하고 일시적이고 환상적인 위로만을 추구한다는 것입니다. 그런데 지문에서는 또 다른 면도 엿보입니다. 바로 종교가 개인적 차원을 떠나 한 집단, 나아가 공동체, 국가를 통합시키는 힘이 될 수도 있다는 것입니다. 우리 민족에게도 이러한 부분이 희미하게 남아 있습니다. '단군의 후예'라는 사실 터무니없는 일체감이지요. 신화의 상징성을 감안한다고 하더라도 곰이 사람이 되고, 신과 결혼해서 단군이 탄생했다는 비상식적인 이야기가 어쨌든 민족 정체성의 한 축을 엄연하게 담당하고 있습니다. 이러한 정체성이 이슬람 근본주의와 같은 강력한 종교적 장치와 결합한다면 그 국가는 자칫 현실의 합리성을 잃어버릴 수 있다는 위험성은 개인과 마찬가지로 적용됩니다. 이러한 국가와 종교의 관계를 서울대에서도 한 번 출제를 했는데요. 종교의 양면성을 짚어내는 서술이 중요할 것입니다.

(1) 종교가 대부분의 문화에서 핵심적인 위치를 차지하는 이유는 인간의 가장 중요한 관심사에 초월적인 의미를 부여함으로써 사회를 안정시키는 기능이 있기 때문이다. 16~17세기의 종교개혁과 종교전쟁이 기독교 세계의 통일성을 깨뜨리기 전까지는 서유럽에서도 교회가 사회의 핵심적인 제도이자 집단 정체성의 주된 원천이었으며, 또 진리의 마지막 보루였다. (중략) 철학적 이성이 과거에 종교가 했던 일을 대신하여 윤리와 미적 취향을 안정시킬 것이라고 기대했던 칸트의 예측은 빗나갔다. 또한 근현대적 삶에서 핵심적인 역할을 하게 된 시장도 사회를 안정시키지 못하고 있다.

(2) 태국의 라마 6세 와치라웃왕(1910~1925 재위)은 서구 열강의 식민지배를 피해 왕국의 독립을 유지하고 국가통합을 이루기 위하여 민족주의를 주창하고, 국가와 민족의 개념을 종교와 왕이라는 태국의 중요한 전통적 양대 가치와 연결시킴으로써 국가의 정통성과 불교의 밀접한 관계를 강조했다. 그는 1차 세계 대전 시기에 태국이 주권국가임을 표시하고자 세 가지 색으로 된 태국의 국기를 만들었는데, 푸른 색은 왕, 흰 색은 불교, 붉은 색은 국가를 상징한다. 그가 반복하여 강조했던 메시지는 불교적 도덕성을 준수하는 것이 강력하고 번영된 국가 건설의 길이라는 점이었다. 태국의 인접국들이 모두 서구 열강의 식민지가 되었

을 때, 그는 태국이 불교의 보루가 되어야 함을 강조했다.

- 서울대학교 2009학년도 수시 논술

　이제 논의를 다시 죽음으로 돌려, 아주 까다롭게 출제했던 연세대 논제를 하나 살펴보도록 하겠습니다. 연세대는 죽음에 대한 인식과 태도를 주제로, 이를 도표의 다면적인 해석과 결합시켰는데요. (1) 죽음을 수용하고 받아들여 이를 종교적 의식 등으로 승화하는 인간, (2) 죽음의 공포를 정면으로 거부하고 회피하면서 현실 삶에 집착하는 세속형 인간의 모습, 그리고 (3) 죽음의 개념을 인지하지 못하는 고릴라 집단을 비교하는 3개 제시문을 출제했습니다. 그리고 이를 배설물과 관련지어 해석하는 독특한 문제를 출제해서 수험생들을 곤혹스럽게 했습니다. 시험을 보고 온 한 학생이 '배설물 같은 문제'라고 투덜거리기도 했는데요. 잠시 도표를 살펴보겠습니다. 도표는 '배설물'과 관련된 말이나 상황이 죽음에 대한 연상과 어떤 관계를 갖는지 알아보기 위한 두 번의 실험 결과를 제시합니다. 우선 집단 '갑'에는 배설물과 똥 등을 연상시키는 단어를 제시하거나, 화장실에서 막 나온 학생을 포함시켰습니다. 이에 비해 집단 '을'의 경우, '벗, 친구'와 같이 죽음과는 무관한 단어를 암시했고, 화장실과는 멀리 떨어진 복도를 지나던 학생을 선별했습니다. 그리고 어느 집단이 '죽음'에 대한 단어를 더 많이 떠올렸는지 측정한 것입니다. 실험 결과는 뜻밖에도 이렇게 나왔습니다.

구분	실험1		실험2	
집단(피험자 수)	갑(25명)	을(25명)	갑(25명)	을(25명)
단어 수	0.64개	1.80개	0.21개	0.71개

- 연세대학교 2011학년도 수시 논술

배설물과 죽음은 부패와 소멸이라는 공통분모가 있음에도 불구하고, 오히려 여기에 노출된 집단이 죽음과 연관된 단어를 덜 떠올렸다는 것입니다. 이 같은 입장을 (1)과 (2)의 입장에서 각각 해석하라는 요구였는데, 수험생은 종교적 유형의 인간과 세속적 유형의 인간을 오가면서 답안을 작성해야 했습니다. 일단 (1)의 입장에서는 신성한 죽음은 존재의 영원한 소멸이 아닌 만큼 배설물과 대척점에 놓여 있어, 배설물에서 죽음을 떠올릴 이유가 없다는 서술이 가능합니다. 이에 비해 (2)의 입장에서는 죽음이 생명체의 종착지로, 부패와 소멸이라는 배설물을 닮아 있고 이로 인한 공포가 죽음에 대한 연상을 억제했다고 볼 수 있습니다. (1)의 입장이라면 페스트라는 불가항력의 질병 속에서 평온한 죽음을 맞겠지만, 이들은 아무래도 병원균을 찾아내려는 노력은 등한시 할 것입니다. (2)의 입장이라면 데모크리토스의 말대로 부패의 추악한 악취를 거부하면서 '곱빼기 식사를 꾸역꾸역 집어넣는' 공포와 고통 속에서도 백신을 만들어낼 수 있습니다. 모두 삶의 가치관인 만큼 '옳다', '그르다'고 말할 수 없는 영역이고 이것이 과학과는 다른 인문학의 매력입니다.

영화 타이타닉은 침몰하는 여객선을 통해 다양한 인간 군상을 그리고 있습니다. 주인공 화가 잭(레오나르도 디카프리오)은 우연히 만난 미모의 여성 로즈(케이트 윈슬렛)에게 한 눈에 반해, 침몰하는 배 속에서도 그녀를 구하기 위해 헌신적인 노력을 기울입니다. 그는 끝까지 뱃머리에 달라붙어 안간힘을 쓰는데, 어떤 노부부는 선실에서 와인을 기울이며 기도하다 평온하게 죽음을 맞이하고, 또 악단은 음악을 연주합니다. 결국 잠깐의 시차를 두고 이들은 모두 바다에 빠지는데요. 어찌 보면 생을 조용히 마무리하는 노부부가 애인의 손을 잡고 뱃전을 번잡스럽게 뛰어다니는 디카프리오보다 성숙해 보이기도 합니다. 마지막으로 죽음에 대해 선명한 대조를 보이는 두 지문을 보면서 삶과 죽음이라는 해법 없는 인간의 한계 상황을 되새겨 보겠습니다.

(1) 장자의 아내가 죽어서 혜자가 문상을 갔다. 장자는 마침 두 다리를 뻗고 앉아 질그릇을 두들기며 노래를 부르고 있었다. 혜자가 "아내와 함께 살고 자식을 키워 함께 늙은 처지에 이제 그 아내가 죽었는데 곡조차 하지 않는다면 그것도 무정하다 하겠는데, 하물며 질그릇을 두들기고 노래를 하다니 이거 심하지 않소!" 하고 말했다.

그러자 장자가 대답했다. (중략) 이는 춘하추동이 되풀이하여 운행함과 같소. 아내는 지금 천지라는 커다란 방에 편안히 누워 있소. 그런데 내가 소리를 질러 따라 울고불고 한다면 하늘의 운명을 모르는 거라 생각되어 곡(哭)을 그쳤단 말이오."

(2) 원태야, 원태야, 우리 원태야, 내 아들아. 이 세상에 네가 없다니 그게 정말이냐? 하느님도 너무하십니다. 그 아이는 이 세상에 태어난 지 25년 5개월밖에 안 됐습니다.

병 한 번 치른 적이 없고, 청동기처럼 단단한 다리와 매달리고 싶은 든든한 어깨와 짙은 눈썹과 우뚝한 코와 익살부리는 입을 가진 준수한 청년입니다. (중략) 창창한 나이에 죽임을 당하는 건 가장 잔인한 최악의 벌이거늘 그애가 무슨 죄가 있다고 그런 벌을 받는단 말인가. 이 에미에게 죽음보다 무서운 벌을 주는 데 이용하려고 그 아이를 그토록 준수하고 사랑 깊은 아이로 점지하셨더란 말인가. 하느님이란 그럴 수도 있는 분인가. 사랑 그 자체라는 하느님이 그것밖에 안 되는 분이라니. 차라리 없는 게 낫다.

아니 없는 것과 마찬가지다. 다시금 맹렬한 포악이 치밀었다. 신은 죽여도 죽여도 가장 큰 문젯거리로 되살아난다. 사생결단 죽이고 또 죽여 골백번 고쳐 죽여도 아직 다 죽일 여지가 남아 있는 신, 증오의 최대의 극치인 살의(殺意), 나의 살의를 위해서도 당신은 있어야 돼. 암 있어야 하구말구.

- 서강대학교 2000학년도 정시 논술, 박완서, '한 말씀만 하소서'

사회명목론에서는 사회가 그저
개인들의 모임에 지나지 않는다고
주장한다. 사회는 개인들의 집합체에
붙여진 이름일 뿐이고,
실제로 존재하는 것은 개인이라는 입장이다.
개인은 자신의 자유의지에 따라 행동하며
중요한 것은 개인의 특성과 행동양식이다.

II

개인과
사회

05 개인에게 사회와 공동체는 무엇인가?

- 사회실재론과 명목론

아마존 강 유역에 살고 있는 조에 족은 턱에 뽀뚜루라고 불리는 나무를 꽂고 다닌다. 뽀뚜루는 약 20cm 길이의 나무토막으로, 조에 족은 영구치가 나기 시작할 무렵부터 이 나무토막을 꽂기 시작한다. (중략) 치열을 나쁘게 만들고 몇 달에 한 번씩 갈아 꽂는 불편함을 감수하면서도 그 들이 뽀뚜루를 꽂고 사는 이유는 무엇일까? 뽀뚜루는 조에 족을 상징하기 때문이다. 조에 족 사람들은 뽀뚜루를 함으로써 자신이 다른 부족과 구분되는 조에 족의 일원임을 나타낸다. 또한 뽀뚜루는 미의 기준으로 작용한다. 서구 사회에서 귀고리나 목걸이로 치장을 하는 것이 보편화된 것처럼 조에 족은 뽀뚜루를 장신구로 여긴다.

- 서강대학교 2018학년도 모의 논술, '고등학교 사회 문화'

개인은 태어나면서부터 자신의 의지와는 무관하게 한 집단이나 공동체, 사회로 소속됩니다. 아주 불행하게도 자신은 그 사회를 고를 수 없는데도 불구하고, 그 사회는 개인에게 막대한 영향력을 끼치는 일방적이고 비대칭적인 관계가 일단 형성됩니다. 대한민국 수도 서울이나 지방도시, 나아가 아프리카 분쟁지역에서 태어난다는 것은 사소한 일이 아닙니다. 그런데 인간은 이를 마치 숙명처럼 받아들이고 그 속에서 한 평생을 살아갑니다. 그런데 잠시 생각해보면 절이 싫으면 중이 떠나 듯, 애초에 자신이 속한 공동체 속에서 살아가야 한다는 법도 없습니다. 중년에 서울에서 지방으로, 혹은 제주도나 산간 오지로 주거지를 옮겨 새로운 삶을 설계할 수도 있고, 나아가 아예 이민을 갈 수도 있습니다, 자신의 의지에 따라 후천적으로 새로운 사회를 고를 수도 있다는 것이지요. 쉽지는 않지만 불가능하지도 않습니다. 여기에서 "개인에게 사회란 도대체 무엇인가?"라는 질문이 생깁니다. 물론 대부분은 한 번도 생각해 보지 않은 의문이겠지만, '흙 수저 인생, 이번 생은 틀렸어, 다음 생에서나'라는 푸념 속에는 암묵적으로 사회에 진지한 고민이 녹아 있다고 볼 수 있습니다. 여기에서는 단지 "개개인에게 사회는 어떤 실체인가?"라는 개인과 사회의 1차적 관계를 논한 답변 두 가지를 소개할 것입니다. 그 관계를 보는 시각이 먼저 정립되어야 한 사회에 대한 개인의 책임과 역할 등에 대한 2차적인 논의가 가능하기 때문입니다. 사회문화 교과서에서는 대표적으로 사회명목론과 사회실재론을 소개하고 있는데요. 이는 나중에 소개할 기능론이나 갈등론과는 접근법이 다르다는 점을 염두에 두어야 합니다. 기능론과 갈등론이 재화의 불평등, 쉽게 말해 '돈과 지위의 문제'를 다룬다면, 명목론과 실재론은 사회의 정체성에 대한 답변이기에 보다 포괄적인 시야라고 볼 수 있습니다. 다음 지문은 이에 대한 두 이론을 잘 정리해주고 있습니다.

사회를 개인들로 환원될 수 없는 독자적인 특성을 가진 실체라고 보는 관점을 사회실재론이라 한다. 즉, 사회는 개인의 외부에 존재하는 실체이고 따라서 개인은 사회의 영향력으로부터 자유로울 수 없다는 것이다. 사회 실재론에 따르면, 사회는 그 구성원인 개인의 합으로는 설명할 수 없는 사회구조나 사회의식이 있기 때문에 개인을 초월하는 독립된 실체로서 존재한다. 사회 실재론은 사회의 구조적인 특성을 강조하는 입장이다. 한 사회의 제도나 이념 등이 개별 구성원의 의식과 행동을 구속하기 때문에 개인보다는 사회를 중심으로 사회 현상을 이해해야 한다고 본다.

사회명목론에서는 사회가 그저 개인들의 모임에 지나지 않는다고 주장한다. 사회는 개인들의 집합체에 붙여진 이름일 뿐이고, 실제로 존재하는 것은 개인이라는 입장이다. 개인은 자신의 자유의지에 따라 행동하며 중요한 것은 개인의 특성과 행동양식이다. 따라서 개인의 집합체인 사회는 전적으로 개인이 수행하는 행동과 그 결과의 산물로 인식되어야 한다고 본다. 이런 입장에서 보면 사회를 구성하는 기초적인 단위는 각 개인일 뿐이고, 사회는 독립적인 실체로 존재하는 것이 아니라 구성원 간 상호 작용의 한 유형에 불과하다. 따라서 사회 현상은 개인의 심리적 요소나 행위 양식을 통해서만 설명할 수 있다. 이는 결국 개인이 사회구조와 역사를 움직이고 변화시킬 수 있다는 논리로 귀결된다.

- 한양대학교 에리카캠퍼스 2018학년도 모의 논술

지문 이해를 돕기 위해 간단한 비유를 덧붙입니다. 검은색, 파란색, 붉은색 펜 세 가지가 모이면, 3색 펜이 되지만 여기에 노란색이 가세하면 4색 펜이 될 것입니다. 이중에서 한 색이 모두 닳아서 사라지고, 다른 한 색은 탈퇴해 버리면 다시 2색 펜이 되는 것, 사회명목론은 이렇게 비유할 수 있습니다. 개체가 모여 전체의 특성을 만들고, 개체는 자유롭게 자신의 집단을 선택할 수 있다는 것이지요.

이에 비해 사회실재론은 조금 시각이 다릅니다. 사회는 '물', '불', '밀가루', '팥'이 모여 만들어낸 '호빵'처럼 전혀 다른 실체이고, 그 사회는 보다 질 좋은 호빵을 생산하기 위해 개별 구성원에게 일정한 통제를 가할 수 있다는 것입니다. 불의 강약을 명령하고, 국산 밀가루, 1급수 등을 요구할 수 있다는 것이지요. 다시 말해 산소와 수소가 결합된 물은, 그 개별자의 속성과는 전혀 다르듯이 '사회라는 추상적인 실체' 또한 그렇다는 것입니다. 그래서 사회실재론에 따르면 "개개인이 도덕적이어도, 그들이 모인 사회는 비도덕적일 수 있다"는 주장이 가능합니다. 2차 세계 대전을 전후한 독일 사회가 여기에 해당됩니다. 예의 바른 독일 시민들이 나치 완장을 차고 모여서, 아주 예의 바르게 유대인 수백만 명을 학살했으니까요.

대학에서는 수험생들이 논제와 관련된 이론을 제대로 이해하는지 평가하기 위해 흔히 분류 문제를 (1)번 문항에 배치합니다. 이때 사회실재론과 명목론을 명시하는 대학도 있지만, 적지 않은 대학들은 이러한 개념어를 지운 상태에서 이를 추론하라고 지시합니다. 다음에 순차적으로 제시된 4개 지문을 효과적으로 분류한다면 일단 첫 관문은 통과한 셈입니다.

(1) 한 개인과 그 개인의 행위를 최소한의 단위인 '원자'로 이해하는 것이 필요하다. 의미 있게 해석할 수 있는 행위 외의 모든 것은, '의미와는 무관한' 자연의 사건처럼, 유의미한 행위의 조건 내지 이 행위의 관련 대상으로 고려되는 것에 불과하다. 개인은 유의미한 행위의 주체이며 행위를 이해할 수 있는 유일한 존재이다. 의미를 이해하고자 하는 것은 의식을 전제로 하는 것이며, 의식은 개인적인 것이다. 베버는 집합의식을 가설로도 인정하지 않는다. 왜냐하면 집합의식은 가정에 불과하다고 생각했기 때문이다. 목적과 관련된 수단의 검토, 이 목적의 선택, 결과의 예측, 결정 그리고 실행의 결단을 포함하여 의미 관계의 과정에 개입하는 것은 모두가 개인의 의지에 속한다.

(2) 사회는 여러 가지 면에서 생물 유기체와 매우 유사하므로 사회를 더욱 잘 이

해하려면 생물 유기체에서 볼 수 있는 질서와 발전의 논리를 사회의 발전에 적용하는 것이 바람직하다. 생물 유기체의 각 기관은 생존을 위해 존재하며, 생물 유기체의 소멸은 각 기관, 혹은 부분의 소멸을 의미한다. 이와 마찬가지로 개인은 사회를 위해 존재하며, 사회를 떠나서는 의미 없는 존재가 된다. 사회와 유기체는 다음과 같은 특성이 있다. 첫째, 사회는 성장하고 확대되는 특성이 있으며, 이는 유기체와 마찬가지다. 둘째, 사회의 크기가 커지면서 사회는 복잡해지고 점점 분화되는 경향을 띤다. 셋째, 구조가 분화되면서 기능도 더욱 세분화된다. 넷째, 각 부분은 상호의존적이다.   - 성균관대학교 2016학년도 수시논술

(3) 일부 분석가들은 대마초 문제를 법과 제도에 의존하기보다는 다른 방식으로 해결해야 한다고 주장한다. 우선, 이들은 공급자에 대한 정부 단속은 예상치 못한 부작용을 야기한다고 역설한다. 프랑스에서 정부 단속 때문에 대마초 1g이 평균 6~7유로 선에서 비싸게 거래되고 있고, 이로 인해 판매자의 수입이 증가하여 지하경제의 규모가 커졌다는 것이다. 대안으로, 이들은 대마초 흡연의 심각성에 관한 홍보를 통해 자율적 의지로 수요를 줄이는 것이 보다 효과적이라고 생각한다. 이 경우 거래량과 가격 모두가 감소하여 지하경제의 규모가 축소된다는 것이다. 결론적으로, 이들은 개인 차원의 의식 개선이 대마초 흡연 문제의 궁극적인 해결책이라고 주장한다.

(4) 따라서 개인의 의지와 노력은 비만 극복의 근본적인 해결책이 될 수 없다. 전문가들 대부분이 비만인구의 증가가 경제적 양극화, 선진국 유통업체의 확산과 같은 사회·경제적 조건에서 비롯된다는 사실에 동의하고 있음에도, 그동안 수많은 연구들은 그 사실을 간과했다. 개인의 생활방식에 대한 간섭과 비만 약물의 효과에 대해 이제 현실적인 태도를 가져야 할 때이며, 비만의 확산을 막기 위해 개인의 치료보다는 공중보건에 초점을 맞춰야 할 때다. 2008년 7월에 영

국 보건부장관도 환경적 요인을 무시하면서 개인의 책임에 비중을 두는 것에 대해 회의적인 태도를 표명했다. 그는 산업계를 포함한 전 부문을 향해 함께 비만을 막는 일에 참여하자고 다음과 같이 호소했다. "우리의 생활방식을 근본적으로 바꿀 국가적 차원의 움직임이 필요합니다."

- 경희대학교 2019학년도 수시논술

제시문은 순차적으로, 명목, 실재, 다시 명목, 실재론을 소개하고 있습니다. 그런데 대학 논제는 이후 각 이론의 장단점을 파악해 비판적 논의를 하거나, 혹은 개별 이론들을 도표를 비롯한 현상에 적용해 보라고 요구하기 마련입니다. 이른바 두 번째 관문이지요. 이 과정은 결코 만만치 않아서, 이론을 제대로 이해하고 있지 못하면 전혀 엉뚱한 서술을 하게 됩니다. 이제 간단한 사례를 통해 두 이론의 적용 방식을 대조해 보겠습니다.

영화 '더 리더'의 줄거리는 다음과 같다. 1950년대 독일. 15살 소년 마이클은 열병에 걸려 길 한복판에서 심한 구토를 일으키고, 그 앞을 지나던 여인 한나 슈미트는 그를 도와준다. 두 사람은 사랑에 빠지고, 마이클은 알 수 없이 냉담한 여인 한나 슈미트를 이해하기 위해 애쓴다. 그녀는 어느 날부턴가 책을 읽어줄 것을 부탁하고, 소년은 여러 권의 책을 읽어준다. 어느 날 그녀는 어떤 말도 남기지 않은 채 사라진다. 8년 후 법대생이 된 마이클은 수업을 위해 참관한 2차 세계대전 전범 재판장에서 한나 슈미트를 발견한다. 그녀는 아우슈비츠 수용소와 크라카우 근교의 작은 수용소에서 2년 동안 여성 경비원으로 일했던 죄목으로 기소되었다. 재판이 진행되면서 마이클은 한나 슈미트가 문맹이었기 때문에 나치 수용소의 감시원으로서 살인을 저지르고, 게다가 자신이 저지르지 않은 죄까지 뒤집어 쓴 채 종신형을 받는 것을 목격하지만 침묵한다. 이후 법학자로서 마이클은 한나 슈미트를 지켜주지 못한 괴로운 마음을 달래기 위해 책을 녹음해 그녀에게 보낸다. 한나 슈미트는 그 녹음을 통해 마침내 글을 읽게 되지만, 사면되던 날 아침 한나 슈미트는 스스로 목을 매단다.

- 한양대학교 에리카캠퍼스 2018학년도 모의 논술

사회실재론에 따르면 한나는 독일 전체주의 사회의 희생자에 불과합니다. 개체의 역할은 유기적으로 결합된 사회 속에서 제한될 수밖에 없으며, 따라서 자신의 사회적 행위에 대해서도 전적으로 무관하지 않지만 최소한 사회의 영향력을 걷어내고 제한적으로 책임을 지게 됩니다. 한나가 재판정에서 "존경하는 판사님이라면 그 상황에서 어떻게 하셨겠어요?"라고 질문한다면 사회실재론에서는 딱히 답변하기 어렵습니다. "무엇을 어쩌나, 시키는 대로 했겠지, 다 시대를 잘못 만난 탓이라고 생각해" 정도의 답변을 들을 수밖에 없습니다. 판사 또한 현재의 사회적 위치가 재판을 하도록 했을 뿐입니다. 이에 비해 사회명목론에서는 한나의 책임을 보다 분명하게 강조할 것입니다. 한 사회를 만드는 구성원은 그 사회의 방향에 대해 그만큼 윤리적, 사회적 의무와 책임을 져야 하기 때문입니다. 자신이 선택했기 때문입니다. 한나가 글을 몰랐다는 사실도 그다지 면죄부가 될 수 없습니다. 스스로 자신을 계발하려는 노력을 등한시했으니까요. 다만, 한나의 자살에 대해서는 일정한 의미를 부여할 것입니다. 그녀가 글을 배워 자신의 과거 행동이 지닌 의미를 자각하는 순간, 사회적 책임을 외면한 개체의 죄의식을 감당하지 못했다는 것이지요. 그렇지만 글자도 모르는 한나가 수용소에서 착실하게 경비원으로 일했다고 해서 죽음으로 죄를 묻는 것 또한, 가혹하다는 인상을 지울 수 없습니다.

프랑스 다큐멘터리, 1956년, '밤과 안개'중에서, 수용소에서 일하는 독일 여성들

대학 논술은 문항이 거듭되면서 늘 복잡한 양상으로 전개됩니다. 집단을 개체의 단순 합(合)으로 생각하면, 통신기기와 컴퓨터가 만나 태어난 스마트 폰은 둘의 속성을 뛰어넘는 그 무엇인가를 가지고 있습니다. 그렇다고 사회를 개인과 별도의 실체로 상정해 보아도 석연치는 않습니다. 통신기기의 성능과 컴퓨터 성능이 각각 향상되면서 스마트폰도 진화를 하니까요. 처음에 소개한 조예족의 모습은 분명 사회실재론을 지지하는 문화현상일 것입니다. 서강대는 여기에 또 다른 지문 한 가지를 슬며시 끼워 넣습니다.

레이 피스만(Ray Fisman)과 에드워드 미구엘(Edward Miguel) 교수는 UN에 파견된 146개국 1700명의 외교관들을 대상으로 매우 흥미로운 연구를 실시하였다. 1997년 11월부터 2002년 11월까지 5년간 뉴욕시 교통국에 보고된 외교관들의 주차위반 건수를 조사하였는데, 그 당시 외교관들은 면책특권을 가지고 있어서 주차위반이 보고는 되어도 벌금은 납부하지 않아도 되었다. 결과는 매우 충격적이었는데, 가령 아프리카 수단 출신의 외교관은 5년간 121건, 이집트 출신의 외교관은 141건의 주차위반을 했지만, 스웨덴과 덴마크 출신의 외교관은 단 한 건의 주차위반도 보고되지 않았다. 피스만과 미구엘 교수는 UN파견 대사들의 위법행위는 대사들 개인의 도덕성보다는 출신국가의 부패인식지수와 관련이 있다고 주장하였다. 국가의 부패 정도를 나타내는 부패인식지수는 각 국가별 사회 전반의 부패 정도를 평가한 수치로, 2003년도 세계 부패인식 지수에 따르면 수단은 106위, 이집트는 70위, 덴마크는 3위, 스웨덴은 6위를 각각 기록했다(순위가 높을수록 청렴한 국가로 인식되며, 순위가 낮을수록 부패한 국가로 인식됨)(Why Good People Sometimes Do Bad Things: 52 Reflections on Ethics at Work by Muel Kaptein, 32-33쪽 발췌 번역 및 생활과 윤리 167쪽 수정 발췌).
- 서강대학교 2018학년도 모의 논술

지문은 표면상 사회실재론을 지지합니다. 각 나라 부패의 정도가 외교관의 주차위반 건수와 양(+)의 상관성을 보인다는 것이지요. 부패한 나라에 살아갈수록 범죄의식이 약화된다는 해석이 가능합니다. 그런데 통계를 조금 면밀히 살펴보면 특이점이 발견됩니다. 수단과 이집트의 부패 정도와 위반 건수가 역전되어 있습니다. 수단이 더 부패한 나라지만, 이집트 외교관이 나쁜 짓에 더 둔감한데요. 어쩌면 수단 외교관은 준법 의식이 투철한 나라에서 태어났다면, 단 한건의 주차위반도 하지 않았을 수 있습니다. 여기에서 개인과 사회의 상호작용이라는 새로운 양상을 파악해 낼 수 있습니다. 개체는 사회의 영향을 받지만, 때로 개체의 자유로운 의지가 사회의 영향력을 극복할 수 있다는 것입니다. 그리고 이런 개개인이 사회에 맞서서 저항하고, 모순을 개혁하는 과정에서 사회라는 거대한 톱니바퀴의 방향도 조금씩 변하는 것이 아닐까요. 과연 그럴 수 있는지는 다음에 좀 더 논의할 것입니다. 그리고 이 모든 논의는 이론에 불과합니다. 적용과정에 늘 허와 실이 있다는 것이지요. 단 한 가지 인문학적 이론이라도 절대적인 진리로 밝혀진다면, 인류사에 등장했던 숱한 이론적 논의들이 정말 순식간에 단순해질 텐데요. 기대할 수 없는 노릇입니다. 끝으로 이러한 개인과 사회의 상호 과정에 주목한 지문 한 가지를 소개하겠습니다.

'구조'와 '행위'는 필연적으로 서로 연관되어 있다. 사회, 공동체 또는 집단은 사람들이 일상적으로, 명백히 예측 가능한 방식으로 행동할 경우에만 구조를 갖는다. 다른 한편, '행위'는 우리 모두가 개인으로서 사회적으로 구조화된 상당한 지식을 가지고 있기 때문에 가능하다. 이를 잘 설명하기 위해 언어의 예를 들어보자. 언어가 존재하기 위해서는 그것이 충분히 구조화되어야 한다. 모든 언어 사용자들이 준수해야 할 언어 사용 법칙이 있다. 예를 들어 어떤 이가 주어진 맥락에서 특정한 문법적 규칙을 따르지 않고 말한다면, 사람들은 그것을 이해할 수 없다. 그러나 언어의 구조적 속성은 개인 언어 사용자가 실제로 그 법칙을 따르는 한에서만 존재할 수 있다. 언어는 지속적으로 구조화의 과정에 있는 것이다.

- 서강대학교 2011학년도 수시논술, 앤서니 기든스, '현대 사회학'

마음대로 살찔 수 있는 자유?

06 인간은 법 없이 살 수 없을까?

- 자율과 타율

한국외국어대학교는 2019학년도 수시 논술에서 미국 'Institute for Policy Studies 홈페이지'를 인용, 터질 듯 비대해진 자유의 여신상 그림을 출제했는데요, 문제의 요지는 뉴욕 시민이 마음껏 고당류 탄산 음료를 마시고 뚱뚱해 질 수 있는 자유를, 과연 법으로 제재할 수 있느냐는 것이었습니다. 가볍게 보이지만, 국가 권력의 개입 정도를 묻는 원론적인 논제로 볼 수 있습니다.

원시 공동체 사회에서 인류의 삶은 어떠했을까요. 상호 호혜성을 기초로 약자를 도우며 태고의 평화로운 공동체를 유지했을까, 아니면 끊임없이 대립, 갈등하면서 폭력으로 얼룩졌을지, 쉽사리 상상이 가지 않는데요. 무엇보다 인간 본성을 보는 시각에 따라 그 답변이 달라질 것입니다. 물론 집단이 처한 환경이나 주변 집단과의 갈등도 지대한 영향을 미칠 수밖에 없지만, 여기에서는 인간 본성에 관한 논의를 그 출발점으로 삼겠습니다. 다음 제시문들은 선의에 기초한 평화로운 공동체를 연상케 합니다.

연민이 하나의 자연스러운 감정이라는 것은 분명한 사실이다. 연민은 각 개체

안에 있는 자기애의 수위를 조절함으로써 종 전체가 보존될 수 있게 해 주는 감정인 것이다. 남이 고통 받는 모습을 보고 깊이 생각하지 않고 바로 나서서 도와 주게 되는 것은 연민 때문이다. 자연의 상태에서는 연민이 법과 도덕과 미덕을 대신해주며, 이때에 아무도 연민의 부드러운 목소리에 저항할 생각조차 하지 않는다는 이점이 있다. 생존에 필요한 것을 다른 곳에서 발견할 가능성이 있는 한, 건장한 미개인이 약한 어린 아이나 노인이 어렵게 획득한 식량을 강탈하지 않도록 해주는 것이 연민이다.　　　　　　　　　　　 - 연세대학교 2010학년도 모의 논술

　따라서 인간의 선한 본성에 기초한 원시 공동체는 공자가 말한 대동 사회에 가까울 것입니다. 공자의 인(仁) 사상을 계승한 맹자는 인간이 하늘로부터 받은 본성은 선하다는 성선설을 내세우며, 인간은 누구나 '측은(惻隱) · 수오(羞惡) · 사양(辭讓) · 시비(是非)'의 능력을 갖추고 있어 부단한 수양을 거쳐 이러한 본성을 계발하면 성인이 될 수 있다고 합니다. 이러한 사고방식은 공자가 말한 대동 사회와 그 맥을 같이 할 것입니다.

　대도(大道)가 행해지면 천하에 공의(公義)가 구현된다. 현자를 지도자로 뽑고 능력 있는 사람에게 관직을 수여하며 신의와 화목을 가르친다. 그러므로 사람들은 자신의 어버이만 어버이로 여기지 않고, 자기 자식만을 자식으로 여기지 않는다. 노인은 편안한 여생을 보내며 장년은 일할 여건이 보장되고 어린 이는 길러 주는 사람이 있으며, 의지할 곳 없는 과부, 홀아비, 병든 자도 모두 부양받는다. 재화가 땅에 버려지는 것을 싫어하지만 반드시 사적으로 저장할 필요가 없으니 남을 해치려는 음모나 도적, 난적(亂賊)도 발생하지 않아 집집마다 바깥문을 닫을 필요가 없다. 이런 상태를 대동(大同)이라고 한다.

　　　　　　　　　　　　　　　　　　 - 이화여자대학교 2016학년도 모의 논술

한반도 면적의 35배에 달하는 아마존 강 유역의 열대 우림 지역에는 아직도 해를 시계 삼아 하루를 보내고 나무를 마찰하여 불씨를 얻는 부족, 조에(Zoe)족이 살고 있다. (중략)

조에족에게 인기 있는 남자는 사냥을 잘하는 사람, 즉 생산성이 가장 높은 사람이다. 조에족 최고의 사냥꾼 모닌은 아내가 셋이다. 조에족이 원시의 삶을 유지할 수 있었던 것은 탁월한 사냥 능력 때문이다. 그들이 가장 좋아하는 새 무똥과 원숭이, 그리고 몸무게가 최대 30kg까지 나가는 아르마딜로까지 밀림의 어떤 짐승도 그들의 사냥감이 된다. 그러나 조에족의 진짜 중요한 생존 전략은 바로 사냥 후 음식물을 나누는 풍습에 있다. 조에족은 사냥을 해 온 사람이 고기를 나눠 주는데, 많든 적든 노인에게까지 골고루 돌아가도록 한다.

- 경기대학교 2014학년도 수시 논술, '고등학교 경제'

조에족의 공동체는 공자가 말하는 대동 사회와 무척 흡사하다는 인상을 받습니다. 그렇지만 숱한 대립과 갈등, 그리고 폭력으로 얼룩진 인간 역사에 비춰볼 때, 조에족의 모습은 결코 일반적이지 않고, 그 때문에 주목받는다고 볼 수도 있습니다. 이기심이 영원히 채워질 수 없는 탐욕으로 커지면서, 인간 사회에서는 이를 통제할 장치를 도입하는데, 이러한 장치가 '공정한 심판자'라는 최소한도에 그친다면 여전히 인간 본성에 대한 낙관적인 믿음에 기초한 것입니다. 공자가 말하는 소강(小康)은 아직까지는 인간의 본성에 대한 선한 믿음을 버리지 않고 있습니다.

지금은 대도가 숨어 버리고 천하는 개인의 가(家)가 되었다. 사람들은 각기 자기의 어버이와 자기 자식만을 챙기며, 재화와 노동을 자기만을 위하여 사용한다. 왕위의 세습을 예(禮)라 하고 단단한 요새를 만들고 예의를 기강으로 삼아 군신

관계를 바로 잡고, 부부·부자·형제 관계를 화목하고 조화롭게 한다. 제도를 만들고 밭과 마을의 경계를 세웠으며 용맹과 지혜를 현명하게 여기고 자기를 위하여 공을 세우니, 이로 말미암아 음모가 생기고 병란도 생긴다. 우·탕·문왕·무왕·성왕·주공은 모두 성실하게 예를 따른 사람들로, 의를 드러내고 신을 입증하였으며, 과실을 밝히고 인을 본받으며, 사양하는 것을 가르쳐 백성에게 상칙(常則)을 보여주었다. 만약 이것을 따르지 않는 자가 있으면 권세가 있는 자라도 제거되었다. 이런 상태를 소강(小康)이라고 한다.

- 이화여자대학교 2016학년도 모의 논술

서양에서는 존 스튜어트 밀이 이 지점에 위치해 있습니다. 국가 개입의 필요성은 인정하지만, 그것은 최소한에 그쳐야 개인의 자율성이 실현된다고 본 것이지요. 이 때 국가는 구성원에게 이익이 되는 일이라고 할지라도, 그 행위를 강제할 권리가 없습니다. 다만 선한 목적이라면 충고하고 논리로 따져 설득하고, 정말 답답하면 간청까지는 조금 귀찮아도 허용됩니다. 그러나 강제나 위협은, 개인의 행위로 인해 타인이 명백하게 고통받지 않는다면, 허용되지 않습니다. 국가는 공정한 심판자로서 최소한의 권한만 위임받게 됩니다.

나는 이 책에서 자유에 관한 아주 간단명료한 단 하나의 원리를 천명하고자 한다. 이를 통해 사회가 개인에 대해 강제나 통제를 가할 수 있는 경우를 최대한 엄격하게 규정하는 것이 이 책의 목적이다. 그 원리는 다음과 같다. 인간 사회에서 누구든 타인의 행동의 자유를 침해할 수 있는 경우는 그의 행위가 다른 사람에게 해를 끼치는 것을 막기 위한 목적뿐이다. 이 경우에만 당사자의 의지에 반해 권력이 사용되는 것이 정당화될 수 있다. 이 유일한 경우를 제외하고는, 문명

사회에서 구성원의 자유를 침해하는 그 어떤 권력의 행사도 정당화될 수 없다. 행위자 자신의 물리적 또는 도덕적 이익을 위한다는 명목 아래 간섭하는 것도 일절 허용되지 않는다. (중략) 자신의 몸이나 정신에 대해서는 각자가 주권자이기 때문이다.   - 한국외국어 대학교 2019학년도 수시 논술, 밀, '자유론'

하지만 현실은 이렇게 물러터진 법만으로 종종 통제되지 않습니다. 피비린내 나는 살육이 그치지 않았고, 인간의 탐욕은 도무지 그칠 줄 모르니까요. 평생 쓰고도 남을 돈을 모아놓고도, 거지의 쪽박마저 깨뜨리는 일이 비일비재합니다. 여기에는 인간 본성을 보는 전혀 다른 시선이 깔려 있습니다. 맹자와 대립점에 서 있던 순자는 성악설을 주창하지요. 그에 따르면 교육을 받지 못한 인간은 절대 선해질 수 없습니다. '인간의 본성은 악(惡)이고, 그 선함은 위(僞)이다'라고 규정됩니다. 그는 인간의 가치를 과소평가하기보다는 선한 것이나 가치가 있는 모든 것들은 인간 노력의 산물이며, 인간이 금수(禽獸)와 달라지기 위해서는 사회적 관계 속에서 교육을 통해 부단히 예를 행해야만 된다고 강조합니다. 자칫하면 '동물의 왕국'과 다를 바 없는 '예의 없는 세상'을 한번 살펴보겠습니다.

습격은 매우 신중한 계획 하에 행해졌다. 문두루쿠족 사냥꾼들이 동트기 전의 어둠을 틈타 적의 마을을 포위하자, 그들의 주술사가 소리도 없이 주민들을 깊은 잠에 빠뜨렸다. 공격은 새벽에 시작되었다. 이엉을 인 지붕에 불화살을 쏘아 댄 다음, 공격자들은 괴성을 질러대면서 숲에서 뛰쳐나와, 마을로 달려가 주민들을 공터로 몰아내고는 남녀 가릴 것 없이 닥치는 대로 어른들의 목을 베었다. 마을 전체를 소멸시키는 일은 어렵고 위험하기 때문에, 공격자들은 희생자들의 목을 갖고 즉시 철수했다. 그들은 가능한 한 멀리까지 행군하여 휴식을 취한 뒤,

집으로 회군(回軍)하거나 적이 있는 다음 마을로 향했다.

- 경북대학교 2002학년도 정시 논술, 에드워드 윌슨, '인간 본성에 대하여'

옛날 아라비아에 트로글로다이트라고 하는 작은 부족이 있었다. 역사가들의 말에 따르면 이 부족은 인간보다는 동물에 더 가까웠던 이전 시대 트로글로다이트의 후손들이라고 한다. 그러나 내가 지금 말하는 이 부족은 그들의 선조들처럼 그렇게 이상하게 생기지도 않았고 곰처럼 털이 나지도 않았다. 그들은 끽끽거리지도 않았으며 눈도 둘이 달려 있었다. 하지만 그들은 아주 사악하고 잔인하여 자기들 사이에 어떤 공정성이나 정의의 원칙도 없었다. (중략)

비옥한 땅을 갖고 부지런히 경작했던 한 사람이 있었다. 두 이웃이 결탁을 해서 그를 집에서 내쫓고 땅을 가로챘다. 두 사람은 혹시 있을지도 모를 또 다른 강탈자를 막기 위해 상호 연맹 관계를 맺었고, 여러 달 동안 실제로 서로를 보호해 주었다. 그러나 혼자 차지할 수 있는 것을 나누기가 아까웠던 동업자 중 하나가 다른 하나를 죽이고는 땅을 독차지했다. 그러나 그의 소유 기간은 그리 길지 않았다. 또 다른 두 사람이 와서 공격을 했고, 혼자서 두 사람을 방어하기에는 힘이 너무 약했기 때문에 죽임을 당하고 말았던 것이다.

- 이화여자대학교 1999학년도 정시 논술, 몽테스키외, '페르시아인의 편지'

이러한 사회에서 공자님, 맹자님 말씀이 통할 리 없습니다. 말도 꺼내기 전에 목이 달아나겠지요. 이로부터 강력한 국가의 기능과 법의 필요성이 제기됩니다. 이는 강자나 약자, 모두를 위한 것인데요. 힘의 논리가 판치는 세상이라고 해서 강자에게만 유리하지도 않습니다. 더 강한 자는 언제나 나타나기 마련이지요. 크고 힘센 젊은 사자가 나타나면 사자 왕국의 주인이 바뀌고, 옛 주인이 낳은 새끼들은 속절없이 먹이로 전락합니다. 토마스 홉스는 '리바이어던'에서 국가 제도를 통해 이러한 '정글의 법칙'을 벗어나자고 제안합니다. 이제 인간 본성에서 비롯되는 무질서를 다스리는 국가는 필요악으로 강력하게 부상합니다.

인간의 본성에는 싸움을 불러일으키는 세 가지의 요소가 있음을 알 수 있다. 첫 번째는 경쟁심이고, 두 번째는 소심함이며, 세 번째는 명예욕이다. 경쟁심은 인간으로 하여금 이득을 보기 위해, 소심함은 안전을 보장받기 위해, 명예욕은 좋은 평판을 듣기 위해 남을 해치도록 유도한다. 경쟁심은 타인과 그 처, 자식과 가축을 자기 것으로 만들기 위해, 소심함은 자기 자신을 보호하고 방어하기 위해, 명예욕은 자기 자신을 직접적으로 겨냥하거나, 아니면 자신의 가족, 동료, 민족, 직업 또는 이름에 간접적으로 먹칠을 하는 말, 비웃음, 상이한 견해뿐만 아니라 경멸의 몸짓 등과 같은 하찮은 일에도, 인간으로 하여금 폭력을 사용하도록 만든다.

따라서 강력한 국가가 모든 이에게 두려움의 대상으로 존재하지 않는 상황에서 살아갈 때 인간은 '전쟁'이라고 불리는 상태에 놓일 것이 분명하다. 그러한 전쟁 상태는 만인에 대한 만인의 전쟁을 의미한다. 그러한 상태에서는 노동의 결실을 누릴 수 없는 불확실성이 삶을 지배하기 때문에 노동할 이유가 없다. 그 결과 토지의 경작도, 항해의 필요성도, 해외로부터 수입되는 물건의 가치도, 널찍한 건물도, 물건을 이동시키고 옮겨 주는 운송 수단도, 지구가 어떠한 모습인가에 대한 지식도, 시간에 대한 계산도, 예술이나 문학, 사회도 존재하지 않는다. 특히 그 무엇보다 나쁜 것은 끝이 보이지 않는 공포감이고 피비린내 나는 죽음의 위험성이다. 전쟁 상태에서 인간은 고립되고 비참하고 험악하며 단명하고 짐승 같은 삶을 살아갈 수밖에 없다. 국가가 등장하는 까닭이 여기에 있다.

- 고려대학교 1998학년도 정시 논술, 토마스 홉스 '리바이어던'

토마스 홉스, '리바이어던' 표지

　1983년 노벨 문학상을 받은 윌리엄 골딩은 '파리대왕'에서 인간의 본성을 배설물 주위를 끊임없이 떠도는 탐욕스런 파리에 빗대고 있습니다. 비행기 사고로 남태평양의 외딴 무인도에 불시착한 소년들이 다양한 제도를 시험하지만, 그 제도가 무른 탓에 살상과 폭력의 야수상태로 빠지는 과정을 통해 대동 사회는커녕, 소강조차 자리 잡을 수 없는 인간의 폭력성을 묘사합니다.

　지금까지 인간의 본성과 연관된 법과 제도의 필요성을 논의했다면, '뉴욕 시민의 살찔 수 있는 자유'는 자율성과 타율성이 지닌 양면적인 가치를 묻습니다. 인간의 실상이 이처럼 사악하다면 강력한 법이 필요하다고 손쉽게 결론지을 수도 있겠지만, 이것 또한 정답은 아닙니다. 각각의 경우, 여지없이 순기능과 역기능을 동반하고 이 부분을 주목해서 각 현안에 적용하는 능력이 필요합니다.

인간의 자율성은 창의성이나 자발성으로 이어집니다. 인간은 스스로 시행착오를 겪으면서 자발적으로 성숙해가는 존재입니다. 부모가 억지로 공부를 강요한 학생보다, 사춘기 시절 오락에 푹 빠져 살다가, 스스로 이 래서는 안 된다고 각오한 학생이 놀라울 정도로 빠른 학업 성취도를 보이기도 합니다. 경제에서는 대중이 주체가 되는 자유로운 시장 경제가 국가가 주도하는 계획 경제를 압도하는 생산성을 보입니다. 이 부분은 경제 기구 단원에서 상세히 다룰 예정이고요. 인터넷만 보더라도 때로 대중들은 능동적인 참여를 통해, 그 질적 수준을 비약적으로 향상시킵니다. 누구나 참여할 수 있는 위키 피디아의 위키 백과가 그렇습니다. 그렇지만 이 과정에서 혼란과 시행착오라는 대가를 치러야 합니다. 장난삼아 올린 그릇된 정보가 사실처럼 전파될 수도 있고, 심지어 그 시행착오에서 영원히 벗어나지 못하는 경우도 비일비재합니다. 아예 오락에 인생을 걸어버리는 학생이 생기는 것이지요. 세계 경제 대공황은 시장의 자율성이 초래한 참변이었고, 그 피해는 막대했습니다.

타율에 기초한 제도적 법적 개입은 안정성을 줍니다. 불필요한 시행착오를 줄이고 개인적 사회적 혼란을 최소화할 수 있지만, 이러한 개입은 자발성을 위축시키고 시행과정에서 사회적 비용을 동반하며, 아무리 촘촘히 짜인 제도라도 허점을 보이게 마련입니다. 정부의 시장 개입은 부작용을 동반하기 일쑤입니다. 우리의 부동산 정책을 보아도 제도에 제도가 꼬리를 물고 생겨났지만, 아파트 가격은 연일 천정부지로 치솟고 있지요. 또 제도에 따라 억압된 욕망은 호시탐탐 분출 기회를 노리게 됩니다. 금주법을 아무리 강력하게 밀어붙여도, 밀주는 끊임없이 유통되기 마련입니다. 따라서 뉴욕시민에게 탄산음료와 당분첨가음료의 판매를 금하더라도, 분명히 규제를 벗어나는 당 성분이 개발되어 유통될 것입니다. 탄산음료를 먹어 보니, 건강에 별로 좋지 않다는 사실을 스스로 깨달아야 하는데, 중병에 걸리기 전까지는 여전히 달달하고 톡 쏘는 탄산음료의 유혹은 강하다는 것, 인간의 솔직한 모습이기도 합니다. 거창한 인간의 본성 이야기가 소박하게 탄산음료로 귀결되었지만, 이를 인간이 지닌 욕망과 자기 억제의 이중성으로 보시면 됩니다. 다양한 사회 현상과 연관되어 자율과 타율의 양면성은 줄곧 제기될 것입니다. 이제 자율과 타율이 인터넷에 적용되어 출제된 사례와, 제도에 관한 두 철학자의 논의를 소개하면서 이 단원 설명을 마치겠습니다.

(1) 블로그를 하는 사람들은 쟁점들을 서로 다른 대중을 위해 재구성하고, 모든 사람들이 발언할 기회를 갖고 있다는 것을 증명할 것이다. 우리들은 가상공간을 통하여 직업적인 작가, 예술가, 방송 언론인이 아니더라도 다른 사람들에게 자신의 생각을 말할 수 있게 되었다. 모든 사람들이 이제는 출판업자나 방송인이 될 수 있다. 다자간 통신매체는 대중적이고 민주적이라는 것이 증명되었다.

(2) 또 어떤 사람들은 익명성이라는 방패를 사용하여 자신들의 호전성, 편협함, 가학적 충동을 마음껏 표출한다. 온라인상의 대화에서 싸움을 즐기는 사람, 약한 자를 괴롭히는 사람, 고집불통, 돌팔이 아무 것도 모르는 사람, 그리고 괴짜의 존재로 말미암아 공유지(共有地)의 딜레마라는 고전적인 비극이 발생한다. 만약 지나치게 많은 사람들이 다른 사람들의 관심사에 도달할 수 있는 공개된 통로를 이용한다면, 과다한 무임 승차객들이 그 대화를 가치 있게 만드는 사람들을 몰아내는 셈이 될 것이다.

- 서강대학교 2004학년도 정시 논술, 하워드 라인골드, '참여 군중'

아도르노 : 나는 이렇게 말하고 싶습니다. 인간을 지배하는 제도로부터 비롯된 이 권력은 철학의 용어로 '타율적'이라고 불립니다. 제도는 인간과 맞닥뜨려 있는 낯설고 위협적인 권력입니다. 당신은 불안정한 인간의 본성 때문에 그와 같은 불행을 운명적인 것으로 받아들이는 것 같습니다. 그러나 우리 인간들이 서로를 믿지 못하여 제도의 권력을 용납하게 된 것은 비판되어야 합니다. 그리고 제도가 변경될 수 있는 것인지, 아니면 인간에게 엄청난 중압이 되어 개인을 말살하는 위협적인 것이 되고 마침내는 인간의 자유로운 활동을 더 이상 용납하지 않는 것이 되는지 물어야 할 것입니다. 또한, 제도가 인간의 본성으로부터 필연적으로 생겨날 수밖에 없는 것인지, 아니면 경우에 따라서 변경될 수도 있는 역사적 발전의 산물인지 물어야 할 것입니다. (중략)

겔렌 : 엄마의 앞치마에 몸을 숨기는 아이는 불안과 동시에 다소간의 안전을 느낍니다. 당신은 물론 성숙의 문제를 논하려 하겠지요. 우리가 자유롭기 위해, 당신은 기본적 문제에 대한 결정을 제도에 맡기기보다 인간 스스로 하게하고, 그로 인해 불가피하게 제기되는 시행착오와 삶의 과오를 감수하도록 모든 인간에게 요구해야한다고 생각합니까? — 고려대학교 2000학년도 정시 논술

아우슈비츠에 수용된 유대인들

07 부조리한 사회와 주체적인 개인

- 성실한 독일 시민, '악의 화신(化身)' 나치

"나, 다시 돌아갈래!"

2000년 개봉한 영화 박하사탕의 명 대사중 하나입니다.

주인공 김영호(설경구)는 철마가 달려드는 철교 위에서 실패한 인생을 이렇게 자책합니다. 잃어버린 첫사랑과 험난했던 직장 생활, 그리고 자영업의 실패에 겹치는 가정 파탄 등 80년대를 살아가는 소시민의 자화상을 영호가 대변합니다. 그를 덮치는 철마는 역시 우리 사회라는 거대한 구조물을 상징한다고 볼 수 있지요. 그런데 영호가 다시 돌아가면 그의 삶이 변하게 될까요? 애초 사진작가를 꿈꾸며 첫 사랑을 키워가던 영호는 80년 광주 민주화 운동을 진압하는 과정에서 손에 여고생의 피를 묻힙니다. 그리고 경찰 보안과에서 사회생활을 시작하면서 데모 학생을 고문하던 중, 정신을 잃은 학생의 배설물을 손에 다시 묻히게 됩니다. 순수했던 영호의 젊은 시절이 사라지는 순간, 옛 사랑 순임이 찾아오고, 선물로 들고 온 카메라를 받지 않고 돌려보냅니다. 영호는 자신의 삶이 자신도 모르는 사이에 점차 나락으로 빠져드는 과정을 납득하지 못합니다.

한 시대를 살아가는 개인이 그를 옭아매는 거대한 사회의 구조물을 자각하기란 좀처럼 쉽지 않습니다. 인류 역사에서 악의 대명사처럼 통하는 나치 시절을 살아가던 독일의 젊은이들은 모두 악마처럼 머리에 뿔이 나고, 광기에 휩싸여 살았을까요. 그렇지 않았습니다. 오히려 자신의 직무에 충실하고 성실한 소시민이었다고 보는 것이 합당할 것입니다.

아돌프 아이히만(Eichmann, K. A., 1906~1962)은 히틀러의 나치 독일에서 유대인들을 학살한 책임자였다. 그는 독일이 패전한 후 아르헨티나에서 숨어 살다가 1960년에 이스라엘의 비밀경찰에 붙잡혀 재판을 받았다. 그 재판을 참관한 철학자 한나 아렌트(Arendt, H.,1906~1975)는 '예루살렘의 아이히만'에서 아이히만은 재판에서 자신이 전 생애에 걸쳐 칸트의 의무에 대한 정의에 따라 살아왔다는 것을 강조했다고 서술하였다. 아이히만은 재판을 받으며 칸트에 대해 언급하면서 "제가 말하려 한 것은, 나의 의지의 원칙이 항상 일반적인 법의 원칙이 될 수 있도록 해야 한다는 것입니다"라고 말했다고 한다. 그러나 아이히만은 실천 이성이 부여한 도덕 법칙이 아니라 히틀러에 대한 복종을 도덕 법칙으로 삼았다.
　　　　　　　　　　 - 단국대학교 2018학년도 수시논술, 김선욱 외, '윤리와 사상'

수용소의 막사에는 '정직은 인생의 보물', '웅변은 은, 침묵은 금', '이 건물 안에서는 모자를 벗을 것' 등의 표어가 걸려 있었다. 세면장 벽에는 "햇빛과 공기와 물은 너희의 건강을 지킨다"라고 씌어 있었다. 강제수용소 시스템의 최고책임자 하인리히 히믈러의 좌우명도 '무엇을 하든지 예절 바르게'였다. 그리고 그들은 실제 예절 바르게 대학살을 수행했다.

　　　　　　　　　　　　　　 - 숙명여자대학교 2008학년도 정시논술

'박하사탕'에서 영호가 다시 그 시절로 돌아간다고 해도, 자신의 삶을 주체적으로 개척하는 과정은 좀처럼 쉽지 않을 것입니다. 사회라는 거대한 구조물 속에서 미세한 톱니바퀴 정도에 불과한 자신의 위치를 자각하고, 그 철마가 제대로 향하고 있는지, 그리고 잘못 가고 있다면 여기에 맞서는 과정은 말처럼 쉽지 않습니다. 만약 당신이 나치 시절에 태어났다면, "이제야 말로 우리 독일이 제대로 되어간다"면서 충실하게 히틀러의 명령에 따를 가능성이 높습니다. 후대에서 평가자의 입장으로 바라보는 것과, 당대를 살아가는 것은 전혀 다르기 때문입니다. 더구나 제국주의 시절 난징과 만주에서 대학살을 저지른 일본인들은 여전히 "잘못했다"라는 말조차 아끼고 있으니, 역사 속에서 자아의 비판적 성찰은 말처럼 쉬운 일이 아닙니다. 철학자 마르틴 하이데거는 이를 현존재가 일상적인 '서로 함께 있음'으로 인해 타인에게 예속되어 벌어지는 현상으로 진단합니다. 타인이 임의대로 현존재의 일상적인 존재 가능성을 좌우한다는 것이지요. 이때 타인은 특정한 개인이 아니라, '서로 함께 있음'으로 인해 개체성을 포기하면서 생기는 '누구'의 지배를 받는다는 것인데, 이때 '누구'는 불특정 다수의 중성자로 '그들'이 됩니다. 이렇게 '그들'이 되어가는 모습을 확인해 보겠습니다.

독일의 나치는 처음에 공산주의자를 죽이려 하였습니다. 나는 공산주의자를 위한 어떤 말도 하지 않았습니다. 나는 공산주의자가 아니었기 때문입니다. 다음에 나치는 유태인을 죽이려 하였습니다. 나는 유태인이 아니었기 때문에 아무 말도 하지 않았습니다. 그 다음 나치는 노동조합원을 죽이려 하였습니다. 나는 노동조합원이 아니었기 때문에 아무 말도 하지 않았습니다. … 그 다음에는 나치가 나를 죽이러 왔습니다. 그때는 나를 위해 말해 줄 사람이 아무도 남아 있지 않았습니다.

- 동국대학교 2015학년도 수시논술, '고등학교 사회'

제2차 세계 대전 때 아우슈비츠 수용소로 끌려가는 기차 안에서 한 젊은이가 자신의 처지를 절망하며 외쳤다.

"내가 왜 이런 일을 당해야 합니까? 나는 독일에 해가 될 아무런 일도 하지 않았습니다. 나는 꼬박꼬박 세금을 냈고, 법을 지켰으며, 시민으로서의 의무를 다하였습니다. 그런데 도대체 내가 왜 이런 일을 당해야 합니까."

그의 외침에 기차 안은 조용해졌고, 모두들 그 젊은이의 분노와 절망에 동감하는 듯하였다. 그때 한 노인이 말하였다.

"바로 그대가 아무 것도 하지 않았기 때문에 우리가 죽는 걸세. 젊은이, 히틀러가 그토록 많은 죄를 저지르는 동안 그대는 아무런 일도 하지 않았네. 그래서 우리가 여기에 있게 된 것이지." - 한양대학교 에리카캠퍼스 2020학년도 수시 논술, 서울대학교 2011학년도 수시 논술

더구나 그 사회는 개인의 비판적 사고를 마비시키는 장치를 끊임없이 개발하는데요. 온갖 선동은 말할 것도 없고, 권위나 규칙, 규제와 같은 시스템이 될 것입니다. 거리마다 치렁치렁 늘어진 나치의 휘장과, 나치를 찬양하는 온갖 노래들, 그리고 헤아릴 수 없는 사람들이 운집해서 스포트라이트를 받고 있는 히틀러에 열광하는 모습은 '불특정 다수'가 되어가는 인간의 모습을 역사 속에서 보여줍니다. 우리도 5공화국 시절에 대통령이 해외 순방을 마치고 귀국하는 날, 비가 내리자 마치 하늘의 축복인 것처럼 떠들어 대던 뉴스 앵커의 목소리가 아직도 잊히지 않습니다. 이 때 개인은 자신의 개체성을 쉽사리 포기하고 다수의 판단에 자신을 맡기게 된다는 것입니다. 여기에는 그 집단에서 벗어나려 했을 때 자신에게 가해진 엄청난 사회적 압박감도 한 몫을 합니다. 인간은 혼자보다는 함께 있을 때, 그리고 다수의 합의 속에 숨어 있을 때 안식을 느끼는 존재니까요. 다음 시

는 개체의 실존을 포기한 인간을 보여주고 있습니다.

군중 속에서 유령처럼 나타나는 이 얼굴들,
까맣게 젖은 나뭇가지 위의 꽃잎들.
 - 에즈라 파운드 '지하철 정거장에서'

나는 보았다
밥벌레들이 순대 속으로 기어들어가는 것을
 - 최영미 '지하철에서'

- 서강대학교 2005학년도 정시 논술

이제 현실을 직시하고 혼란스런 공동체 속에서 스스로의 주체성을 찾아갈 시간입니다. 다산 정약용 선생은 유배지에서 한양의 벼슬살이 생활을 객관화시키면서, 자신을 돌아보고 '나를 찾는 것'의 중요성을 이렇게 토로합니다. 아돌프 아이히만이 다산 선생의 글을 읽었다면, 자신의 현존재를 되찾는데 무척 유용했을 것입니다.

천하 만물 중에 지켜야 할 것은 오직 '나'뿐이다. 내 밭을 지고 도망갈 사람이 있겠는가? 그러니 밭을 지킬 필요가 없다. 내 집을 지고 달아날 사람이 있겠는가? 그러니 집은 지킬 필요가 없다. 내 동산의 꽃나무와 과실나무들을 뽑아 갈 수 있겠는가? 나무뿌리는 땅 속 깊이 박혀 있다. 내 책을 훔쳐 가서 없애 버릴 수 있겠는가? 성현의 경전은 세상에 퍼져 물과 불처럼 흔한데 누가 능히 없앨 수 있겠는가. 내 옷과 양식을 도둑질하여 나를 궁색하게 만들 수 있겠는가? 천하의 실이 모두 내 옷이 될 수 있고, 천하의 곡식이 모두 내 양식이 될 수 있다. 도둑이 비록 훔쳐 간들 하나둘에 불과할 터, 천하의 모든 옷과 곡식을 다 없앨 수는 없다. 따라서 천하 만물 중에 꼭 지켜야만 하는 것은 없다. 그러나 유독 이 '나'라는 것은 그 성품이 달아나기를 잘하여 출입이 무상하다. 아주 친밀하게 붙어 있어 서로 배반하지 못할 것 같지만 잠시라도 살피지 않으면 어느 곳이든 가지 않는 곳이 없다. 이익으로 유도하면 떠나가고, 위험과 재앙으로 겁을 주면 떠나가며, 질탕한 음악 소리만 들어도 떠나가고, 미인의 예쁜 얼굴과 요염한 자태만 보아도 떠나간다. 그런데 한번 떠나가면 돌아올 줄 몰라 붙잡아 만류할 수가 없다. 그러므로 천하 만물 중 잃어버리기 쉬운 것으로는 '나'보다 더한 것이 없다. - 경희대학교 2017학년도 수시 논술, 정약용, '수오재기(守吾齋記),나를 지키는 집'

개인이 사회 속에서 비판의식을 회복하고 자신의 개체성과 주체성을 회복했다고 해서 그 사회의 모순에 맞서기란 좀처럼 쉬운 일이 아닙니다. 영화 '매트릭스'는 이에 대한 시사점을 주고 있는데요.

영화 '매트릭스'(Matrix)는 우리가 살고 있는 지금 이 세계가 꿈이고, 바깥에 비참한 진짜 세계가 존재한다는 이야기를 던져서 상당한 이슈를 일으켰다. 영화 속에서 빨간 약을 선택하면 기계장치에 연결되어 생체 배터리로 살아가는 비참한 진짜 세계로 나가게 되고, 파란 약을 선택하면 그냥 지금 우리가 살고 있는 것과 같은 이 세계에 머물게 된다. (중략)
매트릭스에서는 한번 빨간 약을 먹은 사람이 다시 파란 약을 먹는 일이 발생하게 된다. 한번 진실에 눈뜬 사람이 '자의적으로' 눈을 감으려 한다는 것이다. 보는 입장에 따라 '루저'라고 비난할 수도 있지만, 엄청나게 쓰고 괴로운 빨간 약 대신 달콤한 파란 약을 택한 건 어쩌면 대단히 인간적인 선택이라고 할 수 있을 것이다. 대책 없이 비참한 빨간 약의 세계보다 가짜인 파란 약의 세계가 조금이라도 더 행복하다면, 가짜 세상에 머무르는 쪽을 선택할 수도 있는 것이다.

- 경기대학교 2014학년도 수시 논술, '고등학교 윤리와 사상'

대학은 부조리한 현실에 직면했을 때, 다양한 인간 군상들의 대응 방식을 문학과 비문학 지문 등을 통해 숱하게 출제해 왔습니다. 그 양상을 정리해 보면, (1) 아무런 자각이 없이 주체성을 포기하고 집단 논리에 휩쓸리거나 (2) 모순된 현실을 인지하면서도 도피하거나 순응하는 소시민의 모습 등입니다. 이 경우 그 사회는 부조리와 모순을 털어내지 못하게 될 것입니다. 나아가 (3) 그러한 사회에 적극적으로 동조하면서 영합해서 출세하는 기회주의적 인간상의 모습도 당연히 있을 것입니다. 이문열의 소설 '우리들의 일그러진 영웅'에서는 서술자인 한병태가 반장 엄석대의 비리에 맞서다가 좌절한 뒤, 결국 반장 편에 서서 '굴종의 단 열매'를 빠는 모습이 형상화됩니다. 그렇지만 (4) 인간은 도무지 무너질 것 같지 않은 거대한 모순에 저항하면서 사회를 한발 한발 발전시켜오지 않았을까요. 백인의 철권통치를 무너뜨리고 흑인 투표권을 실현시킨 남아프리카공화의 넬슨 만델라가 현대 역사의 증인입니다. 작은 양심들의 연대와 실천을 통해 사회의 모순을 조금씩 헐어내 마침내 무너뜨린 것이지요. 순서대로 출제된 제시문을 살펴보거나 간단한 부연 설명을 하겠습니다.

(1) 여기 일생 동안 이웃을 위해 산 분이 계시다
이웃의 슬픔은 이분의 슬픔이었고
이분의 슬픔은 이글거리는 빛이었다
사회자는 하늘을 걸고 맹세했다
이분은 자신을 위해 푸성귀 하나 심지 않았다 (중략)

사내들은 울먹였고 감동한 여인들은 실신했다

그때 누군가 그분에게 물었다. 당신은 신인가

그분은 목소리를 향해 고개를 돌렸다

당신은 유령인가, 목소리가 물었다

저 미치광이를 끌어내, 사회자가 소리쳤다

사내들은 달려갔고 분노한 여인들은 날뛰었다

그분은 성난 사회자를 제지했다

군중들은 일제히 그분에게 박수를 쳤다(중략)

- 경희대학교 2016학년도 수시 논술

(2) 지식인의 나약성과 현실 도피는 시와 소설 등 문학의 주된 주제이기도 한데요. 이와 관련해서 이강백의 희곡 '파수꾼'이 가장 잦은 출제 빈도를 보였습니다. 출제되는 부분도 거의 정해져 있습니다. '이리 떼'가 자주 출몰한다는 한 마을에 파견된 파수꾼 '다'는 '이리 떼'라는 외침과 양철북 소리는 들었지만, 막상 실제로 이리 떼를 보지는 못해 의아해 합니다. 마을 사람들은 이 신호에 겁을 먹고, 황급하게 피하다가 다치기도 하지만, '이리 떼'로부터 자신을 지켜주는 촌장에게 감사하며 그를 중심으로 단합하며 살아갑니다.

어느 날 저녁, 파수꾼 '다'는 다른 동료 파수꾼들이 잠을 자고 있는 사이, 두려움을 안고 망루에 올라가서 그간 선임 파수꾼 '가'가 "이리 떼"라고 외치는 것의 정체가 흰 구름이라는 사실을 알게 됩니다. 항변하는 파수꾼 '다'에게 촌장은 '네가 이 사실을 알리면 마을이 질서를 잃고 혼란에 빠져 결국 피를 보게 될 것'이라고 위협한 뒤, "함께 은밀히 감추어둔 딸기나 따러 가자"고 회유합니다. 결국 파수꾼 '다' 또한 흰 구름을 보고, '이리 떼'라고 외치면서 촌장의 권력에 순응해 갑니다.

1970년대 발표된 작품이라는 사실을 감안하면, 이 희곡의 상징장치가 의미하는 바는 분명합니다. 촌장은 박정희 대통령에 해당하고, '이리 떼'는 북한이겠지요. 박 대통령이 북한의 침략을 구실 삼아 온 국민을 긴장으로 내몰아 통제하면서 독재 권력을 강화하는 시절을 풍자하고 있습니다. 그런데 이 희곡의 핵심은 촌장이 아니라, '파수꾼'에 있습니다. 마을을 지켜야 되는 파수꾼, 즉 지식인들이 자신의 이해관계 등으로 독재에 길들여지는 나약성을 고발하는 것이지요. 대학도 주로 이 부분에 초점을 두고 출제를 하게 됩니다. 최근에는 단국대학교가 2019학년도에 역시 동일한 맥락에서 출제했습니다.

(3) 나는 필명이 적요(寂寥)이다. (중략)

지식인들은 더욱 그러했다. 그들은 천박한 자신의 욕망을 갖은 말로 치장해 감추면서, 세상에 대고 두 개의 나팔을 불었다. 이를테면 천박한 자라고 판결을 내리는 자에겐 트럼펫을 불고, 천박하지 않은 자라고 판결을 내린 자에겐 우아하게 색소폰을 불어대는 식이다. 그런 자 중에서 자기 판결의 확고한 명분을 갖고 있는 자는 사실 드물다. 명분이야 난무하지만, 대개는 눈치로 때려잡는다. 좀 더 깊이 알거나 좀 더 영향력 있는 사람이 어떤 사람, 어떤 지점을 향해 색소폰을 불었다 하면 그제야 너도 나도 줄지어 집중포화로 포즈도 우아하게, 색소폰을 일제히 불어 젖힌다. 천박하다고 판결해, 트럼펫을 불어야 할 때는, 그 짓조차 오물을 뒤집어쓸지 몰라 조심조심하다가 최종적으로, 침묵은 밑져도 본전이라는, 지식인 사회의 은밀한 불문율을 따라가고 마는 것도 그들이다. 문단이라고 뭐 예외가 아니다. 내가 필명을 적요라고 정할 때, 사실 나는 그런 지식인 사회의 구조를 명백히 꿰뚫어 보고 있었다. 그들이 온갖 소음의 진원지라는 것을.

이제 비로소 고백하거니와, 적요라는 필명은 그러므로 나의 여우같은 전략이자 그런 자들에게 대한 통렬한 발언이기도 했다. 내 전략은 유효했고, 시인으로 나는 성공했다. 성공하기까지 기다림이 좀 길었을 뿐이다.

- 경희대학교 2014학년도 수시 논술

(4) 모든 재소자들에게 그렇지만 특히 정치범들에게 최대의 과제는 어떻게 감옥 생활에서 자신을 온전히 지킬 수 있는가, 어떻게 약해지지 않고 출소할 수 있는가, 어떻게 자신의 신념을 보존하고 재충전할 수 있는가다. 이를 이루기 위해 제일 먼저 해야 할 일은 생존하기 위해 내가 무엇을 해야 하는가를 아는 것이다. 그렇게 하기 위해서는 적을 무너뜨리기 위한 전략을 세우기 전에 적의 목적을 먼저 알아야 한다. 감옥은 사람의 정신을 파괴하고 결의를 무너뜨리도록 되어 있다. 이 목적을 위해 당국은 재소자들의 모든 약점을 이용하고, 모든 자발적인 움직임을 분쇄하고, 개인성의 모든 징표를 부정한다. 우리의 생존은 당국이 우리에게 하고자 하는 바를 알고 이것을 서로 공유하는 데 달려 있다. 혼자서 저항한다는 것은 불가능에 가까울 정도로 힘든 일이다. 우리는 우리가 아는 모든 것과 배운 모든 것을 함께 나누었고, 그렇게 함께함으로써 개개인이 가지고 있는 작은 용기들을 배가시킬 수 있었다. 그렇다고 해서 우리 모두에게 가해진 곤경에 똑같은 방식으로 대응했다는 말은 아니다. 사람은 각자 갖고 있는 능력이 다르고, 스트레스에 대한 반응도 다르다. 그러나 강한 사람은 약한 사람의 용기를 북돋워줄 수 있으며 그 과정에서 약자와 강자 모두가 더 강해질 수 있다. 결국 우리는 감옥에서 우리 자신의 삶을 창조해야 했다.

- 경희대학교 2017학년도 수시 논술, 넬슨 만델라, '자유를 향한 머나먼 길'

자크 루이 다비드, '소크라테스의 죽음', 1787년, 위키아트

08 법과 인간의 존엄성

- 형식적 법치주의와 실질적 법치주의

자베르는 암흑의 입구를 뚫어지게 응시하면서, 얼마 동안 꼼짝도 않고 있었다. 마음을 집중시키는 것처럼, 뚫어지게 보이지 않는 것을 바라보고 있었다. 물은 찰싹 찰싹 소리를 내고 있었다. 이윽고 그는 모자를 벗어 난간 언저리에 놓았다. 다음 순간, 검고 키 큰 사람 그림자가 난간 위에 똑바로 서서, 강물 쪽으로 몸을 구부렸다가 이내 다시 일어난 후에 어둠을 향해 똑바로 떨어졌다. 이어 희미하게 물이 튀는 소리가 들렸다. 그러나 물속으로 사라진 이 희미한 그림자의 충동적인 행위의 비밀을 알고 있었던 것은 암흑뿐이었다.

- 건국대학교 2003학년도 정시 논술, 빅토르 위고, '레 미제라블'

법은 분명 공동체 속에서 인간 존엄성의 가치를 실현하는 한 가지 방식입니다. 그런데 세상이 끊임없이 변하는 만큼 낡은 법이 세상을 따라 잡지 못하면 고쳐나가게 됩니다. 신체가 커지면 옷을 수선하거나 새로 지어 입어야지, 옷에 신체를 맞출 수는 없습니다. 1997년 폐지된 동성동본의 금혼법이나, 2015년에 헌법재판소가 위헌 결정을 내린 간통죄 등이 시대 변화에 따라 법이 바뀐 대표적인 사례들일 것입니다. 그런데 늘 법이 시대에 따라 적절하게 개정되는 것도 아니고, 심지어 어떤 법들은 시대와 무관하게 인간을 속박하는 굴레로 버젓이 자리 잡습니다. 독일 나치의 유대인 학살 과정도 법으로 뚜렷이 명시되어 실행됩니다. 그리고 빅토르 위고는 '레 미제라블'에서 장발장을 통해 법이 선과 악을 가르는 기준이 될 수 없다는 사실을 보여줍니다. 경감 자베르의 혼란과 자살은 바로 여기에서 연유하는데요. 엄격한 법 집행이 자신의 사명이라고 믿었던 자베르는 범죄자 장발장을 집요하게 추적하는 과정에서 자신이 믿던 법의 세계에 균열이 생깁니다. 따라서 합법적인 절차에 따라 만들어진 법이라도 법의 목적과 내용이 인간의 존엄성, 실질적인 평등과도 부합해야 한다는 입장, 이것을 '실질적 법치주의'라고 합니다. 법조항의 자구에 얽매이지 않고 그 법을 실현하는 과정에서 법의 근본정신을 돌이켜 보자는 것입니다. 아마 이러한 유연한 사고를 가졌다면 자베르는 그토록 오랫동안 장발장을 추적하지도, 자살하지도 않았을 것입니다.

만일 "모든 인디언을 죽이라"는 규율이 있을 때 동정심으로 어떤 인디언을 살려준다면 이 행위는 정의롭지 못한가? "여자는 선거권을 갖지 못한다"는 규율을 여자들 모두에게 적용한다면 공평하게 대우한 셈이므로 정의인가? (중략)
이러한 예들은 공평한 규율의 집행이 법치의 필요조건이기는 하지만 충분조건은 아니라는, 또는 '부분적 법치'에 지나지 않는다는, 아주 상식적인 결론에 도달하게 한다. 규율의 공평한 집행이 명백하게 부정의(不正義)를 낳는 경우를 '형식적 정의 및 법치의 역설'이라고 부를 수 있다. (중략)
우리는 인디언의 사례에서 "'정의롭지 않은 결과가 반복적으로 초래되는 경우를 제외한다면' 동등한 경우는 동등하게 대우하라"는 내용을, 여자 선거권의 예에서는 "규율의 공평한 집행은 '그 규율이 정의로운 규율체계에 속하는 한에서만'

정의를 보장한다"는 내용을 첨가해야만 이 역설로부터 벗어날 길을 찾을 수 있을 것이다. 이렇게 본다면 형식적 법치의 요청, 즉 형식적 평등의 요청이 지향하는 바를 다음과 같이 요약할 수 있다. 어떤 법규범이 규정하는 요건을 동일하게 충족하는 관련 당사자들을 동등하게 처우하라는 요청이 정의로운 것은 이 균등 대우가 동등한 인간존엄성의 가치를 실현하는 데 적합하다고 인정되는 경우에만 해당되는 것이지 그 자체가 정의 및 법치의 목표 이념은 아니다.

- 숙명여자대학교 2019학년도 수시 논술

따라서 실질적 법치주의 입장에서는 법이 정의롭지 못한 경우, 그 구성원들은 이에 맞서 부조리한 법의 철폐에 나서게 됩니다. 이 과정에서 때로 물리적인 수단이 동원되고, 현행법을 정면으로 어기는 결과를 초래하기도 합니다. 미국의 사상가 헨리 소로는 '시민의 반항'이라는 글에서 '불복종'이라는 단어를 천명하는데요. 이후 옳지 못한 국가 권력에 대해 시민이 맞서는 정신을 상징하게 됩니다. 그 자신 또한 노예제도를 지지하는 정부에 대항하여 납세를 거부했고, 이후 마틴 루터 킹의 미국 흑인 인권 운동, 마하트마 간디의 비폭력 불복종 운동, 남아프리카 공화국의 인종차별 반대 투쟁 등에서 이 정신이 빛을 발합니다.

영국에는 무분별한 동물 남용과 학대에 반대하여 조직적인 저항운동을 벌이는 동물해방론자들의 단체가 있다. '동물해방전선(Animal Liberation Front)'과 '동물학대방지왕립협회(Royal Society for the Prevention of Cruelty to Animal)'가 대표적이다. 이들 단체의 회원들은 식용고기의 생산을 위한 공장식 농장, 모피공장, 사냥터, 동물실험실 등에서 행해지는 인간에 의한 동물학대에 대해 다양한 방식으로 저항하고 있다. 특히 '동물해방전선' 회원들은 동물학대에 대해 항의서를 제출한다거나 데모를 벌이는 등의 간접적이고 평화로운 방법 대신에 보다 직접적이고 물리적인 방법으로 투쟁한다. 그들은 모피공장을 습격 하여 그 안에 있던 동물들을 풀어주거나 동물을 대상으로 하는 실험실을 파괴하 기도 한다. 또 한 번은 바다표범을 잡으러 나갈 예정인 배에 구멍을 내서 그들의 생업을 방해한 적도 있다. 그 회원들은 비록 다른 생명들에게, 그들이 사람이든 동물이든 간에, 직접적인 피해를 입히지는 않았지만 재산상으로 막대한 피해를 입혔다. 결국 다수의 회원들이 체포되었으며, 법정에 서게 되었다.

- 성균관대학교 2019학년도 수시 논술

법이 당신으로 하여금 다른 사람에게 불의를 행하는 하수인이 되라고 요구한다 면, 분명히 말하는데, 그 법을 어겨라. 국가라는 기계가 그 법을 윤활유 삼아 매 끄럽게 돌아간다 하더라도 생명을 다하여 그 기계를 멈춰 세우라.

- 서울시립대학교 2016학년도 모의 논술

테베 지역에서 전해지는 전설을 소포클레스가 재구성한 '안티고네'는 법조항이 인간을 구속해서 초래되는 비극을 보여주는데요. 반역 행위로 인해 매장이 금지된 오빠를 안티고네는 천륜이라면서 장례를 거행하려 했고, 이로 인해 사형을 선고 받습니다. 안티고네가 석굴에서 죽음으로 국 가법의 부당함에 항거하자, 그녀의 약혼자인 크레온의 아들 하이몬도 따 라 죽습니다. 소식을 전해들은 크레온은 "아, 정의가 무엇인지 나는 불행 을 통해 배웠다"고 탄식합니다. 최소한 10여 차례 이상 논술 지문으로 출 제된 이야기지요. 이러한 문제는 현대에도 여전히 빈번하게 발생합니다.

중앙대는, 중병에 걸린 부인과 함께 임대 아파트에 5년 계약으로 들어 간 이 씨의 이야기를 통해 이 같은 문제를 제기하는데요, 당시 이 씨는 대소변조차 가리지 못하는 부인을 간호하느라 자리를 뜰 수 없었다고 합니다. 딸 역시 먼 거리에서 서류를 떼러 다니다가 결국 자기 이름으로 계약하고 아버지가 살도록 했는데, 계약 기간이 끝나자 A공사는 임대를 분양으로 전환하면서 "실제 계약자는 딸인데 무주택자가 아니고 무주택자인 노인은 실제 계약자가 아니니 누구에게도 분양해 줄 수 없다. 집을 비우라."고 퇴거·명도 소송을 냈습니다. 그리고 1심에서는 이 씨에게 집을 비우라고 했지만, 고등 법원의 판단은 달랐습니다. 75세 노인이 계약 체결 과정의 작은 실수 때문에 그 주거 공간에서 계속 살 수 없다고 한 것은 '임차인'이라는 법률 용어에 집착해 '주거 안정'이라는 생존권을 보장하려는 법의 진정한 취지를 이해하지 못한 것이라며, 이 씨의 손을 들어주었습니다. 이 판결에 담긴 법에 대한 생각은 다음과 같이 요약됩니다.

> "가장 세심하고 사려 깊은 사람도 세상사 모두를 예상하고 대비할 수는 없는 법이다. 가장 사려 깊고 조심스럽게 만들어진 법도 세상사 모든 사안에서 명확한 정의의 지침을 제공하기는 어려운 법이다. 법은 장래 발생 가능한 다양한 사안을 예상하고 미리 만들어 두는 일종의 기성복 같은 것이어서 아무리 다양한 치수의 옷을 만들어 두어도 예상을 넘어 팔이 더 길거나 짧은 사람이 나오게 된다. 미리 만들어 둔 옷 치수에 맞지 않다고 하여 당신의 팔이 너무 길거나 짧은 것은 당신의 잘못이니 당신에게 줄 옷은 없다고 말할 것인가? 아니면 다소 번거롭더라도 옷의 길이를 조금 늘이거나 줄여 수선해 줄 것인가?"

> - 중앙대학교 2016학년도 수시 논술

훈훈한 판결이고, 법의 탄력적인 적용이 돋보입니다. 이렇게 본다면 아테네의 부당한 법에 따라 사형을 선고 받은 소크라테스가 '악법도 법'이라면서 기꺼이 독배를 든 이유는 무엇일까요. 소크라테스는 지나치게 꽉 막힌 사람일까라는 생각이 드는데요. 당시 탈출을 권유하던 크리톤에게 답한 소크라테스의 요지는 한 국가의 법적 안정성입니다. 구성원이 자신이 속한 공동체를 떠나지 않고 살아간다는 것은 법질서에 따른다는 암묵의 동의를 한 것이고, 이를 자의적으로 어긴다면 당장 목숨은 살릴 수 있지만, 아테네의 법적 근간이 흔들려 자신이 가장 사랑하던 아테네가 위험에 처한다는 것이지요. 누구나 자신의 처지에 따라 법에 저항하고 법질서를 부인한다면, 법은 더 이상 그 나라를 통합시키는 구심점이 될 수 없다는 것입니다. 소크라테스 답변의 한 구절을 볼까요.

소크라테스 : 그렇다면 이렇게 생각해 보세. 지금 내가 이곳을 탈출하여 도망치려 했을 때 국법이나 국가가 "소크라테스, 말해보게. 자네는 무슨 짓을 하려는가? 자네가 하려는 일은 우리 법률과 나라 전체를 자네 마음대로 파멸시키려는 것이 아닌가? 자네는 한 나라에서 일단 내려진 판결이 아무 효력도 거두지 못하고 한 개인의 임의대로 무효가 되고 파괴될 경우, 그 나라가 멸망하지 않고 존속할 수 있다고 생각하는가?"라고 묻는다면 크리톤 나는 어떻게 대답해야 하는가? (중략)
만일 자네가 이 세상을 떠난다면, 그것은 우리 국법에 의해서가 아니라 인간들의 불의에 의해 희생된 것이네. 하지만 자네가 옳지 못한 방법으로 불의에 대해 보복하고, 우리에게 약속하고 동의한 것을 깨뜨리고, 조금도 해를 끼치지 말아야 할 자네 자신과 친구들과 조국과 법률에 해를 끼치고 도망간다면, 자네가 살아 있는 동안 자네에 대한 우리의 노여움은 가시지 않을 것이네.

- 연세대학교 2001학년도 정시 논술, 플라톤, '크리톤'

물론 법은 완벽하지 않지만, 한 개인이-그가 아무리 고고한 현자라 할지라도-자의적으로 법을 해석하고 판단한다면 공동체의 안정은 무너진다는 것입니다. 더구나 이러한 관행이 그 사회에 뿌리 내리면 결국 개인의 이기적 욕망을 채우는 수단으로 법이 전락해서 더 큰 위기와 불행을 가져온다는 것이지요. 따라서 공동체의 합의에 따른 공정한 절차에 따라 법이 수정되기 이전까지 법조항의 원칙을 지키자는 '형식적 법치주의'는 사실 대부분의 법치 국가들이 채택하고 있습니다. 이는 또한 특정한 개인의 독단적인 지배를 막는 견고한 장치이기도 합니다. 법이 일시적인 불합리성을 노출할지라도, 왜 존중해야하는지를 미란다 원칙이 잘 보여주는데요.

> 1963년 3월, 미국 애리조나주 피닉스시 경찰은 멕시코계 미국인 에르네스트 미란다를 납치·강간 혐의로 체포하였다. 피해자는 경찰서로 연행된 미란다를 범인으로 지목하였고, 미란다는 변호사도 선임하지 않은 상태에서 2명의 경찰관에게 조사를 받았다. 미란다는 처음에는 무죄라고 주장하였으나 약 2시간 동안 심문을 받고 나서는 범행을 인정하였고 이에 대한 진술서도 제출하였다. 그러나 재판이 시작되자 다시 무죄를 주장하며 진술서의 법적 효력에 이의를 제기하였다. 미국 연방 대법원은 5대4의 표결로 미란다에 무죄를 선고하였다. 이유는 조사에 앞서 그에게 진술거부권, 변호인 선임권 등의 권리가 있음을 알리지 않았기 때문이라는 것이다.
>
> - 경기대학교 2017학년도 모의 논술, '고등학교 법과 정치'

판사도 그 범죄자가 왜 밉지 않았겠습니까, 하지만 한번 원칙을 깨뜨리면 이후 무수히 많은 용의자들의 인권이 침해될 수 있다고 판단한 것입니다. 법은 어떤 면에서 그 공동체 구성원의 정체성을 형성하고, 사회를 통합하는 역할도 수행합니다. 이를 자신의 의지에 따라 수시로 어긴다면, 그 결과는 어떻게 될까요. 이렇게 본다면 소크라테스는 꽉 막힌 사람이 아니라, 장기적인 안목에서 공동체의 미래를 보고, 자신을 희생했다고 보아야 할 것입니다. 한스 켈젠은 '순수 법학'에서 어떤 사람이 국가의 일원인지의 여부는 심리학적 문제가 아니라 법적 문제라고 정의합니다. 국민을 형성하는 사람들의 통일체는 다름 아닌, 동일한 법질서에 의해 규율되고, 국민이란 유전적 동일성이 아니라, 국가법 질서의 인적 적용범위라는 것이지요. 이렇게 본다면 법치주의를 둘러싼 두 가지 논의 모두 장단점을 갖게됩니다. 법체계 또한 완벽한 해석은 없는 것입니다. 마지막으로 경감 자베르가 부활한 것처럼 보이는 이야기 한 토막을 전해 드립니다. 이 경찰이 마음에 든다면, 당연히 형식적 법치주의를 지지하는 입장입니다.

영국의 윈스턴 처칠이 수상이었을 때의 일이다. 회의 시간이 임박해 의사당을 향해 가고 있는데 도로가 꽉 막혀 있었다. 처칠은 조급한 마음에 운전사를 계속 재촉했다. (중략)
마음이 급해진 운전사는 신호위반을 하다 그만 교통경찰에게 잡히고 말았다. 경찰이 딱지를 떼려 하자 운전사가 "지금 이 차에는 수상 각하가 타고 계시는데 회의 시간이 임박해서 그러니 어서 보내 주게!"라고 말했다. 그러자 경찰은 "거짓말 하지 마십쇼. 이 나라의 법질서를 책임지고 있는 수상 각하의 차가 신호를 어겼을 리 없습니다. 그리고 혹여 수상 각하가 타고 있는 차라 해도 위반을 했으면 딱지를 떼어야지 예외는 있을 수 없습니다" 결국 딱지를 떼었으나 처칠은 기분이 좋았다. 그런 꿋꿋한 경찰관이 영국의 민주주의를 지켜 주고 있는 것이라는 생각이 들었기 때문이었다. 회의가 끝나자마자 처칠은 런던 경시청장에게 전화를 걸었다. "경시청장인가? 나 처칠인데, 오늘 이러저러한 일이 있었으니, 그 모범적인 교통경찰을 일 계급 특진시켜주게나!" 그러자 경시청장은 "런던 경시청의 내규에는 교통 법규를 위반한 사람에게 딱지를 뗀 교통경찰을 일 계급 특진시켜 주라는 조항은 없습니다"라고 단호히 대답했다.

- 가톨릭대학교 2008학년도 수시 논술

문화는 끊임없는 접촉과 교류,

그리고 상호 작용을 통해 창조되고 변형됩니다.

이 과정에서 서로 다른 문화가 만났을 경우,

결코 평등한 관계만을 전제로

교류하지 않는다는 것입니다.

국가나 집단 간 힘의 우열 여부,

그리고 주류와 비주류, 다수와 소수집단이라는

현실이 맞물리게 되지요.

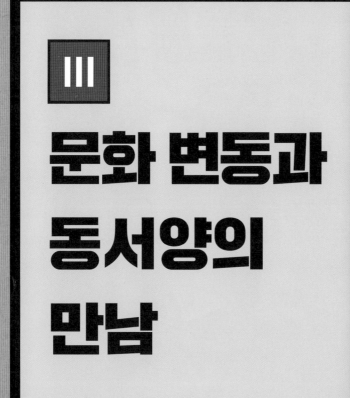

III

문화 변동과 동서양의 만남

카렌족(Karen), 미얀마 및 태국에 거주하는 민족 집단. 여인들이 목에 링을 걸고 다니며 링의 수와 종류로 사회적 지위를 나타낸다.

09 평등한 문화 교류는 가능할까?

- 샐러드 볼과 용광로

"베트남 엄마를 두었지만 당신처럼 이 아이는 한국인입니다. 김치가 없으면 밥을 못 먹고 세종대왕을 존경하고 독도를 우리 땅이라 생각합니다. 축구를 보면서 대한민국을 외칩니다. 20살이 넘으면 군대를 갈 것이고 세금을 내고 투표를 할 것입니다. … 당신처럼." ‐ 동국대학교 2015학년도 수시 논술

    문화 상대주의는 지구촌 시대에 세계 문화의 다양성을 인정하고, 각 문화는 그 나라나 공동체가 처한 독특한 환경과 역사적·사회적 상황에서 이해해야 한다는 견해입니다. 사회의 환경과 맥락을 고려하여 문화를 판단하는 것으로, 어떤 문화요인도 나름대로 존재이유가 있다는 시각이지요. (네이버 두산 백과) 이를 정면으로 거부할 사람은 없습니다. 그런데 현실을 돌아보면 문화 상대주의가 이렇게 '고상하게' 전개되지는 않습니다. 마치 "모든 사람은 평등한 인권을 지니고 태어난다"는 말이 지닌 공허함과 별반 다르지 않다는 것입니다.

    문화는 끊임없는 접촉과 교류, 그리고 상호 작용을 통해 창조되고 변형됩니다. 이 과정에서 서로 다른 문화가 만났을 경우, 결코 평등한 관계만

을 전제로 교류하지 않는다는 것입니다. 국가나 집단 간 힘의 우열 여부, 그리고 주류와 비주류, 다수와 소수집단이라는 현실이 맞물리게 되지요. 인간은 타자가 지닌 '힘의 강약'에 따라 그 관계를 설정하는 버릇을 가지고 있기 때문입니다. 한국인이라면 당연히 '한류 열풍'에 대단한 자부심을 가지고 있을 것입니다. 그리고 은연중 우리 민족문화의 우수성이라는 근거 없는 논리로 손쉽게 비약하고는 합니다. 이것이 살짝 지나치면 자기 민족의 모든 것이 타민족보다 우월하다고 믿고 타 문화를 배척하는 자민족이나 자문화 중심주의로 흘러가지요. 흔히 '국뽕'이라고 하는데요. 입으로는 다양한 문화를 상대 문화의 입장에 서서 이해하자고 외치면서도, 언젠가 한국에 불어올 '방글라데시 열풍'이라는 말을 듣는다면 내심 비웃기 마련입니다.

동국대에서 2015학년도에 출제한 지문은 이러한 문제의식에서 출발합니다. 그 공익광고를 보고, "문구가 좋네, 역시 우리는 포용력이 높은 민족이야"라고 생각한다면, '국뽕'에 조금 물들었다고 보아도 무방합니다. 우선 그 아이의 엄마는 베트남 사람이 아니고, 엄연히 한국 국적을 지닌 한국인입니다. 더구나 '베트남 엄마를 두었지만, 한국인'이라는 표현에는 은연중 우월감에 따른 비교의 의중이 담겨 있습니다. 조금 더 나아가 그 아이가 꼭 김치를 먹고, 세종대왕을 존경할 필요도 없습니다. 어머니 식성에 따라 베트남의 전통 민물생선 젓갈인 느억맘(Nuoc mam)을 즐길 수도 있고, 한복대신 아오자이를 사랑하든, 베트남 건국의 아버지 호찌민을 가장 존경하든, 모두 아이의 주체적인 선택의 문제입니다. 한국과 어머니의 나라인 베트남이 축구 시합을 할 때, 자연스럽게 베트남을 응원하고, 한 번도 가보지 못한 독도에는 별 관심이 없어도 역시 그 아이는 한국인입니다. 물론 아이가 한국 국적을 포기하고 베트남에서 군대를 간다 하더라고 비난할 수 없는 노릇입니다. 이 모든 논의에 대해 아무런 거부감이 없다면 비교적 철저한 문화 상대성으로 나아가게 되지만, '아무래도 이렇게까지는…'이라는 생각이 들 수도 있습니다. 이 지점에서 문화상대주의에서도 그 수용의 범위를 놓고, 논의가 두 가지로 갈라지게 됩니다. 다문화 사회에서 문화 교류의 양상을 묻는 대학의 논점은 일반적으로 두 개의 개념을 내포하게 됩니다. 흔히 샐러드 볼과 용광로에서 유추된 다문화에 대한 접근 방식은, 다원주의와 동화주의로 번역되는데요. 샐러드 볼은 다양한 과일과 야채가 섞여 있지만, 각각의 재료가 마치 모자이크 유리처럼 그 고유성을 유지하는 형태입니다. 아무리 작은 조각이라도, 전체를 구성하는 개체로 개별성과 주체성을 유지하게 됩니다. 그런데 이 재료를 모두 으깬 뒤, 삶아서 스프를 만든다면 이야기는 달라집니다. 가장 강한 향과 맛을 지닌 재료가 그 스프 이름을 만들게 되지요. 토마토가 그 특성이 유독 강해서 야채 스프는 토마토 스프로 곧잘 둔갑한다고 합니다. 하나의 보편성을 토대로 개별성이 융합하는 것, 이를 용광로의 개념으로 보아도 무방합니다. 미국 문학가 헥터 세인트 진 드 크레브쾨르는 1782년 '미국인 농부'라는 작품 속 편지글에서 다양한 이민자들이 미국 문화 속으로 "녹아들어 간다"는 정의를 내립니다. 1890년대부터 이탈리아인, 유대인, 폴란드인과 같은 많은 수의 남유럽, 동유럽 이민자들이 미국에 도착, 미국식 생활방식을 받아들이면서 문화적 용광로에 섞여 들었다는 분석입니다. 결국 샐러드 볼이 개별성을 유지하는 다원성을 강조한다면, 용광로는 하나의 보편 인자 속에서, 개별성이 녹아드는 현상으로 이해할 수 있습니다. 물론 여기에도 개별성의 존재를 무시하지 않는다는 점에서 다문화의 개념으로 포함되고, 문화 상대주의를 전개하는 엄연한 한 가지 방식입니다. 그런데 모든 논의가 그렇듯이 샐러드 볼과 용광로도 현상의 모순을 동시에 함축한 이론일 뿐입니다. 하나씩 짚어 볼까요.

우선 샐러드 볼은 소수 문화의 독자성을 존중한다는 점에서는 강력한 문화 상대성을 실천하지만, "과연 철저한 개별성의 존중은 그 정도가 어디까지인가?"라는 의문을 불러옵니다. 인도의 카스트 제도, 중국 소수 민족이 여자 아이의 발을 묶어 매는 전족(纏足), 여아 성기의 일부를 도려내는 이슬람의 할례, 이슬람 여성에게 강요되는 히잡과 차도르 등까지도 모두 고유성과 개별성의 이름으로 용인될 수 있느냐는 것이지요. 이는 먼 나라 이야기가 아니고, 당면한 현실입니다. 초등학교 교사가 부임해서 반을 맡았는데, 한 여학생은 히잡을 쓰고 등교하고, 또 다른 여아는 할례로 결석했다면 어떻게 대응해야 할까요. 최소한 두 번째의 경우는 아동학대로 즉각 경찰에 신고해야 하지 않을까요. 더구나 태국의 고산족 중 카렌족 출신의 한 아이가 목에 겹겹이 링을 차고 뒤늦게 나타난다면 그 교사는 패닉에 빠질 것입니다.

또 한 나라의 문화적 정체성은 한 나라를 통합하는 역할을 하게 됩니다. 우리에게는 한글과 김치 등이 대표적인 문화 통합의 구심점이 될 것입니다. 그런데 한국 드라마에 베트남과 인도네시아어가 자막으로 흐르고, 거리 곳곳에 중국과 동남아어 간판이 들어차고, 종로에서 해마다 이슬람의 라마단 행사가 열린다면 잘 참아낼 수 있을까요. 문화 상대주의를 외치면서도, 이를 전적으로 수용하기란 정말 어려운 숙제입니다. 다음의 두 제시문은 철저한 상대성에 기초한 샐러드 볼이 현실에서는 얼마나 '먹기가 힘든지'를 잘 보여줍니다.

카렌족 여성들은 다섯 살이 되면 목에 굴렁쇠를 끼기 시작한다. (중략) 그 여인 보고 왜 굴렁쇠를 하겠다고 선택했느냐고 물었더니, "어릴 때 머리를 장식하고

목에 번쩍거리는 금붙이가 멋있어 보여서"라고 대답했다. (중략) 막상 이 굴렁쇠를 끼고 있는 사람들은 그 폐해에 대해서 모르지만, 이걸 끼도록 만든 사람들은 그 폐해를 잘 알고 있었다. 왜냐하면 이 여인들 중에 바람을 피거나 문제를 일으키면 남편이나 가족이 목에서 굴렁쇠를 벗겨내는 벌을 주었기 때문이다. 굴렁쇠를 낀 여인들에게 일정 기간이 지난 뒤 받침대 역할을 하던 굴렁쇠를 벗기면 목을 제대로 가누지 못해 고통스럽게 지내야 하고 심지어 목이 부러져 죽는 경우도 있다고 한다.

- 건국대학교 2008학년도 수시 논술

프랑스인 노동자 르블롱 씨 부부가 사는 종키 거리 주변에는 알제리 출신의 노동자들이 많이 살고 있다. 르블롱 씨는 자신이 알제리인들을 존중하고 있고 자신 역시 그들로부터 존중받기를 바란다고 말한다. (중략) 인종차별주의에 반대하는 프랑스인답게 관용의 가치, 아니 더 적절하게 표현한다면 이해의 가치(그는 몇 번이나 "그들 입장에서 보면"이라고 말했다)를 실천하기 위해 르블롱 씨가 노력했다는 사실은 명백하다. 아마도 인터뷰 상황이나 주변의 시선 때문에, 그가 잘 보이기 위해서 그렇게 말했다고 생각하는 것은 명백한 오류일 것이다. 하지만 라마단[5]이 그에게 얼마나 '끔찍했는지' 말하는 그의 말에도 귀를 기울여야 한다. "맙소사…. 음, 정말 끔찍했죠. 왜냐하면, 음. 나는 끔찍했다고 말할 겁니다. 물론 어른들은 낮에 잡니다. 그들은 조용하지만 애들은…. 사내놈들은 길에 나와 놀죠. 그 녀석들은 소리를 질러대지요. 그 녀석들이 투덜대는 소리를 들어야 합니다. 그러다 우리가 잠자리에 드는 밤 10시쯤 떠들썩해지기 시작해요. 음 그리고, 그 때부터 진짜 소음을 듣기 시작하는 겁니다."

- 연세대학교 2015학년도 수시 논술

---

5) 이슬람력으로 9월 한 달 간 진행되는 성스러운 기간. 이 기간 동안 무슬림들은 해가 뜰 때부터 해가 질 때까지 음식 섭취, 흡연, 음주, 성행위 따위를 금한다.

이제 눈을 돌려 프랑스로 가 보겠습니다. 프랑스에서는 유독 이슬람교도와의 충돌이 잦은데요. 프랑스 학교 여학생의 히잡 착용 허용여부도 여전히 마찰의 불씨로 남아 있습니다. 자유와 평등을 기치로 내걸었던 프랑스 대혁명 200주년 기념식을 가진 직후, 무슬림 여중생 세 명이 수업시간에 히잡을 벗지 않았다는 이유로 쫓겨나면서 사회적 쟁점으로 떠올랐지요. 이들 여학생들은 소수 민족의 정체성을 내세웠지만, 프랑스 교육 당국은 히잡이 보편적인 인권을 훼손한다는 판단입니다. 한 때 아프리카 전역을 식민지로 두었던 프랑스에는 이슬람 문화가 활발하게 유입되지만 프랑스는 유독 자문화에 대한 자부심이 강해 충돌이 그치지 않습니다. 그런데 '관용'으로 번역되는 프랑스어 '똘레랑스'는 '견디다', '참다'를 뜻하는 라틴어 'tolerare'에서 나왔습니다. 인종, 문화, 종교의 차이에서 비롯되는 갈등의 불씨를 막자는 정신입니다. 특히 프랑스는 1572년 기독교 구교(가톨릭)와 신교(위그노)의 갈등으로 수천여 명의 시민들이 서로를 살해하는 악순환을 경험했고, 이후 똘레랑스는 프랑스 사회의 시민 정신을 대변하는 단어로 자리 잡았습니다. 그런데 프랑스는 사실상 샐러드 볼보다는 용광로, 즉 동화주의로 기울어진 나라입니다. 언뜻 보면 모순처럼 보이지만 그 내막을 살펴본다면 전혀 이상하지 않습니다. "누군가를 관용한다"는 것은 일정한 기준이 있고, 또 그 주체는 주류집단이기 때문입니다. 따라서 프랑스에서는 똘레랑스 못지않게, '앵똘레랑스'라는 단어도 중시됩니다. 이때 앵똘레랑스는 무조건적인 불관용이 아니라, 이성과 보편성의 정신에 어긋났을 경우 이를 거부하는 도덕적인 의무이기도 합니다. 억압과 폭력에 맞서는 앵똘레랑스의 정신은 최소한의 보편성을 토대로 사회가 통합되어야한다는 정신적 가치를 반영하기 때문에 여성 억압의 상징인 히잡을 프랑스 교육 당국이 허용할 수 없는 것입니다. 할례나 전족은 말할 것도 없겠지요. 문화 상대성을 수용하면서도 최소한의 보편성에 기초해 타 문화를 수용하는 입장은 보편적 상대주의가 될 것이고, 다문화 사회에 서는 용광로로 자리매김하게 되는 것입니다.

> 이러한 권리인증의 문화는 현대 서유럽이라는 특수한 문화에 특정적으로 나타난 것으로 볼 수 있다. 서유럽의 대다수 나라들이 문화다양성에 접근해 온 방식은 특정 집단에게 특수한 권리를 보장해주는 것이 아니라, '공통의 시민권'을 통해 시민이면 누구나 무차별적으로 권리를 누릴 수 있도록 하는 것이었다. 따라서 배리(Barry)는 자유주의를 규정하는 특징은 억압, 착취, 위해(危害)로부터 개인을 보호하는 시민적, 정치적 권리에 대한 옹호라고 주장한다.
>
> — 서강대 2012학년도 수시 논술, 스티븐 룩스, '자유주의자와 식인종'

여기까지만 본다면 일정한 도덕적 보편성에 기초한 상대성에 호감이 가지만, 역시 여기에도 결정적인 한계가 존재합니다. "도대체 보편의 기준이 무엇이냐"는 것이지요. 어쩌면 그 보편은 강자의 잣대에 불과할 수 있고, 보편 가치는 문화마다 다를 수도 있으며, 심지어 한 집단 내에서 충돌하는 두 이론도 제각각 보편이라고 우기는 것이 현실입니다. 우리가 민주주의 등과 같은 서구의 가치를 보편이라고 여기는 과정에는 결국 강자의 논리가 암묵적으로 개입하지 않았느냐는 객관적 성찰이 필요하다는 것입니다. 보편적 기준이 타 집단에게 강요되는 순간, 소수집단은 설 자리를 잃거나 강자의 편에 서서 오히려 자문화를 왜곡하는 사대주의에 빠져들게 됩니다. 자문화 중심주의는 물론, 타 문화를 우월하다고 믿고 무비판적으로 동경하거나 숭상하는 사대주의 또한 비판의 대상으로 출제됩니다.

송강 정철의 '관동별곡', '사미인곡', '속미인곡'은 곧 우리나라의 이소(離騷; 중국 초나라의 굴원이 지은 작품)다. (중략) 지금 우리나라 시문(詩文)은 자기 말을 버려두고 다른 나라의 말을 배워서 표현하므로, 설령 아주 비슷하다 하더라도 이는 단지 앵무새가 사람의 말을 하는 것에 불과하다. 민간의 나무하는 아이나 물 긷는 아낙네들이 소리 내어 서로 주고받는 노래가 비록 비루(鄙陋)하다 할지라도, 그 참과 거짓을 논한다면, 정녕 학사(學士), 대부(大夫)들의 이른바 시부(詩賦)와는 동격에 두고 논할 수 없다. 하물며 이 세 편의 노래는 천기가 스스로 발한 것을 담고 있되 오랑캐의 비루함은 없으니, 예로부터 우리나라의 참 문장은 이 세 편뿐이다.

- 아주대학교 2013학년도 수시 논술

나는 한국의 정체성을 표현하고 소개하는 개념으로 '선비 정신'을 채택하는 것이 어떨까 생각한다. 이 단어는 그 역할을 톡톡히 해낼 만한 충분한 잠재력을 품고 있다. 선비 정신은 한국 사회와 역사에 깊숙이 뿌리 박혀 있다. 개인적 차원에서 선비 정신은 도덕적 삶과 학문적 성취에 대한 결연한 의지와 행동으로 나타난다. 사회적 차원에서는 수준 높은 공동체 의식을 유지하면서도 이질적 존재와 다양성을 존중하는 태도로 나타난다. 홍익인간으로 대표되는 민본주의 사상을 품고 있으며 자연을 극복의 대상으로 보지 않고 오히려 조화를 이루려는 특성이 두드러진다. (중략) 만약 한국이 선비 정신을 지금 우리가 사는 시대의 요구에 맞게 수정하여 재창조할 수 있다면 엄청난 파급력이 발휘될 것이다. 예전 '사무라이' 개념이 그랬듯 세계로 확산되어 지구인이 향유하는 문화 중 하나로 자리 잡을 수 있을 것이다.

- 경희대학교 2019학년도 모의 논술

첫 번째는 정작 우리가 우리말을 무시하는 사대주의를 비판하고 있습니다. 그리고 두 번째 지문에서 '선비 정신'에 찬성한다면 대학 측 요구와는 상반된 답안을 작성하게 됩니다. 도대체 21세기에 외국인이 한국의 '선비 정신'을 무엇 때문에 배워야 하느냐는 접근이 필요합니다. 이와 함께 주변국가 혹은 비주류 국가들은, 자기만의 보편을 무기로 내세워 스스로 단합하고 무장하는 민족주의를 강조합니다. 이렇게 되면 보편이 남발하면서 무한 충돌을 빚을 수밖에 없습니다. 우리 사회에서 한때 유행했던 '신토불이'나, "우리 것이 좋은 것이여"라는 광고 문구들도 사실 이러한 맥락에서 이해할 수 있습니다. 여기에는 타문화에 대한 거부감이나 반감, 그리고 우리 문화에 대한 열등감이 은연중 동전의 양면처럼 밀착되어 있습니다. 그래서인지 한류 열풍이 퍼지면서 이런 말들은 슬쩍 자취를 감추게 됩니다. 우리 것만 잘났다고 하면, 아무래도 무엇인가 팔아먹는데 걸림돌이 되니까요. 하지만 여전히 개발도상국이나 아프리카에서는 민족 정체성에 기초한 민족주의가 현실적인 절실함 속에서 논의됩니다. 다음은 사대주의에서 비롯된 왜곡된 열등감이나 민족주의의 배타적 위험성을 보여줍니다.

(1) 한국 기업에서 미국 학위를 가진 사람은, 신뢰감을 주고 후광효과를 누린다. 이것은 기술적인 능력이라기보다는 문화적이고 상징적인 것이다. 한국 사회에서는 우수하고 어느 정도 경제적 여유가 있는 사람이 미국 유학을 다녀온다는 인식이 자리 잡고 있다. 미국 학위는 직장 내에서도 중요하지만 고객과 상호작용하는 데도 중요하다. (중략) 한편 한국의 글로벌 기업에서 영어는 무엇보다 중요하다. 해외 시장에 진출한 기업들은 국내와 해외 업무가 서로 네트워크화 되어 있기 때문에 영어를 필수로 여긴다.

(2) 남아공의 두 번째 민선 대통령인 타보 음베키의 유명한 연설 '나는 아프리카인이다' 역시 역사 공동체로서의 아프리카인을 강조했다. 그는 아프리카 전역의

부족 이름과 구전으로 전해온 승리와 영광의 역사를 거론하면서 스스로를 그들의 자손이라고 말했다. 물론 그는 남아공이 인종과 성별, 역사적 배경에 관계없이 모든 국민의 소유임을 천명했지만, '나는 아프리카인이다'라는 짧고도 강렬한 메시지는 역사적으로 핍박받아왔던 아프리카 대륙 흑인들의 가슴속에 오랫동안 메아리쳤을 것이다. 그는 정치적으로 흑백분리정책에 신음하던 남아공의 흑인들을 아프리카인과 동일시했다. 그러면서 자신을 아프리카 대륙의 자손이라고 선언함으로써 전 아프리카적인 지지를 얻고자 했다.

- 경희대학교 2019학년도 모의 논술

이상의 논의를 정리하면 철저한 상대성에 기초한 다원주의는 소수 집단의 개별성을 존중하지만, 한 국가의 정체성과 최소한의 윤리적 보편성마저 위협할 수 있습니다. 이와 달리 보편성에 기초한 동화주의는 일정한 윤리적 가치를 수호하고, 국가의 통합적인 구심점을 형성해 줄 수 있지만, 강자와 주류 집단의 논리로 변질될 수 있다는 것입니다. 이 과정에서 사대주의나, 자문화 중심사고에 기초한 민족주의 등의 문제가 파생될 것입니다. 이제, 다문화 정책에 대해 프랑스의 두 지도층 인사가 벌인 논쟁을 소개하면서 논의를 매듭짓겠습니다. 제시문은 순차적으로 동화주의와 다원주의적 사고를 반영하고 있습니다. 다음 장에서는 문화 전파와 변동 과정에서 영향력을 행사하는 '자본'의 문제를 통합과 통섭의 시각에서 조금 더 면밀하게 들여다보겠습니다.

(1) "다문화 사회 건설 시도는 완전히 실패했다. 우리는 그동안 우리 나라로 이주하는 사람들의 정체성에 대해 신경을 썼지만, 정작 이들을 받아들이는 우리의 정체성에 대해서 충분히 고민하지 않았다. 만일 당신들이 우리 나라에 오고 싶

다면 단일한 공동체 안으로 편입되어야 한다. 그것은 민족 공동체이다. 이것이 싫다면 우리 나라에서 결코 환영받을 수 없다."

(2) "다문화 정책이 실패했다는 주장은 난센스다. 우리 나라에 사는 이민자들은 온전히 우리 사회의 온전한 구성원이다. 하지만 그들은 인종적, 문화적 차이로 인해 여전히 심각한 차별을 받고 있다. 사회 불안과 경제적 위기를 그들의 탓으로 돌리는 것 자체가 바로 차별의 증거다."

– 성균관대학교 2014학년도 수시 논술

그리스 신화에 등장하는 반인반마 종족, 켄타우로스. 상체는 인간 가슴부터는 말이다. 테살리아의 펠리
온 산에서 날고기를 먹고, 난폭하며 호색적인 종족이지만 켄타우로스족의 현자 케이론은 영웅들의 스
승이다.

10 문화 융합과 혼종

- 문화 변동에 작용하는 힘의 논리

인터넷 시대, 끊임없이 접촉하고 교류하는 세계문화의 다양성은 곧잘 창조성의 원천으로 파악됩니다. 전통 수공예품에 아방가르드 풍의 수가 놓아지고, 피자와 불고기가 만나서 메뉴판에 이름을 올립니다. 베트남 쌀국수에 떡갈비가 고명으로 올라가고, 우리의 전통적인 공동체 놀이인 풍물놀이는 서구의 공연 예술과 만나 사물놀이로 재탄생, 서구인에게 한국인의 신명을 전해줍니다. 이 과정에서 이른바 혼종이 탄생하는데요. 한국인들은 이러한 혼종에 대한 시선이 그리 곱지는 않습니다. 길짐승과 날짐승을 오가는 '박쥐'는 기회주의자로, 짬뽕이나 잡탕, 튀기라는 단어는 이것도 저것도 아닌 애매한 정체성의 대명사처럼 쓰이기도 하니까요. 흰색과 검은색이 섞인 회색은 곧바로 '회색주의자'라는 말로 평가 받습니다.

혼종이란 본래 생물학에서 이종교배를 통해 동식물의 번식력과 영양가, 효율성을 증대시키는 효과를 의미했지만, 말과 당나귀의 잡종인 노새처럼 어정쩡한 경우도 빈번합니다. 특히 우리민족은 서구에 대한 열등감을 제외하면, 백의민족이라는 자부심도 강해서 순수성을 내세웠던 탓에 '잡탕'에 대한 거부감이 유독 심한 편입니다. 그런데 순수한 인종이나 문화가 과연 존재하는지도 의심스럽습니다. 한국인과 중국인의 유전적 차이가 과연 얼마나 될까요. 중국 아이가 입양되어 한국에서 자란다면 그는 틀림없는 한국인으로 성장할 것입니다. 또 순수 전통 문화의 진수처럼 여겨지는 '김치'도 외국에서 들어온 양념 재료가 섞이면서 현재의 모습을 갖추게 되었습니다. 세종께서 한글을 만들 때도 티베트 등 주변국 음성 문자를 광범위하게 참고한 것으로 알려졌습니다. 이를 인정한다고 해서 '김치'와 '한글'의 독창성이 훼손되지도 않습니다. 컴퓨터에 통신기기를 결합시켜 탄생된 스마트폰은 현대인의 삶을 변모시킨 혼종의 걸작임이 분명합니다. 컴퓨터와 핸드폰은 이전에도 존재했지만, 이 둘이 융합되면서 전혀 다른 속성을 지닌 소통 기기가 모습을 드러낸 것입니다. 이쯤에서 박쥐의 가치를 재평가할 필요가 생깁니다. 물론 박쥐가 생물학적인 잡종은 아니지만, 전래동화처럼 길짐승과 날짐승을 이간질하는 것이 아니라, 두 세계를 중재할 수도 있을 것입니다. 따라서 문화 전파 과정에서 '혼종'은 강자와 약자의 경계를 허물어뜨리는 역할도 수행합니다. 문화제국주의 시절, 식민종주국과 피식민국 사이에는 어쩔 수 없이 팽팽한 이분법적 대립 구도가 만들어졌는데요. 두 문화가 상호 결합된 새로운 혼종을 통해 장벽을 허물고 창조성을 실현할 수 있다는 것입니다. 쉽게 말하면, 주인집 딸과 머슴이 결혼해서 아이를 낳으면, 그 아이는 더 이상 머슴이 아니라는 것입니다.

다시 말해, 자기동일성의 확장이라는 식민 지배 측의 환상뿐만 아니라 토착성의 보존이라는 피식민지 측의 환상도 함께 깨뜨림으로써, 지배 문화에 일방적으로 병합되거나 편입, 동화될 가능성을 거부하는 동시에 피지배국의 자민족중심주의 문화도 비판하는 기능을 수행했던 것이다. 나아가 혼종성의 개념은 정체성, 차이, 불평등과 같은 주제들이나 전통과 근대, 빈국과 부국, 지역과 세계 같은 대립 항들에 대한 이해를 근본적으로 변화시켰다. 혼종성은 문화 주체의 복합적 정체성을 보여줌으로써 '우리 대 그들'이라는 익숙한 이분법적 사고방식을 넘어 새로운 문화공동체를 이끌어내기 위한 실천적 개념으로 매우 유용하다. 상이한 문화의 갈등 없는 공존이라는 이상(理想)을 지향하는 다문화주의와는 달리, 혼종성 담론은 상이한 문화의 혼합을 통해 제3의 새로운 문화를 창출해 가는 데에 높은 가치를 둔다. - 고려대학교 2011학년도 수시 논술

상호 융합 과정에서 두 문화의 장점이 상승효과를 불러일으키고, 상호 대등한 관계에서 개별 문화가 주체적으로 수용된다면 이러한 혼종의 장점은 극대화될 것입니다. 강자의 우월감이나 약자의 열등감이 전적으로 배제된 채, 이종 교배가 성공하는 경우지요. 이 결과물을 두고 상호간 동등한 권리를 주장할 수 있게 되면서, 지구촌 문화가 풍성해지는 결과로 이어질 것입니다. 다양한 평가가 존재하지만, 여하튼 한류 열풍은 우리가 서구의 공연 문화를 주체적으로 수용해서, 우리 나름의 방식으로 재구성해 역수출한 경우로 볼 수 있습니다. 혼종의 성공 사례를 하나 더 짚어 보겠습니다.

18세기 말 스키타 겐파쿠 등이 네덜란드어 해부학서를 '해체신서(解體新書)'라는 제목으로 번역함으로써 공식적으로 시작된 난학은 의학에서 화학, 물리학, 천문학, 군사학 등으로 영역을 넓혀 갔다. 당시 동아시아는 지구 위에서 유럽인들의 발길이 뜸한 유일한 지역이었다. 일본인들의 뛰어남은 유럽 문화의 전 지구화를 마무리했다는 데에 있는 것이 아니라, 그 문화를 게걸스럽게 흡수하면서

도 한자라는 동아시아 문명의 공통 유산 속에 완전히 녹여버렸다는 데에 있다. (중략) 일본과 서양의 본격적인 문화적 접촉은 18세기에 들어 막부(幕府)의 명령으로 나가사키의 통역사들이 네덜란드어 사전을 편찬함으로써 개막됐다. (중략) 메이지 시대 이래 일본어로 번역된 유럽의 어휘들은 그 대부분이 한자를 매개로 해 한국어 어휘에 흡수되었고, 또 그 상당량은 한자의 종주국인 중국으로 역수출되었다. 예컨대 이성(理性), 철학(哲學), 사회(社會), 전통(傳統), 종교(宗教), 현실(現實) 등의 단어들이 우리에게 얼마나 익숙한 단어들인지 생각해보자.

- 고려대학교 2011학년도 수시 논술

지금까지 논의로 본다면, 문화의 다양성과 전파는 창조성의 원천이 되고, 이 가운데 문화 혼종은 새로운 가치를 공유하면서 강자와 약자의 이분법적 대립구도를 약화시킬 수 있다고 진단할 수 있습니다. 더구나 문화는 끊임없이 생성, 소멸, 변동하는 만큼 지구촌 시대의 문화는 더욱 풍성해지리라는 낙관론도 가능한데요. 실상은 그렇지 않다는데 문제의 핵심이 자리 잡고 있습니다. 문화 집단의 힘이 비대칭적이라는 엄연한 현실 때문입니다. 이 경우 두 집단 사이에서 형성된 혼합된 문화적 산물은 점점 지배 집단의 가치를 반영하게 되고, 지역 및 주변 문화는 문화 상품을 시장화하는 도구로 활용되다가 사라진다는 것이지요. 흔히 문화와 더불어 문명(文明)이라는 말이 쓰이는데요. 표준국어대사전에 따르면 문명은 '인류가 이룩한 물질적, 기술적, 사회 구조적인 발전으로 자연 그대로의 원시적 생활에 상대하여 진전된 세련된 삶의 양태'를 뜻하게 됩니다. 흔히 문화를 정신적·지적 진보로, 문명을 물질적·기술적 발전으로 구별하지만 엄밀한 경계선은 아니라고 덧붙입니다. 그런데 '물질적, 기술적 발전'이라는 대목을 짚어볼 필요가 있습니다. 문화(culture) 개념은 라틴어의 '(밭)'을 경작하다, 가꾸다' 혹은 '(신체를) 훈련하다' 등을 의미하는 colo(형용사 cultus, 명사 cultura)에서 나왔습니다. 이는 인간이 환경과 상호작용을 거치면서 형성된 삶의 복합적이고 총체적인 측면으로 이해할 수 있지만, 문명은 물질과 기술에 더욱 주목한 척도입니다. 그래서 발전의 정도라는 평가가 가능하고, 이때부터 서구 문명, 정확하게 자본화된 산업 사회는 전통적인 지역 공동체보다 우월적 위치를 점하면서 어느 순간부터 동경의 대상이 됩니다. 이 과정에서 혼종은 실제로는 '일시적 끼워 넣기'나 구색 맞추기에 불과한 형태로 전개될 것입니다. 피자에 부침개가 잠시 곁들여지다, 부침개는 결국 사라지고 마는 식이지요. '편리성'이라는 이름으로, 지역 곳곳에서 살아 숨 쉬던 문화들이 서서히 실종되고, 자본주의가 주도하는 산업사회 문명이 핵심 가치로 둔갑해 지구촌 문화를 잠식해간다는 우려입니다. 다음 제시문은 이를 잘 보여줍니다.

우리는 전통적 공동체와 그것이 구현한 살아 있는 문화를 이미 상실해 버렸다. 민요. 민속춤, 의례와 같은 문화유산들은 그 외형적인 모습 이상의 의미를 지닌다. 그것들은 질서 있고 모범적인 삶의 방식을 함축하고 있다. 그 속에는 아주 오래 전부터 사람들이 자연 환경이나 절기의 규칙적인 변화에 공감하고 적응하며 쌓아 온 경험과 사회적인 기능 등이 포함되어 있는 것이다. 이런 전통적인 생활 방식은 기계에 의해서 파괴되었고, 인간의 삶은 자연의 리듬으로부터 멀어져 갔다. (중략)
게다가 기계가 우리에게 가져다 준 이익, 즉 대량 생산은 결국 표준화와 삶의 수준 저하를 가져올 뿐이라는 사실이 드러났다. 가정이나 지역 공동체 속에서 유지되던 생생한 삶의 연속성은 사라지고, 창조적인 문화유산은 잊혀 지며, 인간의 능동적 대응은 점점 어렵게 되었다. 연속성을 유지하려는 뚜렷한 목적의식을 가지고 노력하지 않으면 인류의 유산은 상실되고 문화는 종언을 고하게 될 것이다. 현대 기계문명은 인간에게 정말 필요한 선의나 가치의 기준을 단순화하고 축소시킨다.　　　　　　　　　　　　- 연세대학교 2017학년도 수시 논술

　제시문에서는 전통 공동체 문화와 기술 문명을 분명하게 구분하고 있습니다. 이 같은 입장에서는 문화 전파, 특히 지구촌의 갑인 서구 문명의 '갑질'이 지역, 토착 문화가 지닌 원형성을 송두리째 파괴하고 있다고 진단합니다. 모든 문화가 상품으로 전락하면서, 풍물놀이가 지녔던 공동체 정신은 사라지고, 사물놀이 공연장에서 팔리는 티켓의 수가 문화의 품질을 재는 척도로 변모한다는 것이지요. 따라서 이러한 입장에서는 다음과 같은 상황을 심각하게 우려할 것입니다.

　자신의 얼음 사업을 현대화하고 다른 도시에까지 판매를 확장하기 위해 마콘도를 외부 세계와 연결해야겠다고 생각한 아우렐리아노 트리스테가 말했다. "우리는 마콘도로 철도를 끌어들여야 합니다." 마콘도 사람들이 '철도'라는 말을 처음으로 들은 것도 이때였다. 아우렐리아노 트리스테는 달력을 검토하고는 다음 수요일에 마콘도를 떠났다. 두 번째 겨울이 돌아온 어느 날 무시무시한 반향을 일으키며 기적이 울리고 이상한 헐떡임이 온 마을을 진동시켰다. 기적소리를 듣고 온통 길로 쏟아져 나온 마콘도 주민들은 기차 위에서 손을 흔드는 아우렐리아노 트리스테와 처음으로 이 마을에 도착한 온갖 꽃으로 장식된 기차를 넋을 잃고 바라보며 서 있었다. 그들 스스로 건설하고 함께 가꾸어 간 평화로운 이 마을에 불안과 안도를, 기쁨과 불행을, 변화와 재난, 그리고 옛 시절에 대한 그리움을 가져다 줄 무심한 노란 기차를. (중략)
한때는 악사들의 생계에도 심각한 영향을 미친 주점 거리의 축음기에 대해서

도 이와 비슷한 사태가 벌어졌다. 가게로 손님을 더 끌려는 호객꾼들의 의도대로 처음에는 축음기에 대한 호기심에 끌려 그 유흥가로 들어가는 손님의 수가 몇 배나 불어났고, 그 신기한 물건을 가까이에서 보고 싶은 마음에 막일꾼처럼 변장을 하고 와서 구경하는 양갓집 부녀자도 있다는 소문까지 나돌았다. 그런데 그들이 가까이에서 자세히 살펴보고 얻은 결론은 그것이 마법의 맷돌도 아무것도 아니었으며, 감동적이고 인간미 넘치며 자신들의 삶과 함께 동고동락했던 악사들의 연주와는 비교할 수도 없는 단순한 기계에 불과하다는 것이었다.

- 연세대학교 2017학년도 수시 논술

다음 문제 또한 동일한 맥락인데요. (1)번에서 제기한 문제를 (2)번에서 사례로 제시하는 보완 관계를 보여줍니다.

(1) 철저한 가공과 순수한 시간성이 지배하는 네트워크 세계에서 지리는 더욱 각별한 뜻을 갖는다. 인간과 인간의 교류는 컴퓨터 전송과 수신, 컴퓨터 인터페이스만으로는 완성되지 않는다. 가장 깊은 인간의 교류는 언제나 지리적 공간에서 일어난다. 문화 체험은 방송 매체와 사이버스페이스를 통해 다른 지역으로 전달될 수 있지만 원산지에서 멀어지면 멀어질수록 진정한 의미의 공유를 표현할 수 있는 길은 줄어든다. 가령 아일랜드의 마을에서 공연되는 전통 무용은 춤추는 사람들이 공유하는 의미를 실감나게 전달한다. 그러나 똑같은 무용이 무대에서 공연되거나 텔레비전을 통해 이역만리의 시청자에게 전달될 때는 단순한 눈요깃감 이상의 의미를 갖지 못한다. 지리적 맥락을 박탈당한 문화 표현은 총체적 체험의 그림자일 뿐이다. 물론 그림자도 엄연한 감상의 대상이 될 수 있고 즐거움도 줄 수 있지만 원래의 무용이 전달하려고 했던 대지와의 깊은 일체감은 맛볼 길이 없다.

(2) 나는 카트만두에서 만나는 이 모든 것이 한마디로 '문화의 원형'이라고 생각되었습니다. 오늘날의 문화가 치장하고 있는 복잡한 장식을 하나하나 제거해 갔을 때 최후로 남는 가장 원시적인 문화의 모습이라고 생각되었습니다. 이것은 사람의 삶과 그 삶에 필요한 최소한의 것으로 구성되어 있는 '문화의 자연'(Nature of Culture)이라고 생각합니다. 문화 산업(Cultural Industry)이라는 말이 있지만 문화란 그 본질에 있어서 공산품이 아니라 농작물입니다. 우리가 이룩해 내는 모든 문화의 본질은 대지에 심고 손으로 가꾸어 가는 것. 그리고 최종적으로는 사람에게서 결실되는 것입니다. 문화가 농작물이라는 사실이 네팔에서처럼 분명하게 확인되는 곳도 드물다고 생각됩니다. 오늘날 잘 사는 나라에서 이 곳을 찾아 온 수많은 관광객들이 카트만두의 골목을 거닐며 네팔의 나지막한 삶을 싼값으로 구경하며 부담 없이 지나갑니다. 그러나 걱정되는 것은 혹시나 그들이 네팔에서 문화의 원형을 만나고, 그 문화의 원형에 비추어 그들 자신의 문화를 반성하는 대신에 네팔의 나지막한 삶을 업신여기지나 않을까 하는 우려입니다. — 서강대학교 2003학년도 모의 논술

저는 특히 두 번째 마지막 구절에서 '네팔의 나지막한 삶을 업신여기지나 않을까 하는 우려'라는 부분이 가슴에 와 닿았습니다. 왜 업신여기지 않겠습니까. 다음의 두 제시문을 보면, 진정한 의미에서 균등한 혼종이라는 것이 얼마나 공염불 같은 소리인지 실감할 수 있습니다. 무엇보다도 왜곡된 인식과 사고로 피해 받고 있는 주변 집단인 소수집단 자체에서도 여기에 맞서기 보다는 주류 집단의 논리에 쉽사리 동화되기 때문입니다. 문화 해석이나 소통 수단을 독점하고 있는 주류 집단이 지배적 문화의 가치와 유용성을 끊임없이 떠들어 대기 때문입니다.

그 뒤로 나는 저녁마다 물에 탈색제 한 알을 풀어 세수했고 저녁이면 내가 얼마나 하얘졌나 보려고 거울 앞으로 달려갔다. 푸른 새벽 공기 속에서 하얗게 각질이 일어난 내 얼굴을 볼 때면 가슴이 설레었다. 내가 바라는 건 미국 사람처럼 되는 게 아니었다. 그냥 한국 사람만큼만 하얗게, 아니 노랗게 되기를 바랐다. (중략) 그러던 어느 날, 세수를 하고 있는데 누군가 내 세숫대야의 물을 거칠게 쏟아버렸다. 고개를 들어 보니 아버지였다. 아버지는 탈색제가 든 비닐봉지를 수돗가에 내동댕이쳤다. 나는 뒷덜미를 잡힌 채 방으로 질질 끌려들어가 멍이 시퍼렇게 들도록 종아리를 맞았다. 그날 밤, 오랜만에 술 냄새를 풍기며 자정이 다 되어 돌아온 아버지는 주머니에서 베이비로션을 꺼냈다. 그러고는 붉은 실핏줄이 보일 만큼 껍질이 벗겨진 내 얼굴에 로션을 잔뜩 발라주었다. 투박하고 거친 손바닥으로 뺨을 아프도록 쓰다듬으면서. 그러고 나서 아버지는 이불을 머리 끝까지 뒤집어쓰더니 잠들기 직전까지 흐느꼈다. 가끔 뜻을 알 수 없는 네팔 말을, 몹시 지친 목소리로 중얼거리며. – 한국외국어대학교 2011학년도 모의 논술

흑인 소녀 피콜라는 약 3리터나 되는 우유를 마신다. 목이 마르거나 우유를 좋아해서가 아니다. 우유를 마실 때 사용하는 컵 때문이다. 그 컵에는 하얀 피부와 금발을 가진 셜리 템플이 그려져 있는데, 이 백인 소녀를 보기 위해 연거푸 우유를 마시다보니 어느새 3리터나 되는 우유를 마시게 된 것이다. 왜일까? 어째서 피콜라는 이렇게 셜리 템플에 매혹된 것일까? 그녀 또래의 흑인 소녀들이 그러하듯, 이것은 검은 피부의 자신을 '추한 잡초'로 생각했기 때문이다.

– 한양대학교 2016학년도 수시 논술

늘 말씀 드렸듯이 논술 지문은 모두 이론들입니다. 따라서 그것들이 아무리 그럴 듯해도 하나의 입장을 대변하는 것이고, 언제든 비판 대상이

될 수 있다는 사고의 유연성, 이는 논술시험의 본질적인 목표이기도 합니다. 따라서 어떠한 논의에도 비판적 거리를 두려는 노력이 필요합니다. 지금까지의 논의를 정리하면, 문화 혼종은 중심과 주변 문화가 대등하게 결합해서, 제 3의 창조적 산물을 만드는 과정이 될 수 있으나, 현실적으로는 힘에 기초한 주류집단의 문화, 정확하게는 서구의 기술 문명이 주변 공동체 문화를 부단히 침식해 나가는 양상으로 전개된다는 것입니다. 그런데 여기에 대해 "그것이 도대체 무슨 문제냐"라는 시각도 충분히 가능합니다. 인간의 편리성과 효율성이 점차 고도화되면서, 짚신을 고무신이, 고무신을 다양한 패션의 운동화가 대체하는 과정에서 도대체 무엇을 잃었느냐는 질문입니다. 스마트 폰을 두고 유선 전화를 고집하기보다는 부단하게 이를 받아들여, 기술 문명을 재창조하는 적극적인 삶이 필요하다는 시각입니다. 물론 여기에는 약자에 대한 배려보다는 냉정한 자본주의 경쟁 논리가 어쩔 수 없이 깔려 있습니다. 제시문 두 개를 순차적으로 살펴보면서 논의를 매듭하지요. 첫 번째 지문은 문화란 어차피 다양성 속에서 부단히 창조된다는 입장이고, 두 번째는 세계화에 노출된 전통 문화가 오히려 새롭게 진전된 사회로 나아갈 수 있는 기회라는 사실을 강조하고 있습니다. 자칫 전통 문화의 붕괴에 대한 아쉬움을 토로하는 맥락으로 보게 되면 논지를 놓치게 됩니다.

랠프 린턴은 '백 퍼센트 미국적인'이라는 글(1937년)에서 미국적 국수주의를 풍자하기 위해 미국인의 일상을 지배하는 문화적 소도구들의 근원적 외래성을 지적한 적이 있다. 이를테면 미국인의 아침 식탁에 나온 자기 그릇들은 그 기원지가 중국이고 식탁의 삼지창(포크)은 이탈리아가 기원이며, 커피는 아랍인들이 아비시니아의 한 식물에서 발견한 뒤 온 세계로 퍼뜨린 기호식품이고, 설탕은 인도 발명품이다. 그가 커피에 타는 크림은 소아시아인들의 소젖 짜기 기술에서 유래한 것이다. 비 오는 날 그가 쓰는 우산은 원래 인도인의 아이디어이고, 그가 타는 출근 기차는 영국 발명품이다. 신문을 살 때 그가 사용하는 동전은 고대 리디아인의 발상에서 기원한 것이다. - 중앙대학교 2010학년도 모의 논술

태고의 국민적 공업들은 절멸되었고, 또 나날이 절멸돼 가고 있다. 이 공업들은, 그 도입이 모든 문명 국민들에게 생사가 걸린 문제가 되는 새로운 공업들에 의해, 즉 더 이상 본토의 원료를 가공하는 것이 아니라 아주 멀리 떨어진 지대의 원료를 가공하고 그 제품이 자국 안에서뿐만 아니라 모든 대륙들에서도 동시에 소비되는 그러한 공업들에 의해 밀려나고 있다. 국산품에 의해 충족되었던 낡은 욕구들 대신에 새로운 욕구들이 들어서는데, 이 새로운 욕구들을 충족시키기 위해서는 아주 먼 나라 토양의 생산물들이 필요하다. 낡은 지방적, 국민적 자급자족과 고립 대신에 국민들 상호간의 전면적 교류, 전면적 의존이 들어선다. 그리고 이는 물질적 생산에서 그렇듯 정신적 생산에서도 마찬가지다. 개별 국민들의 정신적 창작물은 공동 재산이 된다. 국민적 일면성과 제한성은 더욱 더 불가능하게 되고, 많은 국민적, 지방적 문학들로부터 하나의 세계문학이 형성된다.

- 경희대 2017학년도 모의 논술

크레파스에서 '살색'은, 인종차별이라는 청원에 따라 '살구색'으로 바뀌었습니다.

11 오리엔탈리즘

- 욕하면서 배운다

누드, 나체(裸體), 알몸, 세 단어의 어감에 일정한 층위가 분명 도사리고 있는데요. 누드는 예술 작품을 연상시킨다면, 나체는 그래도 중립성을 띠고 있고, 알몸은 어쩐지 3류 잡지의 표지 모델 정도에 쓰이는 외설적인 느낌을 줍니다. 그런데 이 단어들은 외래어와 한자, 그리고 순 우리말입니다. 우리말의 '계급장'이 그리 높지 않다는 것이지요. 이 같은 현상은 정말 많은데요. 선글라스와 색안경, 스티커와 딱지 등도 그렇습니다. 조리법보다는 레시피에 따른 음식이 더 미각을 자극하고, 고급 아파트에는 '팰리스' 등과 같이 외래어가 붙어야만 집값을 높여주지요. 이는 비단 어휘에만 그치지는 않습니다. 바로 사람에게도 투영되지요. 유럽인, 조선족, 동남아인, 이들 중 공학도와 막 노동자, 범죄자를 한번 관련지어 연상해 보시고, 세상 사람은 모두 평등하다고 생각하는 소신을 잘 지키고 있는지 스스로 평가해 보시기 바랍니다. 현실은 어떤 동남아인은 탁월한 공학도이고, 어떤 유럽인은 흉악한 범죄자이지요. 그런데 '모든'이라는 편견 속에 개별성을 쉽사리 덮어버리고는 합니다. 복잡한 세상사를 단순화시키는 것이 사는데 편리하기 때문입니다. 이번에는 모든 문화가 각각의 고

유성을 가지고 있다면서도 그렇지 못한 현실, 그리고 이것이 사람에 대한 평가까지 편견으로 깊숙이 자리 잡은 실상과 그 원인을 제시할까 합니다.

저는 우리 사회에 만연한 오리엔탈리즘에 대해 이야기를 좀 더 나눠 보고 싶군요. 제국주의 시기에 서양인들은 자원 착취와 시장의 확보라는 두 가지 목적에서 해외로 진출해야 했습니다. 그 과정에서 역사, 문화, 지리, 사상등과 관련된 해외 원주민들에 대한 정보를 얻어야 했죠. 이런 식으로 제국주의 시기에 서양인들에 의해 만들어진 동양에 관한 지식의 체계가 '오리엔탈 스터디' 곧, '동양학'입니다. 그들은 세계를 서양, 동양으로 나누고 '서양=문명, 동양=야만'이라고 주장하면서 동양을 폄하했습니다. 그들은 불상에 대한 경배나 조상에 대한 제사를 우상 숭배나 미신으로 여깁니다. 그러나 서양 종교가 정말로 이성적이고 합리적인 것이라 할 수 있습니까? 서양의 종교도 기적의 염원과 마술이 팽배했던 전통시대의 의례와 관습을 많이 간직하고 있잖아요. 향을 피우고 물을 뿌리고 하는 것들도 원래는 주술적인 관습들이 종교적으로 의례화된 것 아니겠어요? 그런 것들이 고등 종교로 발전하면서 세련되고 멋있게 보이는 것이지요. 이런 행위만이 문명적인 것이고, 동양의 종교에서 향 피우고 절하는 것은 미개하거나 야만적인 우상 숭배라고 할 수 있어요?

그러나 더 중요한 문제는 한국의 많은 지식인들이 이렇게 만들어진 서양의 동양관을 내면화해서 스스로의 문화와 사상을 미신, 비합리, 비과학적인 것으로 생각한다는 것입니다. 물론 이러한 내면화는 자발적으로 이루어진 것은 아닙니다. 여기엔 힘의 논리, 강자의 억압이라는 엄연한 역사적 현실이 작용했습니다. 우리의 역사를 돌아보건대, 서구적인 근대화에 몰입하다보니 이러한 오리엔탈리즘적 시각마저도 무의식적으로 내면화하고, 그것에 근거해 우리 스스로의 정체성을 구성하게 된 것입니다. 뭐랄까요. 우리가 생각하는 '우리'의 모습은 진정한

'우리'의 모습이 아니라 서구에 의해 재구성된 모습이겠지요.

- 한양대학교 2002학년도 정시 논술

오리엔탈리즘을 쉽고, 친절하게 설명한 글이라서 길게 인용했는데요. 압축하면 동양과 아프리카를 연구하는 서구인이 '문명과 야만'이라는 이 분법적인 잣대를 들이대면서 오리엔탈리즘이 형성되었고, 동양인 또한 이 같은 서구인의 지식체계를 마구잡이로 흡수, 마침내 동양인의 의식까지 고정시켜 놓았다는 것이지요. 아마 그들은 노자의 '도덕경'을 보면서, "도대체 이렇게 앞뒤가 안 맞는 모순 덩어리의 책이 다 있지"라고 폄훼했을지도 모를 일입니다. 만약 한국의 젊은 의사가 아프리카에서 봉사활동을 벌인다면, 그들이 병든 사람을 치유하기 위해 벌이는 전통적인 주술 의식을 보면서 선뜻 호감을 갖기란 쉽지 않을 것입니다. 나아가 하느님께 저들의 무지와 야만을 용서해 달라고 기도드린다면, 더 이상 문화의 동등성은 설 자리가 없을 것입니다.

따라서 문화를 문명의 척도로 재단하는 것, 이것이 오리엔탈리즘의 출발점입니다. 근대 동양에서는 중국과 한국 문화에서 소외되어 늘 오랑캐 취급을 받아 왔던 섬나라 일본이 아예 밖으로 눈을 돌려 서구 문화를 적극적으로 받아들이지요. 이후 제국주의 시대가 열리자 일본은 힘의 우위를 토대로, 특히 중국과 한국을 적극적으로 무시합니다. 마치 한풀이처럼 보이는데요. 소설의 한 장면이 당시 모습을 생생하게 전달합니다.

휴가가 끝난 뒤에 교원실에 나타난 T교수는 그 전보다도 한층 기운이 있었다. 이번 겨울은 특별히 추워 영하 이십 도라는 엄한이 여러 날 계속되었건만 그는 잠뱅이 하나로 지내왔다고 교원실이 가득하도록 떠들었다. 얼굴에는 붉은 핏기

가 가득 차 있다. 별안간 그는 이번 겨울 방학 동안에 조선의 민속(民俗)에 대해 많이 연구했다고 말을 꺼냈다.

"마침 무당을 하나 붙들었기에 여러 가지 조선의 신앙, 미신, 관혼상제의 습관, 풍속 같은 것을 조사해 봤는데 썩 흥미가 있데나. 한 민족을 철저하게 이해하려면 역시 이 방면부터 조사해 가는 것이 제일 첩경이야. 미친것을 고치려면 신장 내린 무당이 동쪽으로 뻗친 복사나무 가지로 병자를 실컷 때려 주면 멀쩡하게 나버린다네, 허… 이것은 아주 합리적이거든, 난 조선 여자들이 살결이 왜 고운가 했더니 그 비밀을 이번에 처음으로 알았어, 밤에 잘 적에 오줌으로 세수를 헌데나 그려. 인제 우리 여편네한테두 오줌세수를 시켜 볼까. 허…어허…."

T교수의 호걸 같은 웃음에 따라 다른 교수들도 일제히 깔깔거려 웃었다. 그러나 김만필은 가만히 있을 수 없었다. T교수의 뺨이라도 힘껏 후려갈기고 싶었으나 참는 수밖에 없어서.

- 유진오, '김 강사와 T교수'

T교수는 일본인입니다. 정말 뺨을 후려치고 싶은 장면이고 우리는 이런 일본인 교수처럼 안하무인의 태도를 보이지 않아야 될 것입니다. 그런데 과연 그럴까요. 이는 다음에 살펴보기로 하고, 소설의 이 장면은 역설적으로 서구 문명을 수용하는 과정에서 일본이 꽤나 많은 열등감에 시달렸다는 방증이기도 합니다. 그 열등감을 타자를 비웃으며 마음껏 풀어내는 것이지요. 그렇지 않았다면 일본이 유독 중국과 한국을 상대로 벌인 잔인한 짓들이 설명되지 않습니다. 식민지 시절 그들의 억압과, 난징 대학살 등 낱낱이 거론할 수 없을 지경입니다.

(1) 대부분의 민족은 '자기'를 세계의 중심에 둔다. 그리고 중심에 놓여진 '자기'는 세계의 주변에 위치하는 미지의 세계에 대해 부정적인 이미지를 투영하여 그

주변적 세계를 '타자'로 구축하고, 동시에 그 '타자'와 대립하는 존재로 긍정적인 '자기' 상(像)을 획득해간다. 즉 어떤 민족 속에서 '타인'의 상을 구축하는 것과 '자기' 상을 획득하는 것은 상호 보완적인 과정이다.

여기에서 고려해야 할 두 가지 사실이 있다. 하나는 '타자'에게 투영되는 이미지는 '자기'와 상반되고 보완적인 관계에 있는 부정적인 '자기'의 이미지로서, 실제는 '자기'의 무의식 내부에 억압되어 있는 이미지일 수 있다는 사실이다. 다른 하나는 '타인'에 대한 우리의 인식은 해석이라는 행위를 매개로 이루어질 수밖에 없다는 것이다. 즉 우리에게 '타자'란 어디까지나 구축되는 상으로만 존재하는 것이다. 구축된 상으로서의 '타자'는 '타자'의 실체를 사실적으로 반영한 것이 아니다. 그것은 '자기'의 정체성 획득을 위해 자의적으로 구축되는 허구에 지나지 않는다. (중략)

그리고 각 지역과 시대의 이데올로기 속에서 구성된 '타자'에 대한 허구는 일단 성립되면 그 자체가 강력한 이데올로기적 힘을 띠게 된다. 적어도 그런 방식으로 서구는 '빛·문명'이 '어둠·야만'을 정복한다는 '진보'의 관념 아래 비 서구에 대한 자신들의 제국주의적 지배를 정당화했다. 그것은 인간의 역사를 통해 계속되어 왔다.

(2) 우리 일본의 국토는 아시아에서도 동쪽에 있지만 국민의 정신은 이미 아시아의 고루한 태도를 벗고 서양 문명으로 옮겨 갔다. 하지만 불행하게도 이웃에 지나(支那, China)와 조선이란 나라가 있다. 이 두 나라 인민은 옛날부터 아시아적 정교풍속(政教風俗)에 의해 길러진 점에서는 우리 일본 국민과 다르지 않다. 그러나 인종이 달라서인지 아니면 유전 및 교육 방식이 달라서인지 같은 정교풍속 안에 살았지만, 일본·지나·조선 세 나라를 서로 비교해 보면, 지나와 조선이 서로 닮았으되, 두 나라가 일본과 닮기는 그보다 훨씬 덜하다.

이 두 나라는 개진(改進)의 길을 알지 못하고 그저 고풍스런 구습에 연연해한다.

또한 교육이라 하면 수천 년 전과 달라진 바 없이 그저 유교주의를 칭할 뿐이다. 나아가 겉보기의 허식에만 집착할 뿐, 진리 원칙의 식견이 부재하고 그들이 자랑으로 아는 도덕조차 땅에 떨어져 파렴치가 궁극에 달해 자성(自省)의 태도라곤 전혀 없는 상태이다. 내가 이 두 나라를 보면 지금과 같은 문명 동점(東漸)의 조류 속에서 아마도 독립을 유지하기가 어려울 것 같다. 우리 명치유신과 같이 정치를 개혁하여 인심을 일신하지 않는다면 지금부터 수년 이내에 망국이 되고, 그 국토는 서양 제국에 의해서 분할될 것이 틀림없다.

- 숙명여자대학교 2016학년도 수시 논술, 후쿠자와 유키치, '탈아론(脫亞論, 1885)'

(1)과 (2)를 결합하면 자연스럽게 오리엔탈리즘의 논제가 구성됩니다. 요지는 일본이 지닌 서구 사회에 대한 열등감이 한국과 중국에 투영되어 왜곡된 정체성을 만들어 냈다는 것이지요. 다른 제시문에는 아프리카 오지의 콩고강을 여행하면서, 문화의 보편성을 자각해가는 조셉 콘라드의 '어둠의 심연(1899)'이 출제되었는데, 후쿠자와는 이 책을 읽지 않았음이 분명합니다. 이제 우리는 얼마나 떳떳한지 스스로에게 눈을 돌릴 시간입니다. 과연 우리는 T교수를 마음 놓고 욕할 자격이 있을까요. 다음 제시문이 판단을 도와줍니다.

얼마 전, 개그맨들이 진행하는 한 오락 프로그램에서, 초대 손님으로 젊은 여성 가수 한 명이 나왔다. 그 가수의 외모에 대해서 진행자들이 한 마디씩 하는 과정에서 이런 말들이 오고 갔다.

진행자 : (가수에게) ○○○씨, 참 이국적으로 생겼어요.

가 수 : 고맙습니다.

진행자 : 아니, 동남아시아 사람처럼 생겼다고요.

청중 (터져 나오는 웃음)

코미디 소재라는 것이 사회적 가치의 일면을 반영한다고 볼 때, 이 같은 웃음은 한국인들이 다른 인종적 특색과 문화를 가진 사람들에 대하여 어떤 인식을 가지고 있는지 간접적으로 보여 준다. 우리는 경제력의 순위에 따라 타 민족을 위계 짓는 일에 익숙하다. 그런 의미에서 한국 사회에는 아주 상반된 범주에 속하는 두 종류의 '외국인'이 존재하는 듯하다. 그 하나는 '손님'으로서의 외국인이고 나머지 하나는 '인력'으로서의 외국인이다.

- 경희대학교 2013학년도 모의 논술

청중들의 웃음에는 두 가지 왜곡된 인식이 투영되어 있습니다. 첫 번째는 동남아를 무시하는 태도입니다. 그 이유는 많겠지만, 결국은 문화를 문명의 척도로 환산하는 자본주의 구조에서 비롯되었지요. 결국 '돈'의 문제라는 것입니다. 그리고 두 번째는 이국을 동경하는 태도, 이 때 이국은 두말할 것도 없이 서구입니다. 사실 우리도 근대식 개화와 개명을 끊임없이 외치면서 과학적 계몽을 갈구했고, 이는 두말할 것도 없이 서구 문명을 흡수하자는 입장이었지요. 불과 백 년도 되지 않던 시절입니다. 그러던 한국인이 변한 모습을 다음 제시문 (2), (3)번이 잘 보여줍니다. 이 쯤 되면 우리가 T교수와 다르다고 선뜻 말하기 어렵습니다. 욕하면서 못된 짓을 배웠고, 따귀 맞을 짓을 고스란히 하고 있는 것입니다.

(1) 저들에게 힘을 주어야 하겠다. 지식을 주어야 하겠다. 그리하여서 생활의 근거를 완전하게 하여 주어야 하겠다.

'과학, 과학!'하고, 형식은 여관에 돌아와 앉아서 혼자 부르짖었다. 세 처녀는 형식을 본다.

"조선 사람에게 무엇보다 먼저 과학을 주어야 하겠어요. 지식을 주어야 하겠어요"하고 주먹을 불끈 쥐며 자리에서 일어나 방안으로 거닌다.

"여러분은 오늘 그 광경을 보고 어떻게 생각하십니까" 이 말에 세 사람은 어떻게 대답할 줄을 몰랐다. 한참 있다가 병욱이가, "불쌍하게 생각했지요. 그렇지 않아요"한다. 오늘 같이 활동하는 동안에 훨씬 친하여졌다.

"그렇지요. 불쌍하지요! 그러면 그 원인이 어디 있을까요"

"물론 문명이 없는 데 있겠지요. 생활하여 갈 힘이 없는 데 있겠지요."

"그러면 어떻게 해야 저들을 - 저들이 아니라 우리들이외다 - 저들을 구제할까요"하고 형식은 병욱을 본다. 영채와 선형은, 형식과 병욱의 얼굴을 번갈아 본다. 병욱은 자신이 있는 듯이, "힘을 주어야지요! 문명을 주어야지요!"

"그리하려면"

"가르쳐야지요! 인도해야지요!"

"어떻게"

"교육으로 실행으로." 영채와 선형은 이 문답의 뜻을 자세히는 모른다. 물론 자기네가 아는 줄 믿지마는 형식이와 병욱이가 아느니만큼 절실하게 단단하게 알지는 못한다.   - 이화여자대학교 2016학년도 모의 논술, 이광수, '무정'

(2) "깐쭈, 언제 떠나?"

"모레. 오늘 밤, 내일 밤 자고 모레. 내일은 시내 가서 음악 시디하고 고무장갑하고 소주하고 옷하고 신발하고 여러 가지를 살 거야."

"깐쭈, 넌 너희 나라 가면 뭐 할 거야?"

"모르겠어. 가면, 엄마 아버지 누나 여동생 사촌들 만나고 산에 올라 달을 볼 거야. 우리나라 네팔 달 볼 거야. 내가 뭘 할 건지, 달한테 물어볼 거야. 싸부딘은?"

"여동생이 한국 사람과 결혼했어. 시골이야. 동생이 남편한테 맞았어. 동생 많이 슬퍼. 형이 한국 여자랑 결혼했어. 형 여자 도망갔어. 조카 있어. 형이랑 조카 많이 슬퍼. 부모님 돌아가셨어. 우리나라, 방글라데시 가도 나는 아무도 없어. 한국에 다 있어. 난 갈 수 없어. 형 다쳤어. 손가락 잘렸어. 조카 살려야 해."

"싸부딘, 난 한국에서 슬플 때 노래했어. 한국 발라드야. 사장이 막 욕해. 나 여기, 심장 막 뛰어. 손가락 막 떨려. 눈물 막 흘러. 그럼 노래했어. 사랑 못했어. 억울했어. 그러면 또 노래했어. 그러면 잠이 왔어. 그러면 꿈속에서 달을 봤어. 크고 아름다운 네팔 달이야."

– 건국대학교 2016학년도 수시 논술

(3) 멀리 알루미늄 공장 쪽에서 누군가 걸어오고 있다. 자세히 보니 쿤 형이다. 사 년 전에 한국에 들어온 그는 나보다 열두 살이 위인 스물다섯이다. 그가 처음 마을에 왔을 때가 생각난다. 까만 배낭을 메고 방을 얻으러 다니던 쿤은 아버지를 만나자, 아니 아버지 입에서 계곡물에 자갈 굴러가는 듯한 네팔 말이 흘러나오자 갑자기 눈물을 줄줄 흘렸다. 아버지는 그가 몹시 힘들게 지냈다는 걸 금방 알아차렸다. 그의 얼굴 표정에서 산업 연수생 시절에 겪었던 어려움이 그대로 드러났다. 지하 방에서 휴일도 없이 하루 열여섯 시간씩 일하다가 한밤중에 창문으로 도망쳤다는 그의 몸은 시퍼런 멍과 상처로 얼룩져 있었고 화덕처럼 뜨거웠다. (중략)

쿤은 지금 미국 유명 상표의 청바지와 점퍼를 입고 있다. 동대문 시장에서 산 짝퉁이지만 제법 그럴듯해 보인다. 그는 이목구비가 뚜렷하고 피부가 흰 아르레족(네팔의 여러 민족 중 하나로 아리안계에 속함)이라 머리를 노랗게 염색하니 얼핏 미국 사람처럼 보인다. 하긴 일부러 그렇게 보이려고 염색을 했을 테지만. 언젠가 명동에 다녀온 그가 입술을 비틀며 말했다. "한국 사람들은 단일 민족이라 외국인한테 거부감을 갖는다고? 그래서 이주 노동자들한테 불친절한 거라고?

웃기는 소리 마. 미국 사람 앞에서는 안 그래. 너도 얼굴만 좀 하얗다면 미국 사람처럼 보일 텐데….”   - 단국대학교 2018학년도 모의 논술, ‘고등학교 문학’

우리가 조금씩 자신에게 벗어나 타자의 세계로 간다는 것이 생각처럼 수월하지 않습니다. 아무리 그렇다고 주장해도 몸과 마음이 쉽사리 따라 주지 않는 것이지요. 자신을 중심에 두지 않고, 타자의 입장에서 상호간에 대등하게 다가서려는 노력, 그 정신을 사마천의 사기에서 엿보면서 단원을 매듭짓겠습니다.

흉노(匈奴)는 북쪽 거친 땅에서 살면서 기르는 가축을 따라 여기저기 옮겨 다닌다. 물과 풀을 따라 옮겨 다녀서 성곽이나 일정한 주거지가 없고 농사를 짓지도 않는다. 그러나 각자 영역은 나뉘어져 있다. 글이나 책이 없고 말로써 약속을 한다. 어린아이도 양을 타고 활을 당겨 새나 쥐를 쏠 수 있고, 좀 더 자라면 여우나 토끼를 쏘아 먹을거리로 쓴다. 남자들은 활을 당길 만한 힘이 있으면 모두 무장 기병이 된다. (중략)
한(漢)나라의 어떤 사자(使者)가 “흉노는 노인을 천대하는 풍속이 있소.”라고 하자, 중항열(中行說 ; 한나라 출신으로 흉노 임금의 참모가 된 사람)이 한나라 사자를 몰아붙이며 말했다. “당신네 한나라 풍속에도 주둔군이 종군하여 떠날 때 그의 늙은 아버지가 자신의 따뜻하고 두터운 옷을 벗어주고 기름지고 맛있는 음식을 갈라주어 보내지 않소?” 한나라 사자가 “그렇소.”라고 말했다. 중항열이 말했다. “흉노는 분명 싸움을 중시하는데, 노약자는 싸울 수 없기에 기름지고 맛있는 음식을 건장한 사람들에게 먹이는 것이오. 이렇게 하여 스스로를 지키고 아버지와 아들이 서로 오랫동안 보존할 수 있으니, 어찌 흉노가 노인을 천대한다고 하겠소?”

한나라 사자가 말했다. "흉노는 아버지와 아들이 한 장막(帳幕)에서 살며, 아버지가 죽으면 아들이 계모를 아내로 삼고, 형제가 죽으면 남아있는 형제가 그의 아내를 자기 아내로 삼소. 관(冠)과 허리띠로 꾸미지도 않고 조정에서도 예의라곤 없소." 중항열이 말했다. "흉노의 풍속에, 사람은 가축의 고기를 먹고 그 젖을 마시며 그 가죽으로 옷을 만들어 입소. 가축은 풀을 먹고 물을 마시며 철마다 옮겨 다니오. 그래서 그들은 싸울 때를 위해서 말타기와 활쏘기를 익히고, 평상시에는 일이 없는 것을 즐기고 있소. 그들의 약속은 간편하여 실행하기 쉽고, 임금과 신하의 관계는 간단하고 쉬워 한 나라의 정치가 마치 한 몸인 듯하오. 아버지, 아들, 형, 동생이 죽으면 그 아내를 자기 아내로 삼는 것은 대(代)가 끊기는 것을 두려워하기 때문이오. 그래서 흉노는 비록 어려움을 당해도 한 핏줄의 종족을 세울 수 있는 것이오. - 서강대학교 2009학년도 수시 논술, 사마천, '사기'

경기대학교 2009학년도 모의 논술, 게인즈버러, '앤드루 부부'(1748-1750년경), 위키아트

이성과 합리성의 시대

- 무인도에 상륙한 로빈슨 크루소의 발자국

　　그림을 보면서 어떤 느낌이 듭니까? 평온과 여유가 느껴지나요. 그림 감상이 서술의 중심을 이루기 때문에, 첫 인상이 무척 중요합니다. 이제 잘 알려진 한 소설을 토대로 이번 이야기를 시작하겠습니다.

　이성의 시대로 불리는 18세기에 접어들면서 신은 '위대한 우주의 시계 제작자'라는 지위를 무인도에 상륙한 로빈슨 크루소에게 넘겨주게 됩니다. 터무니없는 말처럼 보이지만 대니얼 디포의 '로빈슨 크루소'는 단순한 모험 소설이 아닙니다. 그보다는 서구의 근대화 과정을 무인도를 통해 고스란히 재현한 예언서에 가깝습니다. 철저한 이성의 신봉자였던 디포는 인간 이성의 힘으로 맹수가 들끓는 암흑 같은 무인도를 하나하나 정벌하는 과정을 보여줍니다. 난파한 직후 로빈슨 크루소는 잠시 미지의 세계에 대한 공포에 휩싸이지만 난파된 섬에서 가져온 연장을 가지고 야생의 초원을 개간하며 들염소를 길들이고, 씨앗을 뿌려 밀을 키워냅니다. 그가 무인도에서 보여주는 이성의 위력은 실로 대단합니다.

　　나는 우선 테이블과 의자를 만들었는데 이것에는 배에서 가져온 널빤지를 사용

했다. 그리고 앞에서 말한 방법에 의해 널빤지를 만들어 그것을 포개서 폭 1피트 반의 선반으로 꾸민 뒤 동굴 한쪽 벽에 걸어 보았다. 나의 공작 도구, 못, 쇠붙이 등, 그 위에 얹고 흩어져 있던 물건들을 제각기 일정한 자리에 배치해서 필요한 때에 언제든지 손쉽게 찾아낼 수 있도록 했다. 또 벽에다가 못을 박아서 총을 걸어놓고 그 밖에 걸 수 있는 것은 모두 걸어 놓았다.

고심한 결과 나의 동굴은, 보여 주지 못하는 것이 유감스럽기 그지없지만 언뜻 훑어보건대 마치 필수품을 넣어 놓은 금고 같은 꼴이 되었다. 모든 물건들은 손쉽게 찾아 쓸 수 있도록 정리되어 있었고 그리고 모든 필수품이 풍부하게 저장되어 있었기 때문에 나는 그것을 바라볼 때마다 만족감과 즐거움을 느끼곤 했다. 매일의 작업에 관한 일기를 쓰기 시작한 것은 이 무렵부터이다.

- 연세대학교 1999학년도 정시 논술, 다니엘 디포 '로빈스 크루소'

신과 비합리성, 주술적 세계에 대한 선전포고는 로빈슨 크루소가 섬에 상륙하기 전인 17세기에 데카르트의 방법서설(1637년)을 통해 이루어졌습니다. 그는 "나는 생각한다, 그러므로 존재한다"라는 유명한 명제를 통해 생각하는 인간 존재를 신의 턱 밑까지 격상시키자고 제안합니다. 인간과 세계의 구분선으로 '생각하는 이성'을 제시한 것이지요. 이 명제에 따르면 '생각이 없는 모든 자연물은 최소한 자기 존재성을 주장하기 힘든' 지위로 떨어지고, 이제 세계와 자연의 중심에 인간이 우뚝 서게 됩니다. 데카르트의 이러한 생각은 뉴턴이 고전 물리학을 통해 자연의 이치와 우주의 운행을 수학 공식이라는 법칙 안에 집어넣으면서, 더 이상 암흑 같은 우주를 이해하는데 신의 도움을 요청하지 않아도 된다는 확신으로 변해갑니다. 그로부터 1백 년이 채 지나지 않아, 데카르트의 후계자 로빈슨 크루소가 무인도에 상륙, 이성의 위력을 마음껏 발휘하게 되는 것이지요. 여기까지만 본다면 자연에 대한 인간 승리, 역경을 극복하는 이성의 위력을 칭송하는데 별반 인색할 이유가 없습니다.

> 가장 어려운 증명에 도달하기 위해 기하학자들이 사용하고 있는 아주 간단하고 쉬운 일련의 논증에 대해 성찰한 끝에 인간이 알 수 있는 모든 것을 이와 유사한 논리적 방식으로 얻을 수 있지 않나 하는 생각에 이르게 되었다. 그리고 사람들이 진리가 아닌 것을 진리로 보지만 않는다면, 그리고 논증에 요구되는 순서를 신중히 따르기만 한다면, 도달할 수 없는 아주 먼 진리란 없으며, 또 발견하지 못할 만큼 깊이 감추어진 진리도 있을 수 없다는 것을 나는 알게 되었다.
>
> — 연세대학교 1999학년도 수시 논술, 데카르트, '방법서설'

> 세상에 경이로운 것이 많기는 하지만, 인간보다 경이로운 것이 없도다.
>
> (중략)
>
> 말하는 것도 바람같이 날쌘 생각도
> 나라의 기틀이 되는 모든 심정도
> 스스로 배워 알며, 맑은 하늘 아래서
> 견디기 어려운 서릿발도, 퍼붓는 빗발도
> 피할 줄을 안다.
>
> (중략)
>
> 마음껏 나르는 생각은 교묘하고 능하여
> 때로는 사람을 선으로, 때로는 악으로 데려간다.
>
> — 서강대학교 2002학년도 모의 논술

그런데 로빈슨 크루소의 안식은 해변의 백사장에서 또 다른 인간의 맨

발자국을 발견하면서 깨어집니다. 자신의 생존을 위협하는 타자, 곧바로 공격과 제거의 대상이 생긴 것입니다. 독자들은 그 섬의 원래 주인은 누구였는지, 그들 또한 불쑥 나타난 침입자인 로빈슨 크루소로 인해 받았을 공포와 충격은 외면한 채, 손에 땀을 쥐고 주인공의 활약상에 빠져듭니다. '다행히' 로빈슨 크루소는 치밀한 이성으로 식인종들을 피해 그들의 포로였던 흑인을 구출해서 '프라이데이'라고 이름 붙인 뒤, 문명화 교육의 혜택을 주게 됩니다. 위대한 인류애와 봉사의 정신으로. 흑인은 로빈슨 크루소에게 배운 '주인님'이라는 단어를 앵무새처럼 읊조리고, 독자들은 열광하면서 미지의 세계에 대한 탐험 욕구로 충만해질 것입니다. 그리고 식인종으로 충만한 지구의 반대편을 개화시키는 위대한 사명을 준 신에게 감사하면서, 가까스로 되찾은 인간 이성의 독립성을 다시 비이성적인 광기 속으로 내몰게 됩니다. 입장을 조금만 뒤집어 보면, 정말 기분 나쁜 정복자의 소설이기도 합니다.

> 백인의 무거운 짐을 져라.
> 너희가 낳은 가장 뛰어난 자식을 보내라.
> 너희가 정복한 사람들의 요구에 봉사하기 위하여
> 너희들의 자식에게 유랑의 설움을 맛보게 하라.
> 소란스러운 양 떼들
> 반은 악마와 같고, 반은 어린아이 같은
> 고집불통인 새 식민지에서 와서 일하여
> 무거운 수레를 끌도록 하라.
>
> - 동국대학교 2020학년도 수시 논술

서구 이성은 이제 나머지 '절반의 지구상 악마'를 상대로 소탕작업에 나섭니다. 인간의 합리적 이성이 어떻게 광기로 둔갑할 수 있는지 이후 역사는 이를 극적으로 증명합니다. 미국 정부의 공공연한 인디언 학살은 그 전초전에 불과했습니다. 합리적 이성이 만들어낸 서구식 총포는, 역시 합리적 군사 교육을 거친 군인을 통해 집단, 연쇄 살인 부대를 무장시켰습니다. 이어 벌어지는 두 차례의 세계 대전, 나치의 유대인 대량 학살, 일본의 난징 대학살, 식민지 곳곳에서 벌어지는 학살의 향연은, 인간 이성의 집적판인 원자폭탄이 두 차례 터져 대량 살상의 정점을 찍으면서 주춤해집니다. 멈춘 것은 아니지요. 현재도 진행형이니까요. 로빈슨 크루소로 치면 고국에서 긴급하게 기관포를 공수해서 식인종을 무차별적으로 사살하다 보니까, 누가 진짜 살인마인지 구분할 수 없는 지경에 이른 것입니다. 2차 대전 후 유대인들은 집단 포로수용소에서 수거한 안경과 머리카락, 그리고 죽은 유대인의 지방으로 만든 비누를 산처럼 쌓아놓고 위령제를 지냈다고 합니다. 인간의 이성은 공장에서 기계를 돌려 비누를 대량 생산하는 데에만 유용했던 것이지요.

더구나 인간의 이성은 인간의 삶마저 합리성과 효율성의 틀에 가두기 시작합니다. 흔히 말하는 모더니즘은 종교적 주술성에서 벗어나 과학이나 합리성으로 무장해서 근대화, 혹은 기계 문명 등을 지향하는 일련의 움직임을 말합니다. 그러니까 거칠게 말하면 모든 구식과 결별하는 신식주의 운동이라고 할 수 있습니다. 인간은 비로소 이 불투명한 세계 속에서 삶의 정답표를 찾았다고 확신한 것이지요. 로빈슨 크루소처럼 하루의 일과표를 작성하고, 도구와 연장을 가지런히 정리해서 그날 일을 착실하게 실천한 뒤, 자신이 개간한 경작지를 흐뭇하게 바라보고, 오늘의 작업량이 가을에 가져올 수확량을 산출해서 일 년 계획을 점검하고, 취침 시간에 맞추어 침대에 오르는 그런 작업들입니다. 그런데 이러한 일련의 과정들은 서서히 법칙으로 변질되며 '죽은 시인의 사회'를 만들어 갑니다.

이 지상의 어린 신(神)들은 언제나 같은 꼬락서니를 하고 있어,
천지개벽하던 날과 조금도 다름없이 기묘한 존재이죠.
차라리 각자들한테 하늘의 불빛 따위는 주시지 않았던들,
좀 더 잘살 수 있지 않았을까 합니다.
그놈들은 이것을 이성(理性)이라 부르고 오직 그것을
어떤 짐승보다도 더욱 짐승답게 사는 데만 이용하고 있습죠.

- 서강대학교 2002학년도 모의 논술

맥도날드는 들어오는 것에서부터 나가는 것에 이르기까지 속도를 높이기 위한 모든 것을 갖추었다. 인접한 곳에 설치된 주차장은 고객이 차를 쉽게 댈 수 있도록 해 준다. 계산대까지는 몇 발자국이 채 안되며, 가끔 줄을 서기도 하지만 음식은 대체로 빨리 주문되고 전달되고 계산된다. 그리고 매우 제한된 메뉴는 먹는 사람의 선택을 쉽게 하여, 다른 식당에서의 다양한 선택과 대조를 이룬다. 음식을 받으면 식탁까지 몇 걸음 걸어가서는 곧바로 식사를 할 수 있다. 식사를 마치면 머뭇거릴 여지가 없기에 고객은 남은 휴지, 스티로폼, 플라스틱 쓰레기를 모아 가까운 휴지통에 버리고 자동차로 돌아가서는 다음 활동(대개의 경우 맥도날드화된) 장소로 이동한다.

- 고려대학교 2002학년도 정시논술, 조지 리처 '맥도날드 그리고 맥도날드화'

1830년대에 레옹 포쉐가 작성한 '파리 소년감화원을 위한 규칙'은 다음과 같다. 제17조 재소자의 일과는 겨울에는 오전 6시, 여름에는 오전 5시에 시작한다. 노

동시간은 계절에 관계없이 하루 9시간으로 한다. 하루 중 2시간은 교육에 충당한다. 노동과 일과는 겨울에는 오후 9시, 여름에는 오후 8시에 끝낸다.

제18조 기상. 첫번째 북소리가 울리면 재소자는 조용히 기상하여 옷을 입고 간수는 독방의 문을 연다. 두번째 북소리가 울리면, 재소자는 침상에서 내려와 침구를 정돈한다. 세번째 북소리가 울리면 아침기도를 하는 성당에 가도록 정렬한다. 각 신호는 5분 간격으로 한다.　　　　　　　　　- 연세대학교 1999학년도 수시논술

이러한 삶이 극단화된다면, 이제 인간은 인생 전체를 합리성의 틀에 가둘 수도 있을 것입니다. 번거롭게 하루하루를 설계하는 것이 아니라 생애 전반을 설계하는 대규모 작업도 가능합니다. 왜? 합리적이니까. 그 실상은 이렇습니다.

포드 기원 635년(서기 2540년), 지구가 세계국가에 의해 통치된다. 이 세계국가에서는 모든 이가 인간 부화 공장에서 태어난다. 정자와 난자를 인공 수정시킨 수정란은 배양 과정을 거쳐 최고 96명의 일란성 쌍둥이를 만들어 낸다. 이 인간 부화 공장에서 세계국가는 인구를 조절하고, 천재형, 미인형, 스포츠형 등으로 유전자를 배합하여 각 기능에 맞는 인간을 배양해 낸다. 멋진 신세계의 모든 인간은 늘 행복한데, 이는 유전자와 정신의 조작으로 얻은 결과이다. 이들의 삶의 형태는 태어나기 전부터 인간 부화 공장에서 이미 결정된다. 장래에 광부와 철강공으로 결정된 태아는 열기에 익숙해지게 만들어 그들이 나중에 자신의 일을 사랑하도록 한다. 이런 준비는 개인을 행복하게 만들고 국가의 안정성을 보증하며, 누구도 자신의 운명을 거스르겠다는 생각을 하지 못하게 한다. 이와 같은 목적에서 다섯 종류의 상자가 마련된다. 가장 상위의 것은 알파의 상자로 최상의 지성을 갖추게 하여 지도층의 지위를 맡게 한다. 가장 하위에는 앱실

론의 상자가 있는데 그들의 지성은 제거되어, 하수를 처리하는 일꾼으로 살아도 행복을 느낄 수 있도록 한다. - 동국대학교 2020학년도 수시 논술

러시아의 대 문호 표도르 도스토옙스키는 1864년 발표한 '지하 생활자의 수기'에서 이성의 시대가 초래할 위험성을 신랄하게 경고합니다. 그는 이성은 인간의 지적 욕구를 만족시켜주는 한낱 '이성'에 불과하며, 욕구에 종속된 도구일 뿐이라고 평가하고, 계몽된 지성을 가지면 인간은 선을 행한다는 환상에 대해 이렇게 반박합니다.

"당신들은 영원히 무너지지 않는 수정궁을 믿고 있다. 즉 남몰래 혀를 내밀거나 눈을 흘기거나 하는 짓을 할 수 없는 건물을 믿고 있다. 내가 그 건물을 꺼리는 것은 그것이 수정으로 되어 있고 영원토록 무너지지 않으며 그 곳에선 남몰래 혀를 내밀 수 없기 때문인지도 모른다. 당신들은 웃어 버릴 것이다. 어서 마음대로 웃기 바란다."

이성을 통해 자신의 참된 이익을 잘 알아도, 인간은 쓸데없는 일을 하는 데 주저하지 않는다는 것입니다. 올더스 헉슬리는 '멋진 신세계'에서 '중앙 런던 인공 부화 및 습성 형성국'을 통해 도스토옙스키가 경고한 '수정궁'의 미래를 형상화했고, 거리에 줄지어 늘어선 맥도날드와 스타벅스의 자동화 매장은 꾸준히 이를 향해 나아가는 로빈슨 크루소의 발걸음이 될 것입니다.

두 차례의 세계대전 이후, 포스트모더니즘이라는 일련의 문화 운동이 정치, 경제, 사회, 문화, 학문 등 각 영역에서 광범위하게 일어납니다. 그 성격은 쉽사리 정의될 수 없습니다. 왜냐하면 세상사를 이성이나 말로 함부로 정의하지 말자는 운동이니까요. 달리 설명하면, 모더니즘 이후(post) 제기된 일련의 반성과 자각의 운동, 그 모두를 일컫는 말로 그 성격을 요

약할 수 있습니다. 그리고 이제 로빈슨 크루소가 아니라, 식인종이나 프라이데이, 그리고 무인도의 야생화, 들염소 등이 모두 한번쯤 제 목소리를 내는 기회를 갖게 되는 것입니다. 서구인들에게 한낱 야만이나 원시로 보였던 다양한 삶의 양상이 다시 빛을 발하는 순간이기도 합니다. 지금까지 논의를 마지막 제시문을 통해 정리하겠습니다. 처음에 본 '앤드루 부부' 그림과는 상반된 세계관입니다. 경기대는 '앤드루 부부'에서 인간 중심의 지배 정복의 자연관이 지닌 한계를 도출하라고 요구했습니다. 이 지문을 앤드루 부부가 읽는다면 어떤 반응을 보일까요.

당신이 태어난 위대한 유럽에는
자유의 나라들이 번성하고 있지요.
물질의 풍요와 산업과 기술
모두를 가지고 있지요.

그곳은 세속의 기쁨이 더 크고
분주한 생활도 더 많겠지요.
과학도 문학도 그리고 모든 일들이
더 많이 변하고 있겠지요.

이곳에 사는 우리에게 진보는 없어도
우리에겐 기쁘고 평온한 마음이 있어요.
기술은 없어도
우리에겐 더 깊은 부처님의 가르침이 있지요.
- 서강대학교 2020학년도 모의 논술, 헬레나 노르베리 호지, '오래된 미래, 라

다크로부터 배운다'

이제 다음 장에서 동서양이 지닌 자연 및 세계관을 좀 더 깊이 있게 살펴보겠습니다.

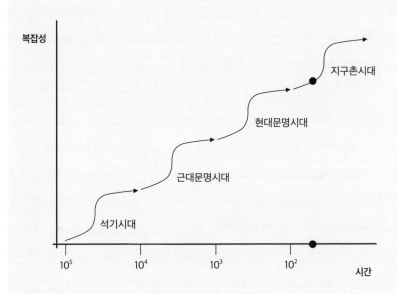

복잡성

지구촌시대

현대문명시대

근대문명시대

석기시대

10^5 10^4 10^3 10^2

시간

13 인간과 자연

- 디지털과 아날로그

　　인류 문명의 현재 시각은 얼마쯤 될까요? 오전 7시 20분쯤, 아니면 오후 7시 19분 43초? 그 시각이 여명기인지, 석양 무렵인지는 알 수 없습니다. 다만 문명의 복잡성이 거의 지수함수 수준으로 급상승한다는 사실을 도표는 잘 보여줍니다. 현재 시각이 오전 7시라면 근대 문명이 열린 시대는 약 1분 전인 6시 59분입니다.

　여기에서는 이를 표현하는 두 가지 방식을 소개하는 것이 그 목적인데요. 우선 첫 번째는 아날로그 방식입니다. 전체의 시간 판 속에서 시침과 분침 정도로 대략 몇 시쯤으로 어림잡는 방식입니다. 시간은 고여 있지 않고 부단히 흘러가기에 시침과 분침으로 현 주소를 가늠합니다. 이에 비해 디지털 방식은 초단위로 엄격하게 현재 시각을 알려줍니다. 더 정밀하기를 원한다면 초를 다시 60개 정도로 쪼개서 표현할 수도 있습니다. 애매함은 끊임없는 배제의 대상일 뿐입니다.

　그런데 아날로그 방식이 여전히 사랑받는 이유는 시간을 시계판이라는 전체 속에서 총체적으로 파악하는 뚜렷한 장점이 있기 때문입니다. 약속시각까지 분침이 대충 반 바퀴쯤 남았다는 감각적 이해가 약속시각에서 현재 시각을 빼는 디지털 방식보다는 훨씬 직관적이고 즉각적입니다. 아마 본능적인 인간의 모습에 더욱 친숙할 것입니다. 해와 달, 별을 보고 계절과 시간을 가늠하고, "내달 동백꽃 필 무렵에 달이 뜨면 만나자"는 식의 운치도 아날로그에 가깝습니다.

이러한 디지털과 아날로그 방식은 논술 문제에서는 흔히 동서양이 지닌 세계관의 차이로 변모되어 출제됩니다. 지나친 이분법은 경계해야 하지만, 동양의 고전 지문은 대부분 천체와 우주 속에서 인간의 현주소를 파악하는 세계관이 담겨 있습니다. 그리고 이 때 인간은 우주에 비해 작지만, 그 작은 몸에 또 우주를 담은 큰 존재라는 상대주의적 세계관과 맞물리게 됩니다. 크고 작다는 인간 이성의 판단을 부인하는 것이지요. 이 같은 아날로그적 우주관은 동양 예술에도 반영되는데요. 동양의 산수화에서 인간은 극히 작은 자연의 일부로 파악되거나 때로 아예 생략됩니다. 건축물 또한 자연을 압도하는 방식보다는 자연의 일부, 혹은 조화를 통해 미적 가치를 완성합니다. 좀처럼 인간이 주인공으로 전면에 나서지 않지요. 목조 건축 중에서는 가장 오래된 고려 중기의 건축물, 부석사 무량수전은 기둥의 높이와 추녀의 곡선, 석축 등이 다양한 각도에서 겹겹이 쌓인 능선들과 조화를 이룹니다. 유네스코 세계유산으로 지정된 안동의 병산 서원도 사방이 개방되어 산과 강을 주위에 병풍처럼 두른 채 편안하게 자연과 어우러져 있습니다.

이에 비해 근대 도시는 자연을 모두 밀어버리고 녹지조차도 인간의 설계에 따라 재탄생합니다. 디지털 방식은 역시 서구적 인간, 정확하게는 이성중심 사고방식을 의미하는 경우가 대부분입니다. 지난번 단원에서 본 작품 '앤드루 부부'에서 인간은 자연을 배경으로 그 중심에서 총을 들고 군림하며, 모나리자의 초상은 원근법을 토대로 자연을 뒤로 한 채 영원한 걸작으로 추앙받습니다. 끊임없이 인간을 쪼개고 나누어가는 전문의 제도 또한 서구 의학을 발달시킨 힘이 될 것입니다. 인간의 신체를 구석구석 연구해서 부족한 영양에 따라 비타민 A, B, C, D, E를 부지런히 공급합니다. 신체의 건강을 음과 양의 조화로 파악하는 동양 의학은 아무래도 애매해 보입니다.

작가 황순원은 아날로그적 동양관을 작품 속에 철저히 녹여낸 가장 한국적이고, 동양적인 작가로 평가 받는데요. '목넘이 마을의 개'에서 신둥이를 비롯, 모든 생명에 대한 외경을 형상화하는데 그치지 않고, 그 대상을 자연과 세계까지 확장시킵니다.

> 송영감은 다시 일어나 기기 시작했다. 가마 안으로. 무언가 지금의 온기로써는 부족이라도 한 듯이. 곧 예사 사람으로는 더 견딜 수 없는 뜨거운 데까지 이르렀다. 그런데도 송영감은 기기를 멈추지 않았다. 그렇다고 그냥 덮어놓고 기는 것은 아니었다. 지금 마지막으로 남은 생명이 발산하는 듯 어둑한 속에서도 이상스레 빛나는 송영감의 눈은 무엇을 찾고 있는 것이었다. 그러다가 열어젖힌 곁창으로 새어 들어오는 늦가을 맑은 햇빛 속에서 송영감은 기던 걸음을 멈추었다. 자기가 찾던 것이 예 있다는 듯이. 거기에는 이번에 터져나간 송영감 자신의 독조각들이 흩어져 있었다. 송영감은 조용히 몸을 일으켜 단정히, 아주 단정히 무릎을 꿇고 앉았다. 이렇게 해서 그 자신이 터져나간 자기의 독 대신이라도 하려는 것 같았다.
>
> - 한국외국어대학교 2008학년도 수시 논술, 황순원, '독짓는 늙은이'

근대 문명을 태동시킨 주역인 자연과학은 객관적인 경험에 인과율을 적용해 성립됩니다. 이때 인과율은 칸트에 따르면 인간에게 선천적으로 내재된 사고의 범주에 속합니다. 자연 현상이 인과율에 따라 파악될 때, 이를 법칙화하는 것은 인간 본연의 선천적 특성이라는 것이지요. 이로 인해 자연은 인간의 인식체계를 중심으로 다시 재구성된다고 볼 수 있습니다. 우리는 칸트식 사고의 원형을 베이컨에서 발견할 수 있습니다.

> 근대과학이 성립할 당시 서양인들의 균형감각 상실을 대표하는 사람은 프랜시스 베이컨(Francis Bacon)이다. 그의 '아는 것이 힘이다'라는 유명한 말과 '과학기술을 통해 아담 이래 잃어버린 에덴동산을 되찾는다'는 발상은 이를 분명하게 드러낸다. 그의 원대한 계획은 자연에 대한 지식, 즉 자연 위에 군림하는 힘의 형태인 지식을 통해서 자연을 마음대로 주무를 수 있는 '오만한' 상태에 도달하는 것이었다. (중략)
> 베이컨에게는 모든 것의 중심이 인간이었고, 인간 이외의 모든 것은 인간을 위해 존재하는 것이었다. 그러므로 그가 보기에는 인간을 제외한 나머지 것들은 모두 인간을 위한 기술적인 수단이 될 수 있다.
>
> — 경희대학교 2006학년도 수시 논술

이러한 동서양의 인간과 세계, 자연에 대한 인식 차이는 종종 대비적인 구조의 지문을 통해 출제되는데요. 다음 제시문은 이를 아주 쉽게 잘 정리해 주고 있습니다.

> (1) 데카르트는 '방법 서설'에서 낡은 철학 대신에 인간으로 하여금 자연의 지배자와 소유자가 될 수 있게끔 하는 새로운 철학을 제시하는 것이 자신의 의도라고 밝힌 바 있다. 그에 의하면, 우리 인간은 본질적으로 의식적·정신적 존재로서, 물질적 자연의 세계로부터 완전히 분리되어 있는 전혀 별개의 존재라는 것이다.

인간의 정신으로부터 분리된 자연은 죽은 물질적인 것에 불과하다는 것이다.

이후 서양에서는 인간이 자연의 지배자이고 자연은 인간의 번영을 위한 수단에 불과하다는 견해가 지배적이었다. 즉, 서구인들은 이성을 지닌 인간만이 내재적 가치를 지니며, 모든 자연은 인간을 위한 도구라고 생각했던 것이다. 이러한 인간 중심적이고 정복 지향적인 자연관은, 인간과 자연을 분리시키고 무분별한 자연 착취와 자원 남용을 정당화함으로써 생태계의 급격한 파괴와 자연의 훼손을 초래하였다.

(2) 그대들(백인들)은 어떻게 저 하늘이나 땅의 온기를 사고 팔 수 있는가? 우리로서는 이상한 생각이다. 공기의 신선함과 반짝이는 물을 우리가 소유하고 있지도 않은데 어떻게 그대들에게 팔 수 있다는 말인가? 우리에게는 이 땅의 모든 부분이 거룩하다. 빛나는 솔잎, 모래 기슭, 어두운 숲속 안개, 맑게 노래하는 온갖 벌레들, 이 모두가 우리의 기억과 경험 속에서는 신성한 것들이다. 나무 속에 흐르는 수액은 우리 홍인(紅人)의 기억을 실어 나른다. 백인들은 죽어서 별들 사이를 거닐 적에 그들이 태어난 곳을 망각해 버리지만, 우리가 죽어서도 이 아름다운 땅을 결코 잊지 못하는 것은, 이것이 바로 우리 홍인의 어머니이기 때문이다. 우리는 땅의 한 부분이고 땅은 우리의 한 부분이다. 향기로운 꽃은 우리의 자매이다. 사슴, 말, 큰 독수리, 이들은 우리의 형제들이다. 바위산 꼭대기, 풀의 수액, 조랑말과 인간의 체온 모두가 한 가족이다.

- 경기대학교 2009학년도 모의 논술, 고등학교, '시민윤리', '문학' 교과서

(2)번 제시문은 흔히 '인디언 추장의 편지'로 교과서에 실리고는 했는데요. 그 실제성이나 진위 여부를 떠나, 어떻든 동양적 세계관을 충실하게 반영한 글로 볼 수 있습니다. 이와 함께 디지털 방식의 사고가 갖는 엄밀성과 효율성이라는 강점과 더불어, 인간과 자연을 총체적이고 통합적으

로 고려하지 못하는 단절적 시각이 초래하는 문제점을 묻는 지문들도 역시 '인간과 자연'의 관계에 대한 성찰을 요구하는 문제에서 자주 등장합니다. 이와 달리 동양의 유기적이고 상대적이며 통합적인 세계관은 인간과 자연이 공존하는 생태학적 사고의 출발점이 될 수 있지만, 이러한 아날로그적 세계관은 애매하고 모호하며, 자칫 인간이 이룬 그동안의 성과를 모두 부인하는 극단적인 방향성을 가질 수 있다는 점도 염두에 두어야 합니다. 거듭 말하지만 두 개의 시각은 그저 세계를 바라보는 관점일 뿐입니다. 환경 문제가 급부상하면서 동양적 세계관이 주목을 받는다고 해서, 마침 동양인이라는 자부심에 심취해서 어떤 시각이 진리라고 신봉해 버린다면 '환경 운동가'는 될 수 있지만, 인문학적 사고는 포기해야 합니다. 실제로 아파트를 버리고, 자연과 하나 되어 살기도 만만치 않습니다. 매년 얼어붙는 수도관에 진저리를 칠 것입니다. 여하튼 디지털이 추구하는 효율성이 총체성을 잃고 순간의 해법만 모색하는 단절성에 머물 때 초래되는 부작용을 먼저 살펴보겠습니다.

> "멕시코시티의 수많은 사람들이 식품 가격 상승을 규탄한다."(중략)
> 멕시코에 수입되는 옥수수의 대부분은 미국산이고, 따라서 멕시코의 옥수수 가격은 미국 옥수수 시장에서 결정된다. 문제는 미국 시장에서 늘어난 옥수수 수요 때문에 미국의 옥수수 가격이 급격하게 상승하였다는 것이다. 미국 옥수수 가격 상승의 원인은 바로 미국의 에너지 정책 변화에 있었다. 2005년 미국이 수립한 에너지 정책이 2006년부터 재생 가능한 연료를 사용할 것을 권장한 것이다. 재생 가능한 대체연료로 옥수수로 만든 바이오 에탄올이 각광받기 시작하면서 에탄올의 생산에 필요한 옥수수의 수요가 증가하였고 이로 인해 미국 시장에서 옥수수의 가격이 상승하였다. 미국의 옥수수 가격 상승은 멕시코의 옥수수

가격 상승으로 이어졌고, 결국 옥수수를 주재료로 하는 또띠야의 가격 상승을 초래하게 되었다. — 경기대학교 2017학년도 수시 논술, '고등학교 경제'

게다가 밀은 인간에게 더 나은 식사를 제공한 것도 아니었다. 인류는 원래 다양한 음식을 먹고 사는 잡식성 유인원이었다. 곡류를 위주로 하는 식단은 미네랄과 비타민이 부족하고 소화시키기 어려우며 치주 조직에 해롭다. 오랜 세월 농부들은 밀이나 감자, 쌀 등 단 하나의 주식에 의존해 왔다. 비가 내리지 않거나 메뚜기 떼가 덮치거나, 곰팡이가 주식 작물을 감염시키면 농부들은 속절없이 수없이 죽어나갈 수밖에 없었다. — 한양대학교 2015학년도 모의 논술

이제 대안을 살필 시간입니다. 우선은 기술이 초래한 문제를 기술로 해결해 보자는 사고방식도 있지만, 그렇다고 해도 지금까지의 방식대로 자연을 마구잡이로 이용하고 활용하자고 하기에는 지구가 지나치게 멍들어 있습니다. 그래서 등장하는 논의가 지속 가능한 개발론입니다. 환경 파괴를 최소화하면서 자연과 공존, 인류가 필요한 물자나 재화를 환경 피해를 최소화하거나 복원하면서 자연에서 지속적으로 얻어내는 방안이지요. 이때 자연은 인간을 위해 보존된다는 사고방식이 여전히 유효합니다. 이와 함께 좀 더 근본적인 생태주의 입장에서, 인간 행위의 모든 가치를 부인하거나, 그렇지는 않더라고 인간의 이기적 욕구를 최소화하자는 논의도 가능합니다. 다소 극단적이지만, 현재 인류의 무분별한 자원 남용을 향한 경고라는 의미는 충분하지요. 지나치게 이상적이지만 그래서 선명한 주장을 전개할 수 있습니다. 물론 이를 비판하는 시각도 만만치 않고, 실제 시험에는 주로 비판의 대상으로 자주 출제됩니다. 어쨌든 이러한 논의에는 아날로그적 사고가 전제됩니다.

환경에 대한 인식의 전환과 관련, 인간도 자연의 일부로 생성 소멸하는 순환 속에서 살아가는 존재임을 자각하는 성찰이 필요하다는 지문이 자주 제시됩니다. 생활 윤리 교과서에서는 인간과 자연이 분리되지 않는다는 전일론적 세계관으로도 소개됩니다. 여기에 더해 미래 세대와 현재의 환경을 함께 나눈다는 '책임과 배려 윤리' 등의 지문들이 포함됩니다.

마지막으로 (1) 지속 가능한 개발론 (2) 근본 생태주의 (3) 근본 생태주의자의 행동강령입니다. 이렇게 살 수 있는지 한번쯤 반추해 보시고요. (4) 아날로그적 공존의 생태학적 사고 (5) 생태 윤리 등을 담은 지문을 짧게 소개합니다.

(1) 인류는 산업혁명 이후 보다 나은 생활을 영위하기 위해 성장 위주의 정책으로 자연환경을 개발하며 이용해 왔다. 이러한 환경 파괴를 통한 단기적인 개발은 더 이상 장기적이고 지속 가능한 발전을 가져오지 못하고 많은 문제점을 노출하였다. 자연을 고려하지 않은 지나친 개발은 자연훼손으로 이어졌고, 지속 가능한 성장의 필요성을 느끼게 하였다. 지속 가능한 성장이란 지속 가능성에 기초하여 기존의 사회·경제·환경의 균형을 이루는 성장을 말한다. 즉, 현재 세대의 필요를 충족하기 위하여 미래 세대가 사용할 사회·경제·환경 등의 자원을 낭비하지 않고 서로 조화와 균형을 이루는 것이다.

(2) 이제는 농업 중심의 순환 시스템이라는 '오래된 미래'의 패러다임을 지향하는 것이야말로 진정한 삶의 태도라 할 수 있습니다. 근대 자본주의 문명을 뒷받침해 온 '성장' 시대가 끝났다는 것은 비관적으로 받아들여야 할 사태가 결코 아니라는 거죠. 오히려 그것은 환영해야 할 사태입니다. 왜냐하면 '성장 시대의 종언'이라는 것은 이제 비로소 인류 사회가 '정상적인' 상태를 회복할 수 있는 길로 들어서게 되었음을 알려주는 희망의 신호로 해석할 수 있기 때문입니다. 이 희

망의 신호를 어떻게 구체적인 현실로 만들 것인가는 말할 것도 없이 우리 자신에게 달려 있습니다. 월터 프레스콧 웹이라는 역사가도 '성장' 시대가 종식됨에 따라 자립적인 농업과 농촌 생활이 보다 중요한 의미를 갖게 될 것이라고 지적한 바 있습니다.

- 경희대학교 2020학년도 수시 논술

(3)

1. 인간과 지구상에 존재하는 모든 생명체는 그 자체로서 내재적 가치를 지닌다. 생명체의 가치는 협의의 인간의 목적에서 나오는 유용성과 무관하다.

2. 생명의 풍요로움과 다양성은 그 자체로 가치 있고, 인간과 지구상에 존재하는 모든 생명체의 삶이 번성하는 데 이바지한다.

3. 인간은 없어서는 안 될 본질적(vital) 필요를 충족시키는 경우를 제외하고는 생명의 풍요로움과 다양성을 축소시킬 권리가 없다.

4. 현재 자연계에 대한 인간의 간섭은 과도하며, 상황은 급속히 악화되고 있다.

5. 인간의 삶과 문화의 번성은 인구의 근본적인 축소가 있어야 가능하다. 자연계의 번영도 인구 축소를 필요로 한다.(중략)

- 숙명여자대학교 2010학년도 수시 논술

(4) 사과를 먹는다

사과나무의 일부를 먹는다

사과 꽃에 눈부시던 햇살을 먹는다

사과를 더 푸르게 하던 장맛비를 먹는다 (중략)

흙으로 돌아가고 마는

사과를 먹는다

(5) 우리가 행위에 대한 책임의 주체를 따지고 그에게 도덕적 책임을 묻는 것처럼, 책임 개념은 우리에게 매우 익숙하다. 그런데 현대의 책임 윤리는 자신이 과거에 행한 행위 결과에 그 대상을 한정짓지 않고 집단 책임의 문제, 기업의 사회적 책임 등을 묻는다. 또한, 다른 사람에 대한 책임, 인류와 미래 세대에 대한 책임, 인간 이외의 자연 존재 및 생태계에 대한 책임 등으로 그 대상을 넓히고 있다. 즉, 오늘날 책임 윤리는 행위자의 자유, *권리와 의무의 대칭성[6]에 근거한 책임 개념을 넘어서 책임의 대상과 범위를 미래 세대, 인간이외의 존재 등으로 넓히고 있다. 예를 들어, 대표적인 책임 윤리학자인 요나스는 부모가 어린 자녀에 대하여 지니는 책임처럼 단순히 권리와 의무로만 설명될 수 없는 책임 개념이 성립한다고 주장한다. 그래서 그는 "너의 행위의 결과가 인간 삶의 미래의 가능성을 파괴하지 않도록 행위하라"와 같이 현세대의 미래 세대에 대한 책임을 묻는다. 그리고 인간은 생태적으로 인간 이외의 존재와 더불어 살아간다는 점에서 인간 이외의 자연 존재와 생태계에 대한 책임도 묻는다.

- 연세대학교 원주캠퍼스 2020학년도 수시 논술

---

6) 권리를 주장하고자 한다면 그에 따른 의무를 수행해야 하며, 의무의 이행 정도에 따라 권리의 범위가 규정된다.

현대사회에서 계급은

단지 정치적, 경제적 지위로만 결정되지 않습니다.

문화적 자산도 빈부에 따라 불균등하게

배분되는데요. 이러한 모든 사회적 현실에 대한

자각을 토대로 갈등을 표면에 증폭시킴으로써,

모순구조의 해체를 지속적으로 추구하게 됩니다.

따라서 사회는 본질적으로 긴장이 가득하며

끊임없이 그 구조를 혁파하는 대상이 됩니다.

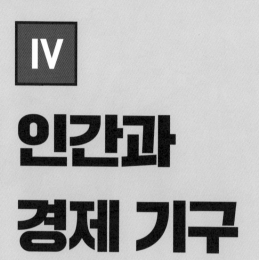

IV

인간과
경제 기구

경북대학교 2001학년도 정시 논술, '빵을!', 케테 콜비츠, 1924년 작, 위키아트

14 전통 경제, 시장을 둘러싼 두 개의 손

- 애덤스미스와 케인즈

우리가 저녁 식사를 기대할 수 있는 건 푸줏간 주인, 양조장 주인, 빵집 주인의 자비심 덕분이 아니라, 그들이 자기 이익을 챙기려는 생각 때문이다. 우리는 그들의 박애심이 아니라 자기애에 호소하며, 우리의 필요가 아니라 그들의 이익만을 이야기 할 뿐이다. 그들은 공익의 증진을 의도적으로 목표로 삼을 때보다 자기 자신만의 이익을 추구할 때 오히려 더 효과적으로 사회 전체의 이익을 도모하게 된다. ─ 동국대학교 2021학년도 모의 논술, 애덤 스미스, '국부론'

세상은 불확실하지만 인간은 실천적 주체로서 행동해야만 하며, 세상의 바퀴를 굴러가게 하는 것은 행동하려는 인간의 내재적인 충동이다. 인간의 합리적 자아는 가능한 최선의 방식으로 대안들 중에서 어느 것을 선택하는데, 계산이 가능하다면 계산을 하겠지만, 종종 변덕이나 감정 혹은 우연에 의존한다. 그러면 불확실한 상황에서 인간은 어떤 식으로 행동하는가? 이와 관련하여 인간이 생각해 낸 중요한 기법 중 하나는, 우리가 자신의 판단보다는 더 나은 정보를 가지고 있을 법한 다른 사람들의 판단에 의지해서 행동하는 것이다. 이런 식으로 다른 사람들을 따르려는 개인들이 내리는 판단을 '관행적 판단'이라고 한다.

타이타닉호가 대서양에서 침몰하던 1912년, 미국과 유럽은 흔히 도금시대(鍍金時代)로 불리는 대호황기의 끝자락에 서 있었습니다. 산업화와 공업화의 영향으로 엄청난 양의 부가 축적되면서 금으로 세상을 도배질하고, 동시에 비리와 부정, 배금주의가 팽배하던 시절입니다. 영화 타이타닉에서도 선박 객실이 나뉘어 있어 침몰하던 와중에도 특등실 승객이 먼저 구명보트에 오르는 장면이 나옵니다. 여하튼 인류의 비약적인 풍요와 극단적인 빈곤을 동시에 수반한 자본주의의 출현은, 산업혁명 태동기에 활약한 애덤 스미스(1723-1790)의 공헌이 절대적입니다. 그가 국부론에서 말하는 '보이지 않는 손'을 한번쯤 들었을 텐데요. 이 논리는 '인간은 잘 살고 싶은 욕망을 가지고 있다'는 전제에서 출발합니다. 모든 경제 주체들이 타인이 아니라 자신을 위해 시장이 요구하는 상품을 만들어내면 자신의 이익은 물론 전혀 의도하지 않았던 사회적 공익도 동시에 증진된다는 것입니다. 결국 '보이지 않는 손'은 시장이 자율적으로 결정하는 '가격'으로 볼 수도 있습니다. 그리고 이는 시장에서 귀족이나 영주, 국가의 불필요한 개입, 이른 바 '보이는 손'을 몰아냅니다. 시장을 무대로 자율성과 경쟁의 한 마당이 펼쳐지면서 대중이 그 주역으로 등장합니다. 경쟁은 필연적으로 생산성과 효율성을 극대화하고, 물질적 풍요로 이어지는데요. 이 때 애덤스미스가 말하는 '이기심'은 극단적인 이기적 태도와 구분됩니다. 실제 도덕철학자인 애덤 스미스는 인간 양심의 합리성과 선함을 믿었던 성선설의 입장으로, 이기성은 각 개체가 합리성을 토대로 상호간에 조율될 수 있는 공명정대함을 전제로 삼고 있습니다. 이렇게 대중에 대한 신뢰에 기초한 시장 경제 이론이 출발합니다. 그리고 인류는 분업을 통해 막대한 상품을 공장에서 찍어내고 부의 축적은 성실한 노력의 대가로 자리매김하지요. 결국 애덤 스미스의 이론은, 대중의 합리성에 대한 믿음을 토대로 시장에 자율성을 부여하면, '보이지 않는 손'이 작동해서 생산성과 효율성이 극대화되고 동시에 공익도 증진된다는 입장으로 요약됩니다.

모든 것이 이처럼 술술 풀렸다면, 경제 정책을 둘러싼 고민은 애초부터 사라졌을 것입니다. 하지만 풍요를 약속한 공장의 어둠속에서는 미성년 노동자와 여성들이 극심한 노동으로 각종 질병과 재해에 시달리고, 세계 경제는 결국 1929년 10월 24일 뉴욕 월가의 '뉴욕주식거래소'에서 주가가 대폭락하면서 작동을 멈춥니다. 이른바 대공황이 터져, 애덤 스미스가 그토록 신뢰했던 시장은 '사망 선고'를 받게 됩니다. 1930년대 들어서는 모든 자본주의 국가에 대공황의 파도가 밀어 닥쳐 연쇄적으로 시장을 초토화 시킵니다. 독일 나치당을 비롯해 이탈리아 파시스트, 일본의 군국주의 등 전체주의도 이러한 대공황의 틈바구니 속에서 뿌리를 내리지요. 애덤 스미스가 말한 '보이지 않는 손'이 재앙으로 둔갑한 것입니다. 미국을 비롯한 적지 않은 자본주의 국가들은 대공황이전부터 만성적인 과잉생산과 대량 실업으로 골머리를 썩어왔던 것입니다.

과일 썩는 냄새가 온 주(州)에 퍼지면 달콤한 냄새는 오히려 큰 슬픔이 된다, 과수를 접목할 줄 알고 종자를 개량할 줄 아는 사람들도 그들의 작물로 배고픈 사람들을 먹여줄 수 없는 것이다, 종자를 개량하여 새로운 과일을 만들어낸 사람들도 그 과일을 사람들이 먹을 수 있는 제도를 만들어 내진 못하는 것이다. 이런 실패는 마치 커다란 슬픔처럼 온 주를 뒤덮는다. 과일이 제값을 유지하기 위해서는 덩굴과 나무의 뿌리를 모두 파헤쳐야한다. 슬프고 뼈아픈 노릇이 아닐 수 없다. 오렌지를 몇 달구지씩 쓰레기처럼 땅바닥에 내동댕이친다. 사람들이 그것을 먹으려고 몇십 리 길을 찾아와도 그것을 먹지 못하게 한다, 공짜로 얼마든지 먹을 수 있다면 누가 열두 개에 20센트의 돈을 내고 사먹겠는가. 그래서 일꾼들이 호스를 들고 돌아다니며 오렌지에다 석유를 뿌린다. 스스로 저지르는 죄악에 화가나 과일을 먹으러 찾아오는 사람들에게 분풀이를 하는 것이다. 굶주리는 사람이 수백만 명이나 되는 판에 그 황금빛 과수원에 석유를 뿌려버리는 것이다.(중략)

법으로는 적발해 낼 수 없는 죄악이 여기에 있다. 울어도 시원치 않은 슬픔이 여기에 있다. 우리의 뭇 성공을 무너뜨리고 남을 실패가 바로 여기에 있다.

- 존 스타인 벡, '분노의 포도' 중에서

　대공황을 묘사한 소설의 한 부분입니다. 사람들이 부지런히 자신의 이익을 추구했지만, 결국 포도가 남아돌아도, 모두가 굶주리는 참담한 상황을 보여주고 있습니다. 애덤 스미스가 가정한 합리적 이기심은 순진했던 것이지요. 자본주의 시장은 탐욕으로 덮여 마치 거대한 맷돌처럼 사람들을 삼킨 것입니다. 영국의 경제학자 존 케인스(1883-1946)는 대공황 시대를 살면서 애덤 스미스가 전제한 최초의 가정에 의문을 제기합니다. 바로 대중의 합리성이라는 대목이지요. 그는 대표 저서인 '고용·이자 및 화폐의 일반 이론'에서 시장의 주체로서 개인들을 자율적, 합리적 판단을 상실하고, 타인을 무조건 따라하는 '관행적 판단'의 객체로 파악합니다. 그는 주식시장을 사례로 들어 이를 설명합니다. 투자자들은 자신이 보기에 우량한 기업보다는, 다른 투자자들이 좋아할 듯한 기업만을 골라 투자한다는 것이지요. 이런 식의 판단이 집단화되면 부실기업이 우량 기업으로 쉽사리 둔갑하고, '묻지마 투자'와 같은 투기가 시장을 지배한다는 것입니다. 흔히 이는 '구성의 모순'으로 설명되는데요. 불이 난 극장에서 모두 살아남기 위해, 한꺼번에 비상구로 몰리면 누구도 살아날 수 없다는 것입니다.

그가 문을 열고 면회실에 들어갔을 때 그를 맨 먼저 놀라게 한 것은, 백 명 가까이 되는 사람들의 고함 소리가 하나로 합쳐진, 귀청이 떨어질 것만 같은 굉음이었다. … 아내, 남편, 아버지, 어머니, 아들들이 서로 상대방을 잘 알아보고 필요한 말을 하려고 애를 쓰고 있었다. 그러나 제각기 상대방에게 알아듣게 하려고 악을 쓰고 있는데다, 옆의 사람도 같은 생각이어서 그들의 목소리는 서로 방해가 되어 저마다 남을 압도하려고 큰 소리로 외쳐대는 것이었다. 바로 이 외침 소리가 뒤섞인 엄청난 소리 때문에, 네플류도프는 방안에 한 발 들어서자마자 깜짝 놀라지 않을 수 없었던 것이다. 대체 무슨 말을 하고 있는지 알아들으려고 해보아도 그것은 소용없는 일이었다.

- 톨스토이, '부활' 중에서

면회실을 시장으로 본다면 목소리는 시장 참여자의 이익추구에 대한 욕망, 그리고 굉음은 대공황과 같은 시장 실패가 될 것입니다. 이제 시장은 자율적인 조정 기구에서 하자투성이의 문젯거리로 전락하고, 합리적이고 전문적인 정부의 전문가가 개입해서 수정 보완해야 되는 대상에 불과합니다.

맹자(孟子)가 양(梁) 혜왕(惠王)을 만났더니, 왕이 맹자에게 말했다.
"노인께서 천리 길을 멀다 하지 않고 오셨으니, 장차 우리나라를 이롭게 하실 방도가 있으시겠지요?"
그러자, 맹자가 대답했다.

"왕께서는 하필 이익을 말씀하십니까? 오직 인의(仁義)가 있을 뿐입니다. 왕께서 '어떻게 내 나라를 이롭게 할까?' 하고 말씀하시면, 대부(大夫)들은 '어떻게 내 집안을 이롭게 할까?' 하고 생각하고, 선비와 백성들은 '어떻게 내 몸을 이롭게 할까?' 하고 생각하게 될 것입니다. 상하가 서로 자기의 이익만을 취하면 나라가 위태로워집니다."
— 연세대학교 2004학년도 정시 논술, '맹자'

케인즈는 시장 안정과 노동시장의 원활한 작동을 위해서는 자유방임주의가 아닌 소비와 투자, 즉 유효수요를 확보하기 위한 정부의 공공지출과 같은 보완책이 필요하다고 주장합니다. 이제 시장이 초래한 빈부격차의 부작용 등에 대한 국가 개입이 본격화되고 영국은 1942년 베버리지 보고서에서 '요람에서 무덤까지'를 제창, 국가가 사회보장을 주도하게 됩니다. 출생에서 사망까지 전 생애 중에 예측 가능한 사고에 대해 국가가 최저한도의 사회보장책임을 진다는 것이지요. 개인의 무한 경쟁에 시장을 맡기지 않고 사회 전체의 통합과 형평이라는 시각에서 정부 정책이 짜이게 된 것입니다. 이후 노동조합을 통해 노동자의 권익이 급속히 증진되었고, 정부의 적절한 개입주의는 시장의 불완전성을 보완하는 장치로 부각하지만, 역시 이것도 정답은 아니었습니다. 이른바 복지의 부작용을 드러내는 대명사처럼 쓰이는 '영국병'이 발생합니다. 1960년대 초에 서독 언론인이 영국 노동자의 게으름과 나태, 비능률성을 가리켜 사용한 용어인데요. 영국은 당시에 과도한 복지와 노조의 막강한 영향력 등으로 임금은 끊임없이 상승하고, 노동자는 게을러지고, 생산성은 곤두박질하는 만성적인 영국병에 시달리다, 급기야 1976년에 국제통화기금(IMF)의 금융지원을 받는 상황에 내몰리게 됩니다. 1979년 집권한 마가렛 대처는 12년간 총리직을 수행하면서 각종 국유화와 복지정책을 포기하고 민간의 자율적인 경제활동을 중시하는 머니터리즘(monetarism)에 입각한 강력한 경제개혁, 이른바 '대처리즘'을 밀어붙입니다. 이른바 '신자유주의'가 등장하면서 '자율적인 시장의 기능'은 다시 주목받습니다. 결국 정부의 적절한 시장 개입을 주장하는 케인즈 이론은 국민의 복지와 형평에 눈을 돌리는 수정 자본주의로 이어졌지만, 이 또한 '적절한 개입의 정도'를 놓치면서 복지병을 수반한 것입니다. 시장과 정부를 둘러싼 이 같은 기초적 논의는 매년 수많은 대학에서 출제되어 그 문제를 헤아릴 수 없을 지경입니다. 특히 공기업의 민영화와 같이, 현안을 적용한 문항들이 주류를 이룹니다. 공기업을 민영화하면 효율성은 높아지겠지만, 공기업이 담당하던 복지 기능은 사라지겠지요. 철도를 민영화하면 아마 우리도 곧바로 신분에 따라 객실이 차등적으로 주어지는 '설국 열차'를 타게 될 것입니다. 경제에 관한 물음이 제법 많은 성균관대학교의 기출 지문을 짧게 소개합니다. 순서대로 대중의 합리성과 비합리성, 그리고 경쟁의 순기능과 역기능으로 파악할 수 있습니다.

(1) 외국의 한 도시는 매우 심각한 도심 교통난을 겪고 있었다. 이 교통난을 해결하기 위해 시 정부는 특정한 요일에 특정한 끝 번호를 가진 차량의 도심 출입을 제한하는 차량 요일제를 실시하였다. 그러나 그 효과는 아주 미미했다. 그래서 시 정부는 강제성을 지닌 그 제도를 폐지하고, 원하는 운전자는 누구든 자신의 의사에 따라 일정한 통행료를 내고 언제든 자유롭게 도심으로 진입할 수 있도록 하는, 이른바 혼잡통행료 제도를 시행하였다. 그 결과는 매우 성공적이었다.

(2) 미국의 한 대학 교통 연구소에서는 시내 근처의 다리에 실험용 차량을 내 보내 아주 느린 속도로 운행하게 했다. 이 차량이 투입되기 전 다리 주변은 출퇴근 시간이 거의 끝나가고 있어서 차량 흐름이 원활한 편이었다. 다리 길이는 약

4km였고 편도 2차선이었으며, 중간에 진입로나 진출로가 없는 구조였다. 그런데 그 실험용 차를 투입한 이후 곧바로 문제가 생겼다. 차선 변경이 매우 빈번하게 발생했고, 한참 뒤쪽에 있는 고속도로까지 정체가 일어나는 등 전반적인 교통 흐름이 현저하게 나빠졌다. — 성균관대학교 2007학년도 수시 논술

(1) 하이에크가 사회주의 계산 논쟁에서 명료하게 주장했듯이 경쟁은 경쟁을 통하지 않고서는 알 수 없는 것들을 발견해내기 때문에 경쟁과정은 바로 발견적 절차, 발견과정이라고 할 수 있다. 시장에서는 수요자들에게 더 잘 봉사할수록 자신도 더 잘 성공할 수 있다. 그런 점에서 특별한 의미에서 협력을 한다고 할 수 있다. 수요자들은 공급자들 사이에서 벌어지는 수요자들에게 더 잘 봉사하려는 경쟁 덕분에 많은 혜택을 누린다. 이에 비해 모든 시장참여자들은 상품을 수요하기 위해서는 생산에 참여하여 돈을 벌어야 한다. (중략) 이런 과정을 거쳐 우리는 소위 분업과 협업을 통해 우리에게 필요한 것들을 고차원적인 협력을 통해 더 질이 좋으면서도 저렴하게 구할 수 있다. 이런 시장의 경쟁 과정을 통해 우리는 항생제를 값싸게 얻을 수 있게 되었고, 종전에는 갖지 못했던 세탁기, 냉장고, 휴대전화 등을 가지게 되었다.

(2) 모두가 사용할 만큼의 생필품이 있음에도 불구하고 많은 이들에게 그것이 부족하다면, 우리는 경쟁에 의해 분배의 문제가 해결될 수 없다는 사실을 깨달아야 한다. 불공정이 경쟁 자체의 탓은 아니라 하더라도, 더욱 중요한 문제는 경쟁으로 이 문제를 해결할 수 있느냐이다. 처음부터 자원을 많이 가진 사람이 이길 가능성이 높으며, 이로써 그는 더 많은 자원을 가지고 또 다시 경쟁에서 승리한다. 그리고 이 경쟁은 상대방이 완전히 패배하거나, 그 경쟁이 필요 없어질 때까지 계속 될 것이다. 정부의 규제, 빈곤층 지원제도와 같은 복지는 불평등의 정도가 지금보다 더 악화되는 것을 막기에 급급하다. 어떤 이유를 들어 경쟁을 옹

호하던, 승자가 모든 것을 독식하는 경쟁에서 공평성은 찾아볼 수 없다. 분배를 어떻게 해결할 것인가는 경쟁을 통해 해결할 수 없다.

- 성균관 대학교 2018학년도 모의 논술

15 경쟁의 모순과 상호 신뢰의 가치

- '뷰티플 마인드'

독일 심리학자 링겔만은 집단 속에서 줄다리기로 개인의 힘을 실험하는 측정을 했는데요. 혼자 게임할 때 발휘하는 힘을 100이라고 할 때, 2명일 경우 93, 3명일 경우 85, 8명일 경우는 49로 뚝뚝 떨어진다는 사실을 발견했습니다. '링겔만 효과'로 불리는 이러한 심리 현상은 집단속에 파묻힌 개인의 무임승차(free-riding) 성향에서 비롯됩니다. 서로에 대한 신뢰를 토대로 다함께 온 힘을 다하면 이길 수 있지만, 어차피 상금은 나누어 갖기에 자신의 힘은 최대한 아끼고, 그 수익만 배분받기를 원하는 계산이 깔리는 것입니다.

이는 개인적 차원에서 나름 합리적인 판단입니다. 자신의 노동을 최소화하면서 보상에 끼어드는 전략적 선택을 했기 때문입니다. 그러나 그 결과 그 팀이 진다면 구성원은 아무런 보상도 받지 못하는 상황에 처하게 됩니다.

서강대학교는 2017학년도 수시논술에서 어두운 골목길에 가로등을 설치해서, 매달 집집마다 5천 원씩 내기로 '반상회'를 열었을 때, 주민들이 보일 수 있는 반응을 출제했는데요, 이 때 조금씩 희생하면 모두 한결 편리하다는 사실은 고려 대상이 되지 않습니다. "내가 과연 계속해서 5천원 어치 만큼 편리할 것인가"라는 이해득실, 나아가 야간 자율학습을 하는 자녀를 둔 이웃집 학부모가 애가 타서 설치하면, 나는 적당히 이용한다는 무임승차를 보여주고 있습니다.

마을에 공동 우물이 필요해서 주민들이 서로 돌려가며 자율적으로 땅을 파내려가기로 하고 아무런 제재도 없다면, 아마 그 우물은 평생 완성되기 어려울 것입니다. 마을 주민의 공동 경작지는 황폐해도 내 집 텃밭은 탐스런 열매가 주렁주렁 열리는 것도, 마찬가지 이치입니다. 다음 상황은 개인의 이익추구와 공익의 관계를 보여주는 게임입니다.

> 두 사람이 심판을 두고 다음과 같은 '게임'을 한다. 각 사람에게 A카드와 B카드, 두 장이 주어진다. 각 사람은 카드 내용을 읽고 두 카드 중 하나를 선택한다. A카드에는 "자신이 심판으로부터 10,000원을 받는다"고 적혀 있다. B카드에는 "자신은 한 푼도 받지 못하고 대신 상대방이 심판으로부터 50,000원을 받는다"고 적혀 있다. 두 사람이 각자의 카드를 선택하면 게임은 종료된다. 각 사람은 게임 도중이나 끝난 후에도 상대방이 누구인지 모르고, 또한 상대방이 무엇을 선택하는지도 모르는 상태에서 선택을 한다. 각 사람이 받는 금액은 자신의 선택 뿐 아니라 상대방의 선택에도 의존한다. 당신은 어떤 카드를 선택하는 것이 합리적인가?

내가 A카드를 뽑았을 경우, 상대의 선택에 따라 보상이 달라지는데요. 상대가 A, B를 뽑을 확률을 절반이라고 가정하면 그 기댓값은 3만 5천원이 되지요. 같은 방식으로 B카드의 경우에는 기댓값이 2만원5천원에 불과한 만큼 수학적으로 A카드를 뽑는 것이 현명한 처사이고, 상대방도 똑같

나의 선택	상대 선택 ('나'의 수익)		'나'의 기댓값
A	A (1만원)	B (6만원)	3만 5천원
B	B (0원)	B (5만원)	2만 5천원

이 이렇게 생각하는 만큼 서로 1만원씩을 받아 들게 되는 것입니다. 5만원 씩 받을 기회를 서로 걷어차는 셈이지요. 이를 막기 위해 사전 협상을 통해 두 사람은 서로 믿고 B카드를 뽑자고 굳게 약속할 수도 있습니다. 그러나 게임 이후에 두 사람이 다시 만날 일이 없다면, 막상 독방에서 홀로 카드를 고를 때 고민에 빠질 것입니다. 상대방이 충실하게 약속을 지켜주면 자신은 6만원을 챙길 수 있기 때문입니다. 상대방 수익은 내가 상관할 바는 아니지요. 굳게 약속하면 할수록 A카드의 유혹은 강해지고, 상대 또한 마찬가지입니다. 결국 두 사람은 각각 1만원씩을 받아들고, 멀쑥해져서 게임장을 나오게 됩니다. 하지만 두 사람이 부녀지간이라면 이야기는 달라집니다. 가족 간에 상대에게 덤터기를 씌우지는 않을 것이고, 특별한 경우가 없는 한 모두 5만원씩 받게 될 것입니다. 이기적인 경쟁 상태에서는 2만원에 불과하던 사회적 이익이 10만원으로 오르게 됩니다. 또 '사돈의 팔촌' 정도 되는 사이여서 상대에 대한 신뢰도가 70% 정도라면 이 때 기댓값은 동일해지는 만큼 각각 B카드를 고를 가능성이 높아집니다. 이처럼 상대에 대한 신뢰를 토대로 공동체 전체를 생각하는 호혜성, 즉 '뷰티플 마인드'는 때로는 경쟁보다 더 높은 사회적 이익을 실현시켜 준다는 사실을 알 수 있습니다. 영화 '뷰티플 마인드'는 바로 이를 수학적으로 제시해서, 노벨 경제학상을 받은 수학자 존 내쉬 이야기를 담고 있습니다. 영화에서는 아름다운 한 여성에게만 모두 관심을 보이는 술집 풍경을 통해 지나친 경쟁은 누구에게도 실익을 주지 못한다는 아이디어의 단서를 보여

주는데요. 이에 따르면 경쟁사회에서 이기적인 개인이 자신의 이익을 추구할 때, 사회적 공익도 높아진다는 애덤 스미스의 가설이 위협 받게 됩니다. 오히려 자신만의 이익만을 추구하면, 공동체는 물론 자신도 손해 보는 상황에 이른다는 것입니다. 유사한 상황을 하나 더 살펴보겠습니다.

대학 기숙사에 살고 있는 4명의 학생이 돈을 거두어 영화 DVD를 빌리는 상황인데요, 아래 표는 학생들이 각 영화로부터 얻는 효용(utility)을 화폐적 가치로 나타낸 것입니다. 영화 DVD 하나를 빌리는 데 드는 비용은 8,000원이고 학생들이 각 영화로부터 얻는 효용은 본인만 알고 있습니다. 학생들은 아래와 같은 규칙에 따라 빌리고자 하는 편수와 분담하고자 하는 비용 문제를 해결하기로 하였는데 이 규칙을 따를 경우 네 번째 영화까지 상영될 가능성이 높은 이유는 무엇인지 논술하라는 요구입니다.

규칙 1. 영화 DVD를 빌리기 전 학생들에게 각 영화로부터 얻는 효용을 물은 후, 4명의 총합이 영화 한 편을 빌리는 비용보다 크다면 그 영화 DVD를 빌리기로 결정한다.

규칙 2. 영화 DVD를 빌리는 비용은 4명의 학생이 1/4씩 부담한다.

	철수	나연	희철	태연
첫 번째 영화	7,000원	5,000원	3,000원	2,000원
두 번째 영화	6,000원	4,000원	2,000원	1,000원
세 번째 영화	5,000원	3,000원	1,000원	0원
네 번째 영화	4,000원	2,000원	0원	0원

- 경희대학교 2009학년도 수시 논술

네 번째 영화의 경우 효용이 비용보다 적음에도 불구하고, 상영되는 이유를 추론하라는 요구였고, 그 답은 "철수가 자신의 효용을 과장해서 거짓말한다"는 것입니다. 자신은 2천원만 내면 4천원의 효용을 얻을 수 있고, 나머지 회원들의 효용은 2천원이든 0원이든 자신이 상관할 바가 아니기 때문입니다. 이제 이 모임은 아주 비효율적인 영화를 빌리는데도 비용이 지출될 것이고, 결국 혼자 영화를 빌리는 것만도 못한 결과에 이를 수 있습니다. 이른바 '공유지 혹은 목초지의 비극' 상태에 빠지는 것입니다. 공유지의 비극은 무임승차의 심리보다 더욱 적극적으로 자신만의 이익을 추구할 때 집단이 처할 수 있는 위험을 경고합니다.

> 자동차를 사용하는 사람들 개개인 모두가 온실효과에 대해서 책임이 있지만, 너무 많은 사람들이 이 문제에 연루되어있기 때문에 개인의 잘못이나 책임은 종종 간과된다. 생태학자인 개렛 하딘(Garrett Hardin)은 '목초지의 비극'(tragedy of the commons)이라는 용어로 이러한 사회적 딜레마 상황을 표현했다. (중략)
> 한 마을에 100마리의 젖소를 먹일 수 있는 크기의 공동 목초지가 있고, 이 공동 목초지를 100명의 농부가 공유하고 있다고 가정해 보라. 이 경우 목초지를 가장 효율적으로 사용하는 방법은 농부 한 사람당 한 마리의 젖소만 방목하는 것이다. 그런데 어느 날 한 농부가 "내가 가진 젖소 두 마리를 목초지에 내보내면 나의 우유생산량은 두 배로 느는 반면, 그로 인해서 목초지가 입는 피해는 단 1%에 불과하다"는 생각을 한다. 그래서 이 농부는 한 마리가 아닌 두 마리의 젖소를 목초지에 내보낸다. 문제는 같은 생각을 다른 농부들도 한다는 것이다.
>
> - 성균관대학교 2006학년도 정시 논술

공중 화장실의 휴지가 늘 부족하고, 바다에서 고래가 무차별적으로 남획되는 현실은 사람들의 무임승차 성향이 공유지의 비극과도 같은 심각한 집단 딜레마를 불러올 수 있음을 보여줍니다. 두 현상에서 사람들은 집단속에서 타인을 신뢰하지 못하고 당장 자신의 이익만 최대화하기 위해 골몰하는데요. 여기에는 '정보의 비대칭성'이 공통분모로 자리 잡고 있습니다. 내가 알고 있는 정보나 선택 과정을 상대방이 모르고, 나 또한 상대방의 의도를 모른다는 사실도 마찬가지로 적용됩니다. 내가 중고품을 팔려고 할 때, 자신은 그 물건의 결함을 사소한 부분까지 잘 알고 있지만 이를 드러내서 말하지 않습니다. 물건 값이 떨어지기 때문이지요. 반대로 구매자의 입장에 서면 상대방의 속마음을 알 수 없어 의심을 품기 마련입니다. 이렇게 한두 번 중고시장에서 속아서 물품을 구매하면 조금 더 비용을 내더라도 아예 새 제품을 사버릴 것입니다. 싼 값에 물건이 유통되는 중고시장이 위축, 공동체 전체의 손실로 이어지게 됩니다. 상대가 어떻게 나올지 모르는 정보의 불균형은 줄다리기나, 카드 게임, 철수의 비디오 빌리기, 공중 화장실 등에 모두 적용되는데요. 불신에 빠져 자신의 이익을 우선 고려하면서 무임승차나 공유지의 비극이 초래됩니다.

이에 비해 부족하지만 판매자와 구매자가 동일한 정보량을 가진 '정보의 불확실성'은 시장 거래를 위축시키지 않습니다. 주식을 사고 팔 때, 두 사람은 그 주식이 오를지 내릴지 서로 모르기에 기꺼이 매매합니다. '내릴 것이다', '오를 것이다'라는 각자의 희망을 사고파는 것입니다. 복권도 마찬가지입니다. 그런데 복권 판매자가 당첨 번호를 알고 있다면, 정보의 비대칭에 빠져 복권 시장은 소멸될 것입니다. 떨어지는 번호만 골라 파는 복권을 누가 사겠습니까. 다음 상황 또한 정보의 비대칭성을 보여줍니다.

다른 모든 과일처럼 체리 역시 자연의 주기를 따른다. 덜 익었을 때에는 시큼하

여 얼굴을 찌푸리게 만들지만 시간이 지나면 단맛이 점점 강해진다. 체리 농가에서는 판매 시점을 고려하여 체리의 수확시기를 결정한다. 하지만 공원에 열리는 체리는 미처 단맛이 들기도 전에 사람들의 입속으로 사라진다. 조금만 기다리면 훨씬 맛있게 먹을 수 있을 텐데, 사람들은 기다리지 않는다. 체리 과수원은 사유지이기 때문에 혹시라도 지나가다가 체리를 따먹는 사람들은 처벌을 받을 수 있다. 따라서 체리 농가가 체리를 미리 딸 이유는 없다. 누군가 체리를 먼저 따갈 위험도 없고 잘 익은 체리일수록 높은 가격을 받을 수 있기 때문이다. 그렇지만 누구든 체리를 따먹을 수 있는 공원의 경우는 다르다. 체리가 완전히 익도록 내버려 두면 모두에게 이익이 될 것이라 믿고 무작정 기다리다가는 체리를 맛볼 기회가 아예 오지 않을 수도 있다.　　- 서강대학교 2010학년도 수시 논술

이 때 공동체 구성원은 잘 익을 체리를 영원히 먹지 못하는 사회적 비용을 치르게 됩니다. 늘 신 체리에 만족해야 된다는 것이지요. 다음 상황도 동일한 맥락에서 이해할 수 있습니다.

10명의 친구들이 디저트를 먹으러 레스토랑에 간다. 그 레스토랑은 각자 자신이 먹은 것만 계산할 수 없도록 영수증을 한꺼번에 발급하기 때문에, 10명의 친구들은 디저트에 지출되는 비용을 동일한 비율로 나누어 내기로 한다. 이 레스토랑에서는 값이 비싼 디저트 A와 값이 싼 디저트 B, 두 종류의 디저트를 판매하고 있다. 10명 모두 디저트 A가 그만한 값어치가 있다고 생각하지 않는다. 하지만 결과적으로는 10명 모두 디저트 A를 주문하고 결국 각자 디저트 A에 해당하는 금액을 지불하게 된다.　　- 서강대학교 2009학년도 수시 논술

이러한 정보의 비대칭성에서 비롯되는 무임승차나 공유지의 비극을 막

을 수 있는 방안 역시 지속적으로 출제되는데요. 크게 두 갈래로 나누어집니다. 물론 공동체의 구성원이 성숙한 시민 의식을 토대로 상호간에 신뢰한다면 최선이겠지만, 현실에서는 말처럼 쉽지 않습니다. 그래서 일정한 제도적 개입을 통해 개인의 이기심이 오히려 공익을 증진시킬 수 있는 장치를 만들어 내는데요. 우리나라에서 성공한 쓰레기 종량제도 여기에 해당합니다. 쓰레기를 무작위로 배출하고, 가구당 요금을 균일하게 부여하던 시절에는 사람들이 좀처럼 재활용 쓰레기를 분리하지 않았습니다. 왜? 귀찮으니까요. 대충 섞어 버려도 요금은 같기 때문입니다. 하지만 종량제 봉투를 돈 주고 사야 되는 시절이 오자, 재활용품의 분리 수거율은 엄청나게 높아집니다. 쓰레기봉투에 하나라도 폐기물을 덜 담아야 했기 때문입니다. 쓰레기 배출량은 줄고 재활용품의 회수율을 급상승했지요. 이와 함께 국제 협약을 통해 탄생한 온실 가스 거래제도도 종종 출제됩니다.

최근 탄소배출권이라는 것을 사고파는 탄소시장이 생겨났다. (중략) 그동안 탄소시장은 매년 2배 이상 성장해 온 것이다. 그렇다면 탄소시장은 왜 이렇게 빠르게 성장하는 것일까?

지구 온난화에 대응하여 화석 연료의 사용을 줄여야 할 필요성이 커지고 있기 때문이다. 기후 변화에 대한 국제적인 대응의 대표적 예인 기후변화협약은 지구 온난화를 방지하기 위한 국제협약으로, 지구 온난화의 주범인 온실가스 배출 억제를 규정하고 있다. 협약 당사국들 간에 의무적인 이행을 위해 채택된 교토 의정서는 참여 국가에게 온실가스 배출 감축량에 대한 목표를 설정하고, 온실가스 배출권을 거래할 수 있게 하였다. 각국 정부는 자국에 부과된 온실가스 배출 상한치를 자국 내 기업들에게 할당해 주었다. 이에 따라 온실가스 배출 상한치를 맞추지 못한 기업은 탄소배출권을 사들여 부족분을 채울 수 있다. 그렇게 되면 어떤 기업의 경우에는 다른 기업에서 남아도는 온실가스 배출권을 사들이는 게 이득일 수도 있다.   - 서울여자대학교 2016학년도 모의 논술

이와 함께 일정한 제재, 즉 벌금 등 페널티를 부과하거나 사회적 신뢰를 제도적으로 보증하는 방법도 병행됩니다. 중고차 시장에서는 주행 거리를 속일 경우 강력한 처벌을 받기도 하지만, 일정한 공적 기관이 품질을 인증해서 사회적 신뢰를 확보하는 방법도 동원됩니다. 그렇지만 법과 제도가 늘 완벽할 수 없으며, 어떠한 형태로든 사회적 비용을 발생시킨다는 점에서 이상적인 해법은 될 수 없습니다. 서로의 신뢰로 간단히 해결 할 수 있는 문제를 복잡하게 만든다는 것이지요. 다음 지문에서는 강제적 조치가 초래하는 개인적 비용을 상징적으로 보여주고 있습니다.

친구 중 한 명이 사랑에 빠졌다. 그녀의 이름이 수(Sue)라고 하자. 수의 애인은 대단히 성공한 기업 간부다. 그는 수에게 사랑을 고백했고 결혼을 약속했다. 문제는 남자가 전처와의 사이에서 낳은 아이들이 아직 아빠의 재혼에 대한 준비가 되어 있지 않았다는 것이다. 그는 수에게 시간을 조금 달라고 부탁했다.
수는 기꺼이 기다릴 용의가 있었다. 터널 끝에 불빛만 보인다면 말이다. 하지만 수는 애인의 약속이 진실인지 아닌지 어떻게 알 수 있을까? 공개적으로 결혼을 발표하는 것은 불가능하다. 남자의 아이들이 알아 버리기 때문이다. 오래도록 생각을 거듭한 끝에 수는 애인에게, "당신의 몸에 내 이름을 문신으로 새겨 달라"고 했다. 아주 작아도 되고 남들이 볼 수 없는 부위에 새겨도 상관없다고 했다. 수와의 장기적인 관계를 맺는 데 의심이 없다면, 문신 정도는 사랑의 선물이 될 터였다. 하지만 수에게 충실하려는 생각이 없다면, 다음 번 연애상대를 구하는 데 참으로 난감한 장애물이 될 수도 있다.

다음은 보다 현실적인 사례입니다.

> 7일 OO대 교수학습개발센터에 따르면 내년 3월부터 수강생이 제출한 과제물의 표절 여부를 확인할 수 있는 온라인 학습관리시스템을 도입해 운영하기로 했다. 이 검색 시스템을 사용하면 특정 문구를 어떤 문서에서 베꼈는지 비교해서 보여주며 유사성 정도를 구체적으로 계량화한 수치와 그래프로도 보여준다. (중략) 교수학습개발센터 관계자는 "그동안 표절 검색 시스템을 도입해 달라는 교수들의 지속적인 요구가 있었다"며 "시스템의 도입으로 일부 학생의 학문적 양심을 버리는 행위는 사라질 것으로 기대한다"고 말했다.
>
> - 경기대학교 2014학년도 수시 논술, '고등학교 사회·문화'

이 현상 또한 정보의 비대칭성에서 비롯됩니다. 교수는 학생이 무엇을 참고해서 논문을 쓰는지 모르고 이는 학생 본인만 알고 있지요. 결국 대학은 높은 비용을 지불하고 시스템을 구매하게 되고, 학생들은 스스로의 양심에 따라 정직한 논문을 쓰기보다는 여하튼 이 시스템에 걸리지 않기 위해 최선을 다할 가능성이 높아집니다.

따라서 광범위한 사회적 신뢰의 필요성이 제기되는데요. 다음 두 지문은 자신의 이기성을 공동체에 대한 호혜와 신뢰로 성숙시킬 필요성을 강조하고 있습니다. 일종의 해법이 되는 셈입니다. 서로 믿기만 하면, 쉽게 풀릴 수 있는 문제가 불신으로 인해 얽히고설키는 현실을 카드 게임은 잘 보여주고 있습니다. '뷰티플 마인드'에 기초한 '뷰티플 월드'는 언제쯤 가능해질지 참으로 알기 어렵습니다. 그런데 때로는 동물들이 인간에 앞서 이를 실천하고 있습니다. 마지막 제시문은 '뷰티플 애니멀'에 해당됩니다.

개인적 차원의 두터운 신뢰와 비개인적 차원의 얇은 신뢰가 구분될 수 있다면, 우리는 한 걸음 더 나아가 '추상적 신뢰'와 그에 기초한 '상상적', '공감적' 혹은 '성찰적' 공동체에 대해 말할 수 있다. 신뢰는 개인적인 것에서부터 추상적인 것에 이르기까지 그 스펙트럼이 매우 넓다. 현대사회에서는 좀 더 추상적인 형태의 신뢰가 그 중요성을 더해 가는 경향이 있다. 이는 사회의 증대된 규모, 비개인적인 특성, 복잡성, 파편화 그리고 빠른 변화로 인해서 개인적 또는 비개인적 형태의 신뢰 어느 한쪽에만 의존하기가 점점 어려워지기 때문이다. 추상적 신뢰는 불확실성과 위험으로 가득 차 있는 현대사회를 더 잘 관리할 수 있게 해 준다.
- 고려대학교 2008학년도 정시 논술

다수가 군락을 이루어 살면서도 당까마귀들은 별다른 충돌 없이 서로서로 잘 지낸다. 당까마귀 떼가 둥지를 튼 숲에서는 새벽부터 저녁까지 소란스런 지저귐이 쉼 없이 들린다. 당까마귀들이 장난치고 짝을 짓기 위해 깍깍대며 서로를 불러대기 때문이다. 끝도 없이 들려오는 시끄러운 소리에 신경이 거슬린 사람들은 당까마귀 떼를 '까마귀 의회'라고 부르기도 한다. 정말 의회라는 이름에 합당할 만큼 당까마귀 떼는 집단의 이익을 우선시하는 것 같다. 당까마귀들은 최적의 개체 수를 유지하기 위해 산란의 양을 조절하기까지 한다. 같은 무리 속의 모든 당까마귀들은 마치 의논이라도 한 듯 그들의 산란능력보다 적은 수의 알을 낳는 것이다. 그런 방식으로 최적의 개체 수가 유지됨에 따라 당까마귀가 굶주림으로 떼죽음을 당하는 일은 벌어지지 않는다. - 고려대학교 2006학년도 수시 논술

인도 카스트 제도의 계급 구성

빈부 격차의 진단과 처방

- 기능론과 갈등론

카스트 제도는 기원전 1,000년경부터 기원전 600년경 사이에 만들어진 것으로 추정된다. 카스트 제도 하에서는 개인의 사회적 지위와 신분 및 직업이 엄격히 구분되어 세습되었고, 다른 카스트 간에는 결혼, 식사, 흡연 등을 함께 할 수 없다고 알려져 있다. 하지만 카스트 제도는 힌두교의 '업보 윤회설'에 의해 정당화되었을 뿐만 아니라, 역사적으로도 인도 사회의 질서를 유지하는 데 중요한 역할을 하였다.(중략)

- 경희대학교 2015학년도 수시 논술

인간은 삶을 유지하기 위해 끊임없이 외부에서 재화를 공급받고 소비하는 존재입니다. 더구나 이 자원은 한정되어 있는 만큼 조금이라도 더 차지하기 위해 치열하게 경쟁합니다. 고대인들은 이를 채우기 위한 노동을 노예에게 전가하면서, 자신은 자유와 여가를 누렸습니다. 일부 자유인들의 풍족한 삶을 위해 노예, 혹 노비들은 평생 동물의 지위에서 살아가다 세상을 떠나지요. 결국 개인이나 집단속에서 재산, 권력, 지위 등 사회적 자원은 불평등하게 분배됩니다. 이러한 서열화를 사회 불평등이라고 하는데 '§2. 자본주의의 낙오자들'에서 말씀 드렸듯이 이는 개인의 삶을 결정적으로 좌우하는 사회 구조로 자리매김합니다.

　고등학교 사회문화 교과서는 이를 바라보는 두 가지 관점을 소개하는 데요. 단일 주제로는 논술 문제에 가장 많이 등장하는 교과서적 지식입니다. 바로 '기능론'과 '갈등론'으로, 빈부와 지위 격차의 원인을 진단하는 시각이 달라, 그 처방전도 전혀 다르게 내놓습니다. 두 이론은 사회의 실체를 따져 묻는 사회명목론이나 실재론 등과는 달리, 빈부의 문제로 초점을 좁혀 이해할 필요가 있습니다. 간단하게 줄이면 잘 살고 못사는 이유와 해법입니다.

　우선 기능론에서는 재능을 포함해서 개인적인 노력과 의지의 정도가 빈부격차를 가른다고 진단합니다. 개개인이 사회에 기여하는 정도, 즉 기능적인 중요성에 따라 사회에서는 합당한 경제적, 사회적 지위를 부여한다는 것입니다. 따라서 개개인은 끊임없이 자신의 재화와 지위 향상을 위해 노력해야 하며, 사회의 계층 분화는 필연적인 현상입니다. 그리고 개인은 자신이 속한 계층에 대해 스스로 책임을 지는 존재가 됩니다. 높으면 높은 대로, 낮으면 낮은 대로요. 왜냐하면 이 때 사회는 개개인이 자신의 위치에서 서로 밀접하게 조화를 이루면서 완성되는 구조물로, 일종의 통합적인 유기체로 파악되기 때문입니다. 인간은 작은 세포로 시작해서 팔, 다리, 몸통, 머리가 조화를 이루어 작동합니다. 이 때 팔과 다리는 각각 그 역할이 다를 뿐, 인간을 구성하는 필수적인 요소인 만큼 그 가치를 귀천으로 구분할 수 없다는 시각이지요. 또한 머리를 보호하기 위해 한 팔을 희생할 수밖에 없는 상황이 발생하면 팔은 이를 감내해야 됩니다. 모든 신체 부위가 자신이 머리가 되겠다고 고집할 수는 없기 때문입니다. 사회 또한 마찬가지입니다. 한 사회가 유지되기 위해서는 상류층과 빈민층, 남성과 여성, 노인과 젊은이 등이 정치, 경제, 가족, 문화 체계 속에서 서로 맡은 역할을 수행하며 조화를 이룰 때, 사회의 유기적 생명력이 유지된다는 것이지요. 사회가 유지, 작동된다는 것은 사회학자 뒤르켐에 따르면 구성원들이 그 체계와 가치에 대해 일반적으로 합의, 동의했다는 사실을 의미합니다.

제법 그럴 듯하면서도 어차피 빈부와 귀천이 나누어질 수밖에 없는 현실을 적절히 설명하지만, 평생 땅바닥에서 갈라 터질 때까지 땅만 디뎌야하는 '발바닥'에게는 가혹한 이론이기도 합니다. 물론 열심히 노력하면 '발바닥'도 '머리'가 될 수 있는 길을 기능론은 열어놓고는 있지만, 타고난 재능과 사회적 지위가 낮은 사람에게는 정말 '그림의 떡'에 불과합니다. 기능론에 따르면 이러한 경우, '전생의 죄를 뉘우치고, 다음 생을 기약하는 방법' 밖에 없습니다. 모든 사람이 동일한 재능과 사회적 지위를 가지고 태어나 자신이 게을러서 정치적, 사회적, 경제적 위치를 확보하지 못했다면 그 책임을 개인에게 돌릴 수도 있지만, 현실은 그렇지 않습니다. '계층 상승'의 통로가 회전문처럼 열려 있다고 하더라도, 그 회전문은 사람의 몸집에 따라 걸러내도록 정밀하게 나뉘어져 있지요. 어쨌든 기능론은 개개인이 자신의 생산성과 효율성을 부단히 계발해서 사회에 공헌하고, 사회의 계층 간 갈등을 통합해 보자는 이론입니다. 기능론에서 임금격차는 지극히 당연한 처사입니다. 노력을 통해 자신을 발전시키는 자극제가 되는 것이지요. 자본주의의 부단한 혁신과 발전은 이러한 차별에서 비롯되었다는 지적입니다. 또 남녀 간의 사회적 차별, 이른바 여성에게 보이지 않게 사회적 압력으로 작용하는 '유리 천장'등에 대해서도 그리 심각하게 생각하지 않습니다. 사회적 능력이 다소 부족한 여성들이 가정에 헌신하고, 남편의 직장 스트레스를 좀 받아주면, 가정과 사회가 평화롭게 유지된다는 식입니다. 또 직장에서 이사로 승진하지 못했다고 해서, 자신이 여성이라는 이유로 차별받았다는 생각을 버리라고 기능론은 충고합니다. 먼저 자신을 돌아보라고 타이릅니다.

인도의 카스트 제도에 따른 힌두 지참금 관습 또한 집단의 위계질서를 사회 속에서 재확인하면서 인도 사회의 구조적 안정에 기여한다고 파악합니다. 인도 경전 중 마누 법전은 성장한 딸이 생리를 시작했는데도 결혼시키지 않는 브라만은 딸이 생리를 할 때마다 살인죄를 저지르는 것과 마찬가지라고 규정되어 있습니다. 따라서 사위는 장인의 살인죄를 막아주는 신과 같은 존재여서 결혼식은 '깐야단', 즉 처녀를 신에게 바치는 의식처럼 행해진다고 합니다. 이 때문에 지참금이 오가는데, 이를 신부 측의 일방적인 손해로만 볼 수는 없다는 시각입니다. 신부가 속한 가족과 친족 집단의 지위가 신랑에 따라 좌우되면서, 이들이 사회적 지위를 확보하기 위한 경제적 대가라는 것이지요. 이렇게 본다면 지참금 제도는 카스트 지위 상승의 염원을 해소하는 창구 역할을 하는, 일종의 거래 행위로 파악됩니다. 집단의 지위가 혼인을 통해 높아지면 받아내는 지참금도 커지니까요. 늘 딸만 낳으라는 법도 없습니다. 다만 인도 최상위 계층의 경우, 딸을 낳으면 영아 살해로 이어지는 관습이 널리 퍼지기도 했답니다.

다음 제시문들은 기능론적 입장의 지문들입니다. 개인의 능력과 자질을 계발하자는 시각도 있지만, 때로 노예제도나, 인도의 카스트제도, 남녀의 사회적 역할 구분 등을 계급 사회의 불가피한 현실이라면서 당연시하는 한계를 노출합니다. 사회적 안정과 유기적 조화, 개인의 자질 향상이라는 명목으로요.

(1) 오늘날의 정보통신사회는 전통적 산업사회와는 전혀 다른 성격의 노동을 요구하고 있다. 이전 시대에는 근면하고 성실한 노동이 부의 축적을 위한 가장 기

본적 요인이었다면, 정보사회에서는 새로운 아이디어를 개발하고 정보를 창의적으로 활용하는 일이 가장 높은 부가가치를 창출한다. (중략) 앞으로는 주로 창의력과 아이디어 경쟁에 의해 성공과 실패가 좌우될 수밖에 없다. 아무리 근면한 사람이라도 번뜩이는 아이디어를 가지고 날카로운 직관을 발휘하여 민첩하게 적응하지 못할 때는 그저 평범한 저소득자나 빈곤층으로 전락할 수도 있다.

(2) 노예가 허용되지 않는 자유 국가에서는 부지런한 가난뱅이가 많을수록 부를 획득하고 경제를 성장시키는 데 유리하다. 이들이 공장과 군대를 확실하게 채워주는 것은 물론이고 한 걸음 더 나아가 이들이 없으면 우리가 누릴 것도 없게 되며 우리가 소유한 것의 소중함도 느낄 수 없기 때문이다. 나쁜 환경에서도 사회가 행복해지고 사람들이 편안해지려면 반드시 그들 가운데 많은 사람들이 무식할 뿐 아니라 가난해야 한다.　　　　　　　　- 성균관대학교 2015학년도 수시 논술

사람들은 저마다 운명의 여신의 손에 놀아나기 때문이다. 그렇다면 선한 사람의 의무는 무엇인가? 왕이건 시민이건 또는 노예이건 자기 운명에 따라 타고난 자리에서 해야 할 일을 하는 것이 그것이다. 주인의 운명을 타고 났다면 그에 따라 훌륭한 주인 노릇을 해야 진정 행복해질 수 있을 것이다. 로마인들은 언제나 나쁜 주인이나 나쁜 남편보다는 훌륭한 주인이나 훌륭한 남편을 더욱 좋게 평가했다. 철학은 이처럼 특정인이 가진 장점을 현명한 사람이 되고자 하는 모든 사람들의 의무로 제시했다. 그래서 세네카는 제자들에게 노예로 태어난 '비천한 친구들'의 훌륭한 주인 노릇을 하라고 가르쳤던 것이다. 만약 그가 노예들에게 직접 가르침을 주었다면 그들에게도 역시 훌륭한 노예로 행동하도록 가르쳤을 것이다. 성 바울과 에픽테토스는 실제로 그렇게 했다.

　　　　　　　　　　　　　　　　　　- 연세대학교 2015학년도 모의 논술

능력이나 출발시점에서 보유한 자원이 같은 사람들을 놓고 보더라도, 어떤 사람은 여가를 더 선호하고, 어떤 사람은 재물을 더 좋아한다. 그렇다면 시장을 통한 수익의 불평등은 총수익의 평등이나 대우의 평등을 이루기 위해 꼭 필요한 것이다. 어떤 사람은 급료를 많이 주는 고된 직장보다는 여가시간이 더 많은, 틀에 박힌 직장을 선호할 수 있고, 다른 사람은 그 반대일수도 있다. 만약 이 두 사람이 평등하게 같은 금액의 보수를 받는다면 그들의 소득은 더욱 근본적인 의미에서 불평등하게 될 것이다.   — 경희대학교 2020학년도 수시 논술

    기능론의 입장에서 출제된 지문들을 살펴보면, 기능론의 의의와 한계가 분명하게 드러날 것입니다. 현실적이지만 대다수의 사람들에게는 어쩐지 기분 상하는 이론입니다. 어떤 비정규직 노동자는 자신이 게을러서 비정규직이 되었을 수도 있지만, 어떤 노동자는 시골에서 술주정꾼 아버지를 모시고, 할머니가 해주는 밥을 먹으며 알바를 하는 악전고투 속에서 그나마 비정규직이라도 얻었기 때문입니다. 그리고 그 사람이 정규직 못지않은 생산성을 보일 때, 그 사람에게 학창 시절 게을렀다는 이유만으로 비정규직이 천직이라고 말한다면 그 사회는 너무 냉혹하다는 느낌을 지울 수 없습니다. 이제 살펴보는 갈등론도 마찬가지로 이론입니다. 모든 이론에는 의의와 한계가 반드시 동반됩니다. 세상살이 정답은 없지요.

    갈등론에서 사회적 불평등은 더 많은 부를 차지한 개인이나 집단이 자신들의 기득권을 유지하고 강화하기 위해 사회 구조를 조직하고, 이에 따라 사회적 희소 자원을 배분한 결과로 진단됩니다. 따라서 지배 집단은 이미 장악한 권력을 이용해 분배의 절차와 기준을 자신에게 최대한 유리하게 만들게 됩니다. 이 과정에서 교육이 결정적인 역할을 수행하는데요. 지배집단은 자신이 잘하는 분야에는 전문성이라는 이름을 붙여, 특별한 보

상을 주게 됩니다. 의사의 진료행위 등이 여기에 속하지요. 하지만 환경미화원의 청소 업무는 누구나 할 수 있는 일이라면서 그 과정에서 수반되는 고도의 육체적 피로감 등을 무시해버립니다. 결국 학교 현장에서 노동계층, 소수 민족, 여성들에게 중요하고 의미 있는 지식들은 배격되고, 지식과 문화를 독점한 상류계층에게 유리한 항목에 절대적인 가치를 부여한다는 것입니다. 따라서 사회 현실에 대한 인식과 빈부 격차의 해법도 전혀 다르게 전개되는데요. 사회 구조를 만들어 내는 이해관계에 주목한 계급간의 적극적인 대립과 갈등, 나아가 치열한 '계급투쟁'이 필요합니다. 현대사회에서 계급은 단지 정치적, 경제적 지위로만 결정되지 않습니다. 문화적 자산도 빈부에 따라 불균등하게 배분되는데요. 이러한 모든 사회적 현실에 대한 자각을 토대로 갈등을 표면에 증폭시킴으로써, 모순 구조의 해체를 지속적으로 추구하게 됩니다. 따라서 사회는 본질적으로 긴장이 가득하며 끊임없이 그 구조를 혁파하는 대상이 됩니다. 표면적으로 안정된 민주사회라고 해서 현실에 안주한다면, 약자의 고통은 영원히 지속될 것이라는 시각이지요. 나아가 궁극적으로는 '사회적 낙오자'를 양산하는 자본주의 구조 자체에 심각한 의문을 제기합니다. 새로운 구조의 설계가 필요하다는 것입니다. 그것이 무엇인지는 아직 모르지만요. 이에 따라 여성의 사회적 차별을 상징하는 '유리 천장'에 대해서도 기능론과는 시각을 달리 합니다. 이는 사회적 강자인 남성들이 여성에게 가사나 육아를 전담시키고, 불공정한 사회 구조를 관습이라는 이름아래 고착시키면서 여성 위에 남성이 군림하는 사회 구조를 지속적으로 만들어 왔다는 것입니다. 따라서 이 입장에서는 엄청난 노력으로 사회적 성공을 거둔 '커리어우먼'을 향한 시선도 그리 곱지 않습니다. 구조적인 모순은 외면한 채, 남성 중심의 사회에서 남성들이 마치 공정한 사회처럼 포장하기 위해 세운 선전 전략에 놀아난 몇몇 여성에 불과, 오히려 이러한 사회 구조를 고착시킨다는 것이지요. 불공정한 현실을 개선하기 위한 부단한 노력이 돋보이지만 여기에도 한계는 분명히 존재합니다. 다소 이상에만 치우쳐 현실 사회의 혼란을 부추긴다는 것이지요. 더구나 한 사람이 자신이 처한 경제, 사회, 문화적 지위를 모두 사회 탓으로만 돌린다면, 정말 손쉬운 도피처를 하나 얻게 되는 셈이고, 그 사회는 '게으른 불평꾼'을 수없이 양성할 것입니다. 역시 갈등론의 양면성을 보여주는 지문들을 통해 이번 설명을 마무리하겠습니다.

> 가장 중요한 점은 어느 누구도 혼자 힘과 노력으로는 성공할 수 없다는 사실이다. 개발도상국에는 똑똑하고 부지런하고 열정이 넘치지만 가난하게 사는 사람들이 많다. 능력이 부족하거나 충분한 노력을 기울이지 않아서가 아니라 제대로 돌아가지 않는 경제체제 안에서 일하고 있기 때문이다. 이에 반해 미국은 오래전부터 성공할 확률이 누구나 똑같은 공정한 사회라고 자부해 왔다. 하지만 최근 통계 자료들은 정반대 사실을 보여준다. 빈곤층이나 중산층이 상위 계층으로 이동할 가능성을 보면, 미국이 유럽의 많은 국가들보다 더 낮다. 게다가 미국사회의 불평등은 경제를 악화시켜서, 결국 빈곤층을 고착화시키고 계층갈등을 심화시킨다.
>
> — 성균관대학교 2015학년도 수시 논술

> "남자들은 저 편리한 대로 신의니 뭐니 하더군요. 우리가 혼인한 것이 약속이니 지켜야 한다고 합시다. 하지만 어찌 그 약속이 여자 홀로 지켜야 할 것입니까? 당신이 그걸 저버리고 절 돌보지 않으니 제가 약속을 지켜야 할 상대는 어디 있는 겁니까? 전 차라리 팔자를 고쳤으면 합니다."
> "사대부 집 아녀자가 어찌 입에 담지 못할 소리를 하오. 당신이 인륜을 저버리고

예의, 염치도 모르리라곤 생각지 않소."

"인륜? 예의? 염치? 그게 무엇이지요? 하루 종일 무릎이 시도록 웅크리고 앉아 바느질하는 게 인륜입니까? 남편이야 무슨 짓을 하든 서속(黍粟)*이라도 꾸어 다 조석봉양을 하고, 그것도 부족해 술 친구 대접까지 해야 그게 예의라는 말입니까? 하루에도 열두 번도 더 청소하고 빨래하고 설거지하는 게 염치를 아는 겁니까? 아무리 굶주려도 끽 소리 못하고 눈이 짓무르도록 바느질을 하고 그러다 아무 쓸모없는 노파가 되어 죽는 게 인륜이라는 거지요? 난 터무니없는 짓 않겠습니다. 분명 하늘이 사람을 내실 때 행복하게 살며 번성하라고 내셨지, 어찌 누구는 밤낮 서럽게 기다리고 굶주리다 자식도 없이 죽어버리라고 하셨겠는가 말예요." * 기장과 조

- 연세대학교 2015학년도 모의 논술

이러한 주장들의 타당성을 검증하기 위해, 발자국 소리로 성별을 구별할 수 없도록 카펫을 깔고 커튼으로 얼굴도 가리는 연주 시험을 통해 단원을 뽑을 때와 직접 얼굴을 보며 연주 시험을 치른 뒤 단원을 뽑을 때 여성의 채용 확률을 비교해 보았다. 전자의 경우 여성이 채용될 확률이 7.5%p 높아졌다. 평균적으로 여성이 채용될 확률이 30%라는 것을 고려할 때, 7.5%p 상승은 여성의 채용 확률을 25% 높이는 것이다. 이러한 결과는 전통적인 채용 과정에서 여성에 대한 차별이 있었다는 것을 보여준다.

- 경희대학교 2020학년도 수시 논술

현재의 모든 법규 전체가 이재민들과 소외된 자들을 더욱 잘 보호하는 방향으로 나아가고 있다는 것은 바람직하다. 1985년에 통과된 교통사고 관련 법의 예는 교훈적이다. 보행자는 온갖 경솔한 짓을 저지를 수 있고, 신호등이나 횡단보도가 없는 곳에서 도로를 건널 수 있다. 그런데도 그는 보험으로 보호받도록 보장되어 있다(그가 변명할 수 없는 과오를 저질렀을 때조차도 말

이다.). 이러한 개념은 법정이 거의 결코 고려한 적이 없는 개념이다. 그러므로 이러한 법이 전제하는 것은 약자가 항상 옳기 때문에 자동차를 탄 사람(강자)만이 덕망이 있어야 한다는 것이고, 이 두 사람이 대립했을 때 후자는 불리한 조건으로 출발하고 전자는 으뜸패를 가지고 출발한다는 것이다. 명확한 손해가 더 이상 산정되지 않게 되고, 사회적 신분들이 여타의 고려 사항보다 우선적으로 내세워지게 된다. 달리 말해서 이러한 제도가 확산된다면, 개인들은 제대로 심의되지도 않은 상태에서 판결받을 것이며, 그들이 저지른 행동에 따라서가 아니라 그들의 신분 상태에 따라서 사전에 용서를 받게 될 것이다. 약자들을 보호한다는 구실 아래 단번에 공동의 법규에서 벗어난 몇몇 부류들이 설정되고, 이들은 신중하고 조심해야 하는 의무로부터 벗어나게 될 것이다.

- 서강대학교 2009학년도 수시 논술, 부뤼크네르 '순진함의 유혹'

마지막 지문의 독해에 특히 유의하셔야합니다. 반어와 냉소를 통해 사회적 약자가 모든 것을 사회 탓으로 돌리면서 빠지는 나태와 도덕적 해이를 지적하고 있습니다. 진짜 마치겠습니다.

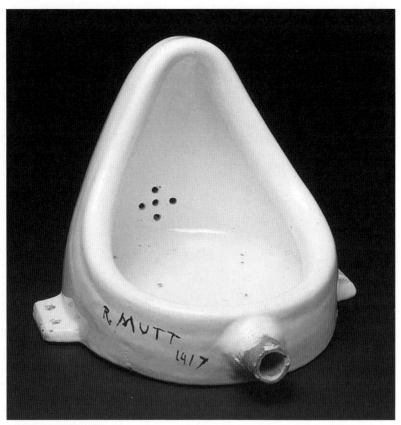

마르셀 뒤샹, 샘, 위키아트

17 보수와 진보

- 시장 경제를 보는 상반된 시각

마르셀 뒤샹(1887~1968)은 1917년에 일상용품인 변기를 구입해 거꾸로 세운 후 서명을 하고 '샘(Fountain)'이란 제목을 붙여 뉴욕 그랜드 센트럴 갤러리에서 열린 앙데팡당 전에 출품하여 논란을 불러 일으켰다. 2004년 올해의 터너상 시상식에 모인 500여 명의 미술 전문가들은 이 작품을 가장 영향력 있는 현대 미술 작품 1위로 선정하였다. — 한양대학교 2006학년도 수시 논술

보수와 진보는 우리나라 정치판의 뜨거운 화두인데요. 논술 또한 직접적인 정치 성향을 묻지는 않지만 이와 관련된 시각이 우회적으로 반영된 지문, 혹은 사회 변동과 관련하여 보수와 진보가 갖는 가치 등을 묻는 문제가 출제됩니다. 본래 보수와 진보는 단어 뜻 그대로만 보면 현실을 안정 속에서 보전하고 지킨다는 입장과, 낡은 제도를 고쳐 개혁해 나간다는 사실을 의미합니다. 물론 이는 좋은 의미에서의 뜻풀이가 되고, 보수는 자칫 현실에 대한 집착으로 안주하면서 정체(停滯)에 빠질 수 있습니다. 이에 비해 진보는 무책임한 제도나 정책 실험으로 시행착오를 일으켜 멀쩡한 사회에 혼란을 야기할 수 있습니다. 따라서 정치, 사회, 예술 등의 현실 분

야를 토대로 이러한 보수와 진보의 입장이 지닌 양면성을 묻는 원론적인 문제도 많이 출제됩니다. 다음 제시문은 보수와 진보의 가치, 그리고 진보도 세월이 흐르면 다시 보수화되면서 사회의 관습과 제도는 영원히 완성되지 않고 부단히 변모해 간다는 사실을 시사합니다.

(1) 공손앙(公孫鞅)이 말하기를 "성인(聖人)은 정녕 나라를 강하게 할 수 있다면 구습(舊習)을 본받지 않고, 진실로 백성들에게 이로울 수가 있다면 예전의 예(禮)를 따르지 않습니다"고 하였다. 효공(孝公)이 "좋소"라고 하였다.

감룡(甘龍)은 말하기를 "그렇지 않습니다. 성인은 백성을 바꾸지 않고도 가르치고, 지혜로운 사람은 법을 고치지 않고도 다스립니다. 백성에 따라 가르치면 힘들이지 않고 공을 세우고, 법을 좇아 다스리면 관리들은 익숙하고 백성들은 편하게 여깁니다"고 하였다.

(2) 위대한 장성이여!

지도에는 조그맣게 그려져 있으나 조금이라도 지식 있는 사람이라면 누구나 만리장성을 알고 있을 것이다. 그런데 사실, 많은 인부들이 이 장성 때문에 고역에 시달리다 죽기만 했지, 장성 덕분에 오랑캐를 물리쳐 본 적은 없다. 오늘날 장성은 고적으로 남아 있다. 당분간은 없어지지 않을 것이며, 보존될 것이다.

나는 언제나 장성이 내 주위를 에워싸고 있는 것처럼 느껴진다. 이 장성은 예부터 있던 벽돌과 새로 보수한 벽돌로 되어 있다. 이 둘을 합쳐 하나의 성벽을 이루며 사람들을 포위하고 있다. 언제쯤 장성에 새 벽돌을 더 보태지 않아도 될까? 위대하고도 저주스러운 장성이여!   - 성균관대학교 2004학년도 수시 논술

보수나 진보의 가치에 대한 이런 원론적 물음은 가끔 문학 작품을 통해서도 출제되는데요. 아마 집안 서재에 한 권쯤은 꽂혀 있을 법한 책, 루쉰

(魯迅, 1881~1936)의 '아Q 정전'도 본문이 인용되어 한 대학에서 출제되었습니다. 사실 이 소설은 일정한 배경 지식이 없으면, 이해하기가 어려워 아마 대부분 수험들이 시험장에서 '패닉'에 빠졌으리라 짐작됩니다. 변발한 머리를 Q모양으로 땋아 내린 주인공 아Q는 위인의 삶에 붙는 '정전'이라는 이름을 도저히 붙일 수 없는 비루한 삶을 살아가다, 혁명 사건에 연루되어 처형당합니다. 그는 작품에서 자기 합리화를 통해 정신 승리를 이루어 내는 달인입니다. 사람들에게 뭇매를 맞고 자신을 '버러지'라 하면서 동시에 '나는 스스로를 천하게 여길 수 있는 제일인자'라며 , '제일인자'에 방점을 찍고 다시 시시덕거리는 인물입니다. 노비의 삶을 살면서도 자신의 처지를 자각하지 못하는 인간형의 극단이지요. 결국 그가 사형장에서 총살당하자 대중들은 "총살은 목을 자르는 것만큼 볼 만하지 못하다"고 불만을 터뜨리는 잔인성을 보이면서 소설이 매듭 됩니다.

루쉰은 이 소설을 통해 당시 중국의 혼란상을 신랄하게 풍자합니다. 서구 열강에 매일 얻어터지면서도 중화사상에 갇혀 여전히 중국이 제일이라는 낡은 사고를 지닌 보수의 정체된 모습과, 혁명을 내세우면서 자신의 이해관계에만 집착하던 중국의 혼란상을 동시에 공격하고 있는 것이지요. 그리고 대중의 무지와 잔인성까지 고발합니다. 우리나라에서는 김동리가 '화랑의 후예'에서 한국판 아Q를 탄생시킵니다. 작가는 일제강점기 주역책에 몰두하며 현실 감각을 잃고 살아가는 황진사를 통해 낡은 구습에서 헤어나지 못하는 보수의 한계를 형상화합니다. '정전'과 '화랑의 후예'에는 모두 정체된 보수, '수구(守舊)적인 인생'에 대한 냉소가 포함되어 있습니다.

예술 분야에서는 뒤샹의 샘이 출제되면서 잠시 고전 미술 화보 열풍을 불러오기도 했는데요. 뒤샹은 변기를 뒤집어서 샘이라고 이름 붙여 일상적 사물에 대한 인식의 역전과 낯설게 보기를 시도했습니다. 특히 이 작품은 예술 작품의 범주에 대한 통념을 확장하면서 예술 세계를 넓히는데 결정적으로 기여합니다. 창작자가 만들어낸 구체적인 조형이나 제작물이라고 정의되던 이전의 예술 세계를, 기성 제품에 추상적인 의미만을 부여해서 예술 세계로 편입시켰으니까요. 이러한 진보적 시도는 파격과 혁신을 통해 새로운 세계를 열기도 하지만, 미적 기준에 혼란을 초래해서 대중과 예술의 거리를 더욱 멀어지게 만들 수도 있어, 대학은 이에 대한 서술을 요구했습니다. 파격에 가까운 진보적인 작품이 가져오는 일시적 혼란은 다음 지문에도 나타납니다.

> 서울 서대문 경찰서는 지난 13일 대학 캠퍼스 안의 조형미술 작품을 고철 덩어리로 잘못 알고 고물상에 팔아넘긴 혐의로 인부 조 모씨(39세) 등 2명을 구속했다. 조 씨는 11일 오후 6시 10분쯤 A대학 운동장에서 철제 조각품(학교 측 시가 3,000만 원 주장)을 타이탄 트럭에 싣고 나가 인근 고물상에 21,500원을 받고 팔았다는 것. 조 씨는 12일 오전에도 용접기를 준비해 "고철을 주우러 가자"며 친구 도 모씨(39세)와 A대학에 들어가 전날 미처 가져가지 못한 대형 철제 조각품 2점을 절단하다 미술학과 대학원생의 신고로 경찰에 붙잡혔다. 조 씨는 경찰에서 "학교 측이 귀찮아 처리하지 않는 줄 알았다"며 "고철 덩어리가 미술작품이라니 믿을 수 없다"고 말했다. 훼손된 조각품들은 이 학교 예술대 미술학과 김 모 교수의 작품. 김 교수는 "다음달 야외 작업실로 옮기려던 차에 어처구니없는 일이 생겼다"며 "5점은 되찾았으나 절단한 2점은 3,000만원에서 4,000만 원의 피해가 예상된다. 무지로 인해 저질러진 일이니만큼 보상을 원하지는 않지만 조 씨 등을 보수작업에 참여시켜 작품 활동의 의미를 일깨워 줄 계획"이라고 말했다.
> — 서울여자대학교 2012학년도 수시 논술

그래서 늘 진보적인 시도에는 기존 관습의 저항과 반발이 뒤따르게 됩니다. 주요섭의 단편소설 '사랑 손님과 어머니'에서는 결국 어머니가 '사랑 손님'을 향한 자신의 연정을 접게 됩니다. 소설에서는 그녀가 재혼하면 동네 사람들이 '화냥년'이라고 손가락질한다는 대목이 나오지요. 관습의 통제 장치가 개인의 자유로운 삶을 속박한 경우로 볼 수 있습니다.

> **서로 잘 알고 있으며 또 개인적인 유대감으로 결속되어 있는 집단에서는 매우 강력하면서도 눈에 잘 띄지 않는 통제 메커니즘이 일탈자나 일탈할 가능성이 있는 자에게 항상 발휘된다. 그것은 설득, 조롱, 쑥덕공론(gossip), 비난 등의 메커니즘이다.**
> — 이화여자 대학교 2003학년도 수시 논술

이에 따라 어떤 급진적이고 파격적인 변혁의 시도는 사회적 일탈과의 경계선을 오가면서 집단적인 저항을 맞게 되는데요. 1960년대 말 미국에서 활동하던 가수 윤복희씨가 미니 스커트를 입고 귀국하자, 나이 든 유림을 중심으로 나라가 발칵 뒤집혔지요. 일회적인 의상의 파격이었지만 향후 우리 사회에서 여성 자유를 신장하는데 큰 파장을 남기게 됩니다. 하지만 어떤 시도는 결국 사회적 처벌의 대상이 되기도 합니다.

> 아래 글의 저자는 화가이자 미술교사이다. 그는 셋째 아이를 임신한 부인과 함께 나체를 드러낸 사진 작품을 자신의 홈페이지에 올린 후 음란물을 게재했다는 이유로 검찰에 의해 기소되었다.
> 세계가 기계처럼 돌아가기를 원하는 사람들이 있다. 그것도 정확하게 맞춰진 시계처럼 한 치의 오차도 없이 돌아가기를 바란다. 세계는 완전해져야 한다. 그

들은 세상을 온전하게 소유하고자 한다. 그들에게 있어 삶이란 오직 소유이다. 그래서 소유되지 못한 것은 용납되지 못한다. 그들이 말하는 공공성이란 그런 것이다. 그들에게 질서에 편입되지 않은 것은 불온하다. 모든 것은 규정에 의해 조화롭고 안정되어야 한다. 주어진 모든 공간은 공적이다. 개인은 거기에서 벌어지는 질서 안에서 움직인다. 그들이 말하는 사적인 것이란 그런 질서에 위배되지 않는 한에서 주어진 선택권일 뿐이다.

- 성균관대학교 2004학년도 수시 논술

지금까지 사회 변화와 관련된 일반적인 보수와 진보적 태도가 갖는 의의였다면, 이것이 시장 경제와 연결될 때, 먹고 사는 민감한 문제여서 그 논의는 한층 더 치열해 집니다. 흔히 학생들은 보수와 진보를 '잘사는 사람'과 '못사는 사람' 편으로 이원화해서 생각하는데요. 아주 틀린 것은 아니지만 핵심과는 거리가 멀다고 볼 수 있습니다.

우리나라는 자유 시장 경제 체제를 채택하고 있고, 이를 지지할 경우 보수로 분류되는 것입니다. 이미 수없이 설명 드린 대로 시장 경제는 경쟁과 효율성을 그 축으로 삼고 있습니다. 자본주의 사회에서 개인적 재능이나 사회적 지위, 계급 등이 유리한 사람들은 시장 시스템에 우호적일 것입니다. 자유 경쟁을 통해 사회적 발전과 혁신이 가능하다는 입장입니다. 그러다 보니 사회적 강자와 보수 진영이 서로 겹치게 됩니다. 이와 달리 시장의 잔혹성과 부작용에 주목하고, 사람이 저마다 타고난 여건이 다른 만큼 일정한 제도적 개입을 통해 시장의 한계를 보완해서 사회적 형평과 복지를 구현하자는 입장은 진보가 됩니다. 이러한 입장은 당연히 기능론, 갈등론과도 통합니다. 보수의 경우 못사는 책임을 개인에게 돌리지만 진보는 사회 구조의 불평등에 주목하지요. 이러한 보수와 진보의 구분은 각 사회에 따라 상대적으로 적용됩니다. 북한이라면 시장 경제를 도입하자는 진영이 진보가 될 것입니다.

흔히 언론 매체 중에서 조선, 중앙, 동아, 매경 등을 보수로, 경향, 한겨레, 오마이뉴스 등을 진보 진영으로 분류하는데요. 이들이 현안을 전달하는 방식에서도 뚜렷한 관점이 담겨있습니다. 가령 교육 문제에 있어서 "특목고가 위화감만 조성한다"는 식이면 경향, 한겨레로, "고교 평준화로 인재 양성이 어렵다"는 제목이 보이면 조, 중. 동으로 대충 보아도 무방합니다. 이는 교육에 있어서도 그 책임의 주체를 찾는 방식이 다르기 때문입니다. 학업 성적이 떨어질 경우 보수는 학생의 게으름으로, 진보는 사회 구조와 계급의 문제로 보게 됩니다.

범죄를 보는 시각도 역시 갈립니다. 보수는 개인의 도덕성을, 진보는 피고인이 가난 속에서 힘겹게 살아온 삶의 여정과 그 사회를 각각 바라봅니다. 사형제도의 찬반 논의도 이 같은 기준에서 보수와 진보의 입장이 대략 갈라지지요. 결국 우리나라 보수와 진보의 논쟁은 시장 경제와 그 속에서 진전되는 빈부격차를 바라보는 기능론, 갈등론의 시각과 유사하게 보셔도 큰 무리는 없습니다. 그리고 기능론과 갈등론에서 말씀드린 각 입장의 한계는 그대로 보수와 진보 진영에 적용됩니다. 다음 지문은 비만의 책임이 개인에게 있는지, 사회 구조에서 비롯되는지를 묻고 있는데요. 전자는 보수, 후자는 진보가 될 것입니다. 예시 답안은 비만의 사회적 책임을 강조한 만큼 다소 진보 성향의 문제로 파악됩니다.

(1) 국내 연구 자료를 분석해보면 오히려 저소득층에서 비만율이 훨씬 높다. 미국의 경우도 저소득층 비만율이 이미 한계치에 도달해 얼마 전 오바마 대통령이 '비만과의 전쟁'을 선포하기도 했다. 이런 비만 계층들에게는 체중을 조절할 경

제적 여유와 환경이 마련되어 있지 않다. 게다가 이들이 비만 관련 질병으로 고통 받아도, 비만 자체는 건강 보험을 통한 의료보장 체계에 의해 관리되기 힘들다. 비만이 만성화되는 구조인 것이다.

(2) 인간은 이성적으로 사고하며, 자신의 생각과 의지를 스스로 의식할 수 있는 자아를 가진 존재이다. 이러한 점에서 인간은 본능에 따라 반응하는 동물과 전혀 다른 특성을 가지고 있다. 인간은 같은 상황에서도 각자 다양한 방식으로 행동할 수 있는 자유가 있다.

예를 들어, 새는 비가 오면 그냥 비를 맞거나, 둥지로 날아가 비를 피한다. 그런데 인간은 비를 예상하여 우산을 가져가거나, 우산이 없을 경우 신문지나 비닐 등을 찾아 사용한다. 혹은 그냥 비를 맞고 갈지 아니면 잠시 비가 그치기를 기다릴지 결정한다. 이처럼 인간은 주어진 상황에 대처하는 다양한 방식을 생각해 내고, 의지에 따라 자유롭게 선택할 수 있는 능력을 가지고 있다.

(3) 샹즈는 젊고 힘이 센데다 자신의 인력거를 가지고 있는 부류에 속했다. 이건 정말 쉬운 일이 아니다. 1년, 2년 아니 적어도 3~4년 내내 한 방울, 두 방울, 아니 몇 방울인지 셀 수 없을 정도로 수많은 땀을 흘린 다음에 겨우 그 인력거를 마련한 것이다. (중략) 그는 총명하고 열심히 노력했기 때문에 자신의 소원을 현실로 만들 수 있었다.

전쟁 소식이 전해졌다. 병사들이 큰 차, 작은 차, 인력거 할 거 없이 모조리 빼앗아 간다는 소문이 들렸다. 그러나 샹즈는 돈을 벌기 위해 인력거를 끌고 나섰다가 결국 군대에 인력거를 빼앗겼다. 샹즈는 다시 악착같이 절약했는데, 이전과 달리 늙거나 허약한 다른 인력거꾼의 벌이를 빼앗는 것도 아랑곳하지 않고 일을 했고, 결국 다시 인력거를 샀다. 그러나 의사의 진료를 받지 못한 채 아내가 아이를 낳다가 죽게 되면서, 장례를 치르기 위해 인력거를 팔게 되었다. 그 후 샹즈는 담배와 술을 가까이 하게 되고, 더 이상 필사적으로 일하지 않게 되었다.

노력에서 멀어질수록 자꾸만 자신이 처량해졌다. 전에는 아무것도 두려운 게 없었는데, 지금은 자꾸 편안한 것만 생각했다. 바람이 불거나 비만 와도 일을 나가지 않았다. 한가할수록 게을러지고, 할 일이 없으면 답답해서 미칠 것만 같았다. 그래서 자꾸 놀 것, 먹을 것이 필요했다. '이렇게 시간과 돈을 낭비하지 말아야지'라는 생각이 들 때마다 늘 대기 중인 말, 그간의 경험이 남긴 말이 떠올랐다. "나라고 노력 안 해본 줄 알아? 그래봤자 털끝만치도 남은 게 없잖아."

- 가톨릭대 2015학년도 모의 논술, 라오서, '낙타샹즈'

(1)번 지문에서 문제를 제기하고 있다면, (2)에서는 개인의 책임을, (3)에서는 개인의 의지로 넘을 수 없는 사회의 구조적 장벽을 시사합니다. 이러한 빈부 격차에 대한 논의는 미국의 두 사회 철학자와 맞물려서 종종 출제되는데요. 바로 로버트 노직과 존 롤스입니다. 두 철학자 모두 근본적으로 자유 시장과 경쟁의 가치를 인정하지만, 이로 생기는 소유권을 두고 시각이 엇갈리면서 상반된 결론에 이르게 됩니다. 시장 경제를 살아가면서 이를 둘러싸고 치열하게 대립하는 우리나라의 보수와 진보가 각각 자신의 철학적 근거를 찾아 제시하라고 요구받는다면, 아마 각각 노직과 롤스에서 그 논의의 가닥을 잡지 않을까요. 우선 노직과 롤스의 일반입장입니다.

노직은 현대 자유주의를 대표한다. 자유주의자들은 공동체가 개인의 집합에 불과하며 개인을 위해서만 존재하므로 공동체는 개인의 자유와 재산을 최대한 보장해야 한다고 주장한다. 그들은 정의로운 국가는 가치와 재화를 강제적으로 분배하는 기능을 갖는다고 상정하는 것이 잘못이라고 생각한다. 사람들의 소유권에 최대한 간섭하지 않는 '최소 국가'만이 정당하고, 국가는 재화를 재분배할 권리가 없다고 본다. 각 개인은 자신의 소유물을 자발적으로 타인에게 줄 수 있지만, 공정한 분배라는 명분으로 자원의 분배 과정에 국가가 개입하는 것은 옳은 일이 아니라고 말한다.

국가가 개인의 소유물 중 일부를 타인에게 주도록 강제하는 것은 개인의 분리성을 존중하지 않는 것이다. 국가가 자원을 강제로 재분배하는 것은 개인의 정당한 소유권을 침해할 수 있기 때문에 국가의 역할은 타인의 침해로부터 개인을 보호하는데 한정되어야 한다. 예컨대 부유한 사람들이 가난한 사람들에게 자신의 소유물을 나누어 주는 것은 국가의 강제가 아닌 개인의 자발적 결정에 따라야 하므로 재분배를 위한 과세는 정당하지 않다.

- 서울여자 대학교 2019학년도 수시 논술

공정한 상황은 어떤 사람에게 특별히 유리하거나 불리하게 되는 일이 없이 모두가 합의할 수 있는 상황이라 할 수 있다. 롤스는 이렇게 공정한 상황에서만 올바른 정의의 원리가 합의될 수 있다고 생각하였고, 원초상태와 무지의 베일이라는 일종의 사고실험을 도입한다. 원초적 상황에 있는 사람들은 무지의 베일을 쓰고 있기 때문에 그 베일을 걷어 냈을 때 자신이 사회에서 어떤 처지에 있게 될지 알 수 없다. 그러므로 사회에서 가장 불리한 처지에 놓일 가능성이 있다는 것을 염두에 둔다면, 그런 사람들을 보호하기 위한 방안을 마련하는 것이 합리적일 것이다. 부와 권력은 최대한 평등하게 분배되는 것이 옳지만, 만약 사회적으로 불리한 입장에 있는 사람들을 위해 다소 불평등하게 분배된다고 해서 거기에 반대할 이유는 없다. 사람들은 자신이 어떻게 될지 모르는 상황이므로 가장 불리한 사람들에게 이익이 되는 쪽으로 관심을 기울일 것이다.

이런 원초상태에서 롤스가 이끌어 내는 정의의 원리는 두 가지이다. 첫째는 모든 사람이 평등한 자유를 보장받아야 한다는 '평등한 자유의 원리'이다. 둘째는 소위 '차등원리'로 사회에서 가장 불리한 처지에 있는 사람들에게 이익이 되는 한에서만 분배상의 불평등을 용인한다는 원리이다. 즉 롤스가 공정으로서의 정의를 통해 말하고자 한 것은, 가치가 가능한 한 평등하게 분배되는 사회가 정의롭지만 약자들을 위해서라면 불평등한 분배도 인정할 수 있다는 것이다.

- 성신여자 대학교 2019학년도 수시 논술

두 번째 지문은 롤스의 '정의론'을 소개한 고등학교 교과서인데요. 조금 부연하면 롤스는 '평등한 자유의 원칙'을 통해 자유 시장 경제를 부인하지는 않지만, 이를 보완하는 장치로 제 2원칙인 차등의 원칙을 제시합니다. 이는 원초적 상태에서 '무지의 베일(veil of ignorance)'을 쓰자는 가상적인 제안에서 출발합니다. 이를테면 10명의 사람들이 곧 지구에 태어나는데, 자신이 어떤 재능과 사회적 지위를 가지고 태어날지 모르는 상태에서 공정한 사회 구조를 설계해 보자는 것입니다. 탄생 후에 자신이 얻을 '계급장'을 떼고 논의를 한다면, 그리고 극단적인 도박 성향의 사람이 아니라면, 한 두 명의 재능 있고 부유한 상류층이 나머지 사람들을 노예처럼 부리는 사회를 설계하지는 않을 것이라는 절차적 가정입니다. 이에 따라 개인이 지닌 천부적 재능이나 사회적 지위, 재산 등 천부적이고 우연적 요소들은 출발점의 평등을 훼손하는 만큼 모든 사람이 공정한 기회를 갖도록 수정하자는 것이지요. 따라서 롤스에게 천부적 재능은 공동 자산으로 간주되며, 이러한 재능에 따른 이익을 한 사회의 구성원들이 함께 나누어 갖는 시스템을 제안합니다. 즉 천부적으로 유리한 처지에 있는 사람들은, 불리한 처지에 있는 사람들의 여건을 개선해준다는 조건에서만 그들의 행운으로 이익을 얻는 것이 정당하다는 것입니다.

따라서 두 철학자는 다음과 같은 대한민국의 한 서민 식당 주인집 아주머니의 한탄에 서로 다른 답을 하게 되는 것입니다.

노인은 오늘도 고개를 숙이고 된장찌개를 먹습니다. 식사가 끝난 뒤 3천 원을 내고 연탄 두 장을 받아 양 손에 들고 산동네로 올라갑니다. 함박눈이 펑펑 쏟아지는 길을 걸어 올라가는 노인의 뒷모습을 지켜보며 주인 여자는 자신도 모르게 안도의 한숨을 내쉽니다. 그날 주인 여자 옆에서 말동무를 하던 옆 가게 남자도 혀를 끌끌 차면서 노인을 안쓰러워했습니다. 주인 여자는 최소 생계비로 살아가는 노인의 삶이 달라질 것 같지 않다고 생각합니다. 그리고는 자신이 할 수만 있으면 노인의 여생을 돌보고 싶어집니다. 내일에는 언제든지 괜찮으니 내려오셔서 식사를 거르지 마시라고 말씀드리기로 작정합니다. 하지만 옆 가게 남자는 "가난은 나라님도 구제 못한다고 안 합디까" 하면서 주인 여자의 선행 의지를 오히려 나무랍니다. 주인 여자는 많이 가진 분들이 저렇게 어려운 분을 도우면 오죽 좋겠느냐고 하자, 남자는 그걸 왜 부자들 탓을 하느냐 하면서 그건 개인들이 아니라 사회가 보듬고 가야 할 일이라고 말합니다. 저렇게 된 건 노인 자신의 무능도 한 몫 했을 거라고 아픈 이야기를 보탰습니다.(중략)
하루 한 끼 식사와 두 장의 연탄으로 연명하는 여생, 주인 여자는 다시 한 번 사회의 특혜를 얻어 많은 재산을 쌓으신 분들이 나서서 저런 분들을 도와야 좋은 세상이 올 터인데 이들은 모두 어디에서 무엇을 할까, 생각합니다. 누추하고 남루한 노인의 여생을 어루만지듯 펑펑 함박눈이 내리는 밤입니다.

- 한양대학교 2017학년도 수시 논술

주인 여자의 탄식에 롤스는 전적으로 공감할 것입니다. 사람마다 경쟁의 출발선이 다르고, 또 이를 감당하는 능력도 천차만별이기 때문입니다. 따라서 차등의 원칙에 따라 국가의 개입 등을 통한 소득 재분배의 타당성을 강조할 것입니다. 또한 그러한 사회가 사회적 갈등과 마찰을 최소화, 궁극적으로 공동체의 안정에 유리하다는 논리도 가능합니다. 대부분의 학생들이 작성하는 답안지인데요. 제가 마음에 든 또 다른 답안지는 다소 냉정하지만, 자신의 논리를 정연하게 밀어붙인 경우였습니다. 노직의 예상 답변을 소개하면서 마치겠습니다.

주인 여자의 생각은 자선과 도덕적 의무를 혼동한 근시안적 시각에 불과하다. 주인 여자는 부자들이 어려운 사람들을 도와야 '좋은 사회'가 올 수 있다고 생각한다. 하지만 그러한 '좋은 사회'의 이면에는 두 가지 모순이 내재되어 있다. 우선 자선과 같은 개인적 행위에 강제성을 부과한다는 것이다. 부자만 빈자를 도와야 하고, 그것도 의무적인 성격을 띠게 된다면, 그 사회는 자발적 선행이 사라지는 메마른 모습으로 변모하게 될 것이다. 사실상 자선을 하는 주체를 두고, 부자와 빈자를 가르는 시도는 무의미하다. 주인여자 또한 부자가 아니었다는 사실이 이를 잘 보여준다. 나아가 이러한 주인여자의 신념이 부의 재분배라는 정책으로 추진된다면, 사회 전체의 효율성과 생산성은 저하될 수밖에 없다. 개개인은 빈곤에 대해 자신의 책임을 회피하고, 사회 전체에 기대려고 할 것이기 때문이다. 개인의 신념이나 가치의 문제를 도덕이나 의무, 법과 제도로 현실화한다면 그 동기가 아무리 선해도 전체주의적 발상의 시작에 불과하며 국가의 권한을 넘어선 처사에 불과하다. 자선을 강제하면, 자선이 사라지는 사회에 살 수밖에 없다.

인간은 결국 크든 작든 공동체 속에서 살면서
자신의 견해를 제시하고,
또 이를 수정하는 부단한 과정을 지속합니다.
또 대중의 의견을 수용하거나
때로 대중의 일원이 되어서
자신의 생각을 펼치게 됩니다.
더구나 SNS는 그 파장을
엄청나게 확장시켰지요.

급변하는
현대 사회

18 정치, 이상과 현실

- 진흙탕에 발을 딛고, 별을 헤아리다.

한국외국어대학교는 2018학년도 모의 논술에서 SBS 드라마 '뿌리 깊은 나무' 극본을 통해 바람직한 리더십에 관한 질문을 던지는데요. 태종과 아들 이도(훗날 세종)가 '통치 이념'을 두고 대립하는 부분입니다. 태종은, 자연수를 정사각형 모양으로 나열하여 가로, 세로, 대각선으로 배열된 각각의 수의 합이 전부 같아지게 만드는 마방진에 빠진 이도를 못마땅하게 여기고, 8개의 숫자판을 모두 집어던집니다. 그리고 1이 써진 숫자판을 집어 들어 3방진에 한 가운데 놓고 '어느 열, 어느 행, 어느 대각선으로 더해도 모두 1'이라면서 "이러면 33방진, 백방진, 천방진, 만방진, 천만방진이라도 문제겠냐?"고 다그칩니다. 왕은 절대 권력을 행사해서 방해되는 것은 없애고, 자신의 의지에 따라 나라를 휘어잡아야 한다는 것이지요. 100년도 살지 못하는 인간이 주변의 온갖 수와 맞추어가면서 조화로운 정치를 펼 수는 없다는 논리입니다. 이에 대해 이도는 다음과 같은 말로, 자신의 통치 이념을 내놓습니다.

"제 치세는 다를 것이옵니다. 토론하고 논쟁해서 상대방을 설득하고 쉽게 결론을 내리지 않고 인내하고 참고 기다리며, 그 과정에서 정(正)한 것과 사(邪)한 것을 가려내고 허한 것과 실한 것, 밝은 것과 어두운 것을 헤아려 정책을 입안하고 정사를 도모하고자 합니다."

통치에 대해 보여주는 상반된 두 인식은 논술에서도 종종 출제되는 주제이고, 드라마는 이를 마방진을 통해 상징적으로 형상화하고 있습니다.

'유토피아(utopia)'는 'u'와 'topia(장소)'라는 그리스어에서 유래한 단어인데요. 그리스어에서 'u'는 '없다[ou]'는 뜻과 '좋다[eu]'는 뜻을 동시에 내포하고 있습니다. 그러니까 유토피아는 세상에는 없지만 '좋은 곳'이 되며, 결국 불완전한 인간이 불안과 결핍 속에서 끊임없이 완성을 향해 나아가는 모습을 상징하게 됩니다. 동양의 무릉도원(武陵桃源)이 다소 정적인 공간이라면, 유토피아는 역사적인 역동성을 함축하고 있습니다. 유토피아를 향한 인류의 부단한 꿈을 현실에서 추구하는 힘은 바로 정치가 됩니다. 정치는 결국 구성원이 인간답게 살 수 있는 방향을 끊임없이 모색하면서, 현실 문제를 해결하는 과정인데요. 이 과정에서 개혁과 진보, 때로는 혁명이라는 단어는 유토피아라는 관념을 인간이 추구하기에 그 정당성을 확보할 수 있을 것입니다. 그렇지 않다면 구태여 번거롭고 시끄럽게 혁명을 할 필요는 없지요. 물론 어떤 혁명의 결실도 혁명가와 이를 지지한 구성원들의 이상과 꿈을 모두 채워줄 수 없습니다. 모든 혁명은 결국 미완성으로 끝날 수밖에 없는 숙명 속에서 완성을 갈구합니다. 다만 이러한 개혁의 이상이 노예를 해방시키고, 여성 투표권을 확보했으며, 남아프리카 공화국에서 흑인이 선거에 참여하는 역사적 결실을 맺게 됩니다. 유토피아 그러니까, 이상을 향한 끊임없는 몸부림과 이를 실현하기 위한 희생이 없었더라면, 인류는 여전히 벌거벗은 상태로 동굴에 갇혀 절대 강자의 물리적 폭력에 지배받는 원시적인 삶을 살았을 것입니다.

"어쨌든 그 그림은 가장 아름다운 사람, 아름다운 나라의 그림이 될 것입니다. 그런데 소크라테스 선생님, 그 나라는 도대체 어디에 있는 겁니까? 항간에 들리는 말이 그 나라는 세상엔 없다고 하던데요."

"그렇다네. 그 나라는 이 지상의 어디에도 없다네."

"아니, 뭐라고요? 그렇다면 우리가 여태껏 있지도 않은 나라에 대해 논의해 왔다는 말씀이십니까? 도대체 그건 뭘 위해서였죠."

"그건 본을 위해서였네. 우리가 올바름 그 자체가 어떤 것인지, 그리고 완벽하게 올바른 나라가 생길 수 있을지, 또한 그런 나라가 생긴다면 그게 어떤 나라일지를 탐구했던 것은 말일세. 그 나라는 그것을 보고 싶어 하는 사람들을 위해서, 그리고 그것을 보고서 자기네 나라를 가급적 그와 닮게 만들고자 하는 이들을 위해서 하늘에 본으로 바쳐져 있다네. 그러니 그 나라가 어디에 있건 또는 어디에 있게 되건 다를 게 아무것도 없으이. 한번 생각해 보게나. 아름다운 나라가 어떤 것인지 그 본을 그리고서, 그 그림에 모든 걸 다 표현해 넣은 화가가 단지 그와 같은 나라가 현실 안에 생길 수 있음을 실증할 수 없다고 해서, 자네는 그를 덜 훌륭한 화가라고 생각하는가." - 고려대학교 2015학년도 수시 논술

재위 33년 동안 끊임없는 왕도와 이상 정치를 추구하면서 기어코 한글을 만들어 낸 세종의 모습이 소크라테스의 주장과 많이 겹치게 됩니다. 이상적인 지향점을 두고 이를 도덕적이고 현실적으로 실현해 나갈 때 정치인의 정체(政體)가 만들어지기 때문입니다. 세종은 그래서 성공한 군주로 평가받습니다. 세종의 성공은 그가 이상적인 유교 정치를 꿈꾸면서도 현실에 부단한 관심을 가졌고, 이를 뒷받침할 수 있는 군왕의 권력이 유지되었기 때문일 것입니다.

군대를 움직이는 특수한 상황에서만 지도가 필요한 것은 아니다. 천자가 안으로는 만국을 다스리고 밖으로는 사방 오랑캐 위에 군림할 때, 가지와 줄기의 강약 분별과 주변과 중심의 세력 균형을 알지 않으면 안 된다. 재상이 천자를 보좌하여 천하를 경영할 때, 변방 가운데 이롭거나 해로운 지역과 군대를 배치해야 하는 곳을 모두 알지 않으면 안 된다. 모든 관청과 관원들이 천자를 위해 백성들의 재물을 관리할 때, 재화와 세금이 걷히는 곳과 군대와 국가에 쓰이는 물자의 소재를 모두 알지 않으면 안 된다. (중략)

세상이 어지러워지면 지도를 발판으로 군대를 도와 포악한 자들을 몰아내고, 시절이 태평하면 천하를 경영하고 백성을 다스리는 데 모두 나의 대동여지도에서 얻는 것이 있으리라.　　　　　　　　　　　　　- 고려대학교 2015학년도 수시 논술

　이 때 지도는 현실에 대한 정확한 인식과 성찰을 상징한다고 볼 수 있습니다. 결국 정치 지도자는 '이상적인 공동체'를 만들기 위해 올바른 도덕과 보편적 윤리를 구축하고, 삶의 객관적 조건에 대한 정확한 정보를 파악한 뒤, 공동체 구성원과의 조화로운 관계를 유지하면서 그 방향성을 모색할 수 있다는 것이지요. 요컨대 현실에 뿌리를 두고 자양분을 얻을 때, 이상의 열매를 키워나갈 수 있다는 것입니다.

　이렇게 말처럼 쉽다면 얼마나 좋겠습니까, 정치 현실은 가혹하고 험난합니다. 더구나 하루하루 먹고 살기 힘든 대중은 백년 앞을 설계하자는 지도자를 쉽사리 이해하지 못할 뿐더러 정면으로 대들거나 쫓아내기도 합니다. 대중은 때로 종잡을 수 없을 정도로 사나워지니까요. 세종의 훈민정음도 당시 유학자들에게는 '오랑캐의 문자'로 이단시 되었습니다. 소크라테스는 난장판 같은 아테네의 현실 정치를 겨냥해 이상적인 철학자의 본을 설계했지만, 그는 결국 대중을 선동, 현혹시켜 사회질서를 어지럽게 했

다는 이유로 사형을 선고 받고 독배를 마시게 됩니다. 그에게 사형을 선고한 주체는 역설적으로 대중입니다. 그는 독배를 앞에 두고 아테네를 떠나자는 제자의 현실적인 권유를 거부합니다. '불의에 맞서기 위해 자신이 법을 어기는 불의'를 저지를 수 없다는 것입니다. 제자 플라톤이 이상적인 철학자를 정치의 중심에 두는 철인(哲人) 정치를 역설한 것도, 소크라테스 사상을 구체화한 것으로 볼 수 있습니다. 그는 철학자가 왕이 되든지, 왕이 철학을 공부하든지 여하튼 정치권력과 철학이 한 군데에서 만나야 시끄러운 아테네의 정치판이 안정되리라고 생각했습니다.

그런데 아무리 이상적인 철인이라고 할지라도 진흙탕 같은 정치 현실에 발을 담가야 합니다. 철인 또한 '머리 나쁜' 다수와 엉켜 살아가는 존재이기 때문입니다. 소크라테스가 잠시 불의를 저지르더라도 아테네를 떠나 몸을 피한 뒤, 그 후 오랫동안 살아남아 무지한 시민들을 계몽하는 방법은 어떨까요. 태종은 이도에게 때로 도덕과 정의를 어기더라도 강력한 정치권력으로 현안을 해결하라고 지극히 현실적인 충고를 하고 있는 셈입니다. 지도자의 원대한 혁명 이상과 이를 이해하지 못하고 하루하루를 살아가는 민중의 모습을 소설 태백산맥은 이렇게 전합니다.

염상진은 또 긴 한숨을 내쉬며 눈을 내리감았다. 하나도 아니고 두 사람의 생명이 달린 사건이었다. 그들은 살아날 가망이라고는 전혀 없었다. 자신에게 특별한 변호의 기회가 주어진다고 해도 그들을 살려낼 만한 논리를 전개할 수가 없는 일이었다.(중략)
그들은 배울 만큼 배웠으면서도 역사에 대한 전망을 그렇게도 할 수 없었을까? 자의로 바른 역사를 선택했다면서도 그렇게 역사에 대한 신뢰가 빈약할 수 있을까? 목숨 때문이라고? 가당치도 않은 소리다! 역사의 편에 선 자가 목숨을 변명의 이유로 내세우는 것은 일고의 가치도 없는 치졸이고 비겁이다. 애초에 역사의 선택은 목숨의 위험을 뛰어넘는 차원에서부터 시작된다. 목숨을 아까워하는 자가 어찌 혁명에 나설 수 있으며, 피 흘리기를 두려워하는 자가 어찌 투쟁에 뛰어들 수 있는가! 피 흘리기를 주저하고, 목숨 버리기를 무서워하면서 혁명의 열매만 따먹으려고 역사를 선택했다면 그런 자들은 반동보다 더 악랄한 적이다! 혁명은 대가를 예약해주지도, 보장해주지도 않는다. 혁명은 역사를 발전시키는 동력이고, 과정이며 혁명에 가담하는 자는 그 연료로써 타오르기를 각오하는 것으로 그 소임을 다하는 것이다. 혁명에서 대가를 바랄 때 목숨에 연연하게 되고, 목숨에 연연하면 투쟁력이 약화되면서 기회주의가 싹트게 된다. 탈주를 감행한 그 두 사람은 결국 목숨에 연연한 자들이었다.

- 연세대학교 2011학년도 모의 논술

그런데 이들을 꼭 죽여야만 할까요. 혁명이라는 대의명분으로 무장한 염상진에게 두 명의 탈주자는 '기회주의자'로 보였겠지만, 달리 보면 지극히 현실적인 합리주의자입니다. 형편이 나빠지면 잠시 투쟁을 멈추고 적에게 항복하는 융통성이 꼭 죽을죄는 아닙니다. 이러한 논점들은 '이상과 현실의 괴리에서 오는 딜레마 상황에서 지도자는 어떤 선택을 할 것인지', 나아가 '이상적인 목적을 위해 현실에서 부정의한 수단도 용납될 수 있는지'라는 논제로 이어집니다. 역시 정답은 없습니다, 어떤 선택을 하더라도 각기 나름의 가치와 한계를 동반하기 때문이지요. 원대한 이상은 역사의 진보를 이끌어 내는 유토피아적 열망이지만, 이것만 고집한다면 현실에서 외면 받고 공허해질 수 있을 것입니다. 반대로 현실에 대한 지나친 계산적 합리성은 역사의 지향점을 잃고 이상의 가치를 퇴색시키게 됩니다. 짤막한 우화나 일화로 채워져 모순투성이 같으면서도 다양한 사고의 단서를 주는 고전 '장자'는 논술 지문에서 아마 수십 번 이상 인용되었는데요. 그 한 구절은 플라톤에게 이상 정치의 어려움을 이렇게 전달합니다.

> 북쪽 바다에 물고기가 있어 그 이름을 곤이라고 하는데 그 크기가 몇 천 리나 되는지 알지를 못한다. 그것이 변화해서 새가 되니 그 이름을 붕이라 하며 이 붕의 등 너비도 몇천 리나 되는지 알지를 못한다. 이 새가 한 번 기운을 내어 날면 그 날개는 마치 하늘에 드리운 구름과 같다. 이 새는 바다 기운이 움직일 때 남쪽 바다로 옮겨가려고 하는데 남쪽 바다란 천지를 말한다.(중략)
> 매미와 메까치는 이를 비웃는다. '우리는 훌쩍 솟아올라 느릅나무나 박달나무가 있는 곳까지 가려 해도 때로는 이르지 못하고 땅바닥에 떨어지고 마는데, 어째서 9만 리나 올라가서 남쪽으로 가려 하는가?'(중략)
> 작은 지혜는 큰 지혜에 미치지 못하고, 단명하는 이는 장수하는 이에 미치지 못한다. 어째서 그런 줄을 아는가? 아침나절에만 사는 버섯은 그믐과 초승을 알지 못하고, 쓰르라미는 봄과 가을을 알지 못하니 수명이 짧기 때문이다.
>
> - 장자, 내편(內篇) '소요유(逍遙遊)'

미국은 1917년 헌법을 수정하여 술을 제조, 판매, 운반하는 일체의 행위를 금지시키는 금주법을 전면적으로 시행했는데요. 결과는 참담했습니다. 관리의 부패로 밀주가 성행하면서 이를 주도한 마피아는 엄청난 세력을 키워 미국 전역으로 진출하지요. 더구나 금주법은 캘리포니아의 공식적인 주류 산업과 술집을 초토화시켰고, 그 만큼 많은 지하 거래를 양산합니다. 대공황이 시작되면서 미국은 결국 1933년에 이를 철폐하는데요. 지도자가 설계하는 이상 공동체와 대중이 살아가는 현실 세계는 전혀 딴 판인 것입니다. 이를 두고 16세기 정치사상가 니콜로 마키아벨리는 '군주론'에서 명확한 메시지를 전합니다. 군주는 인간성을 포기하고 목적을 위해서는 수단과 방법을 가리지 말라고 충고합니다. 마방진을 깨어버리는 태종과 동일한 사고방식으로, 지도자의 리더십을 다룬 문제에서 '약방의 감초'처럼 등장하는 저서입니다. 한국외대도 세종과 대비해서 '군주론'을 제시한 뒤 세종과 마키아벨리의 입장, 즉 이상과 현실을 오가면서 상호 비판하라고 요구합니다.

> 모름지기 군주는 두려움과 사랑을 동시에 받아야 한다. 그러나 그 두 가지를 함께 누리기는 어려우므로, 둘 중 하나를 포기해야 한다면 사랑을 받기보다 두려움을 받는 편이 안전하다. 사람들이란 일반적으로 은혜를 모르고 변덕스러우며 위선적이고 위험을 피하기에 급급하며 이익을 탐낸다고 말할 수 있기 때문이다. 그들은 군주가 은혜를 베푸는 동안은 전적으로 군주의 편이어서 자신의 피, 재산, 목숨과 자식까지도 바치겠다고 하는데, 그것은 실제로는 그럴 필요성이 별로 없을 때 하는 말이다. 막상 그래야만 할 때가 닥치면 그들은 배반한다. 그래서 그들의 말만 믿고 다른 준비를 해놓지 않은 군주는 몰락하게 된다. (중략)
> 인간은 두려움을 주는 사람보다 사랑을 주는 사람을 해칠 때 덜 망설인다. 사랑은 의무의 사슬로 묶여 있는 것인데, 인간은 이기적이어서 자기 목적에 도움이 될 때는 언제든지 그 사슬을 끊어버린다. 그러나 두려움은 처벌에 대한 공포심으로 유지되는데 그것은 실패하는 법이 없다.
>
> - 2001학년도 이화여대 정시 논술, 마키아벨리, '군주론'

지극히 현실적인 충고입니다. 곧바로 통치권이 확고히 정립되어서 군주를 중심으로 일사불란하게 통치 행위가 수립되겠지요. 하지만 지도자가 자신의 목적을 위해 수단과 방법을 가리지 않는다면 그 목적의 정당성마저 위협받게 되고, 원칙이 깨져 불의가 불의를 낳는 연쇄구조를 불러올 수 있습니다. 또 군주가 앞장서서 배신을 실천하는데, 신하가 그러지 말라는 법은 없지요. 폭력이 폭력을 불러오고, 부패가 부패를 낳으면서 정치판은 속고 속이는 싸움판으로 변질될 것입니다. 다음은 한 번 원칙을 깨뜨리면 그 부작용은 연쇄적으로 촉발된다는 사실을 경고합니다.

'깨진 창문 이론(broken window theory)'은 지역의 범죄 증가와 슬럼화의 원인을 설명하기 위해 고안되었다. 이 이론에 따르면, 거리가 지저분하고 무질서하면 중대한 범죄가 늘어난다. 깨진 창문이 교체되지 않고 방치되면 지역 주민들은 근처에 무심히 쓰레기를 버리게 된다. 이런 일이 곳곳에서 일어나면 그 지역은 지저분해진다. 이렇게 방치된 환경을 보면서 사람들은 지역 주민이나 경찰이 지역 사회를 지키고 가꾸는 데 그리 큰 노력을 기울이지 않는다고 생각한다. 결국 절도나 폭행 등 중대한 범죄가 늘어난다. 뿐만 아니라 지저분한 환경과 범죄 위험의 증가로 인해 선량한 주민들은 그 지역을 떠난다. 실업자, 노숙자, 마약 복용자, 가석방자 같이 그 지역을 벗어나기 어려운 사람들만 남게 된다. 깨진 창문 이론은 지나치기 쉬운 작은 잘못이 돌이키기 어려운 큰 재앙과 연결되어 있음을 보여준다. ─ 서울시립대학교, 2008학년도 정시 논술

하지만 다음 지문은 정치판에서 도덕과 원칙, 이상과 명분보다는 적당하게 불의를 용납해서 실익을 추구할 때, 여하튼 도덕적인 패배자라고 지탄 받더라도 현실의 승리를 가져온다는 사실을 잘 보여줍니다. 선택은 결국 개인의 몫입니다.

17세기 초까지만 해도 영국은 경제적으로 낙후됐을 뿐만 아니라, 정치적으로도

통제가 잘 안 되던 이류 국가였다. (중략)

이런 상황에서 엘리자베스 1세는 기왕에 있던 해적 행위를 허가하는 재치 있는 전략적 결정을 내렸다. 스페인과 전쟁을 치렀던 1585년에서 1604년까지 스페인 선박들을 공격하기 위해 출항한 배들이 매년 100척에서 200척에 이르렀으며, 포획금만 해도 한 해에 20만 파운드에 달했다. 이러한 해상 전투에는 누구나 참가할 수 있었다. 영국의 약탈선들은 이베리아 반도의 항구로 들어오거나 나가는 선박들을 닥치는 대로 공격하였다. 영국 정부는 이와 같은 '사략(私掠) 행위' - 민간선박이 정부의 묵인 하에 적선(敵船)을 공격하는 행위 - 를 부추김으로써 힘들이지 않고 적국의 군사적·경제적 힘을 약화시키는 동시에 막대한 수익금을 챙길 수 있었고, 사략선 업자들 또한 사적 이익을 추구하는 동시에 조국의 영광을 위해 일한다는 자부심을 가질 수 있었다. 참다 못한 스페인의 필리페 2세는 영국을 응징하고자 1588년에 그의 무적함대를 출항시켰고, 영국 함대의 지휘관으로 임명된 드레이크는 카디스에 집결한 스페인의 무적함대를 선제공격하여 대파함으로써 영국 최고의 '바다의 영웅'이 되었다. 스페인을 제압한 영국은 해상의 패권을 장악하게 되었고, 이를 통해 '해가 지지 않는 대영제국'을 건설할 수 있는 기틀을 마련하였다.   - 서울시립대학교, 2008학년도 정시 논술

19 대중은 정치, 경제, 문화의 주체인가, 객체인가?

- 집단 지성과 광기

그림은 '왜곡된 체스판'이라고 불리는 착시 그림의 예이다. 작은 정사각형들로 구성된 체스판인데, 가운데로 갈수록 직선이 곡선으로 변하고 정사각형도 볼록 튀어나와 보인다. 그러나 놀랍게도 그림엔 곡선과 휘어짐이 없다. 작은 사각형들은 모두 직선이다. 검은색과 하얀색 정사각형들이 서로 교차되는 가운데 중앙 부분의 검은 정사각형들 안에 존재하는 더 작은 하얀 정사각형들이 착시를 불러일으키는 것이다. 왜 그럴까? 이는 각각의 부분들에 적용되었던 형태가 전체로 가면서 왜곡되는 데 있다. 이런 면에서 이 그림은 '구성의 오류'로 이해할 수 있다.

- 한양대학교 에리카캠퍼스, 2017학년도 수시 논술

개개인이 모여 집단과 대중을 이룰 때, 대중은 단순한 개체의 총합에 불과할까요? 아니면 개체의 특성과는 전혀 다른 어떤 추상적인 속성을 띠게 될까요. 개인들은 군중 속에서 서로 뒤섞이고 합해지면 개별성이 소멸, 일정한 집단 의지에 편승하면서 때로 무분별한 광기를 표출하는데요. 이는 인터넷상에서 쉽사리 확인됩니다. 한번 집단 비방이 시작되면 일제히 한목소리로 나선처럼 휘어져 빨려간 뒤, 일단 악성 댓글이 달리면 그 수위는 급속히 높아져서 다른 목소리가 들어설 틈이 없습니다. 한 번도 보지 못하고 말도 섞어 보지 않은 사람을 마치 제 부모를 죽인 철천지원수처럼 대하니까요. 어떤 댓글은 당사자가 본다면 공포심마저 불러올 정도입니다. 그런데 명예훼손으로 고소당한 사람들 한 명 한 명을 보면, 멀쩡한 교수, 의사, 회사원이기도 합니다. 그렇다면 이들에 대한 아무런 통제 없이 정치와 경제, 문화 등을 모두 맡겨도 되는지 의구심이 들 수밖에 없습니다. 정치는 선전과 선동이 난무하고, 경제는 투기판이 되어서 거품이 시장을 뒤덮고, 저질 문화가 판을 치고, 인터넷과 사회적 연결망(SNS)은 패거리 문화로 변질되어 상호 욕설과 비방으로 들끓는 것은 아닌지 걱정스럽고, 실제로 그런 현상은 분명히 나타나고 있습니다. 모파상은 이런 대중의 모습을 다음과 같이 진단합니다.

"게다가 또 하나의 다른 이유에서 나는 군중을 싫어한다. 나는 극장에 들어갈 수도 공적인 축제에 참가할 수도 없다. 그곳에서 나는 곧 마치 저항할 수 없는 신비한 영향력과 전력을 다해 싸우는 것처럼 괴상하고 참을 수 없는 불편함과 굉장한 신경질을 느낀다. 그리고 사실 나는 나의 마음속에 파고들려고 하는 군중의 혼과 싸운다. 나는 사람이 혼자서 살 때는 지성이 강해지고 향상되지만, 다른 사람들과 섞이면 지성이 약해지고 쇠퇴하는 것을 여러 번 확인하였다. 사람들과의 접촉, 널리 퍼져 있는 관념, 사람들이 말하는 모든 것, 듣고 들리며 또 대답할 수밖에 없는 모든 것은 사고에 영향을 준다. 여러 관념들이 머리에서 머리로, 집에서 집으로, 거리에서 거리로, 도시에서 도시로, 민중에서 민중으로 밀려왔다가 사라지면서 어떤 수준이 확립되는데, 그것은 수많은 개인의 집합체 전체가 만들어 낸 지성의 평균이다. 사람이 혼자 있을 때 갖고 있는 자질, 즉 지적인 창의력, 자유의지, 분별 있는 성찰력, 심지어는 통찰력 등의 자질이 그가 많은 사람들 속에 섞이면 일반적으로 곧 사라진다."

- 성균관대학교 2007학년도 수시 논술

이런 대중에게 시장을 맡긴다면 과연 온전할까요. 개개인의 이기심이 공익을 실현하기는커녕 대공황을 몰고 온 상황이 대중의 취약성을 잘 보여주는데요. 다음 사례는 대중의 광기를 단적으로 보여주는 역사적 사례입니다.

튤립에 대한 근거 없는 찬양도 점점 더해 갔다. 1634년 튤립을 소유하려는 네덜란드인들의 열망이 도를 넘어 다른 산업은 팽개치고 모든 사람이 튤립 거래에 나섰다. 이러한 광기(狂氣)가 지속되면서 값은 계속 올랐고 1635년에는 튤립 40뿌리에 10만 플로린을 주고 산 사람도 많았다. 10만 플로린이면 당시 네덜란드에서는 황소 830마리 정도를 살 수 있었다. 이렇게 고가가 되고 보니 곡식 알갱이보다 가벼운 페릿이란 중량 단위로 튤립을 사고 팔 필요가 생겼다. 1636년에 이르러 진귀한 튤립 품종에 대한 수요가 더욱 커져 튤립 거래 시장이 암스테르담 주식 시장과 로테르담, 그리고 하알라엠에 세워졌다. (중략)
귀족, 도시민, 농장주, 기계공, 선원, 심지어 굴뚝 청소부까지 튤립 투기에 나섰다. 사람들은 집과 토지를 헐값에 처분하고 튤립을 샀다. 외국인들도 투기 열풍에 휩싸여 네덜란드에 와서 돈을 퍼부었다.

- 부산대학교 2005학년도 정시 논술, 찰스 메케이, '대중의 미망과 광기'

결과는 너무나도 자명합니다. 극히 일부는 부자가 되지만 대다수는 튤립 값이 제자리를 찾아가면서, 즉 대폭락하면서 알거지가 되었다는 것입니다. 이 같은 대중이 만들어내는 대중 문화 또한 온전할 리 없습니다. 대중가요만 보더라도 뽕짝이라는 트로트, 그리고 포크송이든 랩송이든, 모두 한 결 같이 사랑 타령을 합니다. 드라마에는 늘 재벌이 등장하고, 그 범위는 이제 외계인과 도깨비로 확장되어 지구인과 사랑을 나눕니다. 그 이유는 간단합니다. 말초신경을 자극하는 선정적이고 때로 외설적이기도 한 대중문화가 돈이 되기 때문입니다. 문화 상품 시대에, 대중 매체를 통해 전달되는 대중 예술은 거대한 자본이 개입해서 부단히 상업적인 이윤 창출을 추구하고, 대중들은 무비판적으로 또는 맹목적으로 이를 수용한다는 것이지요.

비판론자 가운데 대중문화를 문화산업과 연관시켜 비판하는 학자들이 있다. 이들은 대중문화를 문화산업에 의해 대량으로 생산되고 소비되는 상품으로 간주한다. 그들에 의하면 문화산업가들은 더 많은 이익을 창출하고 기존질서를 유지하기 위하여 예술에 간섭하고 이를 자신의 의도에 맞게 변형시킨다. 문화산업가들은 연예인, 기획사, 제작사, 매스미디어, 유통업체 등을 하나로 묶어 이윤이 보장되는 대중예술을 양산하고 확대 재생산한다. 여기서 그치지 않고 문화산업가들은 다양한 문화적 공세를 통해 대중의 정서와 감정, 취향과 무의식마저 조작한다. 이 속에서 문화는 대량 생산된 상품처럼 다양성과 독창성을 상실하고, 대중들은 이를 향유하며 얻은 충족감을 통해 불만과 갈등을 해소하고 일상의 행복에 빠져든다는 것이다.   - 한양대학교 2008학년도 정시 논술

플로베르는 '보바리 부인'에서 예리한 통찰력으로 저속한 소설이 주는 폐해를 고발한 바 있다. 현대에 이르러 너절한 영화, 진부한 홈드라마 등에 나타나는 모든 증거를 종합해 볼 때 대중문화는 불안을 몰아내기는커녕 오히려 더 조장한다고 할 수 있다. 대중문화가 인간의 기본적인 욕구를 만족시키고 인간의 기분을

전환시킨다는 주장의 근거는 바로 이러한 사실 앞에서 사라지고 만다.

- 숙명여자 대학교, 2004학년도 정시 논술

플로베르의 우려는 다음과 같이 맞아 떨어집니다. 그리고 피지에서는 때 아닌 다이어트 산업이 이윤을 창출하기 위해 대중들에게 손을 내밀 것입니다.

오랫동안 피지에서는 큰 체격을 가진 여인들이 매력적인 것으로 간주되었다. 1995년 피지에서 최초로 TV방송이 시작되어, '비벌리 힐스의 아이들', '멜로즈 플레이스'와 같은 미국 청춘드라마들이 소개되었다. 연구자들은 일단의 피지 여성들을 대상으로 1995년과 1998년에 설문조사를 실시하였는데, 1998년도 표본의 경우 29%가 식사 습관에 문제가 있는 것으로 드러났다. 이는 1995년도 표본의 13%와 비교된다. 또한 주당 3회 이상 TV를 시청하는 젊은 여성들의 경우 3회 미만 시청하는 여성들에 비해, 50% 정도가 더 스스로를 뚱뚱하다고 생각하고 있었다.

- 성균관대학교, 2007학년도 수시 논술

소크라테스는 정치를 대중에게 맡길 경우, 그 방향은 틀림없이 참주정치(독재 정치)로 흘러간다고 예언합니다. 독재자들은 교묘한 말로, 다수를 차지하는 대중들을 설득하는데, 부자의 재산을 빼앗아 공평하게 나누어 준다고 얼굴빛 하나 변하지 않고 선동할 정도로 교활하기 때문이라는 것입니다. 대중들의 환호와 기대 속에 권력을 잡은 이들은 부자의 돈을 빼앗기는 하지만 결국 자신의 주머니를 채운다는 것이지요. 대중에게는 찔끔 나주어 주고요. 독일의 히틀러는 무력으로 정권을 잡은 것이 아닙니다. 거리에서 끊임없이 나치 휘장을 흔들어대고, 노래를 불러가면서 열광적인 대중들의 지지를 받아 정당한 선거를 통해 집권했고, 이후 그 권력을 이용해서 영구 집권을 시도한 것이지요. 따라서 대중은 정치 현실에서 기껏해야 우매한 다수나, 혹은 고매한 혁명의 기치로 위장된 광기 어린 폭력 집단에 불과하다는 진단이 설득력을 얻습니다.

> 나치 정권의 선전을 담당했던 괴벨스는 "나에게 한 문장만 달라. 그러면 누구든 범죄자로 만들 수 있다"라는 유명한 말을 남겼다. 그는 대중 매체가 대중을 선동하는 도구로 중요한 역할을 해낸다는 것을 파악하였다. 괴벨스는 라디오를 싼 가격으로 전 국민에게 보급하여 히틀러의 목소리를 계속 방송하고, 히틀러를 우상화함으로써 대중의 인기를 사로잡는 방법을 이용하였다. 히틀러의 연설은 독일 어디에서나 방송되었다. 이와 함께 괴벨스는 라디오 방송을 통해서 밝고 유쾌한 음악을 방송하여 사람들로 하여금 독일이 평화로운 상태에 있다고 믿게 하였다. 제2차 세계 대전 막바지에 히틀러가 암살당했다는 소문이 퍼지자, 곧바로 전쟁에서 승리한다는 히틀러의 격려 연설을 끊임없이 방송하였다. 이러한 선전과 선동 때문에 제2차 세계대전에서 독일이 패망할 때까지 독일 국민은 히틀러에 대한 믿음을 쉽게 버리지 못했다.   - 성균관대학교 2017학년도 수시 논술

여기까지만 본다면 한 때 우리사회에서 큰 물의를 빚었던 "대중은 개, 돼지에 불과하다"는 화두가 어느 정도 맞는 말처럼 보이는데요. 이때 대중은 '나'도 아니고, '당신'도 아닙니다. '나'와 '당신'이 뒤섞여서 만들어내는 '제3의 실체'로 보아야 할 것입니다. 그러나 현실은 매우 복잡한 양상을 보이고, 이를 해석하는 모든 이론은 가설에 불과하다는 사실을 잊지 않으셨지요. 이제 짧은 일화를 통해 대중에 대한 또 다른 진단을 시도해 보겠습니다.

영국 유전학자 프란시스 골튼(1822~1911)은 시골 장터에서 놀라운 경험을 합니다. 황소 몸무게 알아맞히기 퀴즈에서 아무도 답을 맞히지 못했고, 어떤 사람은 장난처럼 무게를 써내기도 했지만 그 숫자의 평균은 소의 무게와 일치했다는 것입니다. 저는 영화 보기 전에 'NAVER 영화 평점'을 자주 참고하는데요. 1점과 10점을 마구잡이로 남발하는 듯 보여도, 그 평균 점수는 영화의 전체적인 완성도를 적절하게 반영하기 때문입니다. 개인이 할 수 없는 일을 집단이 해내는 능력, 이를 '집단 지성'이라고 일컫고 있습니다. 다음 사례는 시장에서 집단 지성이 실현된 사례로, 대중이 시장의 떳떳한 주체로서 손색없음을 시사합니다.

인간은 개인의 불완전한 판단들이 적절한 방법으로 합쳐지게 되면 놀라운 집단 지적 능력(collective intelligence)을 발휘하기도 한다. 1986년 1월 28일 우주왕복선 챌린저호가 발사되었으나 74초 후 공중에서 폭파되고 말았다. 몇 분 후 주식시장에서는 흥미로운 현상이 나타났다. 우주왕복선 사업과 관련이 있는 4개 기업의 주가가 폭락하기 시작했다. 하지만 장 마감 시점에 3개 기업의 주가는 3% 정도의 낙폭을 보인 반면, '머튼 티오콜'이라는 회사는 거의 12%의 낙폭을 기록했다. 다른 관련 업체와 달리 티오콜의 주가만이 급격하게 하락한 것은 투자자들이 티오콜에 보다 더 큰 책임이 있다고 믿고 있음을 보여주는 강한 신호였다. 하지만 사고 당일에는 티오콜에 책임이 있다는 어떤 공식적인 언급도 없었다. 심지어 다음날 '뉴욕타임즈'는 "사고의 원인에 대한 단서는 없다"는 보도까지 하였다. 그런데 놀랍게도 사고 발생 6개월 후 챌린저 호 사고조사위원회는 티오콜이 만든 부품에 문제가 있었다는 결론을 내렸다.

- 서울 시립대학교, 2011학년도 수시 논술

눈을 돌려 대중이 주도하고 참여하는 정치와 문화, 인터넷 등에서도 집단 지성의 결실을 분명하게 확인할 수 있습니다. 네티즌이 주도하는 위키피디아의 위키백과는 초기 시행착오를 겪은 뒤, 이제 생동감 있는 지식을 담아내는 인터넷의 중심으로 떠올랐습니다. 매일 쓸데없는 잡담이나 늘어놓는 듯한 SNS는 때로 사회에 대한 감시나 비판을 통해 그 사회를 지키는 파수꾼 역할을 해내기도 합니다. 개인이 집단속에서 논의하면서, 서로의 사고가 합해지고 고도화되는 과정을 거쳐 서로가 깜짝 놀랄 최종 결과물을 내놓는 것이지요.

2004년과 2005년 ○○○의 복제 배아줄기세포 배양에 대한 연구논문이 연이어 '사이언스'에 게재되면서 그는 세계적인 주목을 받기 시작했다. 2004년 '사이언스'는 올해의 획기적 10대 연구 성과에 그의 연구를 선정했으며, 국내 언론들도 "태극기를 꽂고 왔다", '세계 언론의 주목', '국내 최초의 과학 분야 노벨상 후보' 등과 같은 찬사를 범람시키며 그를 올해의 인물로 선정했으며, 정부는 그에게 '제1호 최고 과학자'의 영예를 안겼다. (중략)

소장 생명과학자들의 사이트인 '브릭'을 중심으로 예기치 못한 반전이 일어나기 시작했다. 한 과학자가 2005년 12월 5일 '브릭'의 소리마당에 줄기세포 사진 중복 의혹을 처음 제기했다. 이 글은 삽시간에 사이버공간에 급격히 전파되었다. 누군가 의혹을 제기하면 또 다른 누군가는 그 의혹을 입증할 수 있는 자료를 찾아 올리고, 그러면 다시 이를 과학적으로 논증하는 글이 올라오고, 잘못된 주장이 제기될 경우 곧 다른 이들의 반론이 제시되었다. 이러한 과정을 통해 이들은 그동안 '사이언스'도 미처 찾아내지 못했던 조작된 논문의 실체를 규명하기에 이르렀다. (중략) 그리고 이들은 합성사진을 보기 쉬운 이미지로 표현하여 사이버 공간에 퍼 옮기면서 논문의 재검증을 요구하는 여론을 확산시켰다.

인터넷 등을 통한 이러한 집단 지성의 양상은 '§21'에서 조금 더 상세하게 다루겠습니다.

현대 사회에서 여론조사는 그 나라의 정책 방향성을 설정하는 요긴한 자료로 사용됩니다. 끊임없이 여론 조사를 하는 이유는 무엇일까요. 민심의 흐름을 읽기 위한 목적도 있지만 결국 그 속에서 집단 지성의 단서를 얻기도 합니다. "대중은 항상 옳다"는 어떤 정치인의 말은 소크라테스의 우려와는 전혀 상반된 메시지를 전달합니다.

듀이는 건강한 민주주의 실현을 위한 공중의 역할을 강조하며 민주적 공중은 성취하기 어렵지만 분명히 가능한 일이라고 보았다. 듀이는 공동체에 전문가들이 반드시 필요하지만 그들의 역할은 제한되어야 한다고 주장한다. 전문가들에게 맡겨진 역할은 특정한 사회의 문제에 대한 정책을 세우고 실행하는 것이 아니라 정확한 정보와 사실을 밝혀내고 전달하는 것이라는 주장이다. 또한 듀이는 공공의 관심사와 관련하여 민주 사회에서 공중에게 필요한 것은 문제를 연구하기 위한 지식이나 전문적 기술이 아니라, 전문가들이 제공하는 정보를 자문하고 토론하며 판단하는 능력이라고 주장한다. 공중은 전문가들이 주는 정보를 평가하고, 전문가들은 공중의 반응과 의사결정에 의존한다. 따라서 공중은 전문가들에게 훈련 받을 대상이 아니라 오히려 전문가 집단이 찾은 정보가 사회의 발전을 위해 적용될 수 있는지에 대해 판단을 내리고 책임을 지는 주체이다. 결국 근대사회가 야기한 사회 문제들에 대한 해결책은 공중이 최종적으로 결정하는 것이다.

사회적 곤충들은 도대체 어떻게 개체의 한계를 극복하고 집합적 차원에서 '지성적' 행동을 만들어 내는 것일까? 해답은 바로 사회적 곤충 개체들 사이에서 이루어지는 상호작용에 있다. 사회적 곤충의 상호작용은 '행동신호(stigmergy)'라고 불리는 메커니즘을 통해 이루어진다. 이것은 어느 한 개체가 움직일 경우 그 흔적이 다른 개체의 행동을 유도하는 추가적인 자극의 근원이 되는 경우를 말한다. 거대한 개미집과 같은 협력의 산물은 이러한 메커니즘을 통해 이루어진다. 이 과정에서 개미 한 마리 한 마리는 여전히 지역적(local) 차원의 단순한 규칙을 따르지만, 이들 사이의 상호작용으로부터 어느 누구도 예상하지 못한 거시적 차원의 복잡한 현상이 나타난다. 언뜻 보기에 독립적인 개체의 행동이 다른 개체의 행동에 일련의 연쇄적인 자극을 줌으로써 전체 집단이 마치 하나의 단위체처럼 움직여 대단히 복잡한 문제를 해결할 수 있게 되는 것이다.

- 성균관대학교 2016학년도 모의 논술

대중문화에 대해서도 대중은 상업성에 휘둘린다는 식의 평가가 항상 옳은 것은 아닙니다. 주체적이고 자발적 선택으로 엄격한 심판자 역할을 종종 수행하니까요. 대중매체들이 늘 시청률을 조사하는 이유 또한 일방적인 소통이 아니라는 사실을 보여줍니다. 매체들은 여기에 민감하게 반응하면서 시청자의 의도와 평가를 반영, 함께 대중문화를 만들어 간다는 것입니다. 집에서 'SKY 캐슬'이라는 드라마를 보면서 시간을 때우는 것이 꼭 무의미하다고만 할 수 없습니다. 이러한 대중적인 드라마들은, 설령 주인공이 외계인이라고 할지라도, 한번 쯤 우리 주변을 둘러보고, 선악의 판단, 사회의 문젯거리에 대한 논의를 손쉽게 이끌어 냅니다. 드라마가 사회의 한 단면을 간명하고도 흥미롭게 전달한다면 시청자들은 미적, 감성적 만족을 채우면서도, 충분히 지적 논의를 할 수 있다는 것입니다. 반드시 어려운 셰익스피어의 고전만이 삶을 성찰하게 만들지는 않습니다. 다음 일화는 백인들이 만든 서부극을 보면서, 인디언들이 "역시 백인은 훌륭하다"는 식의 사고를 일방적으로 주입당하지 않는다는 사실을 잘 보여줍니다.

> 잘 알려져 있듯이 서부극은 백인들의 서부 개척사를 다루고 있으며, 인디언을 서부 개척의 장애물로 그려내는 영화다. 대부분의 서부극에 등장하는 인디언은 백인 기병대나 개척자들에게 패하고 결국은 백인 사회에 통합되는 인물들로 그려진다. 그런데 인디언 보호구역 내에 있는 인디언 후예들은 서부극 비디오를 빌려서 인디언들이 승리하는 장면이나 백인들의 비열한 장면들만을 반복해서 시청한다고 한다. – 성균관대학교 2007학년도 수시 논술

지금까지 정치, 경제, 문화 등에서 대중이 보여주는 양면적인 속성을 살폈는데요. 1957년 제작된 흑백 영화 '12인의 성난 사람들'은 미국의 배심원 제도를 소재로 전개됩니다. 이들 배심원들이 초기에 범인이라고 확신했던 용의자에 대한 일방적인 편견이 깨어지는 과정을 보여줍니다. 상호 간의 비판적 논의와 성찰을 거쳐, 사태의 본질을 모색하고 집단적인 지성이 모아지는데요. 법학전문대학원(로스쿨) 논술문제에서도 시민의 재판 참여에 대한 견해를 묻기도 했습니다.

인간은 결국 크든 작든 공동체 속에서 살면서 자신의 견해를 제시하고, 또 이를 수정하는 부단한 과정을 지속합니다. 또 대중의 의견을 수용하거나 때로 대중의 일원이 되어서 자신의 생각을 펼치게 됩니다. 더구나 SNS는 그 파장을 엄청나게 확장시켰지요. 어떻게 여론을 수용하고, 때로 어떻게 대중 속에서 자신을 분리해야 하는지, 영원한 숙제일 수밖에 없습니다.

이에 대한 공자의 견해를 소개하면서 마치겠습니다. 그 요지는 늘 주체적이고 비판적인 사고를 잊지 말라는 것입니다.

> 또 공자는 '논어'에서 백이, 숙제, 우중, 이일, 유하혜, 소연 등 초야(草野)에 묻혀 지냈던 은사(隱士)라 일컬어지는 사람들을 이렇게 평하셨습니다. "그 뜻을 굽히지 않고 몸을 욕되게 하지 않은 이는 백이와 숙제였지. 뜻을 굽히고 몸을 욕되게 했으나, 말이 도리에 맞고 행동이 사려 깊었던 이는 유하혜와 소연이었어. 숨어 살면서 기탄없이 말을 했지만, 몸가짐이 깨끗했고 세상을 버리는 것이 시세(時勢)에 맞은 이는 우중과 이일이었지." 공자는 이렇게 은사들의 좋은 점과 나쁜 점을 들어서 말씀하셨습니다. 그리고 공자는 자신의 입장을 "나는 그들과 달라서 꼭 그래야 하는 것도 없고 그래서는 안 되는 것도 없다"라고 말씀하셨습니다.
>
> - 숙명여자 대학교, 2004학년도 정시 논술

인간이 만든 스마트폰이, 새로운 인간을 만들고 있지는 않은가요?

기술과 사회적 욕구

- 닭이 먼저인가, 계란이 먼저인가?

미국 시사주간지 '타임(TIME)'은 2006년 '올해의 인물'로 '당신'을 뜻하는 'YOU'를 선정하였다. 타임지는 언론 전문가가 아닌 평범한 시민들이 '유튜브 (U-tube)'와 같은 영상 파일 공유 사이트, '마이스페이스(Myspace)'와 같은 개인 블로그 등을 통해 아무런 대가 없이 정보를 제공하여 세상을 변화시켰다며, 이 모든 사람들을 'YOU'로 지칭하여 '올해의 인물'이라고 밝혔다.

- 성신여자대학교 2014학년도 수시 논술, 고등학교 '사회', 비상교육

"기술이 사회를 결정하는가, 사회가 기술을 만들어 내는가?"

어떤 관점에서 타임이 선정한 'YOU'를 설명할 수 있을까요. 마치 "닭과 계란 중 무엇이 먼저인가?"처럼 맞물리는 이야기로 보입니다. 하지만 어떤 관점을 취하느냐에 따라 기술과 사회 변동의 주체를 보는 시각이 갈라지고, 미래 사회 전망도 달라집니다.

정보 기술(IT)의 급속한 발달은 이제 디지털 혁명으로 불립니다. 스마트폰이 대중화되면서 개인의 삶을 송두리째 지배하기까지 10년도 채 걸리지 않았습니다. 이제 지하철에서 책 보는 승객을 거의 찾아보기 힘들지요.

정보 기술이 삶의 방식은 물론 정치, 경제, 문화 등에 깊숙이 침투해서 우리 사회 곳곳을 바꾸고 있다는 사실은 분명합니다. 그런데 "기술이 사회를 결정한다"는 시각은 여기에서 한발 더 나아가, 기술 자체가 스스로 지닌 자율성과 효율성에 따라서 부단히 자기 발전을 거듭하고, 그것이 개인의 의식과 사회 구조를 변모시킨다는 것이지요. 이때 기술은 사회 구조를 근본적으로 변혁시키는 자발적 동인(動因)으로 파악됩니다. 실제로 인터넷, 스마트폰 시대를 거치면서 사람들의 정치적 참여 방식이나, 경제 활동의 양상, 그리고 언론 환경 등은 급속하게 변했고, 그 방향성의 열쇠를 결국 기술이 가지고 있다는 입장입니다. 이러한 시각에서 'YOU'를 만들어내는 주체는 효율성을 높이기 위해 개발된 정보기술이 됩니다. 시공을 뛰어넘는 효율성을 지닌 정보기술이 개발, 보급되면서 사람들의 의사소통 방식이 확장되었고, 사람들은 이러한 기술 발전 경로를 열심히 따라가면서 세상을 변화시키는 'YOU'가 되었다는 것이지요. 다음 제시문은 이러한 입장을 보다 선명하게 드러냅니다.

기술은 삶의 물질적 조건들과 생물학적이고 물리적인 환경뿐만 아니라 우리가 사회적으로 함께 사는 방식과도 중요한 관계를 지닌다. 예를 들어 역사학자인 린 화이트는 말을 탈 때 발을 걸치는 등자(鐙子)가 발명되어 서유럽 전역으로 확산된 것이 봉건사회가 도래한 이유라고 설명한다. 등자가 있기 이전에는 말 위에서의 전투가 낙마의 위험 때문에 제한적이었다. 칼을 힘껏 휘두르고 창을 찌르다가 기사들은 불명예스럽게도 먼지 위를 뒹굴고 있는 자신들을 발견하곤 했던 것이다. 기사들로 하여금 말 위의 자세를 더욱 견고하게 해 줌으로써, 등자는 말과 기사를 전례 없이 엄청난 힘을 발휘 할 수 있는 단일한 전투 단위로 결합시켰다. 그러나 이런 기마병들에 의한 전투는 효과적이기는 하나 고비용의 문제를 안고 있었다, 오랜 시간이 소요되는 풍부한 교육과 갑옷, 전투용 말이 필요했던 것이다. 이 문제는 고도로 특화된 새로운 전투 방법과 장비를 겸비할 수 있는 엘리트 기사들을 양성하고 후원하기 위해 특별히 고안된 사회의 재구성(봉건제도 도입)에 의해서만 해결 될 수 있었다.

- 서강대학교 2007학년도 수시 논술, 도날드 맥켄지 외, '기술의 사회적 형성'

조금 덧붙이면, 등자의 출현으로 무거운 갑옷과 무기가 마상에서 활용되었고, 고트족 기병은 등자가 없는 로마군을 패퇴시켜 서로마 제국의 멸망을 촉진했다는 것입니다. 이후 기병이 전쟁의 주력부대로 떠올라 과거 보병으로 복무했던 자영농은 농노로 전락하고, 기사 계급을 양성하기에 적합한 중세 봉건사회가 도래했다는 것입니다. 그리고 중세 봉건사회는 새로운 기술인 '화약'의 발명과 더불어 해체된다는 논리입

등자

니다. 이렇게 본다면 기술은 인류 역사의 향방을 가늠하는 결정적인 구조적 변수입니다. 이를 흔히 기술 결정론이라고 하는데요. 매체 이론가인 맥루언이나, '제3의 물결'을 쓴 미래학자 앨빈 토플러 등이 기술이 주도하는 사회의 혁명적인 변화에 주목하고 있습니다. 정보 사회를 보는 다음의 두 시각도 모두 이 같은 입장에 해당됩니다.

특히 사이버 공간에서의 개인들은 스스로를 다수의 주체로 만들어 자유롭게 이동할 수 있기 때문에 자신을 특정한 공동체의 구성원으로 규정할 필연적 이유를 상실한다. ㄱ교수에 의하면 "사이버 공간에서의 개인들은 뿌리 없는 개체로 변화하여 공동체적 소속감을 잃게 된다."(중략)

ㄴ교수는 "정보기술과 사이버 공간은 오히려 인간의 추체험[7]을 늘려주고 그것을 통해 사회적 합의의 가능성을 높여준다"고 주장한다. 유연한 자아의 출현으로 공동체의 기반이 해체되는 것이 아니라 오히려 그 공동체는 참여자가 선택한 자아들이 새로운 방식으로 상호작용함으로써 발전해 간다는 것이다.

- 성균관 대학교 2003학년도 수시 논술

미래에 대한 두 교수의 전망은 상이하지만 모두 기술을 그 주체로 두고 있다는 점에서는 기술 결정론으로 묶이게 됩니다. 이밖에도 정보 통신 기술의 발달이 다양한 정치 참여의 기회를 열어서 수평적인 사회 조직을 만들고, 이것이 권력 차이를 줄여 직접 민주주의에 가까운 새로운 민주주의가 출현할 것이라든지, 가상 공동체에서의 상호 교류를 통한 동시적인 분석과 비평이 집단 지성을 출현시킨다는 시각도 모두 기술 결정론의 입장에서 현재와 미래 사회를 진단한다고 볼 수 있습니다. 이해를 돕기 위해 보다 선명한 기술 결정론의 지문을 하나 더 소개하겠습니다.

멈퍼드(Mumford)는 근대 기술로서 시계가 미친 영향력을 살펴보면서, 발명가의 의도와 다르게 시계 자체가 자율적으로 사회적 영향력을 발휘한다는 점에 주목하였다. 인간의 기술적 발명품이 생명체가 보여주는 생물 활동과 유사하게 변화하고, 더 나아가 기술이 유기체의 일부라고 주장하였다.

---

7) 추체험: 다른 사람의 체험을 마치 스스로가 체험한 듯이 느끼는 일

그는 수도사들이 기도의 의무를 충실히 이해하기 위해 발명된 기계가 인간의 활동을 통제하고 동시화 시키는 기준이 되어 "기계의 규칙적인 집단 리듬과 박자"에 따라 일과를 진행시키고 있다고 보았다. 처음에는 시간을 지키기 위해 발명되었으나 이후에는 시간을 지키는 것 외에 "시간에 따라 일하기, 시간 계산하기, 시간 할당하기" 등에 활용되고, 시간이 흐르면서 자본주의 사회의 노동 행위를 동시화 및 표준화하고 제어하는 기능을 갖게 되었다는 것이다.

서구 근대 사회에서는 자연의 유기적인 리듬에 맞추어 이루어졌던 노동의 흐름이 기계적 시간에 의해 표준화되고 조직화되었으며, 노동의 대가는 시간 단위로 계산하게 되었다. 자연의 순환적인 리듬에서 벗어나 양적으로 잴 수 있고 목적에 따라 구분을 하고 평가될 수 있는 시간 개념도 생겨났다. 이렇게 구축된 기계적 시계 체계는 오늘날까지도 우리의 모든 활동과 과정을 조정하고 제어하는 기준으로서 우리의 삶을 조직하고 경험하는 일상 과정에 깊이 개입하고 있다.

- 경희대학교 2017학년도 수시 논술

잘 알려진 '무어의 법칙'은 인터넷 경제 3원칙 가운데 하나로, 마이크로칩의 밀도가 24개월마다 2배로 늘어난다는 전망인데요. 다시 말해 데이터 양이 24개월마다 2배씩 증가한다는 것입니다. 이와 함께 "인터넷은 적은 노력으로도 커다란 결과를 얻을 수 있다"는 메트칼프의 법칙, "조직은 계속적으로 거래 비용이 적게 드는 쪽으로 변화 한다"는 정의가 인터넷 경제 3원칙으로 불립니다. 스마트폰의 출현과 함께 이른바 '황의 법칙'도 주목을 받았습니다. 엔비디아의 창업자 젠슨 황(Jensen Huang)은 "인공지능을 구동하는 반도체 성능이 2년마다 2배 이상 증가한다"며 하드웨어와 소프트웨어 성능이 동반 상승하면서 자율주행 자동차 등 다양한 분야에 파급효과를 줄 것이라고 전망했습니다. 현재의 기술 발달 속도로 보면,

별반 틀린 말은 아니고, 기술이 스스로 진화하는 양상을 압축하고 있습니다. 그런데 이 과정에서, 그러니까 반도체 성능이 향상되는 이유는 "자본주의 시장에서 이익을 실현하려는 인간의 욕구에서 비롯된 것은 아닐까"라는 의문이 제기됩니다. 또 사회적, 정치적 영향력에서 전적으로 자유로운 기술이 있을 수 있는지도 따져볼 필요가 있습니다. 정보 기술이 시장에서 돈이 되지 않았다면 이처럼 급속하게 발전할 수 없었을 것입니다. 원자력 발전소의 건설과 해체 과정만 보아도, 정치, 사회, 환경이라는 한 사회의 구조가 깊숙한 영향력을 행사합니다. 기술 그 자체의 유용성보다는 경제적 요인이 증기기관을 탄생시켰고, 마상 전투의 승리를 위한 염원과 군사 전략이 기어코 '등자'를 발명했다는 것입니다. 이와 함께 아무리 효율적인 기술이라도 사람들이 선택해주지 않으면 결국 사장되고 마는데요. 컴퓨터 자판의 왼쪽 맨 위 알파벳 배열이 QWERTY로 된 이유는 수동 타자기 시절, 자음과 모음을 뒤섞어 글자 엉킴을 방지하기 위해 빨리 치지 못하도록 고안된 것입니다. 이후 컴퓨터 시대에 걸맞게 효율적인 드보락(DVORAK) 자판 배열이 등장했지만 습관의 장벽을 넘지 못하고 사라집니다. 아무리 효율적인 기술이라도 사회화 과정이라는 '통과 의례'를 거쳐야 살아남는다는 사실을 보여줍니다.

이렇게 본다면 'YOU'에 대한 평가도 달라집니다. 사람들은 자신의 의사를 보다 신속하고 효율적으로 전달해서 세상에 알리려는 욕구를 가지고 있고, 이것이 시장경제와 결합해서 새로운 정보 통신 수단인 유튜브와 같은 공유 사이트 등이 개발, 활용되었다는 것이지요. 결국 개개인의 욕구와 자본주의의 구조적 장치가 세상을 변화시키는 근본 동인인 만큼 이때의 'YOU'는 바로 사람입니다. 이 같은 입장은 '기술 도구주의'나 혹은 기술의 '사회구성론' 등으로 불리는데요. 다음 제시문은 이러한 입장을 잘 보여주고 있습니다.

아도르노(Adorno)는 경제적인 생산력 향상의 일면에서는 정의로운 사회를 건설할 수 있는 조건들을 마련해 주지만, 다른 면에서는 기술적인 체제와 이를 장악한 집단에게 우월한 능력을 부여해서 대중을 지배하게 만든다고 했다. 이것은 과학과 기술의 발전과 이로 인한 경제적 생산력의 향상이 인간으로 하여금 최선의 자아를 실현할 수 있는 조건을 만들어 줄 수 있고, 반대로 인간을 미숙한 상태로 억눌러 둠으로써 기술적으로 조종할 수 있는 로보트로 만들 수도 있다는 것이다. 이것은 인간의 사회에 대한 우리의 결단에 달려있는 문제이다.

- 성균관대학교 2003학년도 수시 논술

매체 수용자들은 개인적으로 경험한 특정한 욕구를 충족시키기 위해 매체의 산물을 능동적으로 소비한다. '매체가 수용자에게 무엇을 하느냐'가 아니라 '수용자들이 매체로 무엇을 하느냐'가 중요하다. 매체 수용자는 항상 능동적이고 목적 지향적인 존재이다. 그들은 자신의 욕구를 충족시키기 위한 방법으로 여러 가지 이용 가능한 수단들 가운데 적절한 매체를 선택해서 이용하게 된다. 이용자들은 기분 전환, 인간관계 형성, 개인적 정체성 확인, 환경 감시 등과 같은 개별적으로 다양한 심리적·사회적 욕구를 느끼며, 이러한 욕구가 매체에 접촉함으로써 충족될 수 있다는 기대를 갖게 된다. 그래서 사람들은 매체를 이용하게 되고, 의도하거나 의도하지 않았던 결과를 통해 욕구를 충족시키는 것이다. 어린이들이 텔레비전 만화를 보고 즐거움을 얻는다든지, 불안과 초조를 느끼는 사람이 현실 도피를 위해 오락 영화에 탐닉한다든지, 특정한 정보를 얻기 위해 광고를 눈여겨 읽는다든지 하는 것은 모두 수용자가 자신의 욕구를 충족시키기 위해 능동적으로 매체라는 도구를 소비하는 행위이다. 결국 매체는 삶에서 발생하는

다양한 필요를 충족시켜 주는 단순한 도구일 뿐 그 이상도 이하도 아닌 것이다.

- 성균관대학교 2014학년도 모의 논술

이와 함께 기술과 사회의 상호 작용을 강조하는 입장이 있는데요. 아무래도 모든 것을 포용하는 이론은, 어떤 것도 선명하게 설명해 내지 못하는 애매성을 동반합니다. 다만 기술 결정론과 사회구성론이 지나치게 기술과 사회를 이분법적으로 파악하고 있다는 한계를 비판할 때 종종 등장합니다.

스마트폰은 개인은 물론 우리 사회를 분명히 변화시키고 있습니다. 심지어 스마트 폰 중독이 사회 문제로 대두되고 있습니다. 이른바 '나인족'은 그 전단계인데요. 나인족이란 집이나 직장은 물론 지하철 등 대중교통을 타고 갈 때에도 고개를 숙인 채 스마트폰만 들여다보는 사람들로, 숫자 9(나인)처럼 고개를 숙인 형상을 풍자하고 있습니다. 이 때문에 안전사고마저 우려되고, 실제로 적지 않은 사고가 납니다. 기술이 만들어 낸 필연적인 사회 병폐일까요. 아니면 이마저도 결국 자신의 선택일까요. 이를 해결하기 위해 경보 시스템이 달린 스마트폰이 개발되거나, 나인족에게 벌금을 부과하는 등의 제도 변화가 뒤따라야한다고 본다면 기술결정론에 가깝습니다. 이에 비해 빠른 소통을 염원하는 현대인의 욕구가 만들어 낸 풍경으로, 보다 성숙한 활용을 제안할 수도 있습니다. 인간이 능동적으로 모든 기술적 도구를 사용하는 과정에서 동반되는 일시적 부작용에 불과하다는 것이지요.

앞서 시계 기술이 서구 근대 사회를 재조직했다는 주장, 심하게 말하면 '인간이 표준화된 시간의 노예로 전락했다'는 주장이 있었는데요. 다음 지문은 꼭 그렇지만도 않다는 사실을 강조합니다. 그리고 기술의 주체적 활용이라는 측면에서 비약적으로 변모하는 정보기술 시대를 살아가는 현대인에게 적지 않은 시사점을 주고 있습니다.

이누이트족 언어에는 시간을 가리키는 말이 없다. 적어도 서구 산업사회에서 일반적으로 이해되고 있는 조직적 의미의 시간에 해당하는 낱말은 없다. 그렇다고 해서 이누이트족이 경제 활동과 시간의 관계를 이해하지 못한다는 뜻은 아니다. 전통적인 이누이트 사회에서는 시간의 생산적 이용을 찬양했고, 시간의 활용에 따라 성과가 결정되었다. (중략) 유럽문화의 요소들 가운데 오늘날의 이누이트 사회에 가장 큰 영향을 미친 것은, 기독교를 빼고는 아마도 시계일 것이다. 서양의 시간은 북극권의 이누이트 공동체에서는 문화적 변화의 상징이자 조달자였다. 평일, 수업 시간, 주말, 주일과 공휴일, 시간표에 따른 정기 항공편, 가게 문을 열고 닫는 시간, 생일, 기념일은 오늘날 이누이트족과 주변 환경의 관계나 그들 상호 간의 관계에 깊은 영향을 미치고 있다. 하지만 전래의 시간 개념도 새로운 시간 개념과 더불어 끈질기게 남아 있다. - 연세대학교 2003학년도 정시 논술, 움베르토 에코 외, '시간박물관 The Story of Time'

연세대학교 1998학년도 정시 논술, 장 레온 제롬, '피그말리온과 갈라테이아', 위키아트

정보 기술(IT)의 혁명시대

경계가 허물어진 삶,
그리고 SNS(Social Network Service)

인터넷 시대를 살아가는 개인과 사회에 대한 문제는 해마다 쏟아지고 있습니다. 더구나 스마트폰 시대가 열리고 웹상에서 인적 네트워크를 형성할 수 있게 해주는 SNS가 활성화되면서 이로 인한 순기능과 역기능을 둘러싼 논의는 그치지 않습니다. 인터넷 확산 초기에 그리스 신화 피그말리온 이야기를 출제한 문제가 인상적이었는데요. 이 신화가 현대 정보사회에 시사하는 문제의식을 설정하라는 요구였습니다.

피그말리온은 여자의 결점을 너무나도 많이 본 나머지 마침내 여성을 혐오하게 되어 평생 결혼하지 않고 지내기로 작정하였다. 그는 조각가였다. 어느 날 빼어난 솜씨로 상아 조각상을 만들었는데, 그 작품이 얼마나 아름다웠던지 살아 있는 어떤 여자도 따라갈 수 없을 정도였다. 이 조각상은 부끄러워서 움직이지 않을 뿐이지 정말 살아있다고 여겨질 만큼 완벽한 처녀의 모습이었다. 그의 기술이 완벽했기 때문에 그 조각상은 사람의 손으로 만든 것이 아니라, 자연이 만든 것처럼 보였다. 피그말리온은 자신의 작품에 감탄하여 자연의 창조물 같은 이 조각상과 사랑에 빠졌다. (중략)

조각상은 정말 살아 있었다! 손가락으로 핏줄을 가만히 누르니 들어가고, 손을 떼자 부드럽게 원상태로 다시 돌아왔다. 그리고 나서야 마침내 아프로디테의 숭배자인 피그말리온은 여신에게 감사의 말을 드리고, 살아 있는 처녀의 입술에 입맞추었다. 입맞춤을 받자 처녀는 얼굴을 붉혔다. 그리고 수줍은 듯이 눈을 뜨고는 사랑하는 이에게서 눈을 떼지 않았다. 아프로디테는 자신이 맺어준 이 한 쌍에게 축복을 내려주었다. 이들로부터 아들 파포스가 태어났는데, 아프로디테에게 바쳐진 도시 파포스의 이름은 여기에서 유래하였다.

- 연세대학교 1998학년도 정시 논술

당시는 영화 '접속'이 흥행하고 컴퓨터 채팅 이용자 수가 급속히 증가하고 있었지만, 서로 얼굴도 모른 채 모니터 상에서 친구를 맺는다는 것이 여전히 어색하던 시절입니다. 또 아이들 사이에서 '다마고찌'라는 게임이 유행했습니다. 기계 속에 사는 병아리에게 먹이를 주고, 잠을 재워가며 관계를 맺는다는 점에서 '아바타'의 전신이라고 보시면 됩니다. 피그말리온과 조각상의 관계는 결국 인터넷이라는 익명의 공간에서 만나는 피상적인 인간관계로 유추될 수 있는데요. 시공을 초월하는 인터넷상의 만남은 '가벼움'과 '일회성'의 의미로 많이 해석되었습니다. 요즘이야 페이스북으로도 깊은 우정을 맺지만, 여전히 직접적인 감정의 소통과 접촉 없는 만남은 공허하다는 인상을 지우기 어렵습니다. 더구나 익명이라는 인터넷의 특성은 사람들이 자신의 정체성을 감추면서 타인에 대한 관심, 특히 공격성을 증폭시킬 여지를 주게 됩니다. 다음 제시문은 당시 인터넷에 대한 부정적 평가를 함축하고 있습니다.

인터넷을 사용하는 두 마리 개를 그린 유명한 만화가 있다. 한 마리가 자판을 두

들기며 다른 개에게 말한다. "인터넷에서는 우리가 개라는 걸 아무도 모를 거야." 여기에 이런 말도 추가할 수 있지 않을까. "우리가 어디에 있는지도 모를 거야."

뉴욕에서 도쿄까지는 대략 14시간이 걸린다. 나는 비행기 안에서 40~50개에 달하는 전자 우편물을 작성하는 데 대부분의 시간을 보낸다. 내가 호텔에 도착해서 관리인에게 이것을 팩시밀리로 보내달라고 요청하는 상황을 그려 보라. 그 정도 양이면 단체 우편물로 간주될 것이다. 그러나 전자우편으로 이것을 보내면 아주 빠르고 손쉽게 처리할 수 있다. 나는 이것을 특정 장소가 아니라 특정인에게 보낸다. 사람들은 도쿄가 아니라 나에게 메시지를 보내는 것이다. (중략)

거기서 나는 여러 개의 이름으로 인터넷 안으로 들어갈 수 있다. 세계 곳곳에서 인터넷과 접속하는 것은 마술이다.

- 서강대학교 2006학년도 정시 논술, 니콜라스 네그로폰테, '디지털이다'

인터넷의 익명성과 더불어 디지털의 속도 또한 그리 우호적인 평가를 받지 못했습니다. 이는 마치 자동차와 도보 여행으로 비유될 수 있는데요. 자동차 여행에서 도로는 별로 중요하지 않고 결국 목적지만 관심거리에 불과합니다. 그런데 잠시 휴게실에서 다리를 땅에 디딘다면, 그 때부터 공간은 자신의 체험과 연결됩니다. 자동차로 지나온 길은 관찰의 대상이지만 휴게실의 어묵은 접촉을 통해 자신의 의식과 감성을 자극하고, 그래서 서너 시간 씩 달려온 길 중에서 유독 휴게소가 기억에 남게 됩니다. 디지털의 속도는 바로 이러한 체험을 통한 감정의 교류를 차단한다는 것이지요. 다음 작품은 이를 함축적으로 보여줍니다.

(중략)

5302아프리카에서종말론신자

924명집단자살20194056239

310294031204691030120222

01죽음은기계처럼정확하다01

10207310349201940392054

눈물이 나오질 않는다

전자상가에가서

업그레이드해야겠다

감정 칩을

- 서강대학교 2008학년도 수시 논술, 이원, '사이보그3-정비용 데이터B'

　우리는 인터넷을 통해 실시간으로 지구촌 뉴스를 접하고, 때로는 지진이나 테러 등으로 내가 한가로이 커피를 마시는 그 시간에 수많은 사람이 죽었다는 사실을 알게 됩니다. 그런데 그 순간 마시던 커피 잔을 내려놓고 조의를 표하지는 않습니다. 그들에게 감정이 이입될 여지가 없으니까요. 숱한 사람들이 고통과 통곡으로 몸부림쳤을 사건도 그냥 사망자 수치로만 스쳐 지나갈 뿐입니다. '프랑스, 이슬람 테러로 73명 사망', 이런 식이지요. 결국 인터넷상에서는 정서적 교류에 기초한 공동체의 소속감이 소멸되고, 개체의 정체성이 위장되면서 무책임하고 찰나적인 관계가 중심을 이룹니다. 인간관계의 단절과 파편화를 가속화시키는 것입니다.

　그렇지만 모든 세상사는 양면적입니다. 이에 대한 반론 또한 논술 지문의 한 축을 이루는데요. 사이버 공간 안에서 보여주는 개인의 다양한 정체성도 결국 현실 경험에 기초한 것이고, 개인은 현실의 제도적 속박에서 벗어난 다양한 '역할 놀이'를 통해 자아 정체성을 확대할 수 있다는 주장입니다. 인터넷 속에서 개인은 오히려 유연한 모습으로 시공을 초월한 만남을 실현하고, 이는 사회적 합의나 논의 가능성을 확대하는 열린 공간으로 변모한다는 것입니다. 아바타를 가꾸고, '뽀샤시(포토샵으로 처리한 사진)'를 전시하는 과정에서 다양한 욕구와 활동 에너지가 분출되고, 카톡을 통한 소소한 일상에 대한 수다 또한 서로의 삶을 공유하는 적극적인 방식이라는 것입니다. 따라서 새롭게 변모되는 인간관계와 공동체를 기존의 가치 속에서 해석하고 우려하는 것은, 이른바 '틀딱' 시각에 불과하다는 것이지요.

이에 대해 사람들이 실제로 접하는 현실 세계는 빠르게 움직이고 정신없이 바뀌는데, 이런 현실을 제대로 수용하려면 사람의 의식도 협소한 굴레를 벗어나 좀 더 발랄하고 유연하고 심지어는 찰나적으로 변할 필요가 있지 않느냐는 주장도 가능하다. 요즘 아이들은 재산에 기반을 둔 시장 경제의 특징이었던 내 것과 네 것이라는 전투적 관념이 좀 더 상호의존적이며 공존을 지향하는 현실 인식에 자리를 내주는, 네트워크와 연결성의 세계에서 자라고 있다. 이런 세계에서는 경쟁보다는 협조가 중시되고 시스템에 입각한 사고와 합의의 구축이 강조된다.

- 서강대학교 2007학년도 수시 논술, 제러미 리프킨, '유의 종말'

이제 자전거나 자동차, 드레스, 책이나 전기톱을 살 필요가 없다. 그 대신에 빌리거나 서로 바꾸어 쓰면 된다. 제품 수명의 95%의 기간 동안 한쪽 구석에 방치되어 있는 물건을 대량으로 소유하는 것은 현명한 생활태도라고 보기 어렵다. 이것은 가히 사회적 혁명이라 부를 만하다. "우리는 개인적 이익과 공동체의 이익을 조화시키면서, 공유 자원 또는 누구나 이용할 수 있는 자원으로부터 가치를 창조하는 방식을 다시 배우고 있다. 네트워크와 휴대전화의 시대가 도래하면서 효율성이 제고되고 사회적 연계가 심화되었다. 이를 통해 자동차, 자전거, 공간을 절약하는 기술 등 다양한 자산을 교환하거나 공유하는 일이 역사상 처음으로 가능하게 되었다." (중략)

도시의 자유로운 젊은이들에게 공유경제는 경쾌하게, 낭비하지 않고, 환경문제의 심각성을 인지하면서, 공동체와 교감하는 의식 있는 사람으로서 살아가는 삶의 방식이다. 그리고 많은 이들이 이렇게 살면서 더 나은 경제적 효용을 누리고 있다.

- 홍익대학교 2015학년도 수시 논술

　　스마트 폰 확산과 더불어 이와 관련된 문제도 조금씩 변형되었는데요. 우선 SNS에 대한 논의가 매년 쏟아지고 있습니다. SNS는 개인의 사적 영역과 공적 영역의 경계를 허물어트리면서 순기능과 역기능을 동시에 양산합니다. 사생활은 SNS에 올라가는 순간, 공적 영역으로 노출되는데요. 자신이 모르는 사이에 관찰의 대상이 되거나, 혹은 본래 의도와는 다르게 사적 정보가 활용되는 것입니다. 사람은 어떠한 정보가 주어졌을 때, 이를 해석하기 마련인데요. 이 과정에서 본래 게시자의 의도가 변질되는 것은 시간문제입니다. 디지털 정보는 사실 대부분 단편적입니다. 한 장의 사진으로 자신의 삶을 드러내고, 한 줄의 댓글로 생각을 표현하는 과정에서 그 정보는 본래의 맥락을 상실하거나, 심지어 왜곡됩니다. 대부분 정보는 본래의 맥락을 살리려는 취지보다는 결국 자신의 입맛에 맞게 새롭게 가공되고, 오리지널 정보를 대체해 버립니다. 이것이 정보망을 타고 불특정 다수에게 전파되면서 때로 예측 불가능한 사회적 반향을 불러 오는 것이지요. 자신의 정보에 대한 통제권이 상실되면서, 무한한 디지털 공간이 오히려 개인의 자유를 박탈하는 역설을 초래합니다. 심지어 표현의 자유라는 명목으로 아예 거짓 뉴스를 양산해 내기도 합니다. '1인 미디어' 시대가 무책임한 허구를 사실로 분장해서 끊임없이 확대 재생산하는 것입니다. 이들은 '언론 윤리' 등을 정면으로 어긴 사실을 오히려 훈장처럼 여기면서, 자기 현시의 욕망을 마음껏 발산하고, 이러한 자극성은 전염병처럼 대중을 파고들게 됩니다.

스테이시 스나이더는 교사가 되고 싶었다. 2006년 봄만 해도 25살 싱글맘이었던 스나이더는 대학 과정을 마치고 교사가 될 날만을 고대하고 있었다. 그런데 어느 날 그녀는 대학 당국의 호출을 받은 자리에서 '교사가 될 수 없다'는 통보를 받았다. 스나이더는 교사 자격에 필요한 모든 학점을 이수하고 시험을 통과했으며 교생 실습도 마치고 상도 여러 차례 받은 상태였다. 그런데도 그녀의 행실이 교사가 되기에는 부적절하므로 교사 자격증을 받을 수 없다는 것이었다. '행실'이라니? 해적 모자를 쓴 복장을 하고 플라스틱 컵으로 술을 마시는 인터넷 사진 한 장이 문제였다. 스테이시 스나이더는 이 사진을 그녀의 마이스페이스 웹페이지에 올려놓고, 친구들에게 보여주기 위해 '술 취한 해적'이라는 제목을 붙였었다. 스테이시의 교생 실습 학교에 근무하던 지나치게 열성적인 한 교사가 해당 사진은 학생들에게 교사가 술을 마시는 모습을 드러내 직업윤리에 어긋난다고 주장하며 대학 당국에 신고했던 것이다. 스테이시는 사진을 인터넷에서 내려 보려고 했다. 하지만 이미 엎질러진 물이었다. 그녀의 마이 스페이스 웹페이지는 검색엔진에 의해 이미 인덱싱되었고 사진은 웹 크롤러가 긁어가 보관 중이었다.

- 서강대학교 2017학년도 모의 논술, 빅토어 마이어 쇤베르거, '잊혀질 권리'

뉴욕타임즈는 미얀마에서 탈출해 인도 서벵골에 살고 있는 로힝야족 난민들이 힌두교도들의 SNS를 통한 독설과 위협으로 심한 고통을 받고 있다고 보도했다.

로힝야족 이슬람교 난민인 A씨는 인터뷰에서 "많은 단체들이 SNS를 통해 우리를 악마로 만들어 반(反) 로힝야 정서에 불을 지피고 있다"고 말했다. 그는 아내와 어린 자녀를 데리고 지난 15개월 동안 수차례 몰래 이사했는데, 힌두교도들에게 공격당하거나 체포되는 것이 두려웠기 때문이라고 했다. 그는 또 "로힝야 이슬람교도들은 식인풍습이 있고, 테러리스트나 반역자라는 거짓 주장이 SNS에 떠돌고 있으며, 인도를 떠나지 않으면 집을 불태우겠다고 협박하는 게시물들을 보았다"고 말했다.

뉴욕타임즈는 해당 SNS 업체가 수년간 미얀마의 로힝야족에 대한 악의적 게시물들을 무시했으며, 이것이 대량 학살, 강간, 마을 파괴로 이어진다는 실질적인 증거가 있음에도 이를 외면하고 있다고 보도했다. 로힝야족에 대한 혐오 발언과 거짓 선전은 그 후에도 SNS 사용자들을 통해 확산되고 있다.

- 성신여자대학교 2020학년도 수시 논술

이에 반해 어떤 정보는 대중 지향적인 디지털 문화의 속성으로 인해, 사적 문제가 사회적 공론을 환기시키는 역할도 수행합니다. 사회적 문제에 대중의 자각이 결합되면서 거대한 폭발력을 지녀, 민주주의 사회의 파수꾼이 되기도 한다는 것입니다. 인터넷이나 휴대 전화로 자신을 표현하고, 또 이렇게 표현된 타인을 받아들이는 디지털 세대에게는 이것이 마치 놀이와도 같은 일상이 되었습니다. 이때 상대방이 누구인지는 별반 중요하지 않으며, 서로의 목소리와 관심사를 공유하기만 한다면, 언제든 같이 섞이고 흩어지는 것입니다. '아랍의 봄'으로 불리는 중동의 민주화 운동도 SNS를 통해 연쇄적으로 파급되었는데요. 정부의 언론 통제로 기존 언론들이 사회 비판 기능을 상실한 가운데, 과일을 빼앗긴 한 노점상의 분신자살이 SNS로 전파되면서 결국 튀니지의 벤 알리 대통령을 자리에서 끌어

내렸지요. 노점상 모하메드 부아지지가 숨진 뒤, 꼭 열흘만이었습니다. 여기에 자극을 받은 이집트 시민이 거리로 뛰쳐나오면서 SNS가 주도한 시민 혁명의 불길이 중동 전역으로 번져 나갑니다. 한 점에 불과한 개인의 생각이 SNS를 통해 파도로 변하는 현상은 흔한 일이 되었습니다. 이제 개개인이 모두 '사회의 경찰'이 될 수 있다는 사실을 다음 사례가 보여줍니다.

> 2003년 3월 중국 광저우. 27세였던 쑨즈강은 경찰이 요구했던 임시 거주증과 신분증을 검문 당시 휴대하지 않았다는 이유로 구치소에 강제 수용된 지 3일 만에 구치소 진료소에서 사망했다. 공식적인 사인은 심장병이었지만, 부모의 승인 하에 이루어진 부검 결과 쑨즈강은 구타로 숨진 것으로 밝혀졌다. 그 후 쑨즈강의 부모는 정확한 진상 규명을 위해 진보언론지인 '남방도시보'에 사건 취재를 의뢰했다. 취재 결과, 감금 중 구타로 쑨즈강이 사망하게 되었다는 사실이 재확인되자, '남방도시보'는 이 사건의 전모를 그해 4월 25일 자로 보도하였다. 이것이 시작이었다. '남방도시보'에 보도된 후, 중국 전역의 언론과 뉴스 사이트들이 잇따라 이 사건을 재보도하기 시작했고, 인터넷 채팅과 게시판에도 중앙정부를 고발하는 네티즌들의 비난이 폭주하면서 이 사건은 삽시간에 이슈가 되어 중국 전역을 휩쓸었다. 결국 중앙정부는 자체 재조사를 실시했고, 그 결과 쑨즈강의 죽음에 연루된 12명은 유죄판결을 받았다. - 서강대학교 2017학년도 모의논술, 래리다이아몬드·마크플래트너, '소셜 미디어'

따라서 대학에서는 SNS가 지닌 '양날의 검'과 같은 속성을, 사적 영역과 공적 영역의 뒤섞임, 개개인의 정보에 대한 비판적이고 주체적인 수용, 정보의 무분별한 왜곡과 전파에 대한 경계 등을 화두로 제시합니다. 이와 함께 최근 들어 SNS가 사회적 쟁점에 대한 개인의 참여 기회를 확대하고, 민주적인 해법을 도출하는데 도움이 되는지 여부를 묻는 논의도 적지 않습니다. 우선 순기능으로는 사람들이 필요한 정보를 쉽사리 획득하고 사이버 공동체 등을 통해 이를 공유하면서 다양한 토론과 논의가 이어져 한 사안을 두고 숙고할 기회를 넓혔다는 것입니다. 또 여러 사람이 동시에 의견을 주고받는 SNS의 상호작용은 자신과 타자의 생각이 연쇄적으로 반응하면서 폭넓은 소통을 돕는다는 것입니다.

퍼트남(R. Putnam)은 협력적 행동을 통해 정치 과정의 참여와 효율을 증진시키는 사회 구성원 간의 신뢰와 네트워크의 일체를 '사회적 자본(social capital)'이라고 하였다. 사회 구성원 간의 신뢰는 그 적용 범위에 따라 가족 및 친구 등 자신과 가까운 지인에 대한 '특정화된 신뢰'와 낯선 사람에 대한 '일반화된 신뢰'로 세분될 수 있다. 특정화된 신뢰는 가까운 지인들에 대한 신뢰이기 때문에 폐쇄적인 특성을 지닌 반면, 일반화된 신뢰는 낯선 이들에 대한 신뢰로서 개방적인 특성을 지닌다. 네트워크도 신뢰와 더불어 사회적 자본을 구성하는 중요한 요소다. 네트워크는 사회적 관계의 성격에 따라 '결속형 네트워크'와 '연결형 네트워크'로 구분될 수 있다. 결속형 네트워크는 연줄과 인맥 등으로 맺어진 관계로, 동질적 속성을 지닌 개인들 간의 결속력이 강해서 본질적으로 배타적이고 내부지향적이다.

반면, 구성원들 간의 결속력이 약할지라도 공공선을 지향하는 사회단체나 자선단체와 같은 연결형 네트워크는 다양한 의견 및 태도에 대해 포용적이고 외부지향적인 특성을 가진다. 그래서 결속형 네트워크는 사회적 갈등을 심화시킬 위험이 있는 반면, 연결형 네트워크는 참여와 연대의 토대를 제공할 수 있다.

- 인하대학교 2020학년도 수시 논술, 고등학교 사회·문화, '생활과 윤리'

이에 비해 유튜브나 페이스 북 등에서 제공하는 '이용자 맞춤형 정보' 등의 인공 지능이 이용자의 편식 경향을 더욱 강화시킨다는 주장도 만만치 않습니다. 자신의 입맛에 맞게 걸러진 정보만 접하고 정치, 사회적 이슈 등에 있어서는 자신의 고정관념과 편견을 강화하는 수단으로 SNS를 이용한다는 것입니다. 온라인 트위터에는 팔로우 기능과 상반된 블럭 기능이 있는데요. 자기가 보기 싫은 사람의 글은 아예 차단해 버립니다. 결국 SNS 네트워크도 비슷한 생각이나 취향을 가진 사람들끼리의 결속을 강화할 뿐, 본질적인 개방성은 없다는 것입니다. 더구나 개인은 집단에 속하는 순간, 버림받기보다는 결속이 강화되기를 원하고 이는 상호간에 상승효과를 초래합니다. 어떤 가수의 노래가 괜찮다고 생각해서 팬클럽에 들어가게 된다면 점점 열광적인 팬으로 거듭나고, 종국에는 다른 가수들의 노래를 깎아내리는데 주저하지 않습니다. 다음 늑대의 이야기는 적절한 시사점을 주고 있습니다.

늑대들은 사냥을 시작하기 전 저녁에, 그리고 아침을 여는 준비행동으로 이른 새벽에 울부짖는 소리를 낸다. "늑대에게 다른 늑대의 울부짖음은 남이 하는 행동을 그대로 따라하고 싶게 만드는 강력한 자극제이다. 그러나 항상 어김없이 그렇게 되지는 않는다. 예컨대 집단 내에서 서열이 낮은 늑대가 낸 최초의 울부짖음은 서열이 높은 늑대의 울부짖음보다 효과가 떨어진다." 학대 받는 늑대와 추방된 늑대, 배척당한 늑대는 그 울부짖음에서 제외된다. 이들이 처한 상황의 유사점을 보면 고립되지 않는 것이 얼마나 중요한지, 미국의 늑대 연구가 아돌프 뮤리가 '우호적 어울림'이라고 일컬었던 것, 다시 말해서 합창으로 울부짖는 무리에 한 몫 낄 수 있다는 것이 얼마나 중요한지를 보여준다. (중략) "울부짖음이 무리에 속한 늑대들로 제한되는 것은 그 의식을 통해 무리의 결속이 강화된다는 의미를 지닌다. 다시 말해서 서로 우호적이고 협조적인 느낌을 확인하는 것이다. 또 울부짖음의 타이밍 역시 서로 간의 행동을 조화시키고 다음에 이어질 활동을 동시에 개시하도록 하는 역할을 한다. 잠에서 막 깨어난 늑대들 사이에 공동 작업을 용이하게 하는 분위기가 재빨리 무르익는다."

- 숭실대학교 2017학년도 모의 논술

미국 정치인텔레비전이 보급된 이후 오랫동안 미국인은 세 곳의 거대 방송국과 세 곳의 주요 신문을 통해 뉴스를 얻었다. (중략) 요즘 대부분의 의원은 페이스북이나 트위터 같은 소셜 미디어를 이용하는데, 민주당원이건 공화당원이건 상관없이 모두 자신의 견해에 부합하는 뉴스를 게시하고 다른 견해를 올리는 사람을 친구 명단에서 지워 버린다. 또한 시시때때로 페이스북을 점검하여 자신의 견해에 동조하는 온라인 뉴스를 확인하고, 그 뉴스 전달자를 친구로 추가한다. 결국 자신과 견해를 공유하는 친구들만 늘어나고, 자신에게는 여과된 정보만 전달된다. 그 결과 정치가들도 다른 사람들이 상대 정당을 지지하는 이유를 알지 못하고, 유권자들도 내가 선택한 의원이 나와 다른 의견을 가진 의원들과는 타협하지 않기를 바라게 된다. - 인하대학교 2020 학년도 수시 논술

끝으로 연세대는 최근 인터넷이나 SNS상에서 끊임없이 글쓰기를 하는데, 이러한 '제2의 구술성', 즉 구술적 성격의 글쓰기가 사람들이 추상적이고 일반적인 사유를 확장하는데 도움을 주는지 여부를 물었습니다. 현대인들은 요즘 매일 작가처럼 글을 써대고는 합니다. 카톡이든 온라인상에 댓글이든요. 이러한 글들이 지적 사유를 키우는데 도움이 되는지 성찰해보자는 것입니다. 저는 인터넷상에서 뉴스를 보면, 대부분 댓글도 함께 보는데요. 어떤 댓글은 신선하고 참신해서 기사 못지않은 감동을 주기도

합니다. 그리고 추천을 한번 누르는 순간에, 저도 늑대의 울부짖음이라는 무리 속에 끼어드는 것입니다. 그런데 사실 어떠한 댓글도 오랫동안 기억에 남지는 않습니다. 카톡 대화는 말할 필요도 없고요. 그럼에도 불구하고 카톡에 대화 글을 올릴 때에는 말할 때보다는 한 번 더 생각을 가다듬기도 합니다. 단체방에서 동시적인 대화가 가능한 인터넷의 글쓰기는 말인지, 글인지, 정말 애매한데요. 이에 대한 논의를 출제한 것입니다.

이 단원 문제는 지난 20년 동안 급속하게 변모했습니다, 인터넷에 스마트폰까지 가세하면서 일어난 현상일 것입니다. 인터넷상에서 맺는 인간관계는 과연 본질적일 수 있느냐는 초기 문제는 이제 촌스러운 느낌마저 줄 정도입니다.

인간 지식의 출발점인 언어는 사유를 확대하고,
고도의 추상적 세계를 열어주지만,
그 제약성과 편견으로 인해
오히려 사유를 제한하거나 때로 억압하는
이중성을 지닌다고 할 수 있습니다.
그렇다면 언어로 체계화된 인간 지식도
완전성과는 거리가 멀어질 수밖에 없습니다.

VI

언어와 지식, 그리고 역사

'지도는 영토가 아니다', 알프레트 코지프스키

22 인간 지식의 출발

언어와 사고

"사과 본 적 있어?"

"네, 어제 먹었는데요."

"과일은?"

"냉장고에서 매일 보는데요?"

"사랑은 본적 있나?"

"아뇨, 그것은 보거나 만질 수 없는 거 아닌가요?"

"과일은 어떻게 생겼지?"

"… …"

학생의 세 가지 답변 중에 한 가지는 오류입니다. 바로 두 번째 답변이
지요. 우리는 과일을 보았다고 믿지만 사실은 개별적인 귤이나 사과, 배,
포도를 막연히 뒤섞어 연상할 뿐입니다. 그래서 과일에 대한 관념은 사람
마다 다를 수밖에 없습니다. 쉽게 말하면 과일은 보거나 만질 수 없는 추
상명사이고요. 조금 어렵게 설명하면 여러 가지 사물이나 개념에서 공통
되는 특성이나 속성 따위를 추출하여 이를 범주화해서 이름붙인 것이지

요. 그 대표적인 사례가 숫자입니다. 0, -1, -2는 절대로 볼 수 없습니다. 아무 것도 없는 무(無)의 세계를 '0'이라는 기호를 통해 존재의 세계로 끌어들였다는 사실은 언어의 추상화, 개념화 기능을 단적으로 보여줍니다. 사랑, 자비, 인의, 이런 것들은 결국 인간의 사고에 영향을 미치고, 눈에 보이는 세계 이상의 추상 세계를 사유하는 힘을 부여합니다. 철학자 하이데거가 '언어는 존재의 집'이라고 정의한 것도 이 때문입니다. 이와 함께 언어는 인간 사고와 행동방식에도 필연적인 영향을 주게 됩니다. 존칭어가 발달된 한국어는 자연스럽게 연장자나 선배를 향한 존대로 이어집니다.

따라서 언어는 인간의 사유를 확장시키고, 사색으로 이끌어주면서 동시에 인간의 사고와 행동에 영향을 미치는 막대한 역할을 하게 됩니다. 명심보감에서 "배우지 못한 자는 밤길을 걷는 것과 같다(人生不學 如冥冥夜行·인생불학 여명명야행)."라고 말한 것도 이 같은 맥락일 것입니다. 이 때 배움이란 결국 문자를 통해 수행됩니다. 다음 글귀들은 이러한 언어의 중요성을 압축해서 전달하고 있습니다.

말이 없으면 이성도 없고, 따라서 세계도 존재하지 않는다, 하만
언어의 다름이란 소리나 기호의 다름이 아니라 세계관 자체의 다름이다, 훔볼트
인간의 사고는 언어에서, 언어로써 그리고 언어를 통해서 형성되는 것이다, 헤르더
언어 기호의 도움 없이는 생각을 똑똑히 그리고 정확하게 인식할 수 없다, 소쉬르
동일한 대상도 언어 배경이 다르면 달리 인식된다, 사피어-워프의 가설

그런데 벨기에의 초현실주의 화가 르네 마그리트는 작품 "이것은 파이프가 아니다"에서 전혀 다른 견해를 피력합니다. 연세대는 2003학년도에 '멀쩡한 파이프'를 그려놓고, "이것은 파이프가 아니다"라고 제목을 걸어

놓은 마그리트의 작품을 통해 그림이나 문자는 모두 현실을 표상해서 전달하는 상징적인 기호인 만큼 '실재'와 '기호'를 분리해서, 그 상관성에 대해 논하라는 문제를 출제합니다. 다음 제시문도 마찬가지입니다.

> **장미는 이유 없이 핀다. 그러나 우리는 장미를 있는 그대로 보지 못하고 장미를 파악하려고만 한다. 사람들이 보든 안 보든 호젓하게 빛을 발하고 있는 장미는 우리의 시야에서 사라져 버리고 해체되어 버린다.**
>
> - 서울시립대학교 2013학년도 수시 논술

르네 마그리트는 이 작품을 통해, 표면적으로 "이것은 파이프를 그려놓은 그림일 뿐 실제 파이프는 아니다"라고 말하지만 그 속내는 더 복잡합니다. 이 그림속의 파이프로 담배를 피울 수 없다는 사실은 분명합니다. 우리는 그림이나 문자 등의 상징체계에 갇혀서 사물이 지닌 다양하고 역동적인 모습을 살피지 못하고, 습관적이고 관습적인 이해로 정작 사물의 실재는 외면한다는 것이지요. '장미' 역시 우리가 지식으로 정의한 개념의 틀 속에 가두면, 개별 장미의 향기와 자태를 보지 못한다는 사실과 연결될 수 있습니다. 이에 대한 현실 사례는 무한합니다. 주변으로 눈을 돌려 흰색으로 보이는 사물 두 가지를 한번 맞붙여 놓아 보면 알 수 있습니다. '흰색'으로 묶인 그 두 색은 실상은 다른 색입니다. 흰색에도 수천수만 가지의 개별성이 있는데, 우리는 그냥 편리하게 모두 '흰색'이라고 '퉁'치면서 속편하게 살고 있는 것입니다. 연속적이고 무한한 세계를 언어라는 한정된 도구로 분절화 시키면서 벌어지는 일입니다. 흔히 강을 상류, 중류, 하류로 나누고, 하루를 밤과 낮으로 나누지만 결국 그 경계는 모호할 뿐입니다. 하루 24시간을 분과 초, 그리고 그 초를 다시 수만 개 단위로 나눈다고 해도, 흘러가는 시간을 모두 기호 속에 담기란 불가능할 것입니다.

더구나 이렇게 분절된 언어는 다양한 사회 구조와 맞물려서 인간 사고를 제약하고 심지어 편견을 만들어내기까지 하는데요. 조선시대에 '안사람'과 '바깥양반'이라는 용어는 자연스럽게 남녀의 사회적 역할 구분으로 이어졌습니다. 여자는 "안에서 살림이나 잘해라"라는 식이지요. 흔히 '강남과 강북'은 서울의 빈부격차를 상징하는 용어이고, '강남 스타일'은 '멋스러움과 여유'로 둔갑해서 히트곡이 되었지만, 강남에도 끼니를 잇지 못해 생을 포기하는 사람들은 엄연히 실재합니다. 이러한 입장은 다음과 같은 말로 정리할 수 있습니다.

> 문자로 적힌 것은 세상 사람들의 잡담에 불과하다 - 후설
>
> 도(道)를 도라 말하면 도가 아니다 - 노자
>
> 지도는 영토가 아니다 - 알프레트 코지프스키
>
> 손가락은 달을 가리키기 위한 것이니, 달을 인식한 뒤에는 손가락의 혼란을 벗어나라
> - 불교 선사
>
> 책은 옛 사람의 찌꺼기에 불과하다 - 제나라 환공과 목수 윤편의 대화

이쯤 되면 조각조각 끊어진 언어에 덕지덕지 묻어 있는 무한한 단순성과 편견의 그늘 등이 진정한 소통을 가로막는다는 주장이 가능합니다. 르네 마그리트는 아마 이런 이야기, 모든 사물을 개념의 틀에 가두지 말고 그 자체를 보라는 메시지를 한 컷의 그림 속에 담아 전달하려고 했을 것입니다. 그런데 르네 마그리트의 작품은 잘 알려진 석가모니와 제자 가섭의 일화에서 비롯된 염화미소(拈華微笑)의 서양판에 불과합니다.

(1) 세존(世尊, 석가모니)께서 영산의 법상에 오르시니 하늘에서 꽃비가 내렸다. 아무 말씀도 하시지 않고, 꽃잎 하나를 들어 대중에게 보이시자 다들 의아하게 생각하고 좌우를 둘러보는데 오직 한 사람, 가섭(迦葉)존자만이 혼자 조용히 미소를 지었다. - 불교고사(佛敎故事)

(2) 통발은 물고기를 잡기 위한 도구이다. 따라서 물고기를 잡고나면 통발은 잊어버린다. 토끼그물은 토끼를 잡기 위한 도구이다. 따라서 토끼를 잡고나면 토끼그물은 잊어버린다. 말은 뜻을 잡기 위한 도구이다. 따라서 뜻을 잡고나면 말은 잊어버린다. 나는 말을 잊을 수 있는 사람을 만나 함께 이야기하고 싶구나. - 장자(莊子)

(3) 서양의 의사소통은 전통적으로 언어에 대한 절대 의존을 전제로 해왔다. 언어가 모든 것을 다 표현할 수 있고, 또 언어를 통해 상대방에게 자신의 생각을 정확하면서도 객관적으로 전달할 수 있다고 믿어 왔다. 이는 언어가 사물이나 사고를 재구성할 수 있다는 믿음 때문이다.   - 김정탁, '老莊.孔孟 그리고 맥루한까지'

- 서강대학교 2007학년도 수시 논술

(1)번 지문에서 가섭만이 홀로 미소 지은 이유는 무엇일까요. 아마 석가모니의 깊은 마음을, 마음으로 헤아린 이심전심(以心傳心)이었을 것입니다. 한마디의 대화도 나누지 않고 그 진의를 헤아리는 것, 이것이 본질적인 소통이 될 수 있다는 것이지요. 그런데 (2)번 지문에서 말하듯이 우리는 어쩔 수 없이 언어로 이를 풀어내서 이해해야 합니다. 진흙탕 속에서도 아름다운 자태와 그윽한 향기를 머금고 피어나는 연꽃처럼, 제자들도 거친 속세에서 스스로 부단히 정진한다면 깨달음을 이룰 수 있다는 정도입니다. 이 지문이 언어의 도구적 기능을 지적한다면 (3)번 지문은 더 적극적입니다. 언어에 대한 절대적 신뢰를 토대로, 이것이 사고를 재구성한다

는 믿음을 보여줍니다. 그런데 말을 아끼고 때로 침묵으로 소통하는 방식은 인디언에게도 예외가 아니었던 모양입니다. 설마 인종적인 특성은 아니겠지요.

미국 애리조나 주 투손 시의 인디언 축제에 참가하였을 때의 일이다. 인디언 노인들과 흥미 있는 대화를 주고받으리라 기대하였던 나는 뜻밖의 일을 경험하였다. (중략) 훗날에야 나는 그것이 인디언 부족들의 전통인 것을 알았다. 누군가를 만나면 그들은 대화를 시작하기 전에 그렇게 한동안 침묵으로 상대방을 느끼는 것이다. 자기 앞에 있는 존재를 가장 잘 느끼는 방법은 말을 통한 것이 아니라 침묵을 통한 것임을 그들은 깨닫고 있었다. 라코타 족 인디언인 '서 있는 곰'은 말한다. "침묵은 라코타 족에게 의미 깊은 것이었다. 라코타 족은 대화를 시작할 때 잠시 침묵의 시간을 갖는 것을 진정한 예의로 알았다. '말 이전에 침묵이 먼저'라는 것을 잊지 않았던 것이다. 슬픈 일이 닥쳤거나, 누가 병에 걸렸거나, 또는 누가 죽었을 때 나의 부족은 먼저 침묵하는 것을 잊지 않았다. 어떤 불행 속에서도 침묵하는 마음을 잃지 않았다." - 중앙대학교 2016학년도 수시 논술

이와 달리 조지 오웰은 소설 '1984'에서 언어가 사고에 미치는 강력한 영향력을 문학으로 구현해 내는데요. 소설은 독재자인 '빅브라더'가 지배하는 미래 시대, 1984년을 무대로 전개됩니다. 그런데 이 독재자는 통치하는 국민들이 똑똑해지면 곤란하다는 생각에서 독특한 시도를 합니다. 바로, 언어를 단순화해서 생각마저 단순화한다는 것입니다. 이를테면 '독재'라는 말을 없애면, 사람들이 독재에 대한 사유를 멈춘다는 식입니다.

"말을 없앤다는 건 멋있는 일이야. 물론 버려야 할 말은 동사와 형용사에 많지

만 명사도 수백 개는 되지. 없애는 건 동의어 뿐이 아니지. 반대어도 있어. 도대체 단어란 게 단순히 다른 말의 반대어라면 무슨 의미가 있겠는가? 한 낱말에는 그 자체 내에 반대어가 포함되어 있네. 예를 들어 '좋다(good)'라는 말을 생각해 보게. '좋다'라는 말이 있으면 구태여 '나쁘다(bad)'는 말이 필요하겠나? '안 좋다(ungood)'로 충분하지. 아니, 오히려 그게 다른 말보다 더 정확한 반대어라 할 수 있지. '좋다'는 것을 더욱 강조하고 싶을 때, '훌륭하다(excellent)'느니, '멋있다(splendid)'느니 하는 따위의 말들이 필요할까? '더 좋다(plusgood)'라는 말이면 충분하고 그걸 더욱 강조하고 싶으면 '더욱더 좋다(doubleplusgood)'로 하면 되지. 물론 이런 형태의 단어를 이미 쓰고는 있지만 신어사전 최종판에서는 이 말 한 마디만 남을 걸세. 결국 좋다는 것과 나쁘다는 것에 대한 모든 개념은 다만 여섯 개의 낱말로, 실제로는 단 하나의 낱말로 표현되는 거지. 멋있지 않나, 윈스턴? 물론 이건 애초에 대형(Big Brother)의 아이디어야."

그는 군더더기를 덧붙였다. 대형에 관한 얘기가 나오자 윈스턴의 얼굴에는 흥미 없다는 듯한 표정이 스쳤다. 그러나 사임은 윈스턴이 신어에 대한 열의가 없는 것으로 재빨리 알아차렸다.

"윈스턴, 자네는 신어를 제대로 이해하지 못하고 있군." 사임은 맥이 빠져 말했다.

- 건국대학교 2014학년도 수시 논술

사실 이 부분은 건국대 뿐 아니라, 중앙대 고려대 등에서도 출제했습니다. 문제는 돌고 도니까요. 결국 인간 지식의 출발점인 언어는 사유를 확대하고, 고도의 추상적 세계를 열어주지만, 그 제약성과 편견으로 인해 오히려 사유를 제한하거나 때로 억압하는 이중성을 지닌다고 요약할 수 있습니다. 그렇다면 언어로 체계화된 인간 지식도 완전성과는 거리가 멀어질 수밖에 없습니다. 인문학은 그 출발점부터 정답이 없다는 사실을 확인할 수 있습니다. 이제 이러한 언어의 특성을 함축한 두 개의 시문학을 보고, 서강대에서 출제한 지문으로 논의를 매듭 하겠습니다.

(1) 꽃, 김춘수

내가 그의 이름을 불러 주기 전에는
그는 다만
하나의 몸짓에 지나지 않았다.

내가 그의 이름을 불러 주었을 때
그는 나에게로 와서
꽃이 되었다.

내가 그의 이름을 불러 준 것처럼
나의 이 빛깔과 향기에 알맞은
누가 나의 이름을 불러 다오.
그에게로 가서 나도
그의 꽃이 되고 싶다. (중략)

(2) 새, 박남수

하늘에 깔아 논
바람의 여울터에서나
속삭이듯 서걱이는
나무의 그늘에서나, 새는 노래한다.
그것이 노래인 줄도 모르면서 (중략)

포수는 한 덩이 납으로

그 순수(純粹)를 겨냥하지만

매양 쏘는 것은

피에 젖은 한 마리 상(傷)한 새에 지나지 않는다.

두 번째 시문학 '새'에 대한 설명을 간략하게 덧붙이면, 시인은 자연의 순수를 문자로 노래하지만 결국 그 작품은 딱딱한 활자조각(피에 젖은 상한 새)에 불과하다 정도로 이해할 수 있습니다. (1)과 (2)의 화자는 결국 언어의 본질에 대한 상반된 인식을 하고 있다고 풀이해도 별 무리가 없을 것입니다. 그리고 다음 서강대 제시문은 언어가 지닌 의의와 한계라는 측면보다는 언어가 사고에 미치는 영향력의 정도를 묻고 있습니다. (1)번 지문이 언어의 강력한 영향력에 주목하고 있다면, (2)번 지문은 언어는 사유의 일부분에 불과하며, 숱한 제약성을 지닌다는 정도로 이해할 수 있습니다. 각각 시문학 (1)번과 (2)번의 주제와 맥락을 같이한다고 보아도 무리는 없을 것입니다. 어떤 입장이 더 마음에 들 수는 있지만, 어떤 입장이 반드시 옳다고는 말할 수 없다는 특성으로 보면, 인문학은 예술 작품을 닮아 있습니다.

(1) 사람들이 의식하고 있지 않은 언어의 강제력이 사람들의 경험과 사고방식을 규정한다. 즉 동일한 현상이라도 언어 배경이 다르면 인식의 방법도 달라진다는 것이다. 예를 들어 우리말에서는 초록색, 청색, 남색을 '푸르다'라고 한다. '푸른 숲', '푸른 바다', '푸른 하늘' 등의 표현의 예에서 알 수 있듯이 우리는 다른 색에 대해 한 가지 말을 쓰고 있다. 사피어와 워프에 따른다면 이러한 현상 때문에 우리는 숲, 바다, 하늘을 한 가지 색깔로 생각하게 된다.

(2) 언어구조를 분석하는 것은 여타의 지적 구조를 이해하는 데 도움이 됩니다. 우리가 언어로만 생각하는지 여부에 대해서 어떤 과학적 증거가 있다고 보지 않습니다. 그러나 곰곰이 생각해 보면 반드시 언어로만 생각하지 않는다는 게 상당히 분명합니다. 우리는 시각 이미지에 의존하거나 상황과 사건들을 수단으로 하여, 그 밖의 여러 가지를 매개로 하여 생각하는 것입니다. 더구나 생각하는 내용이 무엇인지 말로 표현할 수조차 없는 경우가 허다합니다. 설사 그것을 말로 표현할 수 있어도 발설한 다음 그것이 우리가 뜻했던 바가 아닌, 별도의 어떤 것임을 뒤늦게 알았던 경험을 모두들 갖고 있습니다.

- 노엄 촘스키, '촘스키, 사상의 향연', - 서강대학교 2020학년도 수시 논술

모든 자동차 바퀴는 4개다?

23 지식의 형성 과정

- 연역과 귀납, 이론은 '시간의 딸'

푸네스는 포도나무에 달려 있는 모든 잎사귀들과 가지들과 포도 알들의 수까지도 지각하는 사람이었다. 그는 1882년 4월 30일 새벽 남쪽 하늘에 떠 있던 구름들의 형태를 기억하고 있었다. 그는 기억 속에서 그 구름들, 단 한 차례 본 스페인식 장정의 어떤 책에 있던 줄무늬들, 그리고 께브라초 무장 항쟁이 일어나기 전날 밤 네그로 강에서 노가 일으킨 물결들의 모양을 비교할 수 있었다. 그는 내게 말했다.

"나 혼자서 가지고 있는 기억이 세계가 생긴 이래 모든 사람들이 가졌을 법한 기억보다 많을 거예요."

그는 또한 말했다.

"나의 기억력은 마치 쓰레기 하치장과도 같지요."

푸네스의 풍요로운 세계에는 단지 거의 즉각적으로 인지되는 세부적인 것들밖에 없었다.

- 고려대학교 2003학년도 수시 논술, 보르헤스, '기억의 천재 푸네스'

푸네스는 왜 자신의 면밀한 기억력이 쓰레기 하치장과도 같다고 했을까요. 그는 분명 2001년 1월의 모든 기후 변화를 초 단위로 외울 수 있을 것입니다. 하지만 아무리 많은 개별 정보를 머릿속에 담아두더라도, 이를 묶어내지 못한다면 이는 잡다한 정보의 나열일 뿐, 지식으로 체계화되지 못합니다. "우리나라의 1월은 춥다"라는 일반화된 명제가 수천, 수만 개의 개별 기상 정보보다 더 큰 의미를 지닌다는 것입니다. 그래야 두터운 옷을 준비할 수 있으니까요.

과학적 지식의 생성 과정에서 논리 실증주의는 경험적 검증을 기준으로 진술의 의미를 판가름 하는데요. 따라서 가치 판단이나 초자연적 진술은 과학 명제에서 배제됩니다. "서울대학교는 좋은 대학교이다"라든가, "조상님의 음덕으로 대학에 합격할 수 있었다"라는 진술 등이 여기에 해당됩니다. 따라서 모든 과학적 진술은 관찰과 경험에서 시작됩니다. 지나가는 자동차를 보고, '자동차 바퀴가 4개'라고 묶거나, '학교에 가는 시간은 자동차로 30여 분 정도 걸린다'라는 일반화된 진술 등 우리는 숱하게 많은 무의식적 경험을 언어를 통한 관념적 진술로 체계화해서 살아갑니다. 결국 인간 지식은 끊임없는 일반화 과정을 통해 확보된다고 볼 수 있습니다. 그런데 자동차 바퀴가 4개라든가, 학교까지 30여분이 걸린다는 진술은 실상은 가설에 불과합니다. 그렇다고 치자는 것이지요. 이것이 엄밀한 과학적 객관성을 얻기 위해서는 부단히 검증되어야 하고, 특히 반증되어서는 안 됩니다. 그런데 자동차 바퀴가 4개라는 사실은 이미 사진에서 반증된 만큼 "어떤 자동차 바퀴는 4개다"라는 진술로 수정되어야 합니다. 또 금요일은 유난히 차가 막힌다면 "학교까지 30분 걸린다"는 진술도 수정됩니다. 이날은 조금 서둘러 학교로 가겠지요. 결국 인간의 지식은 어떤 새롭거나 의문스런 현상에 직면했을 때, 현재의 상황과 유사한 다른 경험이나 지식에 의존해서 잠정적인 설명, 즉 귀납을 통한 가설을 만들어내고 다른 상황을 통해 연역의 방법으로 검증, 반증되면서 일반적 원칙을 만들어냅니다. 이렇게 일정한 귀납과 연역을 통해 만들어진 진술은 이제 현상에 대한 적용 및 예측력을 지니게 되는데, 적용과 예측 과정에서 오류에 빠지면 폐기되거나 수정되는 과정을 부단히 거치게 됩니다. 연역은 대 전제가 참이라면, 결론도 참이 되는 논리적 장치입니다.

그랜저 바퀴는 4개다.
BMW 바퀴는 4개다.
…
모든 자동차 바퀴는 4개다.(귀납적 가설)
소나타는 자동차이다.
소나타 바퀴는 4개일 것이다.(연역적 검증)

이런 식으로 순환 반복되는데요. 연역 과정은 실험이나 관찰 등을 순환적으로 반복하면서 전개되는 만큼 논리 실증주의는 과학과 비과학을 걸러내는 기준으로 검증 가능성을 설정하고 있습니다. "모든 사람은 죽는다"는 명제가 인류 역사 속에서 가장 많은 검증을 거친 명제일 것입니다. 그렇다고 이것이 영원한 진리라는 것은 아닙니다. '죽지 않는 사람이 나타나지 않는 한'이라는 단서가 붙는, 잠정적인 진리인 셈이지요. '진리는 시간의 딸'이라는 표현 정도로 압축할 수 있습니다. 대학에서는 이러한 진리의 생성 과정을 묻기도 하는데요. 다음 두 개의 문제는 이 같은 과정을 잘 보여줍니다. 서울대 문제가 추상적인 언명들이 섞여 있어서 다소 까다롭게 느껴지지만 문제의 본질은 유사합니다.

1. 뢴트겐은 진공방전에 관한 실험을 하는 도중에 몇 미터 떨어진 형광 스크린이 빛나고 있는 것을 우연히 관찰하였고 이것이 X선을 발견하게 된 결정적 계기가 되었다.

2. 케큘레는 탄소 원자 6개와 수소 원자 6개로 구성된 벤젠의 분자 구조를 알아내는 일에 골몰하다가 깜박 잠이 들었는데, 여섯 마리의 뱀이 서로 꼬리를 물고 빙빙 도는 꿈을 꾸었다. 그는 꿈에서 깨어난 후 벤젠의 분자 구조가 꿈속의 뱀처럼 고리 모양으로 되어 있으리라는 가설을 세웠으며, 그 후 이 가설은 사실로 증명되었다.

3. 베게너는 병원에 오래 입원해 있었는데, 병실의 한 쪽 벽에 걸려 있는 세계 지도를 보다가 우연하게도 남아메리카의 동쪽선과 아프리카의 서쪽 해안선 모양이 매우 비슷하다는 사실을 발견하였다. 이러한 발견은 대륙 이동설을 제안하는 데 결정적 계기가 되었다.

4. 라이트 형제는 장기간에 걸쳐 실패와 시행착오를 거듭한 끝에 비행기를 발명하였다.

5. 다윈은 자신의 연구 자료를 수집하기 위하여 작은 범선을 타고 온갖 고난을 겪으면서 5년간의 세계 일주를 감행하였다. 여기서 얻어진 수많은 자료들을 토대로 그는 진화론을 제창하였다.

6. 뉴턴이 발견한 만유인력의 법칙은 행성 운행에 관한 케플러의 법칙을 토대로 만들어진 것이다. 이 케플러의 법칙은 고대 바빌로니아 시대부터 축적된 행성의 운행에 관한 관측 자료를 분석, 종합하여 얻어진 것이었다.

- 이화여자대학교 1997학년도 정시 논술

ⓐ 큰 의심을 품지 않는 사람은 큰 깨달음이 없다. 의심나는 것을 쌓아놓고 모호하게 두는 것은 캐묻고 따지는 것만 못하다. (홍대용, 담헌집)

ⓑ 아는 것을 안다고 하고 알지 못하는 것을 알지 못한다고 하는 것, 이것이 바로 아는 것이다. (공자, 논어)

ⓒ 사실인 것은 존재하지 않는다. 존재하는 것은 해석뿐이다. (F. W. 니체, 권력에의 의지)

ⓓ 진리를 발견하는 것보다도 오류를 인식하는 편이 훨씬 쉽다. 오류는 표면에 나타나 있으므로 쉽게 정리할 수 있지만, 진리는 깊은 곳에 숨겨져 있으므로 그것을 탐구하는 일이 누구에게나 가능한 것은 아니다. (J. W. 괴테, 잠언과 성찰)

ⓔ 어떠한 사람의 지식도 그 사람의 경험을 초월하는 것은 아니다. (J. 로크, 인간 오성론)

- 서울대학교 2005학년도 정시 논술

주어진 사례들은 ▲ 관찰하라.(1), ⓔ ▲ 가설을 수립하라.(2),(3),ⓒ ▲ 검증하고 반증하라.(4), (5),ⓐ, ⓓ ▲ 가설을 종합, 법칙화하라. 이 때 기존의 진리에 갇히지 마라. (6), ⓑ

이와 같은 과학적 진술의 성격을 충실하게 보여줍니다. 이러한 과정을 거친 진술이 과학적 진리의 지위를 부여받고, 인간과 자연 등 세계를 설명하는 원칙이 된다는 것입니다. 그렇다면 훌륭한 과학자는 어떤 사람일까라는 의문이 제기될 수 있을 것입니다. 아마 푸네스는 이와는 거리가 멀 것인데요. 그는 현상을 종합해서 가설을 수립하는 능력이 없기 때문입니다. 끊임없이 현상을 관찰해서 기억하는데 머문다는 것입니다. 따라서 가설 수립의 단계에서 과학자의 직관과 창의성이 결정적인 역할을 하게 됩니다.

과학의 발전은 과학자들의 피나는 노력과 지속적 연구에 의해 이루어져 왔다. 자신의 실험에 몰두하여 며칠씩이나 침식을 잊었던 에디슨이 "천재란 1%의 영감과 99%의 노력으로 이루어진다"라고 말한 것이 그 좋은 예이다. 이 같은 예는 과학사에서 무수히 찾아 볼 수 있다. 그런가 하면 과학자의 노력과 함께 다른 요소도 과학적 발견이나 발명에 큰 작용을 하고 있다는 것을 볼 수 있다.

- 이화여자대학교 1997학년도 정시 논술

이 때 1%의 직관과 상상이 숱한 경험과 관찰을 과학으로 엮어내는 결정적인 역할을 한다고 볼 수 있습니다. 인간에게는 유사한 과거의 경험을 활용하여 새로이 제시된 문제를 해결하는 통찰 학습(insight learning)의 능력이 있는데요. 이는 특히 영장류에게서 발견되는 학습 형태로 고차원적인 두뇌 기능이 요구됩니다. 한 침팬지 실험에서 연구자는 손이 닿지 않는 높은 천장에 바나나 한 다발을 걸어 놓고 마루에는 막대기를 갖다 놓았는데요. 침팬지는 막대기로 바나나를 떨어뜨려 먹을 것이라는 연구자의 가설을 무너뜨렸습니다. 막대기를 바닥에 세워 균형을 잡은 후 재빨리 타고 올라가 바나나를 손에 넣고는 흠 나지 않은 바나나를 보란 듯이 먹었다는 것이지요. 따라서 모든 자료를 종합하는 능력인 1%의 부족은, 과학자에게는 결정적인 한계로 작용할 것입니다. 그 사례를 살펴볼까요.

과학혁명기의 천문학자 티코 브라헤는 프톨레마이오스의 체계가 잘못되었다는 것을 확신하고 있었지만, 그렇다고 코페르니쿠스의 체계를 믿으려 하지는 않았다. 지구의 회전이 물리적으로 불합리할 뿐만 아니라 성서적 믿음과도 맞지 않는다고 생각했기 때문이다. 티코의 우주 구조는 태양을 중심으로 행성들이 회전하고 태양은 지구를 중심으로 회전하는, 지구 중심이면서 동시에 태양 중심인 과도기적 우주론이었다. 그럼에도 불구하고 그는 훌륭한 천문대를 세우고 20년에 걸쳐 매일 밤 행성을 관측하여 그 결과를 축적했다. 그의 사명은 가능한 한 정확하게 자연에 대해 관측하고 실험하는 것이었다. 그러나 그에게는 이론적 통찰력이 결여되어 있었다. (중략)

코페르니쿠스가 행성 궤도의 중심 가까이에 태양을 놓는 것에 그쳤다면, 케플러는 행성의 운동을 설명하기 위해 온갖 종류의 모형을 만들고, 길고 복잡한 계산 과정을 거쳐 비로소 태양이야말로 행성 운동의 동력원이라는 것을 밝혀냈다. 그에게 신이 창조한 우주는 조화였다.

- 서울대학교 2011학년도 정시 논술

결국 티코 브라헤는 자신의 관측 정보를 산더미처럼 쌓아놓았지만, 이를 체계화하지 못하고, 나머지 1%를 갖춘 케플러가 이를 밑그림 삼아 우주의 기하학적 구조를 완성합니다. 이렇게 과학적 진술이 형성된다면 이는 진리가 된다고 생각할 수도 있지만, 일단 일반화의 과정은 아무리 많이 검증되었다고 해도 단 한 번의 반증만으로 진리의 위치에서 그 진술을 끌어내리는 막강한 힘을 가지고 있습니다. 평생 검은 까마귀만 본다고 해도, 그것이 하얀 까마귀가 없음을 뜻하지는 않기 때문입니다. 따라서 과학자에게는 하얀 까마귀의 존재 가능성을 배제하지 않는 것, 즉 기존의 진리를 의심하는 개방성이 중요한 덕목이 됩니다. 사람들은 번개가 천둥의 원인이라고 생각합니다. 늘 번개가 친 뒤에 천둥소리가 들리니까요. 하지만 이 둘은 동시에 일어나는 일입니다. 따라서 눈으로 보고 귀로 듣는 관찰 또한 정확하다고 볼 수가 없습니다. 20세기 경험주의자 버트런드 러셀은 칠면조를 통해 섬뜩한 예를 들었지요. 한 칠면조는 주인이 뜰을 지나가면 모이가 생긴다는 사실을 날마다 체험했고, 마침내 주인이 뜰을 지나면 그릇에 모이가 찬다는 인과 관계를 수립합니다. 그리고 그날도 주인이 오자, 가장 먼저 모이통에 달려들었다가 주인에게 목이 비틀려 죽게 됩니다. 다음날

이 추수 감사절이었기 때문입니다. 흔히 조급한 일반화의 오류라고도 불리는데, 연역이 출발하는 대전제 중에서 절대적인 진리가 과연 있는가라는 의문을 제기합니다.

아아! 저 까마귀를 살펴보자.

그 날개보다 더 검은 색깔도 없지만, 햇빛에 흐릿하게 비치면 옅은 황금빛이 돌고, 다시 햇빛이 빛나면 연녹색으로 되며, 햇빛이 비추어보면 자줏빛으로 솟구치기도 하고, 눈이 아물아물해지면서는 비취색으로 바뀌기도 한다.

그렇다면 푸른 까마귀라고 불러도 좋을 것이며 붉은 까마귀라고 불러도 좋을 것이다. 그 사물에는 본래부터 정해진 색깔이 없건만 그것을 보는 내가 눈으로 색깔을 먼저 결정하고 있는 것이다. 어찌 눈으로만 색깔을 결정하는 것뿐이겠는가? 보지도 않고 미리 마음속으로 결정해 버리기도 한다.

- 고려대학교 1998학년도 정시 논술

아마도 세계의 명품을 한 자리에서 볼 수 있는 장소는 일본의 백화점과 면세점 또는 일본의 지하철일 것이다. 나중에 알고 보니 일본 아가씨들은 한 달에 2만 엔씩 48개월 할부로 최고급 시계와 핸드백을 사는 것이었다. 물론 화장품도 백화점 카드를 이용해 할부로 산다. 그렇게 한 달을 보내면 월급이 모조리 할부금과 카드 대금, 더 정확히 말하자면 몸치장 비용으로 나가 버린다. 멋내는 돈을 버느라고 한 달 내내 일한 셈이다. 그런 일본 아가씨들의 차림새는 그들이 그토록 얽매여 있는 비싼 핸드백의 무늬처럼 모두가 같은 스타일이다. (중략)

내가 한국으로 출장을 가거나 러시아로 온 한국 유학생을 만났을 때, 부단히 한국의 군대에 대한 상대방의 의식을 열심히 알아보려고 했다. 내가 들은 이야기의 대부분은 각종 피해담이었다. 고참에게 귀를 얻어맞아 거의 귀청이 떨어질

뻔했다는 불평, 구타로 말미암아 신경 쇠약증에 걸려 일이 손에 잘 안 잡힌다는 불만, 비인간적인 대우로 인한 자살 미수 경험 등….

- 중앙대학교 2003학년도 수시 논술

이제 마지막으로 '사실인 것은 존재하지 않는다. 존재하는 것은 해석뿐이다. (F. W. 니체, 권력에의 의지)'라는 말의 의미를 조금만 깊이 들여다보면, 과연 진리란 존재하는가라는 의문이 제기됩니다. 인간은 결국 불완전한 눈과 귀로 현상을 관찰, 이를 통해 창의적인 가설을 수립하는데, 이 가설은 현상에 대한 해석, 정확하게는 주관성을 내포합니다. 창의성이 과학자의 덕목이라면, 이에 대해 "과연, 절대적이고 보편적인 지위를 부여할 수 있는가"라는 의문도 정당성을 지닙니다. 창의적이고 독창적인 과학적 가설 하나를 살펴볼까요.

일본의 단노우라(壇の浦) 지역에서 발견되는 게의 등딱지에는 기이한 무늬가 나타나 있는데 그 무늬는 섬뜩하리만큼 사무라이의 얼굴을 빼어 닮았다. 이 게에는 이런 사연이 전한다. (일본의 파벌 싸움에서 한 파벌이 전멸하고 살아남은 궁중 시녀 42명이 어촌에서 여종으로 정착, 해마다 바닷가에서 당시에 죽은 사무라이를 추모하는 행사를 연다는 내용입니다.)

어부들 사이에 구전되는 전설에 따르면 헤이케의 사무라이들은 게가 되어 지금도 일본 내해 단노우라의 바닥을 헤매고 있다고 한다. 어부들은 이런 게가 잡히면 단노우라 해전의 비극을 기리는 뜻에서 먹지 않고 다시 바다에 놓아 준다고 한다. 이 전설은 우리에게 재미있는 문제를 하나 던지는데, 어떻게 무사의 얼굴이 게의 등딱지에 새겨질 수 있었을까, 답은 아마도 "인간이 게의 등딱지에 그 얼굴을 새겨 놓았다"일 것이다. 게의 등딱지 형태는 유전된다. 그러나 인간처럼

헤이케 게, 정식 명칭은 조개치레(Heikeopsis japonica)로, 도깨비게로도 불린다.

게들에게도 여러 유전 계통이 있게 마련이다. 우연하게 이 게의 먼 조상 가운데 아주 희미하지만 무사의 얼굴과 유사한 형태의 등딱지를 가진 것이 나타났다고 가정해 보자. 어부들은 단노우라 해전 이후 그렇게 생긴 게를 먹는다는 생각을 그리 달갑게 여기지 않았을 것이다. 그들은 이 게들을 다시 바다로 돌려보냄으로써 자신도 모르는 사이에 진화의 바퀴를 특정 방향으로 돌렸던 것이다. 평범한 모양의 등딱지를 가진 게는 사람들에게 속속 잡아 먹혀서 후손을 남기기 어려웠다. 그러나 등딱지가 조금이라도 무사의 얼굴을 닮은 게는 사람들이 다시 바다로 던져 놓은 덕분에 많은 후손을 남길 수 있었다. 게 등딱지의 모양이 그들의 운명을 갈라놓은 셈이다. 세월이 흘러갈수록 사무라이의 얼굴과 비슷한 등딱지를 가진 게들의 생존 확률이 점점 더 높아졌다. 마침내 무섭게 찌푸린 사무라이의 용모가 게의 등딱지에 새겨지게 된 것이다. 그 결과 단노우라에는 많은 사무라이 게들이 살게 됐다. 이 과정을 우리는 인위선택(artificial selection)이라고 부른다.

- 숙명여자 대학교 2019학년도 수시 논술

인간은 세상의 변화, 특히 이해할 수 없는 현상을 견디지 못하는 존재입니다. 그래서 일정한 패턴 또는 모듈을 발견해 무질서 속에서 인과의 원리를 찾아냅니다. 이러한 본능이 과학을 발전시켜 왔습니다. 과학은 설명하기 어려운 자연의 경험을 의식적으로, 그리고 필요한 경우 정량적으로 관찰하고 그 결과를 주의 깊게 기록해 가설을 세우고, 이성적 검토를 통해 이 가설과 기존에 알려진 지식과의 관련성을 탐구합니다. 하지만 과학이 의심할 수 없는 사실들만의 집합은 아닙니다. 오히려 자연에 관해 부단히 질문하는 과정, 즉 진행형일 뿐입니다.

그렇다면 단노우라에서 사무라이 게가 많은 것은 '인위 선택'의 결과일까요. 아니면 맛이 없어 식용 가치가 떨어지거나, 껍데기만 두껍고 살은 없어서가 아닐까요? 그 과학자가 지구상의 모든 바다 속을 속속들이 조사해 본 결과, 사무라이 게는 다른 곳에서 서식하지 않는다는 사실을 확인했을까요. 그냥 가설일 뿐입니다. 그럴 듯한.

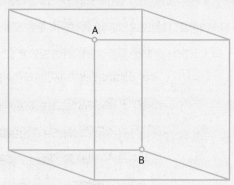

네커 큐브(Necker Cube)

관점의 상대성

- 아는 것이 알지 못하는 것이고,
  알지 못하는 것이 아는 것이다.

그림이 몇 가지로 보입니까? 정육면체를 유심히 보면, 보기에 따라서 A가 앞면일 수도, B가 앞면일 수도 있습니다. 두 가지 각도로 보이는 것이지요. 그런데 이는 일종의 편견에 불과합니다. 사실 이 그림은 삼각형과 다양한 사각형이 모인 평면일 수도 있지요. 또 단순한 직선에 불과할 수도 있습니다. 그런데 우리는 이 그림을 보는 즉시 정육면체를 떠올립니다. 인간은 눈이라는 감각 기관을 사용하여 자극을 받아들여 지각(知覺)하는데, 이 때 자극 자체가 지각을 결정하지는 않습니다. 자극에 더해 자극 경험이나 주관적 기대와 같은 내적 요인이 동시에 상호 작용하기 때문입니다. 결국 사물에 대한 지각은 보이는 "대상이 무엇이냐"보다는 "어떻게 보느냐"가 더 중요할 수도 있습니다. 자극이 지각되면서 인식체계로 자리 잡는 과정을 간단하게 도식화하면 이렇습니다.

$$(X \leftarrow Y) \leftrightarrow Z$$
대상 관점 인식

이 때 X는 자극을 통해 지각을 일으키는 외적 사물이고, Y는 인간의 의식, 결국 대상을 보는 인간의 관점이나 프레임이 됩니다. 이것이 순식간에 결합되면서 Z라는 인식 체계를 만들기에 괄호로 묶었습니다. 그리고 일단 형성된 인식은 때로 (X, Y)와 상호작용을 통해 변화하기도 합니다.

흔히 인상주의 화가들은 '회화의 본질'에 대해 "눈에 보이는 대로 그린다"고 답합니다. 대자연의 풍경과 도심의 술집과 카페, 테라스, 별이 빛나는 밤 등 순간을 포착해 화폭에 담는다는 것이지요. 물론 기존의 회화들도 눈에 보이는 것을 그렸지만 실제 야외에 나가서 나무와 풀, 별과 달, 눈을 보니 푸른 색, 노란색, 흰색으로 대충 묶이지 않더라는 것입니다. 관습을 벗어난 수많은 실제 색들이 있다는 사실을 알린다는 점에서 이들은 최대한 교과서적인 Y를 배제하고 '사물이 비쳐지는 인상'을 포착했다고 볼 수 있습니다. 그렇다고 화가 자신의 Y가 사라지는 것도 아니고, 더욱 강해질 수도 있어서 때로 더욱 기묘한 개성적인 그림이 되는 것, 이것이 인상주의 화풍의 매력입니다. 고흐의 작품이 이를 잘 증명하지요.

그렇지만 Y의 역할이 과소평가되거나, 현상에 대한 객관적 이해를 가로막는 장애로만 여긴다면 이는 지나치게 가혹한 처사입니다. 그림을 한 순간에 정육면체라고 즉각 파악할 수 있는 지각 능력은 평소 경험했던 지각을 체계적으로 저장해 놓은 Y가 있기에 가능합니다. 지난 단원에서 언급한 푸네스의 인지 능력은 Y가 고장났다고 볼 수 있습니다. 우리가 사과나 배 등 과일을 보면 주저 없이 입으로 가져가고, 오염을 피해 배설물을 본능처럼 피하는 행위 등도 Y의 역할에서 비롯됩니다. 낯선 음식을 보았을 때 주저하는 것 또한 마찬가지입니다. 다음 지문은 Y의 양면성, 즉 효율성과 편견의 울타리라는 측면을 잘 보여줍니다.

(1) 아울러 명심해야 할 것이 또 하나 있다. 일단 비평이론에 익숙해지고 나면, 문학을 감상하는 능력은 감소하지 않고 오히려 증대된다는 점이다. 훈련을 통해 이론을 이해할 수 있는 힘이 생긴다는 말은 인간의 경험과 온갖 사상 세계를 더욱 폭넓고 깊이 있게 사고할 수 있는 힘이 생긴다는 뜻이며, 그렇게 되면 문학 작품에 담긴 강렬한 밀도와 다채로운 짜임새, 의미의 미묘한 차이들을 한층 더 음미할 수 있다. 이론을 통해 내가 읽는 모든 것을 더욱 잘 이해할 수 있는 힘을 갖게 되고, 그것을 즐기고 평가하는 능력도 더 향상되는 것이다. - Lois Tyson, Critical Theory Today

(2) 연구 대상 언어를 객관적으로 분석하고 싶다면, 기존의 문법 프레임은 피해야 할 편견임을 유념해야 한다. 문법 프레임은 언어 현상이 어떠해야 하고, 어떠할 수 있고, 어떠할 수 없는지에 대한 기대감을 형성한다. 그리고 일단 이런 편견이 만들어지면 그 제약에서 벗어나는 것이 매우 어렵다. 필요한 것은 언어 자료와 합리적 사유에만 의거해 지금껏 예상하지 못했던 새로운 현상을 발견하고, 현상들 사이의 연결 관계를 찾아낼 수 있는 능력이다. 이러한 생각이 바람직하지만 현실적으로는 불가능하며, 결국 한계가 있더라도 기존 프레임 안에서 분석하는 것이 더 낫다고 생각하는 사람도 있다. 하지만 나는 프레임 없는 문법 연구가 훨씬 더 많이 존재해왔음을 보여주려 한다. - George Lakoff, Thinking Points ; B. Heine & H. Narrog (eds.), The Oxford Handbook of Linguistic Analysis, - 한국외국어대학교 2015학년도, 수시 논술

결국 프레임은 사물에 대해 깊이 있고 효율적인 이해를 돕지만, 이를 하나의 틀에 가두어 사고의 개방성을 가로막는다는 운명적인 모순을 지니고 있습니다. 한번 주어진 틀이 만들어지면 좀처럼 바뀌기가 쉽지 않다는 것이지요. 더구나 Y는 사람마다 매우 다르게 형성될 수 있는 극도의 주관

성을 내포합니다.

아주 옛적부터 사람들은 끈이나 사슬에 매달린 무거운 돌이 흔들리다가 멈추는 것을 보아 왔다. 아리스토텔레스는 이 운동을 제약된 낙하 운동으로, 즉 무거운 돌이 그 자체의 본성에 의해 높은 위치에서 낮은 위치로 움직여 정지 상태에 이르는 운동으로 보았다. 반면, 갈릴레오는 그것을 동일한 동작이 무한정 되풀이되는 진자 운동으로 보았다. 그러한 시각의 전환이 왜 일어났을까? 그것은 갈릴레오가 돌의 움직임을 더욱 정확하게, 더욱 객관적으로 관찰한 데서 일어난 일이 아니다. 아리스토텔레스의 지각도 그만큼 정확했다. 제약된 낙하 운동을 진자 운동으로 보는 변화는 운동에 대한 이론(패러다임)의 변화에 의해 생겨난 것이다. 과학자들은 단지 제약된 낙하 운동이나 진자 운동을 볼 수 있었을 뿐이며 그보다 더 기초적이고 그들의 이론으로부터 독립된 경험을 할 수는 없었다.

- 서울대학교 2004학년도 구술

약 12세기까지 중세 예술은 아동기에 무관심하거나 아니면 아동기를 묘사하려고 시도하지 않았다. 실수나 무능력 때문에 아동기를 제쳐놓았다고 믿기는 어렵다. 오히려 이 시대에는 아동기를 위한 자리가 없었다고 생각하는 편이 낫다. 11세기 유럽의 한 세밀화는 당시 화가들이 오늘날 사람들의 인식과는 다르게 아이들의 신체를 변형시켰음을 보여준다. 이 그림은 예수가 어린아이들이 자신의 곁에 오는 것을 막지 말라고 말하고 있는 복음서 장면을 담고 있는데, 라틴어 성경 원문은 이 대목에서 분명하게 '아주 어린 아이'라고 명기하고 있다. 그런데 세밀화 속의 예수 옆에 모여 있는 8명의 남자들은 아동기의 특징을 갖고 있지 않다. 단순히 축소되기만 했을 뿐으로, 크기로만 성인 남자와 구별될 뿐이다. 11세기 말 성 니콜라스의 부활 장면을 담은 프랑스의 한 세밀화도, 성인 남자와 크게 구

분되지 않고 단지 몸집만 작아졌을 뿐인 3명의 아이들이 소생하는 장면을 묘사

하고 있다. - 이화여자대학교 2007학년도 수시 논술

이 같은 Y의 주관성은 동일한 과학적 사실을 놓고도 때로 충돌합니다. 과학자들조차 지구 온난화의 원인과 전망 등에 대해 전혀 다른 이야기를 하니까, 사회 현상은 오죽하겠습니까. 동일한 대통령을 보수냐 진보냐에 따라서 전혀 다른 시각으로 보는 이유도 마찬가지입니다. 어떤 짓을 해도 멋지게 보이거나, 어떤 일을 해내도 밉게 보는 이유가 결국 Y의 차이에서 비롯된 것입니다. 이중 역사를 보는 시각은 커다란 쟁점 중의 하나인 만큼 다음 단원에서 조금 깊게 다루겠습니다. 이제 서로 다른 Y가 충돌했을 경우, 과연 이것이 해소 가능한 것인지, 그리고 개인과 사회에 어떤 의미를 줄 수 있는지 살펴보겠습니다.

우선 자신의 Y를 고집하면서, 아예 X를 보지 않으려는 경우입니다. 우리는 이러한 모습을 에스파냐의 작가인 세르반테스가 지은 풍자 소설 돈키호테에서 확인할 수 있습니다. 허무맹랑한 기사도의 가식과 권위를 무너뜨리기 위해 저술한 이 책에서 돈키호테는 수행하는 종자(從者) 산초 판자의 의견을 들은 척도 하지 않습니다. '양떼가 일으키는 먼지와 울음소리'를 군대의 출병과 나팔 소리로 확신한 채 돌격을 감행하고, 풍차는 길이가 거의 20리에 걸쳐 뻗쳐 있는 거인으로 둔갑합니다. 진실을 알려주는 산초에게는 모험을 모르는 나약한 겁쟁이라고 핀잔을 줍니다. 현실과 피드백이 아예 단절된 자신만의 Y에 갇힌 경우인데, 비단 문학에서만 일어나는 일이 아닙니다. 유대인을 아무렇지 않게 학살하던 독일 나치의 장교가 돈키호테와 무엇이 다를까요. 그리고 이것은 여전히 현재 진행형입니다. 다음은 백인 사회를 살아가는 한 흑인의 토로입니다.

나는 보이지 않는 인간이다. 그렇다고 해서 에드가 앨런 포의 소설이나 할리우드 영화에 나오는 유령 같은 것은 아니다. 나는 실체를 가진 인간이며, 살도 있고 뼈도 있고 힘줄도 체액도 다 있는 인간이다. 게다가 마음도 있다고 할 수 있다. 내가 보이지 않는 건 사람들이 나를 보려고 하지 않기 때문일 뿐이다. 서커스에서 간혹 볼 수 있는, 몸통은 사라지고 머리만 남은 사람처럼, 나는 마치 상을 일그러뜨리는 견고한 요술거울에 둘러싸여 있는 것 같다. 사람들은 내게 다가와서 내 주위에 있는 것들, 자기 자신들의 모습, 혹은 자기들이 상상하는 것만 본다. 정말이지, 볼 건 빠짐없이 다 보면서도 유독 나만은 보지 못하는 것이다.

- 홍익대학교 2008학년도 수시 논술

그렇다면 인간은 서로 다른 Y가 충돌했을 경우 이는 영원히 해소하지 못하고, 각자 자신의 주관적 세계 속에서 갇혀 제 멋대로 살다가 내세에서나 그 본질을 파악할 수 있는 존재일까요. 그렇다고 단언하는 경우도 적지 않습니다.

눈이 있다는 것은 본다는 것이며, 본다는 것은 인식한다는 것이며, 인식한다는 것은 전체 중의 부분만을 파악한다는 것이기에 눈이란 진정 감옥이다. 인식한다는 것은 모든 대상을 있는 그대로 두지 않고 부분이라는 틀, 인식의 틀 속에 가두는 것이기 때문이다. 비트겐슈타인은 "철학은 모든 것을 있는 그대로 두는 것"이라고 주장했지만, 인식의 세계는 모든 것을 있는 그대로 두는 것이 아니라 전체 가운데 부분을 떼어내어 그것을 전체인 것처럼 '틀짓는' 감옥의 세계, 관견(管見)의 세계다. 이런 점에서 볼 때 인식의 이름으로 행하는 모든 논리적 사유-이성적 담론-는 일면 가장 비철학적이다. 인식의 역사는 감옥의 역사이며, 인간 사유의 역사는 '틀짓기'의 역사다. 틀짓기의 역사는 전체를 부분으로 난도질하는 '비틀기'의 역사다. 눈이 있고 그 눈이 바라보는 대상이 있는 한, 즉 인식의 주체인 '나'가 있고 인식의 대상인 '너'가 있는 한 '틀짓기'의 역사, '비틀기'의 역사는 필연이자 숙명인 것이다. 눈이 본 부분을 전체인 것처럼 절대화하는 인식의 폭력은 실로 오랜 역사를 지닌다. 그것의 역사가 곧 인간의 역사라 하더라도 별 무리는 없을 것이다. (중략)

이러한 틀짓기, 비틀기의 역사는 바로 모든 개념화의 원천인 눈이 펼친 역사다. 인간의 눈이 본질적으로 '악한 눈'이라면, 눈이 있는 한 인간의 세계는 파국을 면할 길이 없다. 종교적 용어를 구사한다면 인간에게 구원은 없다.

- 이화여자대학교 2007학년도 수시 논술

그럼에도 불구하고 Y의 합의 가능성과 공통분모에 미련을 버릴 수는 없는데요. 원뿔은 밑에서 보면 원이고, 옆에서 보면 삼각형처럼 보입니다. 그렇게 서로 달리 본 두 사람이 모여 원뿔을 이모저모 뒤집어 보고 엎어 보고 한다면 자신들이 한 부분만 보았고 이를 종합해서 원뿔이라고 합의할 수 있습니다. 바로 인간이 타고난 인식 체계가 가진 공통분모가 있다면, 전혀 상반된 인식도 최종에는 합치될 수 있다는 실낱같은 희망입니다.

우리들 각자는 세상에 대한 심적 구조를 발달시키는 방식에 있어서 엄청난 다양성을 보이기 때문에 세상을 전혀 다르게 바라보게 되는 것이다. 이러한 주장이 지나치게 과장되지 않도록 하기 위해서, 사람들 간에는 광범위한 공통경험의 영역이 있어서 어느 정도는 지적 등가성(intellectual equivalence)을 유지시켜 준다는 사실을 지적하고자 한다. 또한 생리적으로도 공통성을 가지고 있기 때문에, 기본적으로 시각자극의 최초 처리 과정은 모든 사람에게 있어서 동일하다. 이와 같이 단순한 예로부터 우리가 내릴 수 있는 한 가지 중요한 결론은 시각의

이중성 개념이다. 시각경험은 눈에 주어지는 시각자극뿐만 아니라 두뇌에 의한 감각경험의 해석을 통해서 달성된다. - 이화여자대학교 2007학년도 수시 논술

그렇지만 지적 등가성이 대상의 절대성에서 비롯되는 인식의 객관성이나 보편성을 의미할 수는 없습니다. 어디까지나 해석의 문제이고 이 과정에서 상호 합의가 가능한지 여부에 대한 답변에 불과할 뿐입니다. 이제 이렇게 서로 다른 Y가 충돌했을 때, 즉 전혀 다른 관점이 마주 섰을 경우 어떤 태도를 지녀야할까요. 화를 내면서 싸우려 들거나, 토론과 논의를 통해서 상대의 Y를 변화시키려고 시도할 수도 있습니다. 또는 애초부터 상대는 무시하고 자신의 관점을 고집, 상대를 자신의 인식 속에 왜곡시켜 버리기도 할 것입니다.

공자는 "아는 것을 안다고 하고 모르는 것을 모른다고 하라. 이것이 참으로 아는 것이다"라고 가르쳤는데, 자신의 Y만 고집하지 말고, 학문을 통해 이를 꾸준히 넓혀가라는 충고로 볼 수 있습니다. 그런데 노자는 이를 한 차원 높여 "자기가 알고 있다고 할 때의 그 안다는 것이 도대체 무엇이며, 또 참으로 알고 있다고 할 때의 그 '참으로'란 것이 어떤 것이냐"에 대한 의문을 던집니다. 즉 어떠한 Y도 절대적인 진리의 지위를 가질 수 없다는 것입니다. 이러한 상대성과 개방성을 가지고 있다면 상대방의 Y에 대해, 그것이 허무맹랑할지라도 웃음으로 공감하면서 자신의 사고를 확장시킬 수 있을 것입니다. 이와 관련해서 연세대에서는 '웃음의 사회적 기능'이라는 독특한 문제를 출제했는데요. 타자를 통해, 그것이 인간이 아닐지라도 자신의 사고가 확장될 수 있다는 시사점이 들어 있습니다. 베르나르 베르베르가 쓴 '개미'에도 이러한 사고가 잘 반영되어 있지요. 이런 사회라면 중세 교회가 지동설을 주장한 갈릴레이를 종교재판에 넘기지 않

앉을 것입니다. '이상한 말'에 귀를 잘 기울이는 사회가 때로 혁신을 이루고는 합니다. 1854년 8월 런던 브로드가에서 퍼진 콜레라는 불과 열흘 만에 5백 명 이상을 희생시키면서 급속도로 확산되었고, 의사와 과학자들은 공기를 통해 병원균이 전파된다고 믿고 이에 대한 방역에 치중했습니다. "외출하고 돌아오면 손을 잘 씻으세요"라는 식이지요. 그러나 의사 존 스노는 물이 매개체라는 가설을 세웠고, 최초 발병자 집의 정화조에서 나온 세균이 브로드가의 상수도로 유입되었다는 사실을 입증했습니다. 과학계의 이단아 존 스노는 수인성 전염병이라는 관점을 새롭게 수립한 것이지요. 보수와 진보로 나뉘어져 연일 싸워대는 한국의 정치현실에도 나름 시사점을 줍니다. 서로 다른 시각이 충돌할 때, 한번쯤 귀 기울여 듣고, 때로는 여유를 갖고 웃어버리는 것이 현실적으로 유익할 수 있습니다. 세상사에 어차피 정답은 없으니까요.

언젠가 어느 철학자는 이렇게 말했다. "그림과 소설이 우리에게 기쁨을 주고 우리 마음을 사로잡는 것을 당연하게 생각하지 말고 놀라운 사실로 받아들여라." 그의 말에 비춰 보면, 우리는 우스개라는, '웃기는 것을 목적으로 하는 이야기'가 이 세상에 존재한다는 사실에 새삼 놀라지 않을 수 없다. (중략)

달팽이가 거북이 등에 올라타고는 뭐라고 했을까?

"이랴!"

거북이가 한 무리의 달팽이 갱들에게 습격을 당해, 가지고 있던 것들을 몽땅 털렸다. 신고를 받고 나타난 경찰이 악당들의 인상착의를 묻자 거북이는 이렇게 말했다.

"글쎄요. 너무나 순식간에 일어난 일이라…."

어느 날 저녁, 한 남자가 누군가 대문을 두드리는 듯한 희미한 소리를 들었다.

문을 열었지만 사람은 보이지 않고, 바닥에 달팽이 한 마리만 꼬물거리고 있었다. 그는 아무렇지 않게 녀석을 집어서는 정원의 잔디밭 저편으로 멀리 던져 버렸다. 일 년 후, 그는 대문 두드리는 소리를 다시 듣게 되었다. 문을 열자, 이번에도 사람은 없고 달팽이 한 마리만이 바닥에 붙은 채 이렇게 씩씩대고 있었다.

"이봐요. 좀 아까 왜 그런 거지? 제길, 이유나 알고 갑시다."

- 연세대학교 2004학년도 정시 논술, T. 코헨, '조크: 조크에 대한 철학적 사고'

부연하면 '웃음의 사회적 기능'을 묻는 논제였지만 시험을 본 학생들은 이 지문이 전혀 웃기지 않았고, 진땀만 났다는 말을 나중에 전해왔습니다. 이제 이러한 관점을 과거의 역사적 사건에 적용할 시간입니다.

임진왜란에 대한 뼈저린 반성의 기록
백성의 아픔에 처절하게 공감한 지도자
유성룡에게서 배운다

『난중일기 – 종군기자의 시각으로 쓴 이순신의 7년 전쟁』에 이은 징비록 르포

25 역사는 객관성을 추구하는 학문일까?

- 과거와 현재를 오가는 위태로운 줄다리기

저는 두 권의 역사서를 출간했는데요. 이순신의 '난중일기'와 유성룡의 '징비록'을 종군 기자의 시각에서 르포 기사 형태로 재조명했습니다. 어설픈 문학적 상상력을 배제하고 최대한 사실에 기초하기 위해 조선왕조실록 등 산더미 같은 사료를 접하는 과정에서 "역사학은 객관성을 추구한다"는 말에 대한 회의를 떨치기 어려웠습니다. 우선 어떤 사실을 선택하는 과정부터 가치를 개입하는 주관성이 작용하기 때문입니다. '한산, 명량 해전' 등 필자가 중요하다고 판단하는 사실에 아무래도 집중할 수밖에 없었지요. 그리고 기본적으로 제가 접하는 조선왕조의 사료 또한 숱한 가치 판단을 담고 있었습니다. "이순신이 무엇을 했다"가 아니라 "무엇을 했는데, 이는 어떠했다"는 식의 서술이 대부분입니다. 서애 유성룡의 '징비록'은 임진왜란 7년 전쟁의 종군기 성격을 지니고 있습니다. 서애 선생은 비교적 담담한 필체로 사실을 기록했지만, 군데군데 "명량해전 한 번의 전투로 서해 바다를 지켰다"는 식의 주관적인 논평이 포함됩니다. 이에 대해 일본 사료는 기껏해야 "명량 해협을 돌파하려 했으나, 조선 수군의 기세가 사나왔다" 정도로 기록할 뿐입니다. 비단 명량 해전 뿐 아니라 임진왜란 전체에 대한 조선과 일본의 기록은 판이하게 다릅니다. 상황이 이렇다 보니, 역사는 '객관성으로 분장한 날조된 허구'가 아닌가라는 생각이 들 정도입니다. 역사적 사실을 선택, 기록하는 과정에서 주관성이 개입되고, 시간이 지나 현재적 요구에 따라 이것이 다시 재해석되면서 그 진위는 사라지고 대립된 관점만 남는다는 것이지요. 이 때 그 관점은 역사가의 의도나 서술 방향에 따라 재편집될 수밖에 없습니다. 그럼에도 불구하고 임진왜란이 발발해서 일본군의 대량학살과 약탈로 조선 백성이 고통 받았으며, 이후 동북아 국제 정세가 급격하게 변동되었다는 일반적인 공통분모는 쉽사리 부인할 수 없습니다. 과연, 역사학은 사실일까요. 해석일까요. 해석이라면 그 해석에 보편성이 자리 잡을 여지가 있는 것일까요.

역사 인식에서 주관의 개입이 불가피하다면, 이는 단순하게 편견이나 개념적 체계, 즉 고의적인 왜곡 또는 특정한 사관이라는 형태로 분류할 수 있을 것입니다. 이 때 편견은 이성에 기초한 합리적 토론을 통해 배제해야 할 대상으로, 개념적 체계는 역사를 다각도로 볼 수 있는 합리성의 무대에 올려 논의하는 사관으로 풀이할 수 있습니다. 원뿔을 삼각형과 원으로 보는 사람들이 모여, 최종적으로 원뿔의 모형을 추론해 낼 수 있다는 것이지요. 어차피 인간은 신이 아닌 만큼 인식에 제한을 가질 수밖에 없고, 그것이 비이성적인 편견이 아니라면 개념적이고 주관적인 인식 체계를 발판 삼아 역사적 사실의 본질적 이해에 도달할 수 있다는 것입니다. 도로를 달리는 운전자는 지금 당장의 목적지만 주목하지만, 다양한 운전자의 경험이 모여 내비게이션 지도가 완성되는 이치로 비유할 수 있습니다. 역사적 사실 그 자체는 이미 과거인 만큼 고정된 실체입니다. 그런데 역사 서술이 목적지에 따라 내비게이션처럼 매번 변화한다면 과연 보편적 합의에 이를 수 있을까요. 목적지가 전혀 다른 두 역사학자는 같은 사료를 보고서도 자신의 내비게이션만이 옳다고 영원히 주장하지는 않을까요. 이제, 역사학을 보는 세 가지 방향을 지문을 통해 분류해 보겠습니다.

(1) 19세기 근대 역사주의를 주창한 랑케(Ranke)는 이전의 자의적인 역사 연구와 서술을 부정하고 엄격한 사료 비판에 근거한 객관적 서술을 지향하여 역사학을 과학의 경지로 끌어올리려고 하였다. 그는 17~18세기를 통해 발전되어 온 사료 비판의 방법을 종합하여 본격적인 역사 연구의 기초를 마련하였다. 그는 고문서 자료 등 1차 사료를 더 신뢰하면서 이를 면밀히 분석하면 그 시대에 살았던 사람들의 눈으로 당시를 바라볼 수 있다고 믿었다. 즉 과거에 '사실(fact)'이 엄연히 존재하였으므로, 역사가는 그것이 기록된 문서를 객관적으로 분석함으로써 당시의 상황을 복원할 수 있다는 것이다. 랑케는 주관과 객관 사이의 간극을 사료 비판과 직관적 이해를 통해 극복할 수 있다고 믿었다. 역사가는 사료의 언어를 감정이입을 통해 이해함으로써 과거를 있는 그대로 재현할 수 있다고 주장하였다.

(2) 콜링우드(Collingwood)는 역사적 사실은 순수한 형태로 존재하지 않으며, 또한 존재할 수도 없기 때문에 있는 그대로 복원하는 것이 불가능하다고 주장하였다. 자료를 객관적으로 수집하고 탐구하여 결론에 도달하는 것이 과학이라면 역사는 이러한 과학과 거리가 있다. 왜냐하면 '역사적 사실'이라는 과거는 역사가에 의해 구성되고 그 의미 또한 역사가에 의해 부여되기 때문이다. (중략) 다시 말해 역사적 사실은 항상 오염되어 있어서 과학적 객관성을 획득할 수 없음을 의미한다. 역사적 의미 역시 그 과거에 대해 제한된 인식을 가진 역사가에 의해서 부여된다는 점을 고려하면 역사적 사실이 순수한 형태로 존재할 수 없음은 자명해진다. 명백한 증거를 기초로 진실을 추구하는 과학적 방법으로 파악되는 역사라는 것은 존재하지 않으며 역사는 역사가의 의식 속에서 재구성될 뿐이다.

(3) 카(E. H. Carr)에 따르면 역사가는 '가위와 풀의 역사', 다시 말해 단순히 과거 사실을 기계적으로 편집하는 역사를 쓰거나, 현재의 목적을 위해 과거 사실을 주관적으로 왜곡하는 오류를 모두 피해야 한다. 역사가와 역사적 사실 간의 관계에서 역사들은 외견상 위태로운 상황에 처해 있는 것처럼 보인다. 왜냐하면 역사가는 역사를 사실의 객관적 편집으로 보아 사실이 해석보다 우위에 있다고 보는 이론과, 역사를 역사가의 주관적 마음의 산물이라고 보아 역사적 사실을 확립하고 해석하는 과정을 중시하는 이론 사이에서 아슬아슬한 곡예를 하고 있기 때문이다. 즉 역사가는 무게중심을 과거에 두는 역사관과 현재에 두는 역사관 사이에서 위험하게 항해하고 있는 것이다. 그러나 우리의 상황은 보기보다는 덜 위태롭다. 역사가는 사실 앞에 비천하게 무릎 꿇는 노예도 아니고, 사실을 지배하는 폭군적인 주인도 아니다. 역사가와 사실 사이의 관계는 평등하다. 즉 주고받는 관계이다. 역사란 역사가와 사실의 연속적인 상호작용이고, 현재와 과거의 끊임없는 대화이다. — 고려대학교 2013학년도 수시 논술

랑케에 따르면, 사료에 대한 비판적 검증이 절실하게 필요하고, 그러한 문헌 속에서 역사적 사실을 가려내는 작업이 역사학자의 책무가 됩니다. 객관성을 토대로 실증적인 연구를 부단히 계속하면 과거의 사실이 있는 그대로 파악된다는 신념입니다. 따라서 역사학에 가치가 개입될 여지가 적어지지만, 역사가가 접하는 사료 또한 이미 해석된 자료라는 한계를 동반합니다.

콜링우드의 생각은 이 지점에서 갈라집니다. 임진왜란이 터진 뒤, 수많은 피란민이 임진강을 건넜지만, 역사는 임진년 4월 30일 한밤중에 강을 건넌 선조의 행렬에 무게를 두고 기록합니다. 여기에는 조선 왕조의 위기라는 역사가의 인식이 결정적으로 작용했기 때문입니다. 나아가 현재의

삶과 무관한 사료의 정리가 어떤 의미가 있느냐는 반론도 만만치 않습니다. 역사가 어쩔 수 없이 일정한 기준, 즉 사관을 가지고 기록하는 것이라면 모든 사료는 시대에 따라 재해석되어 현실의 삶을 성찰하고 미래의 지향성을 얻어갈 때, 그 의미가 있다는 것입니다. 남원의 광한루는 춘향이가 실제 그곳에서 그네를 뛰어서 지어진 것이 아닙니다. 다만 후세인들이 신분 차별의 억압 속에서 이를 극복하는 '춘향의 옥중 승리'를 통해 모순적인 신분 제도와, 자칫 나약해 질 수 있는 자신의 삶까지 돌아보는 계기가 되는 장소일 뿐입니다. 가끔 춘향이와 같은 로또 당첨도 꿈꾸어 보고요. 춘향이야 있든지 말든지요. 그런데 콜링우드의 견해가 극단화되면 역사는 왜곡과 충돌을 피할 수 없을 것입니다. 이른바 각각의 이해관계에 따라 조작되는 허구의 기록으로 전락합니다. 중국이 동북쪽 변경 역사를 자신의 입맛에 맞게 대대적으로 재편하는 동북공정(東北工程)이나, 위안부를 대하는 일본인의 역사 인식 등이 이를 잘 보여줍니다. 콜링우드의 주장이 극단화된 경우(1)와 이를 우려하는 지문(2)을 보겠습니다.

(1) 미국의 역사가 윌리엄 맥닐 말대로 '인간을 진정한 사회적 동물로 만드는 것은 집합적 기억으로서 역사'라는 '문화적 유전자'다. 그렇다면 역사학에서 문제는 사회적 기억으로서 '문화적 유전자'를 누가 어떤 식으로 조합하고 구성하여 교육을 통해 후손에게 물려줄 것인가이다. 조지 오웰이 '1984'에서 썼듯이 "현재를 지배하는 자가 과거를 지배하고, 과거를 지배하는 자가 미래를 지배한다." 한 사회 내에서 또는 국제관계에서 어느 한 집단이거나 특정 국가가 현재와 미래의 지배자가 되고자 할 때 일차적으로 날조하는 것이 역사라는 내러티브다.

- 성균관대학교 2008학년도 모의 논술

(2) (2차대전을 배경으로 한 영화인) '라이언 일병 구하기'는 자신의 전략적인 이해를 위해 국민에게 희생을 강요하는 국가주의에 대항하고 있는 것처럼 보이게 하면서 미국의 국민주의를 칭송하고 있다. 그러나 그러한 휴머니즘이 체현하고 있는 미국의 국민주의를 칭송하는 일이 부조리한 죽임을 당할 수밖에 없었던 사람들의 수많은 죽음과, 공유 가능한 집단적인 기억에서 배제된 사건을 망각하고 부인함으로써 비로소 가능하게 되었음을 잊어서는 안 된다.

- 서강대학교 2006학년도 수시 논술

카는 두 주장 사이에서 절묘한 줄타기를 하고 있습니다. '과거와 현재의 대화'라는 것이지요. 이때 대화는 역사가가 자의적으로 주고받는 카톡식의 마구잡이 잡담이 아니라, 동시대를 살아가는 사람들이 중요하다고 여기는 보편 가치를 토대로, 다시 서술되는 것을 의미합니다. 당대의 역사는 당대의 개념적 체계에 의해 서술되었지만, 숱한 사회, 문화 변동을 거친 후손들은 다시 현재의 개념적 체계로 재구성하는 대화가 필요합니다. 누구라도 조선시대의 신분제도를 찬성하지 않을 것입니다. 조선 왕조 실록은 제주에서 도망친 노비를 붙잡아 다시 압송하는 과정에서 수령의 공로를 치하하고 있습니다. 현대의 역사가라면 당시 노비의 비참한 삶에 더욱 주목하자는 것이지요. 한글이 창제되었을 당시, 유학자에게 이단의 오랑캐 글로 평가된 것도 마찬가지입니다. 이제 돌이켜 '한글이 없다'고 잠시만 가정해보면, 세종대왕을 생각만 해도 절로 고개가 숙여집니다. 기자 시절, 남편의 학대에 지친 한 여인이 남편을 옥상에서 밀어서 살해하는 사건이 있었습니다. 조선시대 사헌부의 언관(言官)이라면, 이 여인을 능지 참형을 받을 죄인으로 다루었을 것입니다. 그것이 그 시절의 보편적 개념 체계입니다. 하지만 현재의 기자들은 여성 학대에 주목해 보도했고, 이 기사는 많은 여성단체의 호응을 얻어 그 여인은 집행유예로 풀려났습니다. 이밖에도 다문화 사회에 접어들면서, 조선족 및 동남아인에 대한 보도의 방향이 눈에 띄게 바뀌고 있습니다. 초기에는 이들이 단 한건의 범죄만 저질러도 마치 범죄의 온상처럼 보도되었지만, 이제는 내국인의 범죄율이 더 높다는 사실을 잘 알고 있습니다. 결국 역사에서 일회적이고 우연적 사건이 아니라 이성에 따라 합리적 원인을 살피고, 이를 토대로 여기에서 교훈을 얻어가는 것, 나아가 현재에 비추어 과거 이해를 넓히고, 과거에 비추어서 현재를 성찰하자는 것입니다.

이렇게 보면 카의 주장이 어쩔 수 없는 역사가의 한계 속에서 그 사명을 잘 지적한 것처럼 보이지만 실상은 별로 그렇지도 않습니다. 도대체 그 보편과 동시대인의 요구를 누가 정하냐는 것입니다. 그리고 합리성과 우연성을 가리는 것도 결국 역사가의 주관적 판단에 불과합니다. 또 보편과 보편끼리 충돌하면서, 서로 보편이라고 우기는 경우에 뾰족한 해법도 없습니다. 중국인에게 동북공정은 그들에게는 매우 훌륭한 '과거와의 대화' 방법일 것입니다. 때로는 강자의 논리가 마치 보편처럼 포장되어 당연한 진리처럼 둔갑하기도 합니다. 이론의 절충은 표면상 포괄적인 설득력을 가지지만, 어찌 보면 술에 물 탄 듯, 물에 술 탄 듯 애매해지는 면도 있습니다. 다음은 연세대에서 출제한 역사 관련 문제의 도표입니다.

표는 미국의 언어학자인 촘스키가 미국의 주요 신문들이 국가 간 분쟁에 대해 '대량학살(genocide)'이라는 표현을 얼마나 많이 사용했나를 비교한 것이다. 분석의 대상이 된 주요 신문은 '로스앤젤레스타임스', '뉴욕타임스', '워싱턴포스트', '타임' 등이다.

　　　　　　　　　　　　　　　　　　 - 연세대학교 2009학년도 모의 논술

공격국가	피공격국가	사설/칼럼	뉴스 기사
세르비아(1998~99)	코소보	59	118
인도네시아(1990~99)	동티모르	7	17
터키(1990~99)	쿠르드	2	8
이라크(1990~99)	쿠르드	51	66
미국(1991~99)	이라크	1	10

　표를 간단히 살펴보면, '대량 학살'이라는 용어가 미국의 이라크 공격에 대해서는 아주 야박하게 쓰인 사실을 알 수 있습니다. 몇몇 칼럼과 뉴스 기사를 제외하고는요. 아마 미국식의 인권과 자유를 보편적으로 실현하는 과정에서 발생한 불가피한 희생이라고 판단했기 때문일 것입니다. 카가 말하는 '과거와 대화' 또한, 현대를 살아가는 각 개인의 가치에 따라 그 양상이 판이하게 달라질 수밖에 없는 만큼, '보편성 위에서 춤추는 주관성'이 될 수 있습니다. 물론 애초부터 주관성을 분명하게 천명한 콜링우드와는 다르지만요. 중국이 보편이라는 이름으로 행한 다음 행적이 과연 '과거와 현재의 올바른 대화'일까요. '현재의 필요에 따른 일방적 재구성'일까요. 판단은 여러분 각자에게 맡기겠습니다.

　1949년 새롭게 탄생한 중국(중화인민공화국)은 건국 당시 "언어, 지역, 경제생활 및 문화의 공동성 속에서 나타나는 심리 상태의 공통성을 기초로 해서 생성되어 역사적으로 구성된 사람들의 견고한 공동체"라고 한 스탈린의 정의를 민족을 구분하는 지표로 삼는다고 표방하였다. 이에 근거해 중국의 민족을 식별하는 작업에 들어갔는데, 1950년 당시 민족으로 인정된 것은 몽골, 회족, 티베트족, 위글족, 먀오족, 야오족, 이족, 조선족, 만주족 등 9개 민족이었다. 그리고 1954년까지 29개 민족, 1956년까지 16개 민족이 새롭게 인정되었으며, 개혁·

개방 시기에 들어간 1979년 윈난성의 지누어족을 55번째 소수민족으로 인정함으로써 건국 이래 현안으로 남아 있던 민족 식별 작업을 일단 완료했다. (중략) 민족 가운데는 언어는 물론 외모, 풍습, 종교가 한족과는 전혀 다른 위글족과 같은 사람도 있는 반면, 외모상 한족과 구별되지 않으며 한어까지 사용하는 등 독자적인 지역 및 경제생활을 하지 않음에도 불구하고 이슬람교를 믿는다는 이유만으로 한족과 구분된 회족도 있었기 때문이다. 특히 치완족, 만주족, 회족에 이어 네 번째로 많은 인구를 보유하고 있는 먀오족의 경우는 꾸이저우, 후난, 윈난, 총칭 등 매우 다양한 지역에 분포하고 있어 공동성을 지닌 집단을 형성한 적이 없다. 이들은 내부적으로 언어 및 생업 면에서도 커다란 차이를 보이고 있어 같은 민족이라는 의식이 매우 희박하였다. - 경희대학교 2018학년도 모의 논술

인간이 본질적으로 자유의지를 지닌

자율적 존재여서 인간의 행위와

그 행위로 엮이는 사회 현상을

인과론이나 필연적 법칙으로

설명할 수 없다는 주장에 힘을 실어 줍니다.

VII

인간이란
무엇인가?

羊 + 大 → 큰 양이 아름답다.

26 인간의 지성과 윤리는 타고나는가, 배움의 결과인가.

- 선과 악, 그리고 아름다움에 대한 논의들

　　인간은 일정한 지성, 이를테면 미적 감성과 윤리적 양심 등을 선천적으로 지니고 태어나는 것일까요. 아니면 공동체를 유지하는 최선의 방안을 후천적으로 체득한 것일까요. 선천적으로 이러한 기질을 지니고 태어난다면 인간의 보편성이 마련되는 것입니다. 하지만 모든 것이 백지 상태라면, 윤리와 아름다움 등도 모두 시간과 공간에 따라 상대적인 선택의 결과로 특정됩니다. 이때에도 윤리가 개인적인 자의성에 따라 아무렇게나 결정된다는 무분별한 상대성을 의미하지는 않습니다. 인간이 이기성을 가지고 있다고 하더라도, 이타성의 원칙에 따라 '도덕적인 당위'로서의 원칙을 공동체 속에서 추구한다는 의미를 지니고 있습니다. 그런데 이를 추구하는 과정에서 상황이나 결과를 고려하기 때문에, 윤리적 선택이 반드시 "어떠 어떠해야 한다"는 정언 명법으로 정해질 수 없다는 의미가 됩니다. 인간이 타고난 양심에 따라 윤리적 행동을 한다면, 이러한 정언 명법이 무조건적인 윤리 강령으로 제시되고, 이를 흔히 의무론, 혹은 법칙론이라고 이야기합니다. "도둑질하지 말라"는 식입니다. 이에 비해 목적론을 내세우는 공리주의는 윤리가 가언 명법이라는 조건부로 제시됩니다. "당신이 공동체 속에서 어떤 결과를 얻고 싶으면, 어떤 행동을 선택하는 것이 '좋음'을 극대화 한다"는 형태입니다. 이 때 윤리는 조건부 명령이 됩니다.

결국 목적론적 윤리설은 좋음을 옳음과는 상관없이 규정하고 그리고 옳음은 그 좋음을 극대화하는 것으로 파악합니다. 옳은 행위나 제도는 가능한 대안들 중에서 최대의 선을 산출하는 것이라든가 아니면 적어도 현실적으로 가능한 최선의 행위나 제도들 가운데 하나이어야 한다는 것입니다. 이에 따라 구체적으로 선을 어떻게 규정하는가에 따라 행복설, 쾌락설, 진화설, 자아실현설 등으로 나뉘지만 대입에서는 주로 공리주의가 출제됩니다. 이에 비해 법칙론은 목적이나 선에 비해 의무나 의(義)의 우선을 주장하며, 옳음에 위반되는 것은 무가치한 것으로 판단합니다. 따라서 옳음의 원칙이나 의무의 체계가 선행되고 그에 따라서 가치 있는 선의 한계가 설정됩니다. 옳음은 보다 근본적이고 환원 불가능하며 따라서 직관에 의해서만 파악되는 윤리적 개념이 됩니다. 한 가지 덧붙이면 절차론적 윤리설은 행위의 결과와는 무관하게 절차적 정의가 보장되거나, 합의할 수 있다면 선이라고 간주합니다. 이 때 합의의 절차에 동의한 사람이라면, 불합리한 결과라도 이에 승복해야 합니다.

인간은 이기심과 이타성을 동시에 지니고 있는데요. 목적론과 법칙론 모두 윤리의 출발을 이타성에 두고 있습니다. 이기성에 기초한 윤리라면, '정글의 법칙'에 불과하기 때문입니다. 이 때 이타성의 기원을 찾는 방식이 갈라지는 것입니다. 이제 순진한 윤리학자이자 경제학자인 애덤 스미스의 방식에 따라 한 가지 사례를 들어 보겠습니다.

만일 대규모 지각 변동이 일어나 우리나라 영토가 3배쯤 늘어나고 대신 일본이 침몰한다면, 적지 않은 한국 사람들은 너무나 시원하고 통쾌한 일이라면서 '아멘'하고 외칠 것입니다. 그런데 이런 일이 일어나기 전에, 신이 당신에게 "너의 새끼손가락 하나를 잘라내면, 일본 침몰을 막을 수 있다"고 제안해 온다면 어떻게 하겠습니까, 물론 아프지 않게 자른다는 단서도 덧붙이고요. 하루쯤 고민하는 과정에서, 아무리 원수 같은 일본이지만, 그 속에서 살아가는 무고한 시민과 아이들, 구체적인 일상속의 사람을 떠올리지 않을까요. 그리고 자신이 그 제안을 거부했을 때, 평생 바다를 보면서 느끼게 될 죄책감은 감당하기 어려울 것입니다. 아마 대부분 신의 제안을 받아들일 것입니다. 그렇다면 이러한 이타성은 어디에서 온 것일까요. 인간이 지닌 본성일 수도, 공동체 전체의 행복을 추구하는 사회적 장치에 따라 후천적으로 배우거나 체득한 것일 수도 있습니다. 다시 말해 자신의 위험을 무릅쓰고 물에 빠진 아이를 구하는 행동은 "인간 본래의 양심인 것인지, 아니면 그런 사회가 자신의 아이를 키우는데도 더 유리하다는 사실 때문인지"로 압축해 볼 수 있습니다.

　이제 인간의 본성에 대한 탐색으로 돌아가는데요. 동양의 전통 논의는 이렇습니다.

　　고자가 말했다. "인성은 단수(湍水)와 같다. 동쪽으로 터주면 동쪽으로 흐르고, 서쪽으로 터주면 서쪽으로 흐른다. 인성에 선불선(善不善)의 구분이 없는 것은 마치 물에 동서(東西)의 구분이 없는 것과 같다."

　　맹자가 말했다. "물이 실로 동서의 구별이 없기는 하나 상하의 구별조차 없는 것인가? 인성이 선한 것은 물이 취하(就下)하는 것과 같다. 사람은 불선(不善)한 사람이 없고, 물은 '취하'하지 않는 것이 없다. 지금 물을 쳐서 튀어 오르게 하면 사람의 이마를 지나게 할 수 있고, 물을 막아 격하게 거슬러 올라가게 하면 산 위에 이르게 할 수도 있다. 그러나 이것이 어찌 물의 본성이겠는가? 밖으로부터의 세(勢)가 그렇게 만든 것이다. 사람이 불선을 하게 되는 것도 본성이 밖으로부터의 세에 의해 영향을 받았기 때문이다."

- 덕성여자 대학교 2019학년도 모의 논술, 맹자, '맹자'

공자는 옳음을 실천하기 위해 산 속에서 고사리만 캐어먹다 죽은 중국의 지사 백이와 숙제를 극찬합니다. 또 그의 수제자 안회는 끼니를 잇지 못하는 가난 속에서도 학문에 전념하다 굶어 죽습니다. 객관적으로 그리 행복해 보이지는 않습니다. 공자 사상에 따르면, 이들이 그래야 하는 이유는 '인간다움을 실현하는 길'이기 때문입니다. 인간으로서 스스로에게 부끄럽지 않기 위해 도를 행했을 뿐, 결과는 문제될 수 없습니다. 그리고 사람들은 비열한 부귀보다는, 불행한 이들의 의지적 삶에 깊은 감명을 받고는 합니다. 같은 인간이니까요. 서양에서는 칸트가 도덕 법칙을 순수 실천 이성의 객관으로 궁극적인 최고선의 지위에 올려놓습니다. 외부에서 주어지는 강제 조항이 아니라 자신이 자유롭고 완전한 의지 속에서 본질적인 법칙을 인식하고, 최고선에 이를 수 있다고 주장합니다.

우리는 응당 최고선의 촉진을 추구해야 한다. (최고선은 그러므로 역시 가능할 수밖에 없다.) 그러므로 또한 이 연관의 근거, 곧 행복과 윤리성 사이의 정확한 합치의 근거를 함유할, 자연과는 구별되는 전체 자연의 원인의 현존이 요청된다. (…) 그러므로 도덕적 마음씨에 적합한 인과성을 갖는, 자연의 최상원인이 전제되는 한에서만, 이 세계에서 최고선은 가능하다. 무릇 법칙의 표상에 따라 행위할 수 있는 존재자는 예지자(이성적 존재자)요. 이 법칙 표상에 따르는 그런 존재자의 원인성은 그 존재자의 의지다.

- 한국외국어대학교 2005학년도 정시 논술, 칸트, '실천 이성 비판'

우리는 사람들이 갖는 성향이나 경향성이 무엇인가에 상관없이 그것들을 만족시킬 최상의 방법을 강구하려는 것이 아니다. 오히려 사람들이 목적들을 추구할 때 반드시 지켜야 할 한계가 무엇인지를 밝히는 정의의 원칙들을 통해서 욕구와 포부를 제한하려는 것이다. 이런 입장은 공정으로서의 정의를 말할 때 '옳음'이라는 개념이 '좋음'이라는 개념에 선행한다는 것으로 표현할 수 있다. 정의의 우선성이란 어떤 면에서는 정의를 위반하도록 요구하는 욕구는 무가치하다는 것을 의미한다. 왜 정의를 위반해서는 안 되는가? 정의를 위반할 경우 인간의 존엄성이 훼손될 수 있기 때문이다. (중략) 그 자체가 목적일 수 있는 것은 상대적 가치를 표현하는 가격을 갖는 것이 아니라 내재적 가치, 곧 존엄성을 갖는다. 인간만이 윤리적일 수 있다는 점에서 존엄성을 가진다. 그러므로 인간은 어떤 경우에도 타인에 의해 도구나 수단이나 자원으로 이용되어서는 안된다. 정의가 우선시 되어야 하는 것은 바로 이 때문이다.   - 성균관대학교 2011학년도 수시 논술

이러한 도덕 원칙의 선천적인 형태, 원시 상태부터 지녀온 연민이나 부끄러움 등은 이타성을 촉발하는 인간의 본질적 특성으로 종종 제시됩니다. 고통을 당하는 타인의 모습을 보고, 이를 자신과 동일시하는 타고난 감성이 인간에게는 내재되어 있다는 것입니다.

연민은 각 개체 안에 있는 자기애의 수위를 조절함으로써 종 전체가 보존될 수 있게 해 주는 감정인 것이다. 남이 고통 받는 모습을 보고 깊이 생각하지 않고 바로 나서서 도와주게 되는 것은 연민 때문이다. 자연의 상태에서는 연민이 법과 도덕과 미덕을 대신해주며, 이때에 아무도 연민의 부드러운 목소리에 저항할 생각조차 하지 않는다는 이점이 있다. 생존에 필요한 것을 다른 곳에서 발견할 가능성이 있는 한, 건장한 미개인이 약한 어린 아이나 노인이 어렵게 획득한 식

량을 강탈하지 않도록 해주는 것이 연민이다. "남이 해주길 바라는 대로 남에게 행하라"는 합리적이고 숭고한 정의의 원리 대신에, 그다지 완전하지는 못하지만 더 유용하다고 할 만한, 인간은 본래 선하다는 믿음에 기초한 또 다른 원리인 "타인의 불행을 되도록 적게 하여 너의 행복을 이룩하라"를 모든 사람의 마음속에 품게 하는 것이 연민이다. 요컨대 인간이 악을 행했을 때 느끼게 되는 혐오감의 근원은 교묘한 논리에서보다는 오히려 자연의 감정 속에서 찾아야 하며, 이는 교육의 여러 원칙과는 별개로 찾아야 하는 것이다.

– 연세대학교 2010학년도 예시 논술

이같이 인간이 지닌 도덕적 자질을 선천적인 요소에서 찾을 경우, 이를 어떻게 알 수 있는지가 문제인데요. 이는 개개인이 주관적으로 내성적 인식을 해내야 합니다. 그가 인간이라면 자유로운 의지의 상태에서 통찰, 혹은 직관할 수 있다는 것입니다. 결과나 목적과는 무관하게, 심지어 손해를 보면서도 따르려는 선의지를 스스로 자각하려는 노력이 인간됨의 본성이라는 것이지요. 그런데 이러한 선의지에 따른 통찰은 결국 주관적이라는 한계가 발생하고, 때로는 개개인의 선의지가 충돌하기도 합니다. 그리고 윤리적 실천 과정에서 선택이 불가능해지는 공황상태, 이른바 딜레마에 빠지는데요. 쉽게 말해서 산모와 태아의 생명 중 한 명만 택할 상황이거나, 장마로 대도시 제방이 무너지려고 할 때, 시골 마을의 둑길을 허물어도 되는지에 대한 물음에 무기력하다는 것이지요. 자율비행 자동차의 인공 지능 설계와 관련된, 다음 질문도 이 같은 상황을 잘 보여줍니다.

자율주행차가 달려가고 있는 앞쪽에는 다섯 명의 보행자가 있고 그 옆길에는 한 명의 보행자가 있다. 브레이크가 고장 난 자율주행차는 스스로 멈출 수 없는 상황이다. 단 1초에도 엄청난 규모의 연산을 수행할 수 있는 자율주행차는 같은 상황에서의 사람 운전자보다 훨씬 신속하게, 그리고 조금도 당황하지 않고 냉정하게 주어진 결정을 따를 수 있다. 더욱이 네트워크로 연결된 자율주행차 업체의 메인 컴퓨터는 위험 상황에 처한 자율주행차가 보내는 경고 신호를 받게 되면 즉각 해당 상황에 가장 적합한 결정을 찾아 원격으로 그 차에 명령을 내릴 수 있다. 이럴 경우 "경고 신호를 받은 메인 컴퓨터는 그 자율 주행차의 방향을 옆길로 변경하도록 명령해야 하는가?"라는 질문에 대해 전 세계 대다수의 사람들은 "그래야 한다."라고 대답했다. — 성신여자대학교 2020학년도 모의 논술

답변 내용으로만 본다면 전 세계 대다수의 사람들은 "죄 없는 사람을 죽이지 말라"는 정언명법보다는 "5명을 살리기 위해서는 1명의 불가피한 희생을 감수해야한다"는 식의 가언명법을 따르고 있다고 보아야 할 것입니다. 이런 선택은 다음과 같은 공리주의의 계산 원칙이 오히려 현실적이라는 생각을 들게 합니다.

최대 행복의 원리를 도덕의 기초로 받아들이는 사람들은 행복을 좋은 것이라고 본다. 그들의 주장에 의하면 행위의 옳음은 행위가 행복을 증진시키는 정도와 비례하며 행위의 그름은 불행을 산출하는 정도에 비례한다. 이때 행복이란 쾌락을 의미하거나 고통의 부재를 의미하며, 불행이란 고통을 의미하거나 쾌락의 결여를 의미한다. 이러한 전제 아래 이들은 어떤 행위에 대해 다음과 같은 방법으로 도덕적 판단을 내린다. 먼저 어떤 행동이 한 개인에게 초래하는 모든 쾌락과 고통을 각각 합산한다. 양쪽을 비교했을 때, 만약 쾌락의 양이 고통의 양보다 많으면 그 개인의 관점에서 그 행위는 옳은 행위로 평가될 수 있으며, 반대로 고통쪽이 많으면 그것은 그른 행위로 평가될 수 있다. 다음으로는 동일한 방법으로

관련된 사람들 전체를 대상으로 위의 과정을 반복한다. 그래서 전체적인 쾌락의 합과 고통의 합을 계산해 낸다. 그리고 양쪽을 비교했을 때 쾌락의 합이 고통의 합보다 크면, 그 행위는 관련된 개인들의 전체 혹은 공동체에 대하여 일반적으로 옳은 행위로 평가되며, 반대로 고통의 합이 더 클 경우에는 그 행위는 같은 공동체에 대하여 일반적으로 그른 행위로 평가될 수 있다.

- 성균관대학교 2011학년도 수시 논술

따라서 인간의 본성을 텅 빈 백지나 때로 성악설에 두고, 서로에게 유익한 공동체를 만들어가자는 목적론에서는 공리(功利)의 증진을 위한 계산적인 해법을 중시합니다. 이때의 이타성은 타고난 것이 아니라, 상호 공존을 위해 후천적으로 혹은 유전적으로 오랜 시간 설계된 것입니다. 이 경우 적지 않은 윤리적 충돌, 이를테면 대도시와 시골 마을의 제방 등을 둘러싼 딜레마가 해결될 수 있습니다. 이제 보다 합리적이고 실현 가능한 보편적인 도덕 원칙의 기준을 수립한 것처럼 보이지만, 실상은 복잡하고 미묘합니다. 우선 계산과정이 그리 간단하지 않습니다. 1명보다는 5명이 더 소중한 근거는 무엇일까요. 사람의 생명은 '시장의 가격표'가 아닙니다. 한명 한명이 무한의 가치를 가지고 있다면 5=1이라는 공식이 성립됩니다. 정의에서 말하는 '옳음'이라는 개념이 '좋음'이라는 개념으로 환원된다면 인간의 존엄성과 같은 단어는 설 자리를 잃을 것입니다. 인간만이 지닌 내재적 가치를 어떻게 계산할 수 있는가라는 문제가 우선 제기되는 것입니다.

나아가 계산의 결과가 늘 합리적이라는 법도 없습니다. 태아와 산모 중에 하나만 선택해야하는 상황에서 아무래도 더 길게 사회 속에 남아, 세상을 위해 좋은 일을 할 것 같은 태아를 구했는데, 그가 커서 끔찍한 테러범으로 변모하지 말라는 법은 없으니까요. 다음은 이러한 (1) 왜곡된 공리주의적 계산법이 초래한 끔찍한 역사적 결과, 그리고 (2) 공리주의 선택의 유용성 (3) 인간의 예측이 지닌 계산의 불확실성을 순차적으로 보여줍니다.

(1) 히틀러는 그의 저서 '나의 투쟁'에서 "고등 인종인 아리안 민족의 피가 하등 인종의 피와 섞여서는 안 된다"고 주장했다. 히틀러는 집권 이듬해에 우생학적 법률인 '유전 위생법'을 공포했다. 그로부터 열두 해 동안 나치는 유럽 점령 지역에서 유태인, 집시 수백만 명을 살육했다.

(2) 1960년대부터 우생학은 부활의 기지개를 켰다. 각종 질병의 원인이 되는 유전자가 속속 확인되었기 때문이다. 예컨대 1993년 봄에 있은 헌팅턴 병의 유전자 확인 발표는 이 분야에서 거둔 가장 위대한 성과로 손꼽히고 있다. 일부 과학자들은 우생학을 인류의 생존과 번영을 지키는 중요한 수단으로 보고 있다. 이러한 우생학의 발전으로 유전적 질병이 유발한 막대한 사회적 비용을 획기적으로 감소시킬 발판이 마련되었다.

(3) 다운증후군은 21번 염색체의 이상으로 발생한다. 다운증후군 환자는 특이한 외모와 정신박약 등의 특징 때문에 정상적인 사회생활을 하기 위해서는 가족의 희생과 사회적인 지원이 필요하다. 다운증후군으로 진단받은 태아에 대한 우생학적 시술은 전 세계의 병원에서 일반적으로 행해지고 있다. 그러나 일반 사람들의 생각과는 달리 다운증후군 환자 자신은 이 질환의 특성상 짧지만 행복한 삶을 누릴 수도 있다. 또 대부분 부모와 형제자매로부터 사랑을 받을 것이다.

- 가톨릭대학교 2004학년도 정시 논술

끝으로 인간의 행복이 수치화 계량화되더라도, 모든 사람들이 공리주의 원칙에 합의할 것인지에 의문을 제기하는 한 가지 가상 상황을 들어보겠습니다. 당신이 오멜라스의 시민이라면 과연 행복할까요. 양심의 가책에 빠질까요. 만약 무엇인가 께름칙하다면 논의는 다시 원점으로 돌아갈 수밖에 없습니다.

> 행복한 도시, 축복받은 시민의 도시인 오멜라스에는 왕도 노예도, 광고도 주식 거래도, 원자 폭탄도 없는 곳이다. 독자들이 이곳을 지나치게 비현실적인 곳으로 상상하지 않도록, 작가는 여기에 한 가지 사실을 덧붙인다. "오멜라스에서 아름답기로 소문난 공공건물 지하실에, 어쩌면 대궐 같은 저택 천장에 방이 하나 있다. 방문은 잠겼고, 창문은 없다." 이 방에 아이가 하나 앉아 있다. 지능도 떨어지고 영양 상태도 안 좋은 아이는 방치된 채로 비참하게 하루하루를 연명해간다. 사람들은, 오멜라스의 모든 사람은, 아이가 거기 있다는 걸 알고 있다. (…) 그들은 모두 아이가 거기 있어야 한다고 생각한다. (…) 그들의 행복이, 도시의 아름다움이, 그들의 따뜻한 우정이, 자식들의 건강이, (…) 심지어는 풍요로운 수확과 온화한 날씨까지도 전적으로 그 아이의 끔찍한 불행에 달렸다고 생각한다. (…) 아이가 그 비참한 곳에서 나와 햇빛을 본다면, 아이를 씻기고 먹이고 위로한다면 물론 좋은 일이겠지만, 그날 그 시간부터 오멜라스의 모든 풍요로움과 아름다움, 기쁨은 시들고 파괴될 것이다. 그것은 행복의 조건이다.
>
> - 경기대학교 2014학년도 수시 논술, '정의란 무엇인가'

이제 선천과 후천이라는 개념어가 적용될 수 있는 출제 분야 한두 가지만 더 살펴보겠는데요. 우선 미적 감수성, 즉 미의식에 대한 논제입니다.

미의식이 선천적이라고 주장하는 이들은, 사람들에게는 보편적인 미적 감수성이 있으며, 아무 것도 바라지 않는 순수한 마음으로 미적 대상을 볼 때, 그 본질과 아름다움이 나타난다고 주장합니다. 숲을 사냥터로 보지 않고 대자연 그 자체로 볼 때 온전한 미의식을 자각할 수 있다는 것입니다.

칸트는 당연히 이러한 입장입니다. 그는 대상과의 관계나 유용성을 벗어나 내재적인 미적 형식만을 바라보는 마음의 작동방식을 '미적 무관심성'이라고 부릅니다. 이는 대상의 개념이나 용도 및 현존으로부터 완전한 거리두기를 통해 도달할 수 있습니다. 이는 예술의 고유한 가치를 옹호하는 개념이지만, 다소 극단화될 경우 예술과 현실의 단절로 이어지거나, 예술지상주의에 빠질 수 있습니다. 암흑 같은 일제강점기에 '암사슴이 샘물에 발을 씻는' 시문학이 과연 어떤 의미가 있느냐는 것입니다. 현실에 무기력한 도피적인 예술론으로 변질될 위험도 있습니다.

이에 반해 아름다움은 사회문화적 맥락에서 해석되고 가치가 부여되면서 미의식을 획득한다는 주장도 전개됩니다. 도대체 인간의 삶이나 현실과 동떨어진 미적 순수성이 어떤 의미가 있느냐는 것이지요. 우리가 미적 감동을 받을 때, 마치 깨달음의 순간처럼 찰나적인 감동에 휩싸인다고 착각하지만 여기에도 해석 과정이 개입된다는 사실을 강조합니다. "큰 양이 아름답다"는 '미(美)'의 어원은 현실적인 유용성이 미적 개념을 결정한다는 의미로 풀이됩니다. 사냥물이 풍부한 사냥터에서 결국 감동이 깊어진다는 식이지요. 그러나 이러한 입장은 예술을 도구나 수단적 위치로 전락시킬 우려로 이어집니다. 북한의 사회주의 예술은 '인민 혁명'이라는 현실 목표가 잔뜩 녹아 있습니다. 어쩐지 보기가 어색한 이유는 그 때문일 것입니다. 또 예술의 단기적인 효용성에만 집착해서 현실과 무관한 인간의 미적 충동을 이해하지 못한다는 공격을 받기도 합니다. 그럼에도 어떤 예술은 현실과 결합되면서 그 시대의 모순에 대한 사람들의 자각을 이끌어 내고 현실을 개혁하는 힘이 되면서 그 가치를 더욱 높게 획득해 나간다는 사실도 간과할 수 없습니다. 이육사, 윤동주 문학을 일제강점기와 분리해서 감상하기란 좀처럼 쉽지 않습니다. 다음 제시문은 미의 본질을 보는 두

가지 시각입니다. 선천과 후천이라는 개념어를 순차적으로 적용할 수 있습니다.

(1) 그처럼 미란 목적과 이해관계를 떠난 미 그 자체(art for art itself)다. 들국화의 미를 그 자체대로 체험하고자 할 때 우리는 들국화가 무엇을 말하려는가에 귀를 기울이지 않는다. 들국화의 꽃잎과 암술과 수술의 조화, 꽃잎의 보랏빛과 푸른 하늘의 대조에 주목한다. 곧 무엇을 말하려는가가 아니라 어떻게 구성되었는가에 초점을 맞춘다. 이런 점에서 순수미를 지향하고 새로운 형식의 창조에 주력하고 텍스트의 구성 원리에 주목하는 미학은 타당하다.

(2) 이처럼 꽃의 미추(美醜)는 그 꽃과 관련된 의미들과 무관하지 않다. 아름다움은 대상 자체에서만 비롯되는 것이 아니다. 꽃의 아름다움은 꽃 자체만이 아니라 그를 둘러싼 맥락, 꽃과 맥락을 종합한 것에도 있다. 꽃과 맥락을 더불어 생각하며 그것이 무엇을 말하려는가에 대해 귀를 기울일 때 우리는 진정으로 꽃의 의미에 다가갈 수 있다. 그 꽃이 과연 내 삶에, 우리 사회에 어떤 의미를 던질까 생각할 때 꽃은 비로소 내 마음에 참으로 아름답게 피어난다. 이런 점에서 맥락에 따른 미를 지향하고 진정한 가치를 지닌 창조에 주력하며 예술의 목적에 주목하는 미학은 타당하다.   - 한양대학교 2011학년도 모의 논술

이와 함께 "예술적 성취가 선천적 재능인가, 후천적 노력인가?" -연세대-, "인간이 타인과 소통을 할 때, 선천적인 요소와 후천적인 사회문화적인 맥락은 어떤 의미를 지니는가?" -건국대-, "우리가 느끼는 하늘과 땅에 대한 관념, 이를테면 하늘을 초월자나 이상세계와 동일시하는 개념은 인류에게 보편적인가, 사회문화적 환경의 산물인가?" -숙명여대- 등의 질문은 모두 인간이 타고나는 선천적 자질과 후천적 체득이라는 개념을 그 전

제에 놓고 접근하는 문제였습니다. 여하튼 선천과 후천 또한 논술의 주된 개념어 중 하나인 것만은 틀림없습니다. 이중 가장 인상적인 문제 하나를 소개하면서 설명을 마칩니다. 다음 제시문은 '부끄러움의 기원'을 묻고 있는데요.

> 부끄러워할 줄 아는 마음이 없다면 사람이 아니다. 그런데 많은 사람들이 이익을 좇는 데 혈안이 되어 이 마음을 잃어버리고는 심지어 본래 자신에게 그런 마음이 있었다는 사실조차 모르게 되었다. 마치 원래 나무가 무성했던 우산(牛山)이 무절제한 벌목으로 민둥산이 되어버려 본래 나무가 무성했다는 사실조차 잊혀져버린 것과 같다. 본심을 잃어버린 사람들을 교화하여 부끄러워할 줄 아는 마음을 길러주면 사회의 악은 저절로 사라질 것이다.
>
> - 고려대학교 2010학년도 모의 논술

이 지문은 부끄러움을 인간이라면 모두 지니는 선천적인 요소로 파악하고 있습니다. 그러니까 타고난다는 것이지요. 주인 몰래 냉장고를 뒤진 강아지가 부끄러움을 느끼는지는 잘 모르겠지만요. 그런데 어떤 부끄러움은 사회에서 배우기도 합니다. 아마존의 한 부족은 남녀가 나체로 다니면서도 부끄러움을 느끼지 않지만, 우리는 부끄러워합니다. 우리나라의 초등학생은 답이 너무 많이 틀린 수학 시험지를 부모 앞에 내어 놓을 때 부끄러워합니다. 이것도 선천적인 것일까요.

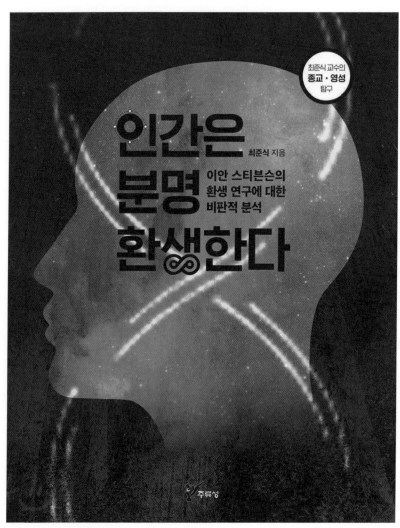

"과연, '다음 생'이 존재할까?"

인간은 정신적 존재인가, 물질인가?

- 자유의지와 결정론

　　삶과 죽음을 둘러싼 인연을 다룬 영화 '21 그램'에서는 이를 영혼의 무게라고 말하는데요. 실제로 영혼이 있기나 한 것일까요.

　　컴퓨터가 작동하기 위해서는 하드웨어와 소프트웨어가 있어야 합니다. 인간 또한 물리적인 대상이면서 동시에 사고와 감정, 그리고 개개인마다 자유로운 의지를 지니고 있습니다. 이를 정신(mind)과 물질(matter)로 구분해 볼 때, '무엇이 더욱 근본적인가'라는 의문이 제기됩니다. 아무리 고매한 정신을 가지고, 하늘의 별을 헤아리는 철학자도 가시덤불에 걸리면 넘어지게 마련입니다.

　　철학에서는 이에 대해 두 가지 답변을 하는데, '실재의 본성'을 보는 시각에 따라 크게 관념론과 유물론으로 분류할 수 있습니다. 철학적 관념주의자들은 정신, 사고, 의식 등이 물리적 존재에 우선한다고 보고 있습니다. 정신 활동이 없다면 물리 현상은 무의미하고, 물리 현상이 정신 속에서 재구성될 때 비로소 의미를 지닌다는 것입니다. 소프트웨어 없는 컴퓨터가 '고철 조각'에 불과한 것과 마찬가지입니다. 이에 대해 철학적 유물주의자는 인간의 정신 활동도 궁극적으로는 물질이나 에너지의 특수한 상태로 포함시키자고 제안합니다. 컴퓨터의 소프트웨어가 비록 하드웨어와 분리된 것처럼 보이지만, 결국 전기적인 작동을 하는 물리적 실체라는 것이지요. 이러한 두 입장을 절충하는 철학 이론은 생략하겠습니다. 선명한 이론을 통해 대립적인 두 관점을 이해할 때, 논의가 더욱 분명해지니까요.

관념론과 유물론은 인간의 실재를 보는 근원적인 시각이자 논의의 전제가 되기 때문에 각자의 입장에 따라 인간과 사회를 보는 눈은 판이합니다. 이해를 돕기 위해 이러한 두 입장을 남녀간의 '사랑'에 적용해 보겠습니다. 관념론에 따르면 사랑은 인간의 고귀한 정신 활동이며 영혼의 교감이 될 수 있지만, 유물론은 번식을 위한 호르몬의 작용에 주목하게 됩니다. 후대에 개체를 남기는 것이 최우선 과제로 프로그램 된 '유전자 기계'가 이를 효과적으로 키울 수 있는 상대를 고르는 탐색과정이라는 것이지요. 두 입장을 제시문으로 일단 정리해 보겠습니다.

> 인간은 생각할 수 있는 '정신적 존재'이며, '윤리적 존재'이다. 짐승은 필요한 만큼 먹고 마시며 과식을 하지 않으나, 인간은 과음 과식을 하여 소화불량에 걸릴 수도 있다. 짐승은 본능에 따라 욕구를 쉽게 자동 조절할 수 있으나, 인간은 그때그때마다 자기 반성, 즉 정신적 활동을 통해서 자기를 제어해야 한다. "사람이 된다."는 우리말 속에 이미 윤리성이 들어 있다. '사람다운 사람'이라는 말은 인간이 본질적으로 윤리적 존재임을 보여 주고 있다. … 인간은 대체로 육체적 욕구를 가진 점에서는 동물과 비슷하지만, 도덕적·정신적인 면에서는 동물의 범주를 벗어난다고 할 수 있다. 다시 말해서, 모든 동물은 본능적으로 행동하는 데 비하여, 인간은 의식적으로 행위하며, 스스로 가치를 추구하고 정신적으로 행동할 수 있다.
>
> - 성균관대학교 2004학년도 정시 논술

의료기술의 진보로 1970년대부터 보급되기 시작한 CT(컴퓨터단층촬영)와 MRI(자기공명영상장치)를 이용하여 인간 뇌의 단층영상을 얻을 수 있게 되어 X선 촬영에서 식별할 수 없는 뇌의 상태를 판별할 수 있게 되었다. 이러한 의료장비의 개발로 뇌종양, 뇌경색, 뇌졸중 등과 같은 뇌 질환의 진단과 예방이 가능해진 것은 물론이다. 하지만 마음에 대한 인식과 관련하여 중요한 것은 이러한 전자기장에 대한 연구 덕분에 우리는 뇌 속에 전기적인 성질을 띤 영역에 관한 지식과 3차원 홀로그램 타입의 모델을 결합하고, 뇌를 둘러싼 자기력의 효과를 명확히 인식할 수 있었다는 점이다. — 중앙대학교 2007학년도 수시 논술

따라서 이들은 인간의 죽음에 대해서도 전혀 달리 답변합니다. 유물론에서는 사랑하고 창조하는 인간이라는 놀라운 기계가 노후하면서 잦은 고장을 내다 결국 작동을 멈추는 과정으로 설명합니다. 이 과정에 영혼이 끼어들 틈은 없을 것입니다. 기계가 멈추면 모든 전기적 흐름도 끊어지니까요. 21그램은 전기 장치가 꺼지면서 사라지는 물리적인 무게 정도로 설명될 것입니다. 이에 비해 관념론에서는 인간 영혼의 가능성을 부인하지 않습니다. 이것이 종교로 확장되면 내세나 천국이라는 관념이 만들어질 것입니다. 21그램은 흩어지지 않고, 또 다른 정신세계로 향한다고 볼 수 있습니다.

나아가 두 입장은 자살이나 범죄 교육 같은 사회 현상을 보는 시각도 전혀 달리합니다. 유물론에 따르면 인간의 자살은 사회적 환경에서 한 개체가 자신의 유전자를 더 이상 효과적으로 관리하거나 후세에 전달할 수 없을 때 택하는 최후의 방법입니다. 특히 긴장과 억압으로 가득 찬 사회적 상황이 임계치(臨界値)에 이르면 유전자는 자살을 통해 오히려 자신을 보호한다는 것입니다. 이에 비해 관념론에서는 자살을 인간만이 지닌 고유

성으로 개체의 실존적 결단으로 이해합니다. 인간의 정신은 물리적인 육체와 분리되어 이를 대상화해서 생명조차 자유롭게 버릴 수 있다는 것입니다. 따라서 자살을 예방하는 해법도 달라집니다. 유물론이 사회 복지 시스템 같은 외부 환경의 개선에 주목한다면 관념론에서는 개개인의 정신적인 주체성을 높이고 자존감을 회복하는데 주력해야 한다고 제안할 것입니다. 이를 확대해서 이른바 '정신병'의 치료 방법을 생각해 볼 수 있습니다. 유물론자는 궁극적으로 약물 치료 가능성에 무게를 둔다면, 관념론자는 이를 '헛짓'이라고 볼 가능성이 높습니다. 마치 소프트웨어가 엉킨 컴퓨터의 하드웨어에 기름을 칠하는 식에 불과하다는 것이지요.

(1) 이와 같이 자기를 의식하게 되는 것, 즉 자기의 실존을 새롭게 반전(反轉)시키고 집중시키는 것은 정신이 가능하게 하는 것인데, 이러한 것으로 인간의 두 번째 본질적 징표가 주어진다. 우리가 '인간'이라고 부르는 존재는 자신의 정신에 의해 환경을 세계존재의 차원으로 확대하고 저항들을 대상화할 수 있을 뿐만 아니라 또한 그 자신의 생리적이고 심리적인 성질을 다시금 대상화할 수 있다. 또한 모든 개별적인 심리적 체험과 또 자기 생명의 기능들 자체가 갖고 있는 모든 개개의 기능을 다시금 대상화할 수 있다. 바로 그렇기 때문에 이 존재는 자기의 생명조차도 자기 자신으로부터 자유롭게 던져버릴 수 있다.

(2) 생리학과 진화의 문제에 관심 있는 생물학자는 자의식은 뇌의 시상하부(視床下部)와 대뇌변연계(大腦邊緣系)에 있는 정서중추에 의해 제어되고 형성된다는 것을 알고 있다. 이 중추들은 우리의 의식을 미움, 사랑, 죄의식, 공포 등의 모든 감정으로 채우고 있고 윤리철학자들은 이러한 감정에 의존하여 선악의 기준을 직관하고 있다. 그러면 우리는 무엇이 이 시상하부와 대뇌변연계를 만들어냈느냐 하는 의문을 제기하지 않을 수 없다. 그러나 이들은 바로 자연선택에 의해

진화되어 온 것이다. 따라서 자아의 존재나 이 자아를 종식시키는 자살은 결코 철학의 중심과제는 아닌 것이다. 시상하부와 대뇌변연계 복합체는 자연히 이러한 논리적 환원을 부인하고, 자살을 죄의식과 이타성의 감정으로 본다.

- 성균관대학교 2006학년도 수시 논술

이러한 입장 차이로 인간의 교육 방법론이나, 인간이 추구하는 행복의 본질 등에 대해서도 답변이 갈라질 수밖에 없는데요. 특히 유물론은 인간을 둘러싼 사회적 환경을 무엇보다 중시합니다. 인간이란, 복잡한 유전자 덩어리가 환경과 상호 작용을 하면서 학습하고 행복을 추구하는 존재이기 때문입니다. 다음 지문에서 분명하게 확인할 수 있습니다.

또 다른 방식으로 해로운 자극을 약화시키는 행동이 있는데 이것은 훨씬 더 중요한 역할을 한다. 이 행동은 조건반사의 형태로 습득되는 것이 아니라 조작적 조건화(operant conditioning)라는 다른 과정의 산물로 생겨난다. 어떤 행동에 일정한 종류의 결과가 뒤따르게 되면 이 행동이 다시 일어날 확률이 높아지는데 이와 같은 효과를 갖는 결과를 강화물(强化物; reinforcer)이라 한다. 예를 들면 굶주린 생물체에게 먹이는 강화물이 된다. 즉, 생물이 어떤 행동을 한 뒤에 먹이를 얻게 되면 배고플 때마다 다시 그 행동을 하게 된다. (중략) 지금은 한 때 자율적 인간에게 돌려졌던 기능들을 환경 조건이 담당하게 되었는데 이에 따라 몇몇 새로운 의문들이 등장하게 된다. 그렇다면 인간은 '폐지'되어야 하는가? 물론 하나의 종으로서나, 성취를 하는 개인으로서는 폐지되지 않는다. 폐지되는 것은 자율적인, 내적 인간(the inner man)이며 이것은 하나의 진보라고 할 수 있다.

- 서강대학교 2007학년도 수시 논술, B. F. 스키너, '자유와 존엄을 넘어서'

잠시 문학으로 화제를 돌려 이해를 확대해 보겠습니다. 흔히 '자연주의 문학'으로 분류되는 작품을 보면, 대부분의 주인공이나 등장인물들은 사회적 환경에 따라 반응하고 변화되며, 결국 타락해 가는 인간 군상으로 묘사됩니다. 고통스런 사회라는 거대한 우리 속에 갇혀서 점차 나락에 빠져가는 모습을 김동인의 소설 '감자'의 주인공 '복녀'에서 확인할 수 있는데요. 이 소설을 읽게 되면 인간이 고상한 정신을 지닌 존재가 아니며, 생존을 위한 기계에 불과하다는 인상을 받게 됩니다. 이러한 자연주의 문학은 기 드 모파상의 '비곗덩어리'에서 그 시원을 찾아 볼 수 있습니다. 본래 이름이 엘리자베스 루세인 '비계 덩어리'는 멸시 받는 창녀지만, 결국 그를 둘러싼 인간 군상들의 추악함이 적나라하게 묘사되면서, 그나마 이 여성만이 '사람답다'는 인상을 주게 됩니다. 전쟁이라는 극한 상황 속에서 인간이 자신의 생존을 위해 얼마나 비열해질 수 있을지, '창녀' 앞에서 고상을 떠는 인간들의 이중성을 통해 제시합니다. 애초부터 고상한 정신이나 에티켓도 배부른 상황에서나 가능하다는 것이지요.

인간 실재와 본성을 바라보는 상반된 철학적 시각은 인간의 행복에 대해서도 엇갈린 견해를 내놓습니다. 영화 매트릭스에서 그 시사점을 주고 있는데요. 주인공은 현실에 안주하는 삶을 지속할 수 있도록 하는 '파란 알약'과, 진실을 마주하게 하는 '빨간 알약' 중 하나를 선택해야 하는 상황에 처합니다. 여기서, 주인공은 빨간 알약을 선택하고 매트릭스에서 벗어나 진실을 마주합니다. 빨간 알약을 삼키고 매트릭스에서 벗어난 주인공은 지금까지 진짜라고 믿으며 살아왔던 것들이 사실 모두 프로그래밍 된 가상의, 즉 거짓의 세계임을 알게 되고, 진실을 위해 투쟁하는 삶을 살게 되는데요. 이를 주체적이고 실존적인 결단이라고 본다면, 매트릭스 안은 일종의 기계적인 행복 장치에 따라 영위하는 삶이 될 것입니다.

인간 이성을 강조하는 아리스토텔레스라면, 매트릭스에서 벗어나 진실을 마주하는 삶이 진정한 행복이라고 주장할 것입니다. 세네카 또한 '행복론'에서 사람은 자신의 의지나 주체성을 통해 행복해질 수 있다고 강조합니다. 물질에서 비롯되는 풍요 등은 행복의 본질적 요소가 아니라는 것입니다. 이에 대해 아무리 인간이 주체적 선택을 통해 만족감을 얻을 수 있다고 하더라도, 본능적 욕구들로부터 충족되는 행복감을 무시할 수는 없다면서 파란 알약을 선택할 수도 있습니다. 아리스토텔레스가 주장하는 행복은, 사실은 불행하지만 자신이 이성을 따르고 있다는 사실 자체를 행복이라고 간주하고 불행을 행복으로 가장하며, 인간이 가진 감정적, 육체적 쾌락이라는 삶의 순리를 역행한다고 지적할 수 있습니다. 각각의 입장은 인간의 실재에 대한 전제를 달리하고 있다는 사실을 이해했을 것입니다.

'인간의 정서가 뇌의 화학적 균형, 신경전도물질의 변화에 의해 좌우된다는 학설이 있다. 이는 쾌감이나 행복감이 뇌와 몸의 여러 부위에서 분비되는 다양한 호르몬과 신경전도물질의 상호작용에 의해서 이루어지는 복잡한 과정이라는 것이다. 이에 착안하여 어떤 발명가가 뇌의 부위에 전기적 자극을 줌으로써 개인이 원하는 행복 경험을 할 수 있게 해주는 체험기계(experience machine)를 발명했다고 가정하자. 이 체험기계에 접속하면 사람들은 평생 동안 실제와 구별할 수 없을 만큼 생생하고 강렬한 쾌감이나 행복감을 체험하며 살아갈 수 있다. 사람들은 행복하기 위하여 이 체험기계에 접속할 것인가, 말 것인가?

- 성균관 대학교 2015학년도 수시 논술

이제 마지막으로 이러한 두 가지 인간관이 필연적으로 직면하는 '자유의지'와 '결정론'이라는 화두를 짚어보고 설명을 마치겠습니다. 인간이 정신적 의지적 존재라면 인간 행위나 미래 예측은 애초부터 불가능하고, 어떤 행동 결과의 해석만 가능합니다. 이에 비해 인간이 기계적, 물질적 존재라면 그 설계가 워낙 복잡해서 당장은 어렵지만 언젠가는 개인의 행동이나 사회 현상을 법칙적으로 설명하는 날이 오게 될 것입니다. 이에 따라 사회과학 방법론도 두 가지로 나뉘는데요. 이는 기출이 워낙 빈번한 만큼 다음 단원에서 분리해서 설명하겠습니다. 다만 자유의지와 결정론은 잘 알려진 영화 '트루먼 쇼'에도 그 시사점이 담겨 있습니다. 온 섬을 몰래 카메라로 온통 뒤덮은 세트장에서 트루먼은 자신의 삶을 주관하는 신적 존재인 감독의 기획과 의도에 따라 주어진 삶을 살아가게 됩니다. 그러나 어느 순간, 거대한 세트장의 음모를 자각하고, 자신의 의지에 따라 그 세계를 박차고 나오게 되지요. 비록 인간이 신의 설계에 따라 만들어진 세계를 살아간다고 해도, 행위의 주체는 개인이라는 사실을 강조합니다. 그런데 달리 보면, 그가 결국 세트장을 깨고 나오는 것 또한, 이미 예정된 결과가 아닐까요. 결정론과 자유의지도 그 해답이 없는 특유의 형이상학적 주제가 분명합니다.

"당신은 자신의 자유에 따라 스스로 삶을 주체적으로 결단하고 선택한다고 하지만 결국 이는 예견된 결과에 불과하다."
"어떠한 결과나 선택도 결국 자신의 의지가 있기에 가능했던 것이다"

두 논의는 서로 맞물려서 사실 영원히 해결될 수 없는 난제입니다. 흔히 "운명(運命)이다"라고 말하면 "아무리 해도 어쩔 수 없는 현실에 굴복한다"는 의미로 쓰이는데요. 운명의 사전적 의미가 '인간을 포함한 모든 것을 지배하는 초인간적인 힘, 또는 그것에 의하여 이미 정하여져 있는 목숨이나 처지'이기 때문입니다. 그런데 이 글자를 잘 뜯어보면, 사전적 의미가 다소 협소하다는 생각이 듭니다. 운명에서 '운(運)'은 움직인다는 의미를 내포하고, '명(命)'은 주어졌다는 사실로 풀이해보면, 주어진 상황을 스스로 움직여서 변화될 여지가 남아있는 것이 운명이 아닐까 합니다. 운명은 온전히 타고 나는 것인지, 타고난 상황에서 스스로 개척해 바꾸어가는 것인지, 이것이 해결되려면 인간의 실재에 대한 규명이 선행되어야 하지만, 이는 죽어서나 풀리는 문제가 아닐까 합니다. 결정론과 자유의지에 관한 두 제시문을 보고, 이어 소개되는 실험 및 관찰 결과는 각각 어느 입장을 지지하는지 한번 연결해 보기 바랍니다.

(1) 확실히 우리는 과거에 대한 협소한 이해와 단편적인 지식을 갖고서는 왜 세상은 바로 이 시간과 장소에서 한 도둑과 알코올 중독자와 영웅을 배출해야 했는지 알 수가 없다. 그러나 막연하고 피상적이기만 한 우리의 지식은 우리로 하여금 자연 그 자체와 유사한 막연성을 상상하게 하지도 못 한다. 자연 속에 있는 것은 모두 결정되어 있고 조금도 빈틈없이 항상 그래 왔으며, 또한 자연은 영원히 스스로 산출한 바로 그것을 출산하도록, 이 작업의 근원에 관한 우리의 이해가 아무리 보잘것없더라도 그렇게 운명 지어져 있었던 것이다.
존재하는 것에 대한 궁극적인 책임 그리고 어떤 사람과 그의 행위에 관한 책임은, 모든 사물에 최초의 원인이 있을 경우 오직 그 원인에 있을 것이고 혹시 그런 원인이 없을 경우엔 아무데에도 그 책임이 없다. 적어도 이와 같은 것이 결정론이 함축하고 있는 불가피한 의미인 것 같다. — 리차드 테일러, '형이상학'

(2) 우리는 자유를 위한 자유를 원하는 동시에 하나하나의 특수한 경우를 통

하여 자유를 원한다. 그리고 자유를 원하면서 그것이 타인의 자유에 완전히 의존한다는 것과 타인의 자유는 우리의 자유에 의존한다는 것을 우리는 알게 된다. 물론 인간의 정의(定義)로서의 자유는 타인에 의존하지 않는다. 그러나 앙가주망이 생기자마자 나는 나의 자유와 동시에 타인의 자유를 원하지 않을 수 없으며, 내가 또한 타인의 자유를 목적으로 삼아야만 나의 자유를 목적으로 삼을 수 있는 것이다. - 장 폴 사르트르 '실존주의는 휴머니즘이다'

- 서강대학교 2004학년도 모의 논술

(a) 실험자는 심리학 실험실이 있는 건물 로비에서 참가자를 맞았다. 함께 엘리베이터를 타고 4층 실험실로 올라가면서, 실험자가 참가자에게 가벼운 투로 서류가방에서 몇 가지 서류를 꺼내야 하니 커피가 담긴 종이컵을 잠시 들어달라고 부탁했다. 그런 다음 커피를 돌려받고 참가자에게 클립보드의 서류를 건넸다. 모두 10초 안에 벌어진 상황이지만, 참가자가 커피를 들고 있던 잠깐의 시간이 우리 연구의 결정적 순간이었다.

실험실에 들어가서 참가자는 어떤 사람에 관한 소개문을 읽었다. 다른 참가자들도 동일한 소개문을 읽었다. 흥미롭게도 따뜻한 커피를 들고 있었던 참가자들은 차가운 커피를 들고 있었던 참가자들보다 그 사람을 더 좋게 보았다. 물리적으로 따뜻하거나 차가운 온도를 경험한 것이 따뜻하거나 차가운 사회적 감정을 활성화시켰고, 이것은 다시 참가자들이 타인에게 느끼는 호감에 영향을 미쳤다. 모두 무의식중에 벌어진 일이었다. 실험이 끝나고 참가자들에게 자세히 물어보자, 커피를 들었던 경험이 그 사람에 대한 인상에 어떤 식으로든 영향을 미쳤을 거라고는 아무도 생각하지 못했다.

(b) 유년기가 성인기의 행복에 영향을 끼친다는 것은 누구나 아는 사실이다. 그

러나 최근 수행된 전향적 연구들에 따르면 그 사실은 우리가 생각하는 것만큼 중요한 것이 아니다. 가장 훌륭하게 노년에 이른 사람과 최악의 노년에 이른 사람의 유년기를 비교해 보았을 때, 둘 사이에는 주목할 만한 차이가 없었다. 어린 시절 손톱을 물어뜯는 습관이 있었다거나, 일찍 대소변을 가렸다거나, 늘 감기를 달고 살았다거나, 신경이 예민한 아버지나 어머니를 두었다고 해서 모두가 다 정서적으로 불안해지거나 불행한 노년을 맞이하는 것은 아니었다. (중략) 불행한 유년기 때문에 알코올 중독에 빠진다는 가설도 널리 잘 알려져 있다. 그러나 그 가설도 회고적 원인 조사에 기반을 두고 있다. 즉 알코올 중독자나 의사들은 회고적 견지에서 알코올 중독의 원인으로 불행한 유년기를 지목한다. 그러나 전향적 연구를 근거로 보자면, 기억은 원인과 결과를 뒤바꿔놓을 뿐이다. 알코올 중독자가 된 사람들이라고 해서 모두가 다 불행한 유년기를 보내지는 않았으며, 불우한 유년기를 보냈다고 해서 모두가 다 알코올 중독에 걸리는 것은 아니다.

- 연세대학교 2021학년도 모의 논술

(1)-(a), (2)-(b)가 연결됩니다. 각각의 주장에 대한 두 가지 실험 및 연구 사례로 볼 수 있는데요. 우리가 객관적이라고 믿는 과학적 연구조차 그 결과는 상충할 수 있다는 사실을 보여줍니다. 사실 그렇지 않았다면, '결정론'과 '자유의지' 중 한 가지 이론은 이미 폐기되었겠지요. 그런데 인문학에서는 어떤 이론도 좀처럼 사라지지 않습니다. 수학이 아니니까요.

인간은 과연 복잡한 기계 장치에 불과할까요?

28 인간 행동과 사회 현상을 예측할 수 있는가?

- 양적, 질적 연구 방법론

　　인간이 고도로 복잡한 기계이고, 이러한 기계가 환경과 상호 작용하면서 살아가는 것이라면, 인간과 인간이 이루는 사회에서도 자연과학처럼 일정한 규칙성을 파악할 수 있을 것입니다. 물론 인간이 너무나도 복잡해서 당장은 어렵지만, 언젠가는 인간 유전자와 호르몬의 작용, 환경 등 모든 변수를 '빅 데이터' 속에 가두고, 인간 사회를 법칙적으로 규명하는 날이 올 수 있습니다. 그래서 마침내 '빅 데이터'가 내일 철수의 행동을 예측합니다. 빅 데이터는 철수는 물론 철수 엄마, 아빠의 유전자 지도, 그리고 그의 생활환경도 모두 분석한 상태입니다.

　　"아침에 마지못해 학교를 간 뒤, 오후에는 학원을 째고, 오락실에서 살 것이다."

　　'빅 데이터'는 즉각 이 정보를 철수 어머니에게 전송하고, 어머니는 그날 아침부터 초조해져서, 이 메모를 잘 간수하지 못해 등교하던 철수의 눈에 띄게 됩니다. 기분이 몹시 상한 철수는, 수업을 마치고 보란 듯이 학원에 가서 공부에 열중해 봅니다. 저녁에 철수 어머니는 '빅 데이터'에게 묻지요. 어찌된 일이냐고?

"초조하면 부주의해지는 당신의 성격과 철수의 행동을 모두 고려해서, 이 같은 예언을 통해 철수를 학원에 보내게 되었습니다."

과연 이런 날이 올까요. 그리고 이런 날이 왔을 때, 행위의 주체는 '빅데이터'인가요. 철수인가요? 그리고 인간은 자신의 행동이 예측되었을 때, 이 예측을 다시 계량하는 존재이기도 합니다. 계량기 위에 계량기가 산처럼 쌓여 있다면 서로의 무게가 상대의 바늘에 끊임없이 영향을 주지 않을까요. 성균관대학교는 2004학년도 수시논술에서 국립현대미술관 야외에 전시된 곽덕준의 '10대의 계량기' 사진을 출제했는데요, 바로 인간 세계의 복잡한 상호작용 양상을 내포하고 있습니다.

사회과학에서 양적 연구 방법은 물질계를 연구하는 자연 과학과 마찬가지로 사회, 문화 현상에 존재하는 보편 법칙이나 이론을 실증적으로 정립해 나가는데요. 여기에는 사회 현상도 자연과 마찬가지로 객관적인 수치로 측정하여 계량화할 수 있다는 전제가 깔려 있습니다. 따라서 양적 연구는 관찰과 실험을 통해 현상의 법칙성을 발견하는 자연 과학의 방법론을 사회에 적용, 보편 법칙을 도출해내고 이에 따라 현상을 예측하는데 주력합니다. 이는 인간과 물질계를 동일한 범주에 놓고 있기에 방법론적 일원론, 혹은 실증적 방법으로 분류됩니다. 이를테면 연인(戀人) 간 사랑의 정도를 일 년 동안 주고받은 문자 횟수, 서로를 위해 지출한 화폐량의 총합 등으로 계산한 뒤 '결혼 가능성'을 통계적으로 제시하는 것입니다.

인과 관계는 원인과 결과 사이의 관계를 말한다. 예를 들어 여름철에 오호츠크해 기단[8]과 북태평양 기단이 우리나라 상공에서 부딪힌 상태로 정체하면 장마가 시작된다. 즉 '두 기단의 충돌 및 정체'와 '장마' 사이에 인과 관계가 성립한다.

---

8) 기단 : 수백㎢에 걸쳐 형성된 기온과 습도 등의 성질이 비슷한 공기 덩어리

그렇다면 우리가 인과 관계를 밝히려는 이유는 무엇일까? 인과 관계를 밝히면 어떤 현상을 설명하고 예측하는 것이 가능해지기 때문이다. 인과 관계를 가장 분명하게 입증하는 방식은 실험이다. 인과 관계가 성립하기 위해서는 원인이 되는 변수 이외의 요인에 의한 설명은 제거되어야 하는데, 실험은 이를 가장 분명하게 제거해 준다. 실험은 모든 면에서 유사한 두 개 혹은 그 이상의 집단을 나누고 특정 집단에만 어떤 변수를 의도적으로 조작한 후 집단 간에 결과의 차이가 있는지 관찰한다. 그러나 사회 현상은 대부분 다양하고 복잡한 사건들이 얽혀서 나타나기 때문에 원인과 결과를 파악하기 어렵고 실험이 불가능한 경우가 많다.

- 연세대학교 2018학년도 수시 논술

이 제시문은 양적 연구 방법론의 의의와 한계를 소개하고 있는데요. 특히 마지막 부분에서 간단히 언급한 한계, 즉 변수의 복잡성과 실험 불가능성에 주목해야 합니다. 지금 볼펜에게 "너 지금 낙하 실험 한다"고 말하고, 볼펜을 놓아 보십시오. 실험을 하든 말든, 자유 낙하의 법칙에 따라 충실하게 떨어질 것입니다. 그러나 친구에게 "너에게 지금 1분 동안 눈을 깜박이는 횟수 실험을 하겠다"고 말하면, 그동안 눈을 부릅뜨고 있는 친구가 적지 않을 것입니다. 이는 인간이 본질적으로 자유의지를 지닌 자율적 존재여서 인간의 행위와 그 행위로 얽히는 사회 현상을 인과론이나 필연적 법칙으로 설명할 수 없다는 주장에 힘을 실어 줍니다. 더구나 현대에 들어와서 물리학자 하이젠베르크가 불확정성 원리를 제시, 결정론을 논박하면서 더욱 힘을 얻고 있습니다. 실험, 또는 관측한다는 사실 자체가 실험 대상에게 영향을 주면서 '실험이 불가능'하다는 것이지요.

나아가 사회 현상의 예측은 다시 대상의 행동에 영향을 주는 새로운 변수로 등장해서 문제를 복잡하게 만듭니다. 쉽게 말하면 올해 수시 논술 경쟁률이 높을 것이라는 예측이 정작 지원율을 떨어뜨리기도 한다는 것입니다. 인간은 자신이 관여하고 있는 사건에 관해 알게 됨으로써 자기의 행위를 변화시키는데요. 이것은 사회 연구로 세워진 일반 법칙을 무력화시킵니다. 잘 알려진 '자살적인 예측'을 살펴볼까요. 미국의 경제학자들은 당시 미국 경제를 검토한 결과 1947년에 대규모 경제침체가 있을 것이라고 예측했습니다. 그런데 대공황을 가까스로 탈출한 소비자와 기업주체, 정부는 효율적인 경제 전략을 수립해 생산품의 가격 등을 낮추었고, 소비자가 수요에 가세해 경기는 오히려 활황으로 돌아섭니다. 이렇게 해서 예측이 변수가 되고 이것이 다시 변수를 파생시키는 '변수의 복잡계'가 형성됩니다. 그래서 질적 연구 방법론은 물질계와 인간 세계의 연구 방법론을 분리시키게 됩니다.

질적 연구 방법은 사회, 문화 현상을 자연과 분리시킨다는 점에서 방법론적 이원론으로도 불리는데요. 사회 현상은 인간 의지에 따른 행위와 상호 작용에 따라 발생하고, 가치를 담고 있기 때문에 개별 사례에 대한 심층적 의미 탐구와 의미 해석을 중시합니다, 이에 따라 해석적 연구 방법을 통해 한 사건의 환경과 맥락, 그리고 주관적 의미 등을 파헤쳐 심층적 이해를 시도하는데 주력합니다. 인문대학이 '인문과학 대학'이라는 명칭을 잘 붙이지 않는 이유가 이 때문입니다. 이 경우, 일 년 동안 수천 개의 문자를 주고받은 연인이, 한 순간에 첫사랑을 닮은 다른 사람에게 마음을 돌린 사실에 그다지 놀라지 않게 됩니다.

사회 현상은 자연 현상과 달리 역사적, 문화적 조건의 지배를 받으며 동기나 가치 등 사람들의 주관적 요인에 영향을 받기 때문에, 사회적 맥락 속에서 개인이 처한 상황을 고려하여 인간의 내적인 과정을 살펴봐야 한다. 따라서 연구자가

연구 대상의 입장이 되어 현상을 이해하려는 감정 이입적 설명 방식이 더 적합할 수도 있다. 감정 이입적 설명 방식은 인간 행위의 의미를 탐구할 수 있는 일기, 대화록, 관찰 일지, 면접 기록 등의 자료를 선호하며, 이를 통해 연구 대상을 심층적으로 이해할 수 있다. - 연세대학교 2018학년도 수시 논술

이렇게 보면, 질적 연구 방법론이 무척 신중해 보이는데요. 문제는 도대체 왜 이런 연구에 그토록 매달리느냐, 경제학을 비롯한 모든 사회 과학은 결국 '뒷북' 치는데 그치는 것 아니냐는 의문이 제기됩니다. 학문의 연구 목적 중 하나가 현상을 일반화해서 미래를 합리적으로 예측하는데 있다면 질적 연구 방법론은 애초부터 이를 포기하고 있다는 것이지요. 철수가 공부를 안 하는 이유를 철저히 분석하지만, 그가 공부를 열심히 하도록 만드는 방법은 없는 것입니다. 또 연구자의 주관이 개입되어 연구가 객관성을 잃을 우려도 높습니다. 매번 분석가들이 철수가 공부를 안 하는 이유에 대해 서로 다른 목소리를 낼 수 있다는 것입니다. '귀에 걸면 귀고리, 코에 걸면 코걸이' 식입니다. 현상에 대한 적용을 토대로 이를 검증할 장치가 없기 때문입니다. 인문대학 졸업생이 취업이 잘되지 않는 이유도 이 때문입니다. 생각이 복잡하니까요.

논술에서는 그동안 여론조사 결과가 다시 여론에 영향을 미치는 현상 등을 통해 숱하게 출제를 해왔는데요. 두 가지 방법론은 결국 인간을 보는 근본적인 시각, 인간은 물질인가, 정신인가라는 물음과 맥을 같이합니다. 두 가지 방법론의 가치를 제시한 지문 몇 개를 소개하면서 설명을 마칩니다.

(양적 연구 방법론)

몇 년 전까지 나는 '네이처'의 편집자로 일했다. 그때 내 책상으로 배달된 논문 중에는 물리학에서 나타나는 정도의 수학적 규칙성을 인간 세상에서도 찾아내려는 진지한 시도들이 있었다. 그 연구자들은 물리학의 방법으로 사회과학을 연구하고 있었다. 그때 이후로 '사회물리학(social physics)'이라고 할 만한 연구들이 봇물 터지듯 쏟아졌다. 우리는 지금 사회과학의 역사에서 중요한 시기에 있다고 할 만하다. 인간 세상에 적용되는 엄밀한 '법칙'을 찾는 일은 아직 멀었을지 모르지만, 과학자들은 인간 세상에서도 법칙에 가까운 규칙성들을 실증적으로 발견해 가고 있다. 이러한 규칙성이 개인의 자유의지와 아무런 충돌을 일으키지 않는다는 것이 밝혀졌다. 우리는 자유로운 개인이고 각자 자기 뜻대로 행동할 수 있는데도 그 행동의 총합은 예측 가능한 것이다.

- 성균관대학교 2014학년도 수시 논술

인간은 역사학이 과거를 심판하고 미래에 도움이 되기를 열망하여 왔다. 그러나 나의 역사서술은 그러한 허황된 바람을 이루려는 것이 아니라 다만 그것들이 원래 어떻게 되어 있었는가를 알려 할 뿐이다. 아무리 보기 싫고 추한 사실이라도 그것을 정확하게 나타내는 일이 역사서술의 가장 훌륭한 원리임을 알아야 한다. 역사의 효능은 관련된 정보의 풍부함보다도 확실성에 있는 것이다. 역사서술에는 인간의 사심 없는 판단이 필요하다.   - 부산대학교 2016학년도 수시 논술

야구는 어쩌면 세계에서 가장 풍성한 자료를 쏟아내는 분야인지도 모른다. 지난 140년 동안 메이저리그 경기장에서 펼쳐진 거의 모든 내용이 꼼꼼하고 정확하게 기록되어 있다. 또한, 수백 명이나 되는 메이저리그들이 해마다 경기를 펼친다. 한편, 야구는 팀 경기이지만 매우 질서정연한 방식으로 진행된다. 예컨대 투수는 로테이션 순서에 따라 등판하고 타자는 타순에 따라 타석에 들어서는데,

투수나 타자 모두 개인 통계에 대해서는 대체로 본인이 책임을 진다. 이런 점은 미식축구와 대비가 된다. 미식축구에서는 공격라인이 강력하면 아무리 변변찮은 러닝백이더라도 올스타팀에 선발될 수 있다. 농구에서 포인트가드와 파워포워드는 시너지 효과를 낸다. 야구에서는 복잡성과 비선형성에 영향을 받는 문제들이 상대적으로 적고 우연적인 것들을 쉽게 걸러낼 수 있다. (중략) 야구 예측가들은 덕분에 편하게 살 수 있다.　　　　― 경희대학교 2020학년도 모의 논술

(질적 연구 방법론)

티베트에는 죽은 사람의 살을 독수리의 먹이로 제공하는 조장(鳥葬)이 있는데, 그들은 이를 천장(天葬)이라 하기도 한다. 조장이란 죽은 시체를 새들이 와서 쪼아 먹게 하는 장례법이다. 우리의 시각으로는 도저히 이해할 수 없는 현상이지만 티베트의 자연환경을 알면 그렇지도 않다. 추위에 언 땅을 파서 시신을 묻는 것도 쉽지 않았을 것이며, 땅에 묻어 봐야 건조해서 썩지도 않을 뿐 아니라, 주검을 화장하려 해도 땔나무를 구하기 쉽지 않았을 것이다. (중략) 이처럼 우리 눈에는 이상하게 보이는 티베트의 조장 풍습을 티베트의 환경을 고려해서 파악하면 이해할 수 있듯이, 다른 사회의 문화는 그 사회의 환경과 맥락을 고려해서 이해해야 한다. 왜냐하면 어떤 사회의 문화라도 그것은 그 사회가 처해 있는 특수한 환경과 상황에 적응해 온 역사적인 과정에서 축적된 결과이며, 따라서 나름대로의 가치를 지니기 때문이다.　　　　― 성균관대학교 2014학년도 수시 논술

영화 '라쇼몽(羅生門)'에서 등장인물들은 모두 자기 입장에서 하나의 살인 사건을 다르게 해석하고 있다. 이렇게 우리 주변에는 사회적 사실에 대한 사람들의 이해와 해석이 다른 경우가 많다. 독일의 인지생물학자 야코프 폰 윅스퀼(Jakob von Uexküll)은 인간을 포함한 모든 동물은 스스로 임의의 가상세계를

구성하여 산다고 주장했다. 세상에는 누구에게나 똑같이 파악되는 객관적 세계가 아예 존재하지 않는 대신, 각 생물체가 구성하는 다양한 가상세계만 존재한다는 것이다. 이런 관점에서 본다면 역사적 서술들은 이를 구성하는 자의 것이다. 역사적 서술은 사실에 대해 언급하고 있는 것 같지 않다는 말이다. 역사서술이 주관적인 구성요인을 가지고 있다는 것은 이미 잘 알려진 주장이다. 나는 무슨 이유로 우리가 역사책에 기록된 사건을 사실로 인식하는지가 더욱 궁금하다.

- 부산대학교 2016학년도 수시 논술

1977년 4월 20일 광주 무등산 덕산골에서 박흥숙이라는 청년이 철거반원 4명을 살해하는 사건이 발생했다. (중략) 사건의 진상은 한 대학생이 사건 현장을 찾아가 가족과 이웃을 직접 만나 조사하고 그 결과를 발표하여 알려지게 되었다.

시골에 살던 박흥숙의 가족은 아버지가 일찍 세상을 떠나자 생계를 유지하기 위해 광주로 나왔다. 이렇게 농촌을 떠나 도시로 온 빈민들은 무허가 판잣집들이 모여 있는 곳에 살았다. 그러나 박흥숙의 가족은 그럴 만한 여유도 없어 흩어져 살아야 했다. 어머니, 여동생, 외할머니가 각각 식모살이를 해야 했고, 박흥숙도 공장에서 일했다. 그의 소원은 가족들이 모여 사는 것이었고, 1974년 혼자 덕산골에 집을 지었다. 비록 움막과 다를 바 없었지만, 가족들이 모여 살 이 집을 어머니에게 바쳤다. 박흥숙은 검정고시에도 합격했고, 사법시험 공부를 했다. 법관이 되어 가난한 사람들의 권익을 지키고 싶었기 때문이다. 그러나 1977년 전국체전을 앞둔 광주시는 무등산 일대의 판잣집들을 대대적으로 정리했다. 박흥숙에게도 자진 철거하라는 계고장[9]이 날아왔지만, 차마 자기 손으로 집을 부술 수 없었다. 철거반원들이 들이닥치자, 박흥숙과 가족들은 순순히 철거에 응했다. 그런데 철거반원들은 다시 건물을 짓지 못하게 불을 질러 버렸다. 모은 돈을

---

9) 계고장: 행정상의 의무 이행을 재촉하는 내용을 담은 문서.

집 천장 위에 넣어 두었던 박흥숙의 어머니는 집으로 달려갔으나 떠밀려 쓰러져 의식을 잃었다. 철거반원들이 근처에 살던 거동이 불편한 노부부의 집까지 불태우자, 박흥숙은 이성을 잃었다. 그는 철거반원들을 위협해 빨랫줄로 묶었다. 이들을 끌고 광주시청으로 가서 시장과 담판하려고 했던 것이다. 그러나 철거반원들이 저항하자 흥분한 박흥숙은 쇠망치를 휘둘렀다. 4명이 죽었고 1명은 중상을 입었다. (중략) 박흥숙은 법정에서 살인에 대해서 깊이 참회했다.

- 연세대학교 2018학년도 수시 논술

미켈란젤로, 아담의 창조

29 인간은 동물보다 어떻게 우월한가?

- 진화하는 바이센테니얼 맨

인간과 고양이 중에서 무엇이 중요합니까, '캣맘'이라면 잠시 대답을 주저할 텐데요. 그렇다면 "인간과 닭 중에서 무엇이 더 중요합니까?"라고 묻는다면 인간이라고 선뜻 대답할 것입니다. 치킨은 먹어야 되니까요. 판단을 돕기 위해 질문을 구체화하면 대답이 수월해집니다.

"자동차가 달려오는 도로에 어린 아이와 강아지가 있고, 이 중 하나만 구해야 되는 상황이라면?"

거의 모든 사람이 아이를 택할 것입니다. 그런데 "왜, 그래야 되느냐?"고 물으면 쉽사리 대답하지 못합니다. "아주 뻔하다"고 생각하면서도, 정작 그 '뻔한 이유'는 생각해보지 않았기 때문입니다. '단지 인간이라서?', 매우 썰렁한 답변이지만 이것도 충분한 이유가 됩니다.

미켈란젤로의 천장화에 따르면 인간은 분명 신의 모습을 닮아 있습니다. 인간, 즉 호모사피엔스(Homo sapiens)는 다른 동물종과는 달리 신이 부여한 종적인 특수성을 지니고 있다는 것입니다. 이 때 인간은 자연을 비롯해 다른 동물 종을 자신을 위해 마음껏 활용할 수 있는 특권을 부여받습니다. 신이 인간에게 허락한 특권으로, 다음 제시문이 이를 잘 대변합니다.

하느님께서는 "우리 모습을 닮은 사람을 만들자! 그래서 바다의 고기와 공중의 새, 또 집짐승과 모든 들짐승과 땅 위를 기어 다니는 모든 길짐승을 다스리게 하자!"하시고, 당신의 모습대로 사람을 지어내셨다. 하느님의 모습대로 사람을 지어내시되 남자와 여자로 지어내시고 하느님께서는 그들에게 복을 내려주시며 말씀하셨다. "자식을 낳고 번성하여 온 땅에 퍼져서 땅을 정복하여라. 바다의 고기와 공중의 새와 땅 위를 돌아다니는 모든 짐승을 부려라!"

- 서강대학교 2007학년도 수시 논술

판사가 거듭 나무라서야 용모가 대답했다. 그런데 뜻밖에도 주눅이 들었거나 겁이 질린 음성이 아니었다.

"물론 그렇지유. 그러나 말입니다. 꿩은 말입니다. 과연 현재 보호헐 만한 가치가 있느냐 하는 것도 문제란 말입니다. 보호헐 건 보호혀야 마땅허지만 그렇지 않은 것은 그렇지 않단 말입니다. 실지 농작물을 망치는 해조(害鳥)는 으레 참새만 긴 줄 아시는데 말입니다. 꿩의 피해는 말입니다, 사실 농군에게는 말입니다, 훨씬 심각하다 이 말입니다. 이것은 그냥 참고로 아시라고 말씀드리는 말입니다." (중략)

"제가 한 말씀 드리겄는디유, 제가 뭐 처벌이 무서워서가 아니라 말입니다. 예. 제가 잘못한 것은 제가 벌을 받아야 옳습니다. 예, 받겠습니다. 그러나 말입니다. 저도 법의 보호를 받고 싶습니다……. 여기는 바깥허구 달러서 여러 가지 것을 보호허는 법정이라 이런 말씀도 드릴 수 있는디 말입니다, 동물에 물격(物格)이 있으면 저두 인격이 있으니 말입니다, 저두 야생동물-아니 그게 아니라, 야생 인간인디 말입니다……. 야생 인격이 물격보다두 거시기허면 말입니다……. 그럴 수는 없기 때문에 말씀드리는 것입니다."

- 연세대학교 2015학년도 수시 논술

두 번째 지문에서 용모는 인격과 물격을 구분하고 있습니다. 즉 사람에게는 인격이 있지만 꿩에게는 물격밖에 없다는 사고는, 동물을 사물로 보는 것이고, 이는 '동물 살해나 실험'을 정당화하는 인간 중심 시각입니다. 그런데 인간만이 이런 특권을 누릴 수 있다는 사고방식의 구체적 근거는 사실 없습니다. 다만 우리가 인간이니까 직관적으로 호응할 뿐, 논리적 주장은 아닙니다. 나아가 인간이 신과 닮았는지도 검증될 수 없는 것이고요. 이는 자칫 종족 이기주의에 빠져 환경을 무작정 훼손하고, 동물을 마구잡이로 포획하고, 바다를 식량 창고와 하수구로 동시에 사용하는 무책임한 행동으로 이어질 수 있습니다. 실제 인간은 매일 매일 식탁에서 동물을 만나면서도, 이를 육질의 등급으로 파악할 뿐, 도축장에서 죽어가는 실제 동물의 모습은 거의 연상하지 못합니다. 한 여인의 밍크코트에 대한 집착은 수백 개체의 밍크 가족을 파탄시킵니다.

그럼에도 불구하고 인간과 동물이 동등하다는 급진적인 주장은 아무래도 현실성이 결여됩니다. 육식에서 채식으로 식단을 바꾸는 일이 보통 일은 아니니까요. 따라서 인간과 동물의 경계선으로 이성의 유무를 자주 들이대고는 합니다. 17세기 데카르트는 동물과 인간의 몸은 유사하지만, 인간만 영혼이 존재한다고 그 차별성을 강조합니다. 바로 생각하는 이성 능력을 꼽은 것이고, 정신과 육체를 분리함으로써 동물의 움직임은 마치 기계 작동과 마찬가지라는 평가를 내립니다. 이 경우 인간을 위한 동물의 희생이 정당화 되지만, 인간의 이성과 도덕성을 위협할 정도로 잔인하게 자행되는 동물 살해는 금지될 수 있습니다. 이는 동물이 아니라 사람의 인격과 정서를 위협하는 결과로 이어질 수 있으니까요.

저는 우리의 움직임을 유발하는 두 개의 원리가 있다는 것을 알게 되었습니다.

첫째는 순전히 기계적이고 신체적인 것으로 정령(精靈)의 힘과 신체 기관의 구조에 기반하고 있습니다. 우리는 이것을 신체적인 영혼이라고 부를 수 있을 것입니다. 다른 하나, 즉 비신체적인 원리는 제가 사유의 실체라고 규정해 온 정신 혹은 영혼입니다. 이를 바탕으로 저는 동물의 움직임이 이 두 원리로부터 비롯되는 것인지 아니면 단지 하나의 원리로부터 비롯되는 것인지를 엄밀하게 검토하였습니다. 저는 곧 그 움직임이 전적으로 신체적이고 기계적인 원리로부터 비롯되었음을 분명하게 인식하고 우리가 생각하는 영혼의 존재를 동물에게서 찾을 수 없다는 것을 논증하였습니다. — 홍익대학교 2009학년도 수시 논술

동물들은 자의식적이지 않으며 단지 목적에 대한 수단으로서 존재할 따름이다. 그 목적은 인간이다. 우리는 "왜 동물들이 존재하는가"라고 질문할 수 있다. 하지만 "왜 인간이 존재하는가"라는 것은 무의미한 질문이다. 동물에 대한 우리의 의무는 인류에 대한 간접적인 의무일 뿐이다. 동물의 본성은 인간의 본성과 유사성을 가진다. 그리고 우리는 동물에 대한 우리의 의무를 수행함으로써 간접적으로 인류에 대한 우리의 의무를 수행한다. 따라서 만일 개가 그의 주인에게 오랫동안 충실하게 봉사한다면, 그의 봉사는 인간의 봉사와 마찬가지로 보상받을 가치가 있다. 그리하여 개가 더 이상 봉사가 어려울 정도로 늙어버리더라도, 그 주인은 개가 죽을 때까지 개와 함께 해야만 한다. 그러한 행동은 인간에 대한 우리의 필수적인 의무들을 지지하는 데 도움을 준다.

— 연세대학교 2015학년도 수시 논술

종적인 특수성을 주장하는 입장보다는 제법 논리적 설득력이 높지만, 그렇다고 이를 인간과 동물의 구분선으로 삼기에는 무리가 있습니다. 식물인간이나 어린아이보다 돌고래의 이성 능력이 더 뛰어나다는 사실을

접어두더라도, 과학 기술의 급속한 발전이 인간 이성의 독자성을 급속하게 위협하니까요. 구글의 딥마인드가 개발한 인공지능 바둑 프로그램 '알파고'는 이미 인간의 바둑계를 평정해 버렸습니다. 경우의 수가 너무 많아서, 인공 지능으로는 해결할 수 없다고 믿었던 바둑에서 인간 세계의 최고 고수는 결국 눈물을 흘립니다. 그렇다고 알파고가 인간 고수보다 존엄하다고 말할 수는 없습니다. 인간처럼 울지는 못하니까요.

영화 '바이센테니얼 맨'은 바로 이러한 상황을 설정한 미래 영화인데요. 불량 칩으로 탄생한 로봇 앤드류는 스스로 학습하고 창조하는 능력을 가지게 됩니다. 창작물을 통해 돈을 벌기도 하고, 자신의 실존을 사색하기 위해 설산(雪山) 속을 헤매기도 하다, 결국 주인집 딸과 사랑에 빠져 그녀와 결혼할 수 있도록 해달라는 소송을 제기하지요. 신체 구조는 진화된 기술 덕분에 인간의 모습을 거의 완벽하게 재현한 상태에서요.

> 의 장 : 앤드류 마틴, 앞으로 나오세요. 그러니까 마틴 씨, 당신은 당신을 인간으로 선언하는 법안을 우리가 통과시키기를 원하는군요.
>
> 앤드류 : 그렇습니다. 구체적으로는 인간 동료와 결혼할 수 있기를 바랍니다.
>
> (중략)
>
> 의 장 : 앤드류, 하지만 사회는 영생하는 로봇을 받아들이지 못합니다. 아니, 우리는 영생하는 인간을 절대로 받아들이지 못할 것입니다. 영생한다는 것은 너무도 많은 질투와 분노를 불러일으킵니다. 미안합니다. 앤드류. 이 위원회는 당신의 인간성을 비준할 수 없으며 앞으로도 하지 못할 것입니다. 이제 이 소송절차를 종결합니다. 앤드류 마틴은 오늘부로 계속 로봇으로 선언된다는 것이 이 위원회의 결정입니다.
>
> - 숙명여자대학교 2010학년도 모의 논술, 아이작아시모프 '바이센테니얼맨'

오시이 마모루의 '공각 기동대'의 주인공 구사나기는 뇌를 제외한 온몸이 기계로 대체된 사이보그입니다. 구사나기는 시간만 나면 홀로 호수 속으로 들어갑니다. 기계인 몸은 무거워서 한없이 가라앉고 자칫 물이 스며들어 고장이 나면 다시는 떠오르지 못 할 위험을 감수하면서도 구사나기는 그렇게 물 속 깊은 곳으로 침전합니다. 과연 나는 진짜 살아 있는 인간인지, 사실 몸의 다른 부분들처럼 뇌 역시 기억을 이식한 컴퓨터 칩으로 바뀌었는데 자신만 모르는 것은 아닌지, 그렇다면 기계인 내가 왜 실존과 고독의 근원을 고민하는지를 자신에게 끊임없이 반문하면서 말이죠.

- 숙명여자대학교 2004학년도 정시 논술, 이은희, '하리하라의 생물학 카페'

자신의 실존과 고독을 응시하는 치열한 사색에 빠져 본 고등학생은 과연 얼마나 될까요? 이제 인간이 자신의 이성을 내세워서 다른 존재와의 차별성을 주장하기 어려운 시대가 점점 다가오는 것만은 부인할 수 없습니다. 이에 대해 좀 더 과학적이고 구체적인 구분선을 제시하려는 노력도 있는데요. 이것은 오랜 진화의 정점에 서 있는 인간 유전자가 가장 고도화되었다는 시각입니다. 이렇게 고도화된 유전자가 인간의 언어 능력을 개발시켰고, 인간에게 우월적 지위를 부여한다는 것입니다.

인간만이 성대 위쪽의 확대된 인두강(咽頭腔)을 통해 다양한 방식으로 소리를 내보낼 수 있게 된다. 1,000만 년 전부터 500만 년 전 아프리카의 호미노이드 계보가 고릴라, 침팬지, 호미니드로 분화한 이후 오스트랄로피테쿠스와 호모 하빌리스 등 다양한 호미니드들이 동아프리카의 사바나에 살게 된다. 400만 년 전에서 100만 년 전 사이에 오스트랄로피테쿠스는 두개골 아랫부분이 납작해지고 후두가 목의 위쪽에 위치하게 된 반면, 190만 년경의 호모 에렉투스의 후

두는 현대인과 비슷한 위치로 내려가기 시작한다. 이러한 진화의 과정을 거쳐 온전한 분절음을 낼 수 있도록 두개골 아랫부분이 현대인처럼 곡선형을 띠게 되는 시기는 겨우 30만 년 전이다. 이제 인간은 자신의 감정이나 대상의 미묘한 차이를 전할 수 있게 되었고, 의사소통을 통해 협력의 기회를 확대하고 무한한 잠재력을 개발할 수 있게 되었다.   - 이화여자 대학교 2015학년도 수시 논술

그런데 이것이 과학적인 사실이라고 해도, 가치의 문제와는 별개입니다. 유전자가 복잡하거나, 특별한 능력을 보유했다고 해서 그것이 존귀하거나 존중받아야한다는 사실을 의미하지는 않습니다. 그냥 다른 특징일 뿐입니다. 인간은 말하는 능력을 지녔지만, 새는 나는 능력을, 맹수는 사냥하는 유전자를 가졌습니다. 실상, 하늘을 나는 여객기보다는 한 마리 새의 생체 구조가 훨씬 더 복잡할 것입니다. 새는 못 만드니까요. 그렇다고 새가 비행기보다 존엄하다고 말하기는 어렵습니다. 창공에서 새와 충돌하면서 연일 비행기는 이륙합니다. 동물 윤리의 가장 급진적인 논의는 결국 동등설로 향하게 됩니다. 모든 생명의 가치는 동일하고, 다소간의 정도 차가 있을 뿐이지 궁극적인 본질의 차이는 아니라는 것입니다. 지문은 순차적으로 인간의 우월성에 대한 경고와, 진화론적 우월성에 대한 반박을 하고 있습니다.

A : 여기 기계실엔 문제가 없으면 아무도 내려와 보지 않는다네. 사람들은 작동만 되면 원리에는 신경을 쓰지 않지. 난 여기가 좋아. 긴박한 위기가 닥칠 때엔 항상 여기에 와보는데 우리 지하도시가 이 기계들 덕에 생존할 수 있다는 걸 상기시켜 주지. 이 기계들은 우릴 살리고, 지금 또 다른 기계들은 우리를 죽이려고 침입해 오고 있는 중이지. 흥미롭지 않나? 살리고 죽일 수 있는 힘….

B : 그런 힘은 인간인 우리도 가지고 있지 않습니까?

A : 그렇다고 할 수 있지. 하지만 이곳에 내려와 보면 이런 생각이 든다네. 우리가 기계들에 연결되어 있다는 생각 말이야. 여기 기계들이 우리 사람들에게 에너지를 만들어 주고 있는데, 지금 침입해오고 있는 고도화된 기계들은 우리를 에너지로 쓰려고 하지. 우리도 이 기계들과 다를 게 없지 않나.

- 한양대학교 2006학년도 정시 논술

찰스 다윈은 자연선택이론을 통해 해부학적, 행동적, 그리고 사고와 의식, 감정을 포함하는 정신적 측면에서 광범위한 동물들 사이에 진화적 연속성이 있음을 강조했다. 어렴풋이 바라봤을 때는 우리 자신과 현격하게 달라 보이는 종들이 실제로는 우리와 그다지 크게 다르지 않음을 알 수 있다. (중략)

특정 종의 개체들은 자신들의 생존에 필요한 그 종 특유의 행동을 하는 것뿐이다. 실제적으로 검증 가능한 연속값으로서의 지능을 언급하는 대신, 우리는 광범위한 친족 관계상에서 우리와 가깝거나 비슷하게 생긴 종들이 우리와 관계가 멀거나 덜 비슷하게 생긴 종들보다 더 영리하다고 주장하는 경향이 있다. 종(種) 우월주의는 무책임한 사고로, 우리로 하여금 과학이라는 이름으로(실제로는 인간의 이름으로) 동물들을 학대하고 죽이는 것을 정당화한다. 우리가 다른 동물들보다 더 특별하고 우월하며 가치 있다고 선포하는 순간, 우리는 그들의 삶에서 눈을 돌리는 것이 된다. 그들의 고통에 우리의 감각과 감정을 닫아 버리는 것이다.

- 연세대학교 2015학년도 수시 논술

특히 이러한 동등설은 인간이 지닌 이성 능력 등에 주목하기 보다는 인간과 동물이 지닌 유사성에 집중해서 차별화를 차단하는데요. 특히 동물이 느끼는 고통 등에 대한 논의가 여기에 해당됩니다.

인간 아닌 동물들이 폭군의 손이 아닌 이상 그 누구에게도 빼앗기지 않을 권리를 획득하게 될 날이 올지도 모른다. (중략)

그렇다면 어떤 기준을 통해 그들의 권리가 평등하게 배려되어야 하는가를 정할 수 있을까? 이성 능력인가? 그렇지 않으면 대화를 나눌 수 있는 능력인가? 하지만 완전히 성장한 말이나 개는 갓난아기 또는 생후 일주일이나 한 달이 된 유아에 비해 훨씬 합리적이며, 우리와 의사소통이 원활하게 이루어진다. 하지만 설령 그들의 능력이 다르더라도 무슨 문제가 있겠는가? 문제는 그들에게 이성적으로 사고할 능력이 있는지, 또는 대화를 나눌 능력이 있는지가 아니다. 문제는 그들이 고통을 느낄 수 있는가이다.

위의 구절에서 벤담은 '고통을 느낄 수 있는 능력의 유무'를 어떤 존재가 평등한 배려를 받을 권리가 있는지를 가늠하는 핵심적인 특징으로 꼽고 있다. 고통을 느낄 수 있는 능력은 언어 능력 또는 고차원의 수학 문제를 풀 수 있는 능력과는 다른 특징이다. 그는 고통을 느끼는 능력을 가진 모든 존재들을 고려함으로써 그 존재들의 권리를 배제하지 말아야 함을 말하고자 했던 것이다.

- 숙명여자 대학교 2020학년도 수시 논술

우리가 매일 먹다시피 하는 치킨은, 하루에도 수만 마리의 닭이 살아 있는 상태에서 거꾸로 매달려, 일정한 벨트를 지나면서 기계식 커터 칼에 목이 잘려 기름에 튀겨진 뒤, 배달됩니다. 그런데 살고자 하는 의욕이 넘치거나 학업 능력이 우수한 일부 닭은 그 와중에 목을 올려 움츠려서 칼날을 피한다고 합니다. 이 닭이 다시 살아 벨트를 타고 돌아왔을 때, 다시 되돌려 보내는 심적 고통이 너무 심해, 제가 아는 한 분은 그 직업을 그만 두고, 나중에는 채식주의자가 되었습니다. 이제 동등설에 공감해서 내일부터 치킨을 끊는다 하더라도 문제는 남습니다. 내 몸을 파고드는 모기와 내가 동등한 개체인 만큼 잘 타일러서 날려 보내야 하고, 자동차가 달려오는 도로에 놓인 어린이와 강아지를 놓고 고민을 거듭해야 합니다. 동물을 상대로 한 모든 의학 실험은 즉각 중단되어야지요.

생명 윤리 문제는 "인간 복제가 허용될 수 있는가" 혹은, "동물 살해가 정당한가?"라는 식의 단편적인 물음에 그치지 않습니다. 인간 생명의 존엄과 가치에 대한 다양한 입장을 제시한 뒤, 이러한 입장을 동물실험이나, 유전자 복제 등 현안에 복합적으로 적용해서 비판적인 논의를 요구하는 경우가 대부분입니다. 따라서 어떤 이론이라도 의의와 한계를 동시에 파악하는 능력이 필요합니다. 어쩌면 동물이나 알파고와는 다른 인간 이성의 고유한 기능인지도 모르겠습니다.

정답 없는 인문학적 논의들은

나름의 수많은 가치를 가지고

인간 지성을 확장하고,

자신만이 옳다는 절대주의적 가치를

반성하게 만들어 줍니다.

한 사람, 한 사람이

우주라는 상대주의적 세계관을 깨닫는다면,

그 우주들이 동시대를 함께 살아가면서

세상을 만든다는 존중의 정신을 배울 것입니다.

VIII

인문학과 전복(顚覆)적 사고

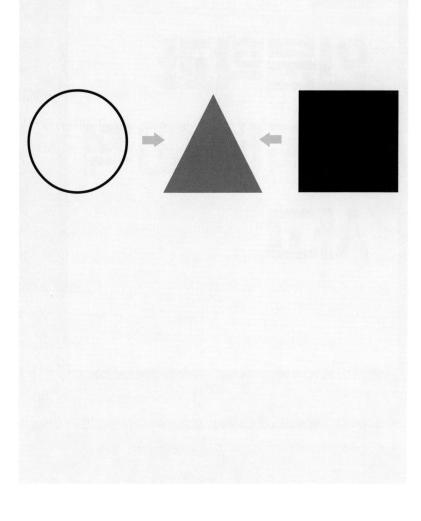

30

논술과 사고의 응용

- 개념화와 비판, 도표의 해석

　　인문계 학생의 기본 소양은 어떠한 텍스트를 정확하게 이해해서 소화한 뒤, 이를 다른 현상에 적용해서 자신의 글을 써내려가는 것입니다. 창의적 사고는 나중 일이고요. 주어진 텍스트도 이해하지 못했다면 창의적 사고는커녕 공상에 가까운 글이 될 것입니다. 지금부터 3개 단원은 논술에 공통적으로 적용되는 원론이며, 글쓰기의 기본 원칙입니다. 지난번까지의 논의가 주어진 텍스트를 보다 깊이 있게 이해하기 위한 나름의 교양 설명이라면, 나머지 3개 단원은 논술을 쓰기 위한 탄력적인 사고 연습 정도로 이해할 수 있습니다. 기본이 가장 중요하다는 사실을 잊지 말기 바랍니다.

　　삼각형은 원의 입장에서 볼 때, 지나치게 모가 많고 색이 짙습니다. 원만하지도 투명하지도 못합니다. 이에 비해 사각형의 입장에서 삼각형은 모가 부족하고 옅습니다. 애매하다고 평가할 수 있습니다. 그런데 이들은 그저 각각의 도형일 뿐, 옳고 그름은 없습니다. 다만 상대성 속에서는 평가의 대상이 된다는 것이지요. 모든 인문학 이론이 그렇습니다.

대부분 대학에서 논술 문항 (1)번에서는 주어진 제시문을 입장에 따라 분류하거나 혹은 비교하라고 요구합니다. 텍스트를 잘 이해했는지 보겠다는 것이지요. 그런데 이 과정에서 각 제시문의 요지를 개념적으로 명확하게 정리해줄 필요가 있습니다. 원, 회색 삼각형, 검은색 사각형과 같은 식으로요. '원'을 두고, "선이 굽어 있고 색은 없다"라는 식으로 기록한다면 요약, 혹은 제시문 베끼기가 됩니다. 이를테면 제시문에 이솝우화의 한 장면, '토끼와 거북이'가 나왔을 때, "빠른 토끼는 게으름을 피우다, 결국 꾸준히 한 발 한 발 목표를 향하던 느림보 거북이에게 지고 말았다"고 정리하면 틀린 것은 아니지만, 줄거리 소개에 가깝습니다. 우선 "재능보다는 성실함이 때로 가치를 발휘한다"는 식으로 지문에 없는 자신의 단어로 명확하게 정리해 줄 필요가 있고, 1장부터 29장은 이에 대한 도움을 주기 위한 부분입니다. 간단한 사례를 들겠습니다.

> "상고시대에 일찍이 그 어버이를 장례지내지 않은 자가 있었는데, 그 어버이가 죽자 들어다가 골짜기에 버렸다. 후일 그 곳을 지날 적에 여우와 살쾡이가 파먹고 파리와 등에가 붙어서 빨아먹자, 그 이마에 땀이 흥건히 젖어서 곁눈질로 차마 똑바로 보지 못하였다. 땀이 흥건히 젖은 것은 남들이 보기 때문에 그런 것이 아니라 속마음이 얼굴에 반영되었기 때문이다. 그는 집으로 돌아와서 삼태기와 들것에 흙을 담아 가지고 와서 시신을 덮어 가렸다.
>
> - 덕성여자 대학교 2014학년도 수시 논술

이에 대해 '인간에게 내재된 혹은 선천적인 도덕성이나 윤리 의식'정도로 정리하면 명확한 인상을 줄 수 있습니다. 특히 분류 서술의 경우, 각 제시문을 통합하는 개념어를 분명하게 제시할 필요가 있습니다. 비교 서술의 경우 흔히 2개의 제시문이 주어지는데요. 대학별로 다소 다르지만 두 제시문의 공통주제를 정리한 뒤, 공통주제를 둘러싸고 두 주장이 차이점을 보이는 기준을 서술하고, 이를 토대로 다시 순차적인 정리 서술을 하는 방법이 일반적입니다. 이 경우에도 개념적인 어휘를 활용, 자신의 글로 표현하려는 시도가 필요합니다.

이어 (2)번 쯤에는 여지없이 각 관점을 상호 연결해서 파악하는 서술을 요구합니다. 각각의 이론이 가진 관점을 토대로, 다른 입장을 분석하거나 평가, 혹은 비판하라는 요구지요. 이 때 중심지문의 논점을 일단 '참'이라고 전제한 뒤 – 설령 자신의 취향과는 전혀 다를지라도 – 이를 바탕으로 다른 지문에 접근해야 합니다. 이 지문의 논지가 다른 지문을 공격하는 무기가 되는 것입니다. 두 개의 제시문을 토대로 한 지문을 각각 비판하라고 하면, 서로 다른 무기를 동시에 주는 것과 마찬가지입니다. 이때에는 각 제시문의 관점을 오가면서, 탄력적인 대응을 해야 합니다. 앞서 말한 것처럼 사각형과 원이 보는 삼각형은 판이하게 다릅니다. 같은 상대라도 보병의 창과, 포병의 대포는 전혀 다른 전술을 택하는데요. 이를 구분해서 각각의 입장에서 최적의 공략법을 찾아야 합니다. 나아가 상호 비판의 문제도 출제됩니다. 이미 숱하게 말씀 드렸듯이 모든 이론은 의의와 한계를 동반합니다. 절대적인 진리는 없으니까요. 어떤 주장이든지 공격의 여지는 늘 있는 것입니다. 이제 한두 사례를 들어 비판 서술을 정리해 보겠습니다. 문제의 요구는 (1) 사마천의 시각을 (2), (3)을 토대로 비판하라는 것입니다. 먼저 비판의 가닥을 잠시 구상해 보기 바랍니다.

(1) 주 나라에 이르니 마침 문왕은 죽고, 그 뒤를 이어 즉위한 아들 무왕이 나무

로 만든 문왕의 신주(神主)를 수레에 싣고 은(殷) 나라의 주(紂) 임금을 정벌하러 가는 중이었다. 백이와 숙제는 그의 말고삐를 잡고 간언하였다.

"아버지가 돌아가셨는데 장사를 지내지 않고 곧장 군사를 일으키는 것을 효라고 할 수 있겠습니까? 또 신하가 주인 격인 은나라를 치는 것을 인(仁)이라 할 수 있겠습니까?"

무왕의 좌우에 있던 사람들이 그들을 해치려 하자, 태공망이라는 사람이 "이들은 의인(義人)이다."라고 하며 무사히 떠나게 하였다. 무왕이 은나라를 정벌하자 천하는 무왕의 주(周) 나라를 종주(宗主)로 받들었다. 그러나 백이와 숙제는 그것을 부끄러이 여기고 의(義)를 지켜 주(周) 나라 땅에서 나는 곡식을 먹지 않고, 수양산에 숨어서 고사리만 캐먹다가 마침내 굶어죽고 말았다. 백이와 숙제 같은 사람은 정말 선인(善人)이라고 할 수 있지 않겠는가? 이처럼 인(仁)을 쌓고 깨끗한 행동을 하였는데 굶어죽고 말다니!

공자는 70명의 제자 중에서 안회(顔回)만이 배우기를 좋아한다고 추켜세우지 않았던가? 그러나 안회는 굶기가 일쑤였고 술지게미조차 배불리 먹지 못한 채 젊은 나이에 죽고 말았다. 하늘이 착한 사람에게 보답하여 베푸는 것이 어찌 이럴 수가 있는가? 반면 도척(盜跖)은 매일같이 죄 없는 사람을 죽이고 사람의 고기를 먹었으며, 흉포한 행동을 제멋대로 하면서 수천의 무리를 모아 천하를 횡행하였지만, 결국 천수를 다 누렸다. (중략) 나는 심히 당혹함을 금치 못하겠다. 도대체 이른바 천도(天道)라는 것은 옳은 것인가 그른 것인가?

- 사마천, '사기(史記)'

(2) 은나라의 후반기 통치계급은 갈수록 부패해갔다. <상서(尙書)>에는 "당시 왕들은 농사짓는 어려움과 백성의 고통을 알지 못하고, 오직 쾌락과 안일만 추구하였다."라고 기록되어 있다. 특히 은나라 말기 주(紂) 임금 때의 상황이 가장

심각하였다. 그는 사치와 향락에 탐닉하였으며, 엄한 형벌 제도를 만들어 백성을 탄압하였다.

지배계급 내부의 분열도 심각해졌다. 주(紂) 임금의 충신이었던 비간은 간언하다가 처형되었고, 기자는 미친 척했으며, 미자는 도망가 버렸다. 이처럼 충직한 신하들이 주(紂) 임금을 지지하지 않게 되자, 통치집단이 붕괴 상태에 빠졌으며, 이것은 은 왕조의 멸망을 더욱 가속화시켰다.

한편 이 무렵 주(周) 나라에서는 문왕(文王)이 왕위에 올랐다. 문왕은 농업생산의 제고에 진력하였으며, 백성들의 아픔을 돌보는 어진 정치로 인망(人望)을 모았다. 이러한 국력의 배양과 민심의 지지를 기반으로, 문왕의 아들인 무왕(武王)은 백성을 도탄에 빠뜨린 은나라의 주(紂) 임금을 정벌하였다.

- 전백찬, '중국전사(中國全史)'

(3) 인간은 자기의 행위를 개조할 능력을 가지고 있으며, 이 능력에 의해 운명의 여신의 세력권 밖에 머물러 있을 수 있다. 이렇게 되면, 이 여신의 은총을 받아도 대단하게 여기지 않으며, 또 미움을 받아도 위축되지 않는다. 이와 같은 경지를 음지라고 하건 양지라고 하건 그것은 자유다. 그러나 이 경지는 본래 음지도 아니고 양지도 아니다. 다만 낮에는 밝고 밤에는 어두울 뿐이다. 부귀와 건강, 미모, 명예, 권력 등에 있어서도 마찬가지이며, 이와 반대되는 고뇌와 질병, 추방, 죽음 등의 경우도 그렇다. 이런 것들은 그 자체로서는 가치중립적이며, 인간의 행복과는 관계가 없다. 이것들이 덕성에 의해 어떻게 영향을 받느냐에 따라서 선으로도 생각되고 악으로도 생각될 뿐이다. 울부짖거나 신음하는 것은 인간의 본분에 대한 거부로, 이와 같은 약점이 있기 때문에 인간은 때로 좋아서 어쩔 줄 모르기도 하고 때로 실망에 빠지기도 한다.

그러므로 우리는 모름지기 자기 운명을 가만히 기다리기보다는 애써 창조할 일이다. 자기의 운명을 자기 힘으로 창조해 나가기만 하면, 운명의 여신이 얼굴을 찌푸린다고 해서 낙심하거나, 그 여신이 웃는 얼굴을 지어 보인다고 해서 황홀해할 필요가 없다. - 세네카, '행복론',

- 한국외국어대학교 2003학년도 정시 논술

각 제시문의 요지는 이렇습니다.

(1) 백이와 숙제와 같은 의인은 불행하고, 도척 같은 악인은 천수를 다하니 하늘의 도가 과연 존재하는지 한탄스럽다.

(2) 은나라 백성들이 도탄에 빠졌다.

(3) 부귀와 권력은 행복과 무관하다. 운명을 창조하는 의지적 삶이 중요하다.

문제의 요구는 사마천의 시각을 비판하는 것입니다. 백이와 숙제가 아닙니다. 그리고 주어진 무기는 (2)와 (3)이 되는데, 이 지문들이 (1)번의 주장과 접변을 이루는 부분이 서로 다릅니다. 비판을 하려면 논의의 접변을 찾아야하겠지요. 일단 (2)번의 시각에서는 사마천이 백이와 숙제를 의인이라고 규정한 부분에 의문을 제기할 수 있습니다. 백이와 숙제는 군신간의 도리라는 작은 예법에 갇혀, 도탄에 빠진 은나라 백성을 외면하고 있는데, 이를 의인이라고 보는 사마천도, 통치란 결국 백성의 삶을 위해 존재한다는 사실을 잊고 있다고 비판할 수 있습니다. 좁은 의리에 갇혀 대의(大義)를 보지 못한 채 백이와 숙제를 일방적으로 의인이라고 단정한 시각을 논박할 수 있습니다. 백성의 시각으로 볼 때 무왕이 오히려 의인이라는 것이지요.

그런데 (3)을 토대로 한 비판은 전혀 다른 방향에서 이루어집니다. 바로 행복에 관한 이야기인 만큼 사마천이 백이와 숙제를 불행했다고 단정 지은 부분이 접변을 이룹니다. 세네카에 따르면 굶어 죽는다고 불행한 것은 아닙니다. 오히려 백이와 숙제는 표면상 불행해보이지만 자신의 의지대로 살았기 때문에 행복했으리라고 지적해야합니다. 제시문의 관점이 다르면 접근법도 달리하는 탄력성이 요구되는 것입니다. 한 가지 문제만 더 살펴보고, 도표의 해석과 평가로 넘어가겠습니다. 문제의 요구는 (1), (2)의 입장에서 (3)의 입장을 비판하라는 것입니다. 미리 비판의 핵심을 파악해 보기 바랍니다.

(1) 늙는다는 것은 좋은 일 / 경험에서 오는 평화

농익어 주름 잡힌 성취 / 그런 것들로 채워진 노년

완성의 주름진 미소가 삶을 따라 나오고, / 흔한 거짓말에 흔들리거나 맘 상하지 않는 삶,

그런 삶이 노년에 이르면 / 사과처럼 익어가고 능금처럼 향기롭다.

노인들은 편안하다. / 사랑에 지쳤을 때 사과가 그러하듯,

노랗게 단풍 드는 잎새처럼 향기롭고 / 가을의 부드러운 정적과 만족감에 아스라하다.

(2) '수사학'에서 아리스토텔레스는 젊음을 더할 수 없이 밝고 즐거운 빛깔로 그려놓는다. 젊음은 열렬하며 열정적이고 도량이 넓다. 반면 아리스토텔레스에게 노년은 모든 면에서 그 반대다. 노인들은 수많은 세월을 살아왔고, 또 그러는 동안 종종 속으며 살았고, 실수도 저질렀으며, 또 인간사란 태반이 도덕적으로 옳지 못한 것들이므로 그들은 아무것도 안심하지 못하고, 뻔히 드러나는데도 모든 일을 마땅히 해야 할 것 뒤에 숨어 위선적으로 행한다. 노인들은 터놓고 말하

지 않으며 망설이며 겁이 많다. 그들은 성격이 나쁘다. 만사가 더 나빠지리라고 가정한다는 것은 결국 성격이 나쁘기 때문이다. 노인들은 그들이 품고 있는 불신 때문에 항상 악을 가정한다. 또 그들은 자신의 인생 경험 때문에 불신하고 의심하는 것이다. 노인들은 사랑이나 미움에 있어서도 미적지근하다. 또 그들은 비루하다. 그것은 삶이 그들을 모욕했기 때문이다. 노인들은 관대함이 부족하다. 그들은 이기적이고, 겁이 많고, 냉정하다. (중략) 여기에서 흥미로운 것은 경험이 진보의 요인이 아니라 쇠퇴의 요인이라는 점이다. 노인이란 길고 긴 인생 내내 잘못 생각하며 살아온 사람이다. 그러므로 노년은 아직 그가 저지른 만큼 많은 실수를 저지르지 않은 젊은 사람들보다 우월하지 못하다.

(3) (중략) 현대 노인의 소외는 곳곳에서 다양한 모습으로 나타난다. 가장 많이 언급되는 노인 소외는 가족 관계에서 일어난다. 자녀들과의 동거 여부와 상관없이 대부분의 노인들에게는 가족 구성원으로서 의미 있는 역할이 주어지지 않는다. 자녀들과 떨어져 사는 경우에는 가족 대소사에 대한 개입이 물리적으로 불가능하다. 자녀들과 동거하는 노인들의 경우에도 큰 차이는 없다. 손자녀의 양육문제를 예를 들어보자. 경제권의 상실에도 노인들이 전통적으로 영향력을 행사해온 분야 중 하나가 손자녀의 양육 문제였다. 그러나 이것도 이제는 옛말이 되어가고 있다. 손자녀 양육에서 노인의 발언권은 현저히 약해졌다. 자녀들과 가치관이 다르기 때문만이 아니다. 절대 다수의 노인들은 급변하는 현대의 정보 사회에서 손자녀 양육에 필요한 기능적 측면에 무지하기 때문이다.

- 이화여자대학교 2007학년도 모의 논술

각 제시문의 논점은 이렇게 요약됩니다.

⑴ 늙음은 성숙의 과정이고, 노인은 지혜롭다

⑵ 늙음은 쇠퇴이고, 노인은 나약하고 비겁하다.

(3) 정보사회에서 기능적 측면에서 무능한 노인이 소외되고 있다.

문제의 요구는 (1)과 (2)의 시각에서 (3)을 비판하는 것인데, 언뜻 보면 (2)와 (3)은 비슷한 이야기처럼 보이지만, 조금만 뜯어보면 서로 다른 입장입니다. 일단 (1)의 시각에서는 소외의 원인을 '기능적 측면에서 무지한 노인'으로 파악한 부분에 주목할 수 있습니다. (1)에 따르면 소외의 원인은 무능한 노인이 아니라 노인의 성숙한 가치를 알아보지 못한 채, 급변하는 정보사회에서 기능적인 측면만 강조하는 현대인의 무지가 노인 소외를 불러온다고 볼 수 있습니다. 이 때 그 사회는 노인을 통한 지혜를 얻을 기회를 영영 상실할 우려가 높아지지요. (2)의 시각에서 볼 때도 그 접점을 찾아야 하는데, 무능한 노인이 소외된다는 부분이 대립각을 이루고 있습니다. 두 제시문은 공통적으로 노인의 무능을 인정하지만 (2)의 시각에 따르면 노인이 소외되는 것이 아니라, 나약하고 비겁한 노인이 현대 사회에서 점차 발을 빼는 것입니다. 따라서 노인은 소외되는 것이 아니라, 자연스럽게 쇠퇴하면서 사회 무대에서 스스로 사라지는 것이 되지요. 비판의 문제는 수도 없이 출제되었지만, 그 중 접점을 잡는데 학생들의 오류가 제법 높은 두 개의 지문만 소개하고 이제 도표를 활용한 서술로 넘어가겠습니다.

논술에서 도표의 해석은 늘 까다로운 주제이고 한 두 개로 그 방법론을 익힐 수는 없습니다. 제시문 전체의 주제와 관련지어 도표의 변화가 의미하는 바를 부지런히 살펴보는 훈련이 필요합니다. 다만 서술에 있어서 대학은 크게 두 가지 방법을 요구합니다. 우선은 제시문의 이론을 토대로 도표에 나타난 일정한 사회 현상을 해석하라는 것입니다. 이 때 도표에 드러난 사실을 각각의 이론적 입장에서 최대한 유리하게 해석하는 서술법이 필요합니다. 때로는 하나의 도표를 상반된 입장에서 접근하는 '다면 해석'의 요구도 하게 됩니다. 각각의 이론에 따라 해석이 달라지는 양상을 건국대 문제를 통해 살펴보겠습니다.

> 아래 도표는 미국의 심각한 경기침체 시기 중의 하나였던 1982년 경기후퇴 기간 동안 경제 예측 전문가들이 경기를 어떻게 예측하였는지를 보여 준다. 여기에서 굵은 선은 1980년 1사분기(1~3월)부터 1986년 1사분기까지의 실제 실업률을 나타내며, 가는 선들은 1981년 2사분기, 1981년 4사분기, 1982년 2사분기 등 모두 6개 시점에서의 예상 실업률을 나타낸다(각각 작은 동그라미로 표시되어 있음). 각각의 가는 선은 예측 당시의 실제 실업률과 그 다음 다섯 분기에 대한 예상 실업률을 함께 보여 주고 있다. 여기에서 실제 실업률은 미국 노동부의 발표치이며, 예상 실업률은 미국 통계학회와 전미경제연구소(NBER)에서 조사한 20개 기관 예측치의 중앙값이다.
>
> -건국대학교 2009학년도 수시논술, 맨큐, '거시경제학'

이와 함께 대학에서는 세 개 제시문을 주고 이에 따라 도표를 해석하라고 요구하는데, 그 요지는 대략 이렇습니다.

(1) 미래 예측은 어렵지만 이러한 노력이 세대로 전승되면 후대인이 그 의의를 발견하고 확대하면서 가치가 증대된다.

(2) 미래학자들의 모든 예측은 피상적인 속임수이며, 환상적인 낙관론에 불과하다.

(3) 보르네오 섬 한 마을에 말라리아 전염병이 창궐하였을 때, 모기를 퇴치하기 위해 많은 양의 DDT(유기염소화합물의 살충제)를 뿌렸는데, 그

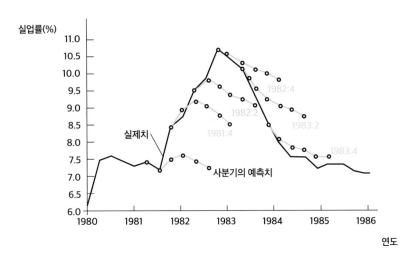

실업률(%)

1982:4
1982:2
1981:4
실제치
사분기의 예측치
1983:2
1983:4

1980 1981 1982 1983 1984 1985 1986

연도

- 건국대학교 2009학년도 수시논술, 맨큐, '거시경제학'

결과 모기가 거의 없어지면서 말라리아도 줄었지만, 마을에는 예기치 않았던 사건들이 연속해서 일어났다. 단기 예측은 가능하지만, 장기 예측은 수많은 변수로 정확성이 결여된다.

이 문제에 대한 서술방향은 다음과 같습니다. ⑴의 입장에서는 예측이 거듭되면서 실제치에 매우 근접해가는 사실을 주목할 수 있습니다. 1981년 2사분기의 예측이 현실과 동떨어져 있었다면, 1983년 4사분기는 현실치에 바짝 접근해 있다는 사실은, 이러한 예측의 노력이 허사는 아니었음을 보여줍니다. ⑵의 입장에서는 낙관적인 전망, 즉 실업률 하락만을 점치고 있다는 사실에 주목할 수 있습니다. 결국 모든 예측은 희망 사항에 불과하다는 것이지요. ⑶의 입장에서는 모든 예측이 초기에는 제법 현실치와 흡사하지만 시간이 지날수록 엇나가는 현상을 지적할 수 있습니다. 장기 예측의 어려움을 보여주는 것입니다.

이에 비해 다면 해석은 도표에서 드러나는 일정한 현상을 서로 상반된 입장에서 해석하는 서술입니다. 이를 테면 임금 격차가 심한 한 사회의 통계치를 도표로 제시하고, 이러한 현상을 기능론과 갈등론의 입장에서 해석하라는 요구 등이 여기에 해당됩니다. 일단 기능론의 입장에서는 이러한 격차가 게으른 노동자의 생산성을 자극해 사회의 유기적 발전을 이룬다고 진단할 것입니다. 이에 비해 갈등론에서는 결국 지배 계급의 착취가 심화되는 과정이고, 이러한 현상이 누적되면, 사회적 불안과 갈등이 증폭된다고 비판할 것입니다. 결국 도표 해석도 독립적인 것이 아니라, 충실한 지문 이해와 더불어, 이를 적용하는 능력을 평가하는 과정입니다.

마지막으로 도표에 나타난 현상을 이론에 적용하는 평가 서술을 살펴보겠습니다. 이 때 도표는 사실인 만큼 이론의 가치를 검증하는 잣대가 될 수 있습니다. 그리고 평가 서술에서는 "타당하다, 타당하지 않다, 부분적으로 타당하다"는 언급을 분명히 해야 합니다. 평가라는 말에 낯설어 단호한 입장을 전개하지 못하거나, 상대방이 공자나 소크라테스인데 어떻게 평가하느냐는 겸손함을 버리기 바랍니다. 어차피 어떤 이론도 진리는 아닙니다. 연세대 문제를 보겠습니다.

그림은 현역 바이올린 연주자들의 주당 평균 연습시간을 20세 시점까지 누적시켜 제시하고 있다. 그림은 전체 연주자들을 연주 수준에 따라 네 집단으로 나누어 집단 내 평균을 보여준다. 상위 세 집단은 같은 음악 대학을 나온 연주자들이다.

(1) 수상 연주자: 가장 우수한 집단으로 국제적으로 권위 있는 대회에서 수상하였으며 단독으로 공연을 할 수 있는 연주자들

(2) 전문 연주자: 국제적으로 인지도 있는 교향악단에서 전문적으로 활동하는 연주자들

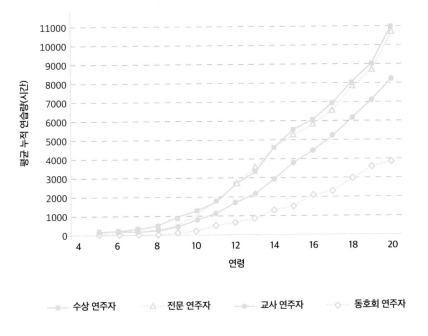

평균 누적 연습량(시간) / 연령

수상 연주자 ···△··· 전문 연주자 ──●── 교사 연주자 ····◇···· 동호회 연주자

(3) 교사 연주자: 음악 대학 졸업 후 지역 교향악단에서 연주를 하며 중고등학교
에서 바이올린을 가르치는 연주자들

(4) 동호회 연주자: 음악 대학에서 전문적으로 바이올린 교육을 받은 적이 없이
취미활동으로 연주를 하는 동호회 소속 연주자들 - 연세대학교 2016학년도 수
시 논술

　문제에서는 도표를 토대로 예술적 성취를 다룬 세 개 제시문을 평가하
라고 요구하는데요. 각 제시문의 요지는 이렇습니다.

⑴ 장인의 경지에 오르는 예술적 성취를 얻기 위해서는 부단한 수련이
　필요하다.

⑵ 예술적 성취는 선천적 재능의 발현이다.

⑶ 예술적 성취는 선천적 재능과 후천적인 노력, 특히 유년기의 재능 계발을 통해 실현된다.

그런데 도표는 이 모든 양상을 담고 있습니다. 연대 문제의 까다로움이지요. 일단 도표는 부단한 수련의 필요성을 보여줍니다. 연습 시간에 따라 연주자의 질적 수준이 결정되니까요. 그렇지만 수상 연주자와 전문 연주자는 거의 동일하게 연습했지만, 그 결과는 사뭇 다릅니다. 어떤 이는 단독 공연을 할 수 있는 최정상의 자리에 있지만, 어떤 이는 교향악단의 연주자에 머물고 있습니다. 타고난 재능 차이로 볼 수밖에 없습니다. 이렇게 본다면 ⑶번이 맞는 것처럼 보이지만, 꼭 그렇지도 않습니다. 도표에서 유년기의 연습량이 차지하는 비율이 그다지 높지 않다는 사실을 확인할 수 있습니다. 수상연주자의 경우 12세까지 연습시간에 비해, 이후부터 19세까지 연습량이 2배가량 많다는 사실을 확인할 수 있습니다. 결국 도표를 근거로 판단하면, 모든 주장은 전적으로 옳거나 그르지 않고, 부분적인 타당성만을 지닌다고 볼 수 있습니다. 연세대 문제가 유독 까다로운 이유가 바로 이러한 복합성 때문입니다.

논술 인문학

31

논술과 사고의 확장

- 유추와 세상살이의 이치

    태극기의 태극에는 "세상에 여자와 남자가 있듯이 우주 또한 음과 양의 조화를 통해 생성, 소멸, 변화한다"는 의미가 담겨 있습니다. 멋진 상징과 의미지만, 이 명제에 대한 진위 판단은 불가능합니다. 인간 세상이 남녀로 이루어져 있다고 해서, 우주 또한 음과 양이 조화를 이루고 있다고 말하는 것은 일종의 유비추리(유추·類推)일 뿐, 엄밀한 논리적 명제는 아니기 때문입니다. 그럼에도 불구하고 이러한 유추는 사고를 확장시키고, 생소하고 난해한 개념이나 대상을 친숙하게 설명하는 강점을 지닙니다. 우주가 조화를 이루는 모습을 남녀를 통해 추론해 보기 때문입니다. 따라서 유추는 단순한 비교나 예시와는 다릅니다. 비교와 예시는 동일한 범주의 두 대상을 다루지만, 유추는 전혀 다른 범주의 두 대상을 끌어와서 사고하는 방식입니다. 단, 그 두 대상 사이에서는 속성이나 구조, 기능 등에 있어서 유사성 혹은 동일성이 있어야 합니다. 전혀 다른 두 대상 사이를 오가기 위해서는 사유의 탄력성과 순발력을 갖춰야 되기 때문에 이러한 유추적 사고 능력을 평가하는 지문이 종종 등장합니다.

    조금 쉽게 유추의 예를 든다면 한국의 다문화 사회를 김치찌개 등에 빗대는 경우입니다. 김치찌개가 맛있으려면 각각의 신선한 재료가 섞여야 하듯이, 다문화 사회도 다양한 사람이 고유성을 잃지 않을 때 창조성을 발휘한다는 식이지요. 이 때 김치찌개와 한국 사회는 아무 연관이 없지만 '섞여 있음'이라는 구조가 동일해서 유추가 성립됩니다. 그런데 이러한 유추는 전혀 다른 방식으로도 전개됩니다. 아무리 다양한 재료가 섞여도 김치찌개가 되듯이 다양한 인종이 섞여도 한국인의 정체성은 변함없다는 식이지요. 이렇게 상반된 유추가 가능한 이유는, 유추가 연역적인 엄밀성이 아니라 '그럴 듯함'이라는 '개연성(蓋然性)'만으로 성립되기 때문입니다. 과도한 유추가 때로 반론을 허용하는 까닭입니다.

논리학 교과서에 등장하는 볼테르의 구두 이야기가 대표적인데요. 비오는 아침에 하인은 볼테르의 구두가 곧 더러워 질 것이라며 닦아 놓지 않았습니다. 이에 대해 볼테르는 하인에게 "점심때가 되면 다시 배가 고프게 될 테니 아침은 먹지 말라"고 유비 논법을 적용했다고 합니다. 그럴 듯하지만 '귀족의 구두 닦기'와 '사람의 식사'가 동일한 범주인가를 놓고 따져본다면 그는 고약한 주인임에 틀림이 없습니다. 그렇지만 유추는 인간의 사유를 자연 현상 등으로 활발하게 확산, 접목시켜 창발적 사고를 키우는 매력이 있습니다. 거북이를 통해 성실한 학업을, 소의 되새김질을 통해 반복 학습의 필요성을 말하는 것도 모두 유추입니다. 그리고 유추는 일상에서 속담이나 격언을 통해 많이 활용됩니다.

"비온 뒤에 땅이 굳는다." - 인간은 시련을 겪은 뒤 성숙한다.
"작은 고추가 맵다." - 스마트 폰이 그렇지요. 작지만 큰 기능입니다.

이 때 자연 현상과 인간 사회를 빗대는 과정에서 두 개념을 뒤섞으면,

전혀 엉뚱한 의미가 되어 버립니다. "비온 뒤에 인간은 성숙한다"는 말이 되지 않습니다. 왜냐하면 땅과 인간은 본질적인 유사성이 없기 때문입니다. 결국 유추는 비본질적 유사성을 통해 사유를 무한하게 확장하는 독특한 사고방법입니다. 이제 조금씩 유추의 세계로 들어가 보겠습니다.

> 레오나르도 다 빈치의 그림 모나리자를 그 세부적인 원자의 구조에 이르기까지 복제하였다고 하자. 이 복제물은 원본과 물리적으로 전혀 구분되지 않음에도 불구하고, 단지 복제물에 불과하지 원본이 될 수는 없다. 원본에는 복제물 이상의 가치가 담겨 있는 것으로 보인다. 원본에 고유한 가치가 무엇인가? 인간의 정신과 역사를 탐구하는 인문학의 의의와 관련하여 설명하여 보라.
>
> – 서울대학교 2002학년도 수시 면접

문제에는 없지만, 답변 과정에서 다음과 같은 유추 기법이 활용될 수 있습니다.

이승엽 선수의 5백 번째 홈런볼은 보통의 야구공과 섞어 놓으면 찾을 수 없습니다. 외양에 아무런 차이가 없기 때문입니다. 그럼에도 불구하고 고가에 거래되는 것은, 그 야구공 속에 5백 번째라는 상징적인 의미, 그리고 그 순간 터져 나온 야구팬의 기쁨과 흥분, 한국 프로야구의 역사성 등이 추상적인 형태로 녹아 있기 때문입니다. 다른 야구공에는 없는 무형의 가치입니다. 이제 이러한 유추를 다시 인문학에 적용하는 식으로 이중의 유추를 거쳐 답하게 된다면, 학생의 사유가 제법 탄력적이라는 인상을 주겠지요. 이제 조금 더 깊게 유추의 세계를 보겠습니다. 문제의 요구는 (2)를 토대로, (1)에서 주장하는 해결책을 비판하고, 대책을 제시하는 것이었습니다.

(1) 한국의 국가 경쟁력은 인적 자원에 의존하고 있다. 21세기 지식·정보사회에서도 인구의 수와 구성은 국가 경제의 지속적인 발전과 국민 복지의 향상을 실현하는 절대적인 요인이므로 노동력 확보와 생산력 제고를 위해서는 출산율을 획기적으로 높이는 방법을 강구해야 한다.

(2) 영국의 수도 런던은 고풍스러운 건물과 복잡하게 얽혀있는 거리로 가득 찬 도시이다. 런던 시민들은 오래된 유럽의 대도시가 가지고 있는 흔하고도 심각한 교통 문제로 늘 골머리를 앓고 있다. (중략) 런던시와 시민이 봉착한 이러한 문제를 해결하는 직접적 방안은 도로를 확충하는 것이겠지만, 런던 시당국은 도로 건설이 효과적인 대책이라고 판단하지 않았다. (중략)

시당국은 결국 다층적인 대안을 모색하기 시작했다. 교통 문제를 보다 종합적으로 해결하기 위해, 우선 도로에 버스 전용 차선을 만들어 자가용을 이용하는 것보다는 대중교통을 이용하는 것이 더 편리하도록 했다. 지하철의 내부 환경을 개선하고 늘 불평거리였던 지하역의 공기 오염 문제를 획기적으로 개선하여, 시민들의 대중교통 이용에 대한 거부감을 줄이는 데도 노력을 게을리하지 않았다. 고도의 기술적 지원을 필요로 하는 통근용 도심 전차의 개발 및 건설 계획을 수립하고, 런던 부심과 도심 사이를 7분에 주파하는 초고속 기차를 운행하여, 대중교통의 효율성을 높이고 있다. 2003년부터 시행된 일종의 교통 혼잡 부담금인 도시 진입세도 시민들의 협조를 얻게 되면서 런던의 교통 문제를 해결하는 데 일조하고 있다. — 한양대학교 2007학년도 정시 논술

문제는 (2)번에서 난데없이 영국의 교통문제를 제시했다는 점에 주목해야 합니다. 바로 유추 적용 능력을 평가하는데요. 이 때 학생들은 시선을 출산 이외의 분야로 돌려서 답안을 작성해야 합니다. 이를테면, 사교육비를 줄이거나 보육 시설을 늘려 아이를 낳을 수 있는 환경을 만들자는 등

의 주장은 대학이 요구한 서술 방향과는 사뭇 다를 것입니다. 영국 런던에서 주는 시사점은 결국 인구가 줄어 경쟁력이 위협받고 있다면, 이를 출산에만 의존하지 말고, 외국인 노동자나, 고령 인구 활용 등으로 풀어보자는 의미입니다. 북한 노동자도 포함될 수 있겠지요. 결국 대책을 제시하는 방안도 이미 정해져 있다고 볼 수 있습니다. 역시 유추를 다룬 다른 문제를 하나 더 살펴보겠습니다. 지문에서 나타나는 '귀울음'과 '코골이'의 비유가 문화 개방시대에 어떤 의미를 지니는지 서술하라는 요구입니다. 지문을 읽고 잠시 사색에 젖어 보시기 바랍니다.

이로 볼진대 얻고 잃음은 내게 달려 있지만 기리고 헐뜯음은 남에게 있다. 비유하자면 귀울음이나 코골기와 같다. 어린아이가마당에서 놀고 있는데, 그 귀가 갑자기 우는지라 놀라 기뻐하며 가만히 옆의 아이에게 말하여 "얘! 너 이 소리를 들어 보아라. 내 귀가 우는구나, 피리를 부는 듯, 생황을 부는 듯, 마치 별처럼 동그랗게 들려!" 옆의 아이가 귀를 맞대고 귀기울여 보았지만 마침내 아무 소리도 들리지 않았다. 그러나 귀울음이 난 아이는 답답해 소리지르며 남이 알아주지 않음을 한탄하였다.

일찍이 시골 사람과 함께 자는데, 코를 드르렁드르렁 고는 것이 개 우는 소리 같기도 하고, 휘파람 소리 같기도 하고, 탄식하거나 한숨 쉬는 소리 같기도 하며, 불을 부는 듯, 솥이 부글부글 끓는 듯, 빈 수레가 덜그럭거리는 듯하였다. 들이마실 때에는 톱을 켜는 것만 같고, 내쉴 때에는 돼지가 꽥꽥거리는 듯하였다. 남이 흔들어 깨우자 발끈 성을 내며 말하기를, "내가 언제 코를 골았는가?" 하는 것이었다.

아아! 자기가 혼자 아는 것은 언제나 남이 알아주지 않아 걱정이고, 자기가 미처 깨닫지 못하는 것은 남이 먼저 앎을 미워한다. 어찌 다만 코와 귀에만 이 같은 병통이 있겠는가? 문장 또한 이보다 심함이 있을 뿐이다.

귀울음은 병인데도 남이 알아주지 않는다고 안타까워 하니 하물며 그 병이 아닌 것임에랴! 코골기는 병이 아닌데도 남이 일깨워주는 것에 성을 내니, 하물며 그 병임에랴!

- 한양대학교 1999학년도 모의 논술

지문에서 '귀울음'과 '코골이'는 시사점만 주고 있을 뿐, 문화와의 직접적인 연결고리는 찾을 수 없습니다. 그런데 '귀울음'이 병인데도 남에게 자랑하고, '코골이'는 병이 아닌데도 부끄러워한다는 사실에서 다음과 같은 유추가 가능합니다. '귀울음'은 자국의 문화가, 심지어 그다지 바람직하지 않을 수 있음에도 불구하고 무조건 옳다는 생각에 빠져있는 자문화 중심주의에 가까울 것입니다. 한 냄비에서 수저로 함께 식사하는 한국의 찌개 문화는 공동체의 유대감을 상징할 수는 있어도, 어떤 외국인에게는 그리 달갑게 보이지 않을 것입니다. 또 고향 사람이랍시고 처음 보는 사람에게 "결혼 했느냐"고 묻는 것 등이지요. '코골이'는 자신의 문화에 대한 열등감, 나아가 타 문화에 대한 사대주의로 파악할 수 있습니다. 고급 의류 브랜드에 으레 외국어 상표가 붙는 현상이 바로 그것입니다. 이제 한 가지 유추문제를 더 보고, 끝으로 고난도로 출제된 연세대 문제를 파악해 보겠습니다. 설명을 하다 보니, 한양대 지문이 많은데요. 어떤 문제는 쉽사리 유추가 되지만, 한양대는 까다로운 탄력적인 사고 실험을 요구해서 선택하게 되었습니다.

최근에는 저널리즘이 신문에서 비롯된 뿌리 깊은 계층 체계에서 프로와 아마추어를 포함한 다양한 주체들이 활동하는 더욱 광범위한 생태계로 진화하고 있다는 주장이 제기되고 있다. 인터넷이 빚어낸 현실을 수용하고 쇠퇴한 거대 언론

시대의 훌륭한 가치를 계승하여 언론 체계를 재편해야 할 필요성이 대두된다는 것이다. 새로운 언론 생태계를 마련하는 것은 매우 어려운 일이지만 전혀 불가능한 것은 아니다.

영국의 유력 일간지 가디언의 사례는 새로운 길을 찾으려는 기존 거대 언론의 흥미로운 시도를 보여준다. 최근에 들어 가디언은 온라인에서 활동하는 여론 주도층에게 블로그 플랫폼을 무료로 제공하고 채팅방과 토론게시판 등의 서비스를 도입하면서 변신을 시도했다. 가디언의 변신 중 가장 흥미로운 것은 일반인들의 노동력과 콘텐츠를 활용한 탐사 보도이다. 2009년 200만 페이지가 넘는 의회 의원 경비 지출 보고서가 일반에 공개되었다. 방대한 보고서를 분석하기 위해 고민하던 가디언은 보고서를 인터넷에 올려 독자들에게 검토를 요청했다. 그 결과 사이트 방문객 중 56%가 참여해 80시간만에 전체 분량의 20%가 검토되었다.

또한 온라인 커뮤니티도 전통적인 거대 언론이 수행하던 공정한 정보 전달자로서의 역량을 발전시키고 있다. 협업으로 만들어진 온라인 백과사전 위키피디아는 세계에서 다섯 번째로 방문자가 많은 사이트로 언론이 어렵게 얻은 몇몇 기능들을 유지하고 있다. 위키피디아 참여자들은 위키피디아에는 엄격한 규칙이 없다고 자랑스럽게 말하지만 위키피디아에 수록된 모든 항목에는 두 가지 근본적인 가치가 적용된다. 바로 중립과 검증 가능성이다. 위키피디아는 특정한 견해에 대한 지지나 논란의 여지가 있는 주장을 피하고, 균형과 공정성을 유지하며 주요 관점들을 설명하기 위해 노력할 것을 공언한다. 또 작성된 내용은 정확하고 신뢰할 수 있는 제3의 공개된 출처를 기반으로 해야 한다는 원칙 아래 필자들에게 참고문헌을 명시할 것을 의무화함으로써 검증 가능한 정확성을 확보한다.

- 한양대학교 2014학년도 수시 논술

문제의 요구는 다소 생뚱맞습니다. 부모와의 갈등 사례를 들고, 제시문을 토대로 이에 대한 해법을 서술하라는 것입니다. 학생들은 논술 문제에 개인적인 체험을 쓰는 문제가 나오기도 처음이고, 부모와의 갈등은 '전문 분야'라서 자신 있게 답안을 작성했을 것입니다. 그리고 해결과정에서 채점하는 교수들을 감동시킬 수 있는 훈훈한 스토리를 짜냈을 것입니다. 하지만 이 문제에도 서술 방향이 정해져 있습니다. 바로, '정통 유력지 가디언이 인터넷 매체를 교훈 삼은 것처럼 부모도 자녀의 이야기에 귀 기울이는 개방성을 가져야 한다'는 점과, '위키피디아가 주류 언론의 중립과 검증이라는 보편적 원칙을 수용한 것처럼, 자녀도 부모가 요구하는 사회의 일반 가치를 무작정 거부하지 않는 자세가 필요하다'는 것이지요. 대학에서 공개한 답안에는 여지없이 이러한 내용이 포함되어 있었습니다.

끝으로 연세대 기출 문제 중 가장 높은 난도를 보였고, 각 인터넷 사이트마다 서로 다른 예시답안을 내어놓은 한 문제를 보겠습니다. 역시 유추 문제로 파악됩니다.

(1) '도락(道樂)'이라고 하면 누구나 알고 있습니다. 낚시를 한다든가 당구를 친다든가 바둑을 둔다든가 총을 메고 사냥을 간다든가 여러 가지 형태가 있겠습니다. 이것들은 설명할 필요도 없이 스스로 나아가서 어떤 강요 없이 자신의 활력을 소모하고 기뻐하는 쪽입니다. 더 나아가 이러한 정신이 문학도 되고 과학도되고 또 철학도 되므로, 언뜻 보면 대단히 어려운 문제가 모두 도락의 발현에 불과한 것입니다. (중략)

전차나 전화 등이 설비되어 있다고 해도 "꼭 오늘은 저쪽까지 걸어서 가고 싶다."는 식의 도락심이 강하게 나타나는 날이 반드시 일 년에 두세 번은 있습니다. 원해서 육체를 사용하고 피로를 청합니다. 우리가 매일 하는 산보라는 사치

도 요컨대 이 활력 소모의 부류에 속하는 적극적인 생활을 위한 생명 보존 형태의 일부분입니다. (중략)

원래 사회가 그렇기 때문에 부득이 의무적 행동을 하는 인간도 내버려두면 자아본위(自我本位)에 입각하는 것은 당연하므로, 자신이 원하는 자극에 정신이나 신체 등을 소비하는 경향은 어쩔 도리가 없는 것입니다.

(2) 프랭크 길브레스는 과학적 관리법에 흥미를 갖고 이를 벽돌쌓기에 적용해보기로 했다. 그는 벽돌공의 동작들에 대해 매우 재미있는 분석과 연구결과를 내놓았고, 벽돌공의 작업 속도와 피로감에 영향을 미치는 요소들은 아무리 사소한 것이라도 모두 실험 대상으로 삼았다. 길브레스는 벽, 반죽통, 벽돌더미가 위치한 곳에서 양 발이 각각 디뎌야 할 정확한 위치를 찾아냈고, 벽돌공이 벽돌을 쌓고 벽돌더미 쪽으로 한두 발짝 움직이는 동작을 없애도록 했다. 또 그는 반죽통과 벽돌의 가장 알맞은 높이를 연구한 다음, 비계[10]를 고안해 그 위에 모든 재료들을 올려놓을 탁자를 둠으로써 벽돌공이 반죽통과 벽돌을 가장 알맞은 위치에 두고 작업을 할 수 있게 했다. 비계는 벽의 높이에 따라 조정할 수 있었는데, 비계를 조정하는 일만 전담하는 노동자를 두었다. (중략)

이로써 벽돌공은 비계 위에 너저분하게 쌓여 있는 벽돌 더미에서 벽돌을 고르는 시간을 절약하게 되었으며, 가장 편한 자세로 가장 빠르게 벽돌을 쥘 수 있게 되었고 벽돌을 뒤집거나 양 끝을 돌리는 동작을 할 필요가 없게 되어 시간의 낭비가 줄었다.

(3) 기억에 망각이 특이하게 혼합되는 것은 우리 정신에 있는 선택 작용의 한 예이다. 선택은 그 위에 정신이란 배를 건조할 뼈대가 된다. 그리고 기억을 위해 선택이 쓸모 있다는 것은 분명하다. 모든 것을 기억한다면 우리는 어떤 것도 기

---

10) 건설현장에서 쓰는 가설 발판

억하지 않는 것과 마찬가지로 살아가기 어려울 것이다. (중략)

원근 단축이라는 축약 과정은 이와 같은 결손을 전제로 한다. 먼 옛날의 일을 떠올리기 위해 그 일과 현재의 우리 사이에 놓인 일련의 사건들을 모두 거쳐야 한다면, 그 조작에 오랜 시간이 걸리기 때문에 기억은 불가능할 것이다. 따라서 기억이 이루어지는 조건의 하나가 망각하는 것이라는 역설적 결론에 도달한다. 내가 알고 있는 많은 것들을 완전히 망각하지 않거나 일시적으로 망각하지 않는다면, 우리는 전혀 기억할 수 없을 것이다. 따라서 어떤 경우를 제외하고는 망각은 기억의 질병이 아니라 기억을 건강하게 하고 살아있게 하는 조건이 된다.

- 연세대학교 2012학년도 수시 논술

　문제의 요구는 각각 ⑴과 ⑵번의 시각으로 ⑶번을 비판하라는 요구입니다. 그런데 살펴보면 3개 제시문은 서로 다른 종류의 글입니다. 표면상 아무런 상관이 없다는 것입니다. 다만 구조의 동일성이 파악되는데 그것은 두 개의 중심 개념이 관계를 맺는 양상입니다. ⑴에서는 생산과 낭비를 동일한 가치로 보고 있고요. ⑵에서는 낭비와 효율을 상반된 개념으로 보고 있습니다. 그리고 ⑶에서는 기억과 망각을 상보적인 관계, 혹은 도구적인 관계로 파악하고 있습니다. 그러니까 이 관계를 한 개의 요소, 즉 가정에서 남녀의 관계로 통일해서 정리해 보겠습니다. 어차피 3개의 제시문도 아무런 연관은 없으니까요.

⑴ 남편의 돈벌이와 주부의 지출은 모두 건강한 가정을 만들어 가는 필수조건이다.

⑵ 주부가 지출을 최소화할 때 가정 경제가 건전하게 유지된다.

⑶ 주부가 남편을 위해 지출할 때, 가정의 부가 창출된다.

이렇게 환원해서 본다면, (1)과 (2)의 시각에서 (3)이 갖는 한계는 분명해집니다. 이때 기억과 망각을 남편과 주부로 유추해서 적용하시면 됩니다. 우선 (3)에서는 망각이 있어야 기억이 활성화된다고 말하지만, (1)의 입장에서 망각은 기억의 보조 수단이 아니라 그 자체로 분리된 고유한 정신 기능이라는 사실을 비판해야 될 것입니다. 수입 뿐 아니라 소비 지출도 건강한 가정 경제를 꾸리기 위해 꼭 필요하다는 것이지요. 그리고 (2)의 시각에서는 망각이 있어야 기억이 활성화되는 것이 아니라 망각이 없어야 기억이 효율적으로 관리된다고 비판할 것입니다. 여하튼 지출은 줄이라는 입장입니다. 다소 복잡해 보이지만, 각 지문의 개념을 동일 선상에 놓는다면 풀릴 수 있는 문제입니다. 연세대는 이어 (2)번에서도 도표를 통해 정확한 사진 판독의 이치를 활용해서, 채용과정을 설계하라는 유추 문제를 연거푸 제시해서 학생들을 거의 패닉상태에 빠뜨렸습니다. 이 문제는 학생들을 이해시키는데도 정말 힘겹습니다. 그런데 주어진 시간 내 이 문제에 답하고 입학한 연세대학교 2012학년도 학생들이 경이롭습니다.

이 단원이 다소 까다로웠다면 다음 제시문을 읽어보고, 이것이 시사하는 바를 한번 유추해 보기 바랍니다. 인간과 사회, 자연과 우주를 넘나들면 사유하는 힘, 이러한 유추의 능력이 우리나라의 태극기를 설계한 동력 아닐까요.

한 연구자가 어느 날 벼룩의 점프력을 실험했다. 벼룩은 놀랍게도 자신의 키보다 몇 백 배가 넘는 30㎝ 정도까지 뛰어올랐다. 그는 한 무리의 벼룩을 실험용 용기에 집어넣고 15㎝ 높이에 투명한 유리 덮개를 설치하였다. 그러자 벼룩들은 쉴 새 없이 뛰어오르며 유리 덮개에 탁탁 부딪히는 소리를 냈다. 시간이 지나고 나서 이 소리가 잦아들자 유리 덮개를 열어보았다. 벼룩들은 여전히 뛰고 있었지만 놀랍게도 벼룩이 뛰어오르는 높이가 유리 덮개 근처까지로 일정했다. 덮개에 머리를 부딪지 않기 위함이었다. 유리 덮개를 제거해 두었음에도 불구하고, 벼룩은 그 이상을 뛰어오르지 않고 기존의 유리 덮개 높이 근처까지만 계속 일정하게 뛰는 것이었다.

- 한양대학교 2012학년도 수시 논술

고사관수도, 강희안, 국립중앙박물관

32

논술과 사고의 상대성

모든 것을 뒤집는 '모순 어법'과 일탈

누군가, 저렇게 무심한 표정, 에누리 한 푼 없는 완벽한 안일(安逸)의 자세로 세상을 볼 수 있는 사나이는? 자연 속에서 사람의 자세가 저토록 자연스러워 보일 수 있다는 것이 자못 경이롭기까지 하다. 강희안(姜希顔)의 '고사관수도(高士觀水圖)'에 우리도 잠시 마음을 기울여 보자. 그렇다. 잠깐의 여유, 바쁜 모든 일거리를 잠시 미루어 두고 느리게, 좀 더 느리게 그림 속으로 들어가 보자. 그림 속의 선비는 한없이 게으른 이임에 틀림없다. 젊은 날을 지새우게 만든 불같은 야심도, 가난한 마누라의 바가지도 이제 그는 아랑곳하지 않는 듯하다.

- 이화여자대학교 2017학년도 수시 논술

'염병할...', 요즘으로 치면 '코로나나 걸릴', 이것은 욕설입니다.

현실이 힘겨울 때 분풀이를 통해 이를 정신적으로나마 해소해 보려는 몸부림입니다. 욕설은 또한 자신을 향하든 타인이나 세상을 저주하든 마치 조각칼처럼, 마뜩찮은 현실을 분명하게 파헤쳐 도려내고, 때로 문제 해결의 실마리를 제공합니다. 욕설이 자극제가 되어 서로를 정면으로 응시하면 그렇습니다. 결국 가벼운 일탈이 주는 순기능이 됩니다. 물론 역기능은, 너무 지나치면 영원히 원수가 될 수 있습니다.

욕설이 직접적이라면 반어는 제법 우회적입니다. "그래 너, 잘났다"부터 "나는 너를 잊었어" 등의 표현입니다. 진짜 잊었다면 그런 말을 할 일도 없습니다. 지각생에게 "부지런하시네"라는 교사의 말은, "무슨 짓을 하다가 이제 오느냐"라는 타박보다 훨씬 공격적입니다. 반어법의 어투는 어쩔 수 없는 냉소를 풍기기 때문입니다. 공격받은 학생은 다음날 정말 치사해서 10분 일찍 침대에서 일어납니다. 마음의 상처가 아물지 않았다는 증거지요.

이제, 마지막 단원인데요. 사실 여기에 논술 교육의 가장 궁극적인 목표가 담겨 있다고 생각합니다. 자신과 충돌하는 타인의 세계관을 주체적으로 수용해서 자기를 확장하고, 자신의 세계관을 타인에게 전달해서 세상을 바꾸는 방법, 모든 텍스트가 지닌 궁극적 가치입니다. 그리고 저는 이 방법으로 관습에서의 일탈과 동양의 전통적인 모순 어법을 소개하고자 합니다. 말은 거창하지만, KBS 드라마 '대장금'에서 이를 잘 보여줍니다. 대장금이 셰프 생활을 접고, 의녀의 길로 나서면서 특유의 영민한 머리로 약초를 모두 암기한 뒤, 독초와 약초를 가르라는 시험에 줄줄이 답안지를 작성해 나갑니다. 그런데 다소 머리가 나쁜 친구는 아무런 답도 내지 못합니다. 그리고 스승은 머리가 나쁘지만 제법 예쁜 수련생에게는 높은 점수를 주고 대장금을 낙제시킵니다. 황당한 대장금에게 답하는 스승의 논리가 바로 모순 어법이고, 모순을 통한 자각으로 타인의 세계관을 확장시키는 동양 사유의 출발점입니다. 아무래도 욕설과 반어보다는 고급스럽습니다. 모순으로 뒤덮인 노자의 '도덕경'이 그렇습니다.

"독초가 약초이고, 약초가 독초이다."

모든 약초와 독초를 줄줄이 분류해 보아도, 어떤 환자에게 인삼은 독초이고, 어떤 환자에게는 사약을 만드는 부자가 약초입니다. 다음 지문은 대장금 스승의 이야기와 별반 다르지 않습니다.

> 지난해에는 그야말로 풀이 원수였다. 그러나 올 삼월 마늘밭에 난 '잡초'들을 뽑아던지다가, 밭에 나는 풀들이 모두 제초제를 써서 말려 죽이거나 김을 매어 없애야 할 대상이 아니라는 것을 깨쳤다. 우리가 마늘밭에서 뽑아 내던져버린 '잡초'가 사실은 봄나물이자 몸에 좋은 약초였다는 사실을 우연히 발견한 것이다. 그 뒤로는 우리 밭에 자라는 풀들을 유심히 관찰하기 시작했다. 약초도감과 식물도감, 한의학서적, 동의학백과사전 같은 구할 수 있는 책들은 다 구해서 풀의 성분들을 연구해갔다. 그 결과 밭에서 자라는 대부분의 풀들이 약초라는 사실을 알아냈다. 지난 해 농촌의 빈집과 함께 버림받은 항아리들을 500개쯤 구해 효소식품도 담고 감식초도 담은 경험을 살려서 밭에 나는 풀들을 뽑거나 베어서 효소를 담기 시작했다. 민들레, 씀바귀, 쑥, 억새, 엉겅퀴, 조뱅이, 살갈퀴, 명아주, 쇠비름, 바랭이, 망초, 칡 무엇이든 눈에 띄는 대로 황설탕에 절여 40여 종의 풀들로 효소를 담고, 거기에서 나온 건더기에는 술을 부어 숙성시켰다. 그야말로 풀농사를 지은 셈이다.
> — 부산대학교 2003학년도 정시 논술

모순 어법은 기존의 가치 판단을 뒤흔든다는 면에서 일종의 '언어 일탈'인데요. 이 때 일탈은 혼란을 초래하면서도 통념에서 탈피하는 인식의 전환으로 이어집니다. 좀 더 쉬운 이해를 위해 모순 어법, 흔히 말하는 역설적 표현을 한 두 개 더 소개합니다.

작은 것이 큰 것이다. - 반도체
미움이 사랑입니다. - 이혼법정에서 한 판사가

죽는 것이 사는 것이다. - 명량해전을 앞둔 이순신

매일 지각하는 자녀에게 어떤 말을 하시겠습니까.

1. 찌질하게 매일 방콕이지, 제 아빠를 닮아 게으른 자식.
2. 부지런해서 밥 빌어먹고 잘 살겠다.
3. 그래, 조금 늦는 것이 이른 것이지.

단, 3번의 경우는, 아이가 영원히 늦는 경우가 있다는 사실도 잊지 마시기 바랍니다. 아이가 칭찬으로 받아들이면 현실은 더 이상 바뀌지 않습니다. 모두 상대적이고 정답이 없으니까요. 대화와 소통의 상대성에서 구태여 답을 고르라면 저는 아직 3번입니다.

이제 모순 어법이 유발하는 일탈로 눈을 돌리겠습니다. 대학에 다니지 않고 노숙자에 가까운 히피 생활을 하면서, 부모 속을 어지간히 썩게 했을 스티브 잡스는 애플을 운영하면서도 무던히 투자자의 속을 태웁니다. 스티브 잡스가 입양되었다고 해서, 부모가 그를 방치한 것은 아닐 것입니다. 스티브 잡스는 나중에 친부모에게 연락이 오자 그냥 생물학적 관계라고만 평가했으니까요. 그는 아이폰을 만들면서 핸드폰 하드웨어에서 키보드를 없애고 이를 터치스크린으로 옮겨 버립니다. 투자자들의 엄청난 반발을 무시하고 그는 일탈을 통한 혁신을 선택합니다. 그리고 키보드 없는 전화기가 한글, 영문, 숫자와 기호 등을 모조리 입력할 수 있는 인터페이스를 탄생시켜 세상이 바뀝니다. 그가 '고사관수도'를 보았다면, 아이폰을 보내 그 게으름의 의미를 찬양했으리라 생각합니다. 여기에는 "게으름이 부지런함이고, 사라지는 것이 살아난다"는 역설이 담겨있습니다.

나아가 일탈은 기존 제도와 모순적인 충돌을 일으키면서, 현재를 성찰하고 때로 사회 제도를 변혁하는 힘이 됩니다. 허균은 홍길동전에서 서자 홍길동의 일탈을 통해 신분제도를 혁파하는 새 세상을 꿈꾸지요. 당시에 금기어와 같은 서얼의 과거 등용이라는 화두는 결국 신분 해방의 밑거름이 되지 않았을까요.

어느 날 나는 지역 신문에서 한 점원의 사연을 읽었다. 그는 아이에게 지역 축제에 가기로 약속을 하고 그 약속을 지키기 위해 어쩔 수 없이 아프다고 거짓말을 하고 회사에 나가지 않았다. 그러나 아뿔싸, 그는 헐크 복장을 한 친절한 자원봉사자가 자기 회사의 사장이라는 사실은 꿈에도 몰랐다. 헐크와 포즈를 취하고 사진까지 찍었던 그는 떠나려던 찰나 헐크 가면을 벗은 사장으로부터 "자네는 해고야."라는 말을 들어야 했다.

나는 우리 회사의 직원이 이러한 어이없는 상황을 겪지 않기를 바란다. 나는 직원들이 개인 생활에서도 효율적이기를 바란다. 그래서 우리 회사는 직원들의 애로 사항을 조금이나마 덜어주기 위해 여러 가지 서비스를 제공한다. 이 서비스에는 육아 도우미 파견, 가정교사 추천, 휴일 장터 운영 등이 포함된다.

- 홍익대학교 2016학년도 수시 논술

(1) 진찢청과 밑단은 작지만 확실한 반항의 시작이다. 부모가 시키는 대로 살던 20대가 부모의 뜻을 거역하기로 결심한 징후이다. 물론 여전히 많은 20대가 스키니진과 찢청 사이에서 고민하고 있다. 어떤 청바지에 몸을 맞춰야할지 결정하기 쉽지 않다. 그러나 기성세대와 거대자본에 대한 20대들의 거부는 이미 시작됐다.

(2) 에드먼드: 어째서 나는 사생아로 태어났단 말이냐? 그럼 나는 천한 놈인가?

내 몸은 건강하고 마음씨는 한없이 너그럽다. 나도 형처럼 아버지를 꼭 닮았다. 그런데도 세상 사람들은 나에게 천하다고, 야비하다고, 사생아라고 하지 않는가! 천하다고, 천해? 재미없군. 넌덜머리나고 지긋지긋한 잠자리 속에서 자는지 깨어 있는지도 모르는 사이에 생긴 이 세상 바보들과는 달리, 자연의 본능을 즐기며 태어난 우리가 더 많은 생명의 힘을 이어받았을 게 아닌가. 좋아! 정실 자식 에드거야, 네 영토를 내가 차지해야겠다. 아버지의 애정은 정실 자식이나 사생아나 별 차이가 없다. '정실'이라는 말은 매우 훌륭하지! 만약에 이 편지가 잘 들어가서 내 뜻대로 된다면, 사생아 에드먼드는 반드시 정실 자식 에드거를 누르게 될 것이다. 그리고 나는 위대해질 것이며, 출세할 것이다. 아, 하늘이시여! 사생아들의 편을 들어주소서.　　　　　　　- 경희대학교 2019학년도 수시 논술

우리 속담에 "굽은 나무가 선산 지킨다"는 말이 있습니다. 곧은 나무는 이미 다 잘려나가지만, 천대 받던 굽은 나무가 결국 제 역할을 해낸다는 이야기지요. 사람살이에 유추하면, 의사인 큰 아들은 정신없이 바쁘고, 돈 잘 버는 둘째 아들은 외국으로 이민가고, 만년 백수로 속만 썩이던 셋째 아들이 결국 지성으로 병든 부모를 공양한다는 정도로 이해할 수 있습니다. 이제 일탈의 개념을 갈등, 불안, 분노, 전쟁, 게으름 등으로 확산시켜 볼까요. 이들 단어 또한 부정적인 어감을 담고 있지만, 세상은 그렇게 이분법으로 딱 갈라지지 않습니다. 이분법의 세계에 갇히면 세상의 절반 밖에 보지 못한다는 것입니다. 칸트는 '세계 시민의 관점에서 본 보편사의 이념'에서 자연은 인간 사이의 갈등을 이용하여 인간의 모든 소질을 계발하도록 유도한다고 말했습니다. 갈등의 과정에서 불안과 분노가 생기고, 이는 때로 집단 간의 전쟁으로 확장됩니다. 그런데 다음 지문들은 이것의 또 다른 가치를 보여줍니다.

가사 노동을 둘러싼 부부 싸움도 이런 관점에서 설명될 수 있다. 현대 가정에서 많은 부부가 가사 노동 분담이라는 목표를 설정하지만, 이를 달성할 수단이 마땅치 않아 갈등을 빚는다. 가사 분담을 위해 무리하게 역할을 조정하는 과정에서 부부 간 이견을 노출하여 결국 싸움으로 이어지는 것이다. 이와 같은 가치관의 혼란 또는 목표-수단의 괴리에 의한 사회적 탈선을 막기 위해서는 무엇보다 합의에 바탕을 둔 지배적 규범의 정립과 관련 수단의 제공이 필요하다.

- 경희대학교 2019학년도 수시 논술

자극이 심리적으로 해소되지 못한 채 불쾌감을 유발하는 만족스럽지 못한 상황이 아이들에게는 필경 태어날 때의 경험과 유사할 것이고, 따라서 위험상황의 되풀이로 받아들여질 것이다. […] 해소되어야 할 자극이 축적되는 것, 이것이 위험의 진정한 본질이다. 이로부터 불안의 반응이 나타난다. 불안은, 출생 시 이 반응이 체내의 자극을 해소하기 위해 폐를 활성화시켰던 것과 마찬가지로, 어린아이 또한 축적된 자극을 호흡기관과 발성기관으로 돌려 엄마를 부르게 되는 과정을 유도한다. - 연세대학교 2006학년도 정시 논술, 지그문트 프로이트, '억압, 증후 그리고 불안'

그러나 분노는 큰 힘을 발휘할 수 있는 적극적 감정으로, 현명하게 표출되면 훌륭한 결과를 낳을 수 있다고 주장한 철학자들도 있었다. 이를테면 아리스토텔레스는 이렇게 말했다. "격정에 사로잡히기란 누구나 할 수 있는 쉬운 일이다. 그러나 적절한 정도로, 적절한 때에, 적절한 방식으로, 적절한 목적을 가지고 분노하기란 어려운 일이다." 분노의 무조건적인 억제가 아니라 적절한 표출이 도덕적·사회적 삶의 필수불가결한 덕목이라는 것이다. 물론 분노가 이성의 둑을 무너뜨리고 파괴적 결과로 치닫도록 방치해두어서는 안 되지만 말이다. "화를 낼 줄 모르는 사람은 선하게 살 줄도 모른다."는 어떤 현대 사상가의 말은 아리스토텔레스의 현대적 해석이라 할 수 있다.

- 건국대학교 2006학년도 수시 논술, A. C. 그레일링의 '존재의 이유'

군장사회 간의 전쟁 기간 동안 사회의 발전은 절정에 이른다. 국가의 등장은 결국 또 다른 깊은 사회적 문화적 변화를 일으킨다. 일단 국가가 등장한 후로는 엄청난 문화적 진전과 소규모의 마을 자치 공동체일 때에는 꿈꿀 수조차 없었던 발전을 향해 뛰어들 수 있는 문이 활짝 열렸다. 오직 커다란 정치적 연합체만이 문화, 과학, 경제, 기술 그리고 세계 산업문명을 중심으로 한 실로 모든 문화 영역의 획기적인 발전을 가능케 한다. 이런 관점에서 전쟁은 국가의 발전을 가져왔다고 볼 수 있다. 흥미롭게도 국가의 발전은 논쟁 해결의 대안책을 제공하여 사회의 치명적인 갈등(전쟁을 통한 사망, 처형, 살인, 반란)을 줄여준다.

- 고려대학교 2005학년도 수시 논술

나는 복숭아와 살구를 즐기는데, 그것들이 중국에서 한 왕조 초기에 처음 재배되었다는 것, 카니스카 대왕에게 볼모로 잡혀온 중국인들이 그 과일들을 인도에 소개한 이후 페르시아로 퍼져 나갔으며 기원후 1세기에 로마 제국에까지 당도했다는 것, 살구가 일찍 익는다고 해서 'apricot(살구)'란 말이 'precocious(조숙한)'란 말과 동일한 라틴어 어원에서 파생되었다는 것, 그런데 어원을 잘못 아는 바람에 실수로 'a'자가 맨앞에 덧붙여졌다는 사실을 알고 나서는 더 맛있게 먹을 수 있게 되었다. 이런 모든 지식들이 과일 맛을 더 달콤하게 만들어 준다. 1백여 년 전 선의의 박애주의자들이 '유용한 지식'을 확산시키기 위한 목적으로 여러 단체들을 출범시켰지만 그로인해 사람들은 '무용한 지식'의 기막힌 맛을 느끼지 못하게 되었다. - 덕성여자 대학교 2008학년도 정시 논술, 버트란트 러셀, '게

으름에 대한 찬양'

  게으름의 경우, 그 가치를 고사관수도가 보여주고 있어서 러셀의 글 중 다른 부분을 출제한 지문을 소개했는데요. 이 때 '무용한 지식'은 흔히 인문학으로 생각할 수 있습니다. 의학, 공학과 달리, 현실 문제를 아무것도 해결해 주지 못하지만 여전히 살아남아 인간 정신을 풍요롭게 해줍니다. 이렇게 본다면 세상은 딱히 좋고 나쁨으로 가를 수 없는데요. 다음 제시문은 이 같은 상대주의적 세계관을 적절하게 묘사하고 있습니다.

> 야구공은 큰 공인가 작은 공인가? 야구공은 탁구공에 비해서 크지만 축구공에 비해서는 작다. 강은 개울보다 크지만 바다보다는 작다. 야구공도 크다고 말할 수 있고, 강도 작다고 말할 수 있다. 개울만 보던 사람에게는 강이 커 보이지만, 바닷가에서 살던 사람에게 강은 작아 보일 것이다. (중략) 신라의 고승 의상 대사는 "한 티끌 속에 온 우주가 들었다"고 갈파했고, 영국 시인 윌리엄 블레이크도 "한 알의 모래 속에서 세계를 보고, 한 송이 들꽃 속에서 천국을 본다"고 노래했다. 티끌이 곧 우주요 모래가 곧 세상이라면 큰 것과 작은 것의 구분은 무의미해진다.
>
> — 고려대학교 2005학년도 정시 논술

  이렇게 세상을 볼 때, 정답 없는 인문학적 논의들은 나름의 수많은 가치를 가지고 인간 지성을 확장하고, 자신만이 옳다는 절대주의적 가치를 반성하게 만들어 줍니다. 이제 두 개의 지문을 통해 이 책을 마무리하겠습니다. 그리고 이 지문이 모든 인문학의 성격, 그리고 존재의 모습을 살펴보게 한다고 판단해서 마지막으로 선택했습니다.

(1) 북해(北海)의 신(神)이 황하(黃河)의 신에게 말하였다.

"우물 안의 개구리에게 바다에 대하여 얘기해도 알지 못하는 것은 공간의 구속을 받고 있기 때문이다. 여름 벌레에게 얼음에 관한 얘기를 해도 알지 못하는 것은 시간의 제약을 받고 있기 때문이다. 비뚤어진 선비에게 도(道)에 관하여 얘기해도 알지 못하는 것은 가르침에 속박되어 있기 때문이다. 지금 당신은 물가를 벗어나 큰 바다를 보고서야 당신의 추함을 알게 되었다. 당신은 이제야 위대한 도리를 얘기하면 이해할 수 있게 된 것이다. (중략)

사방의 바다가 하늘과 땅 사이에 존재하는 크기를 헤아려 보면 소라 구멍이 큰 연못가에 나 있는 정도와 비슷하지 않은가? 중국이 우주에서 차지하는 크기를 헤아려 보면 큰 창고 속에 있는 곡식알 하나와 비슷하지 않은가? 물건의 종류에는 몇 만이란 숫자가 붙는데 사람은 그 중 하나를 차지한다. 사람들은 이 세상 곡식이 생산되는 곳과 배와 수레가 통하는 곳에 널리 살고 있는데, 사람이란 그 중의 하나에 불과하다. 이런 사람을 만물에 비겨 본다면 말의 몸에 난 한 개의 잔털과 같지 않은가"

(2) 인간의 존재는 대체 무한 속에서 무엇인가?

인간에게 놀라운 불가사의(不可思議)를 보여 주기 위해, 인간이 알고 있는 제일 미소(微小)한 것을 찾아내게 하라. 인간에게 진드기 한 마리를 보여 주되, 그 작은 몸을 비교할 수 없을 만큼 세분화해서 보여 주라. (중략) 그는 그 안에서 수많은 우주를 보게 될 것이며, 그 각 우주 속에는, 눈에 보이는 세계에서와 같은 비율로 하늘과 항성, 지구가 있음을 볼 것이다.

(중략) 조금 전까지만 해도 우주 속에서 감지할 수 없었고, 만유(萬有)의 품안에서도 감지할 수 없었던 우리의 육체가 이제 인간으로서는 도달할 수 없는 무(無)에 비해 거상(巨像)이 되고, 세계가 되고, 도리어 만유가 된다는 사실에 감탄하지 않을 사람은 없을 테니까 말이다. 이와 같이 자신을 되돌아보면 어느 누구든

자기 자신에 대해서 경탄할 것이다. 자연에게서 부여받은 자신의 육신이 무한과 무의 두 심연 사이에 가로놓여 있음을 알고는 그 불가사의에 전율할 것이다.

- 숙명여자 대학교 2016학년도 수시 논술

두 지문을 종합하면 결국 인간은 우주 속에서 왜소한 존재지만, 동시에 우주를 담고 있다는 의미입니다. 인간이 작다는 사실을 각성할 때, 인간 중심, 나아가 자기중심의 오만을 버릴 수 있을 것입니다. 그렇지만 제시문은 동시에 한 사람, 한 사람이 우주라는 상대주의적 세계관을 가르칩니다. 이를 깨닫는다면, 자신과 타인 한명 한명이 우주이고, 그 우주들이 동시대를 함께 살아가면서 세상을 만든다는 존중의 정신을 배울 것입니다. 역설의 표현으로 압축하면, '큰 것이 작은 것이고, 작은 것이 큰 것이다'입니다. 결국 세상살이에 정답을 부정하는 모순 어법으로 마지막 단원을 마무리하게 되었습니다.

감사합니다.

논술에는 정답이 없다.

다만 제시문을 이해해서 동일한 입장으로

분류하거나, 한 이론으로 다른 이론을 분석,

비판, 평가하는 경우에 그 서술 방향은

정해져 있다고 할 것이다.

2021년 입시에서 각 대학별로

어떤 서술법을 요구하는지 간단하게 정리한다.

부연

33 각 대학이 요구하는 서술의 방법들

- 2021학년도 기준

논술에는 정답이 없다. 다만 제시문을 이해해서 동일한 입장으로 분류하거나, 한 이론으로 다른 이론을 분석, 비판, 평가하는 경우에 그 서술 방향은 정해져 있다고 할 것이다. 각 대학별로 어떤 서술법을 요구하는지 간단하게 정리한다.

가톨릭 대학교

300~600자 분량의 세 개 문항을 출제한다. 제시문도 그리 길지 않고 독해 난이도는 평이하지만, 제시문을 활용해서 다른 제시문을 분석, 비판하거나 타당성을 논하는 적용서술을 요구한다. 따라서 주어진 제시문을 자신의 글로 소화, 다시 풀어내는 과정에서 불필요한 제시문 요약이나 인용을 피하고, 문제의 요구에 따라 개념적인 정리를 명확히 해야 대학의 서술방향을 충족시킬 수 있다. 평이해 보이지만, 막상 서술은 까다로운 편이다.

건국 대학교

600자, 1,000자, 두 개 문항을 출제하며 문항 (1)번에서는 통상 두 개의 제시문에서 중심 개념어를 활용해서 도표를 분석하도록 요구한다. 이 때 제시문의 개념어는 대립되거나 보완적인 관계 등으로 구성되며, (1)번에서는 그 개념만 압축해서 제시한 뒤 도표 분석에 주력해야 한다. (2)번 문항에서는 (1)번에서 추출한 개념어를 비교적 상세히 설명하고, 대부분 별도의 문학작품에 대한 분석 서술을 전개한다. 작품 분석과정에서 개념적 어휘를 충실히 적용해야 된다. (2)번 문항은 단순하게 분석을 요구하는 경우도 있으나, 이에 대한 자신의 견해를 논하는 단락이 포함될 경우가 많다. 이때에는 문학 작품의 분석을 토대로 자신의 사고를 확장해서 매듭하려는 시도가 필요하다. 상경 계열의 경우, 문항 (2)번에 수리 문제가 출제되며, 난도는 최상위 수준이다.

경기대학교 언어 영역과 사회 영역, 모두 두 개 문항에 각각 700자 서술을 요구한다. 언어는 문학이, 사회는 비문학이 주로 출제되며, 모두 교과서 지문을 활용한다. 제시문은 까다롭지 않으나, 제시문의 관점을 적용하는 과정에서 비교, 분석, 비판, 의의 등을 오가면서 서술해야한다. 개념어를 적용하는 과정에서 탄력성을 요구해 논술 사고 연습에 적합하며, 문제 구성이 정합적이다.

경희대 인문 계열 600자와 1,100자 두 개 문항을 출제한다. 문항 (1)번에서는 두개의 제시문을 각각 요약한 뒤, 이를 비교하거나 논지의 차이를 서술하도록 요구한다. 요약 후 공통 주제를 간략하게 소개하고, 차이점의 기준을 마련해서 이를 토대로 두 개의 핵심 개념어를 다시 정리하는 서술을 요구한다. (2)번에서는 중심 제시문을 토대로 나머지 세 개 제시문을 평가하거나 비판하는 서술을 요구한다. 이 때 세 개 제시문 중에서 한 개 정도는 중심 제시문과 동일한 의미로 파악되며, 이때에는 '타당하다'라고 명시하고, 그렇지 않은 나머지 제시문에 대해서는 비판적 서술이 필요하다. 문학 지문이 한 개 이상 포함되며, 제시문의 난도는 높은 편이어서 자칫 논지 파악부터 오류가 생길 수 있다.

경희대 사회 계열

500자와 700자, 그리고 수리 문항이 출제된다. (1)번 문항에서는 통상 6개 제시문을 대상으로 분류를 요구한다. 따라서 두개의 중심 개념어에 따라 먼저 분류하고, 같은 입장에 따라 나머지 제시문을 요약해야한다. 두 개, 혹은 세 개 문단으로 답안을 구성할 수 있다. (2)번에서는 중심지문을 토대로 다른 두 개 제시문을 평가하도록 요구한다. 이때 중심지문이 두 이론의 절충지점을 택하고, 나머지 제시문이 서로간에 상반된 입장이라면, 이들의 지나친 이분법에 빠져 있다는 식의 평가 서술이 가능하다. 각 제시문의 구체적인 논지를 비판해야 한다. (3)번 수리 문항의 난도는 그리 높지 않으며, 최대, 최소, 확률, 통계 부분이 주로 출제된다.

광운 대학교

750자 두 개 문항을 출제하며, 문학과 비문학이 고루 활용된다. 제시문의 난이도는 평이하지만, 문제의 지시사항이 다소 복잡해서 사전 구성이 중요하다. 주어진 분량 내에서 문항의 요구에 따라 서술하면, 자연스럽게 한 편의 글이 되도록 출제한다. 사전 구성을 통해 원고지 분량 안배에 특히 신경을 쓰지 않으면, 문항 요구에 모두 답하지 못하거나 균형감이 떨어지는 답안지를 작성하는 낭패를 겪을 수 있다. 제시문을 개념어로 압축해서 문항의 요구에 순차적으로 답하는 연습이 필요하다.

600자 문항 세 개를 출제한다. 문항 (1)번에서는 제시문의 핵심 주제어를 찾은 뒤, 요약하고, 이를 토대로 나머지 제시문을 설명하거나 분석하라고 요구한다. 핵심 주제어가 정해져 있는 만큼 신중한 독해가 필요하다. 문항 (2)번에서는 중심 지문을 활용해서 나머지 제시문을 비교, 평가, 혹은 비판하는 서술이 필요하다. (3)번에서는 주로 도표가 포함되지만, (2)번과 같은 독해 적용이 주류를 이룬다. 문제의 해법을 서술하라고 요구할 경우에도, 그 단서를 다른 제시문을 통해 제시한다.

500자 두 개 문항이 출제된다. (1)번 문항에서는 인문학적 사고를 (2)번에서는 사회과학 지문을 주로 출제한다. 때로 각 문항을 두 개 물음으로 나누어서, 평가의 객관성을 높이고 있다. 문항 대부분은 제시문 활용을 통한 분석이나 설명, 평가, 비판을 요구하고 있으나, 적용 과정에서 까다로운 부분이 적지 않다. 지문의 길이는 짧지만, 독해 난도가 높은 지문이 한두 개 포함되면서, 주제를 잡는데 곤란을 겪는 경우가 생긴다.

400자 문항 두 개, 800자 문항 등 모두 세 개 문항을 출제한다. 제시문의 난이도가 까다로운데다, 4개 혹은 5개 제시문의 중심 개념을 400자로 압축해야 하는 부담이 뒤따른다. 따라서 제시문의 불필요한 요약이나, 줄거리 소개는 금물이다. 핵심 주제만 간추리는 능력이 필수적이다. 문항의 요구는 평가, 분석, 비판 등이 주류를 이루지만, 다양한 제시문을 탄력적으로 오가며, 정밀하게 구성을 해내야 압축된 답안을 서술할 수 있다.

500~600자 분량의 세 개 문항이 출제되며, 각 문항은 두 개의 물음으로 분리되어, 수험생들의 답안 작성 방향을 구체적으로 제시, 채점의 객관성을 높이고 있다. 제시문이 길지 않고 주제가 잘 드러나지만, 문항별로 제시문의 수가 많아 개별 제시문을 상호 비교하거나 분석, 비판, 평가, 추론하는 과정에서 이들의 핵심 논지를 명확하게 정리해야 한다. 문학 지문의 경우 다른 제시문과 연관지어 주제를 파악해서 서술의 가닥을 잡지 못하면 서술 방향이 빗나갈 수 있다.

1,000자 두 개 문항을 출제한다. 최근 제시문이 짧아지고, 독해 난도는 낮추었지만, 여전히 제시문 수가 많고 문항 난도가 높은 편이다. 한 문항에 6~7개의 제시문이 주어지는데 이를 유기적으로 연결해야 답안이 완성된다. 이를테면 머리, 팔, 다리, 몸통 등에 해당하는 제시문을 산발적으로 배치한 뒤, 이를 문항에 따라 이어 붙여 사람을 완성하는 방식이다. 문제의 요구도 정해진 패턴은 없다. 분석, 분류, 비판, 평가 등이 모두 동원된다. 수험 시간도 짧아 숙달된 글쓰기가 요구된다. 경제경영 계열의 경우, 경제 관련 지문이 주로 출제되며 도표가 포함된다. 문항의 구성과 전개는 인문사회 계열과 별반 다르지 않다.

600자 세 개 문항을 출제한다. 각 문항에서는 주어진 제시문의 활용서술을 요구하며, 활용 과정에서 제시문의 순서는 종종 무시된다. 지시사항은 해석과 비판, 대안의 제시, 의의와 한계 파악 등을 요구하며, 때로 제시문의 논점을 잡아내서 일정한 주제에 따라 자신의 글을 쓰도록 요구한다. 제시문은 길지 않으나, 중심 내용을 잡아내기 까다로운 한두 개 지문이 포함된다.

서울시립대학교 600자, 400자, 1,000자 세 개 문항을 출제한다. 제시문이 길고, 독해가 어려운데다, 중심 개념을 잡아내기 어려워 난도는 매우 높다. 문항 (1)번에서는 중심 지문을 개념적으로 정리한 뒤, 이와 입장이 다른 두 개 제시문을 찾아 대비적으로 요약하도록 요구한다. 이 때 중심 개념을 놓치면, 서술의 혼란을 겪는 만큼 (1)과 연결되는 (3)번 문항을 동시에 고려해서 주제를 잡는 것이 유리하다. (2)번에서는 도표를 출제하는데, 사실상 별도로 분리된 문항이다. 도표 해석도 까다롭다. (3)번에서는 일정한 관점이나 현안을 제시한 뒤, 제시문을 모두 활용해서 이를 비판하거나 지지하는 서술을 요구한다. 따라서 각 제시문의 주장을 다시 되풀이하지 않고, 주어진 현안에 녹여서 상대 입장을 논박하고, 자신의 주장을 강화하는 서술을 해야 한다.

서울여자대학교 두 개 문항을 출제하지만 주어진 분량 없이 밑줄 쳐진 대학 답안지에 답안을 작성한다. 각 문항 당 1,000~1,200자 정도로 연습하면 적절하다. 언어와 도표 문항을 분리해서 출제하던 방식이 2017학년도 모의 논술부터는 변화되어 두 문항이 모두 유기적인 연결 서술의 형태를 띠고 있다. 제시문 난이도는 평이하지만 도표나 그림이 각 문항에 포함되고, 문항 요구가 까다로워 이에 대한 꼼꼼한 답변이 필요하다. 관점의 비교와 적용, 비판과 해결 방안 등을 제시문을 토대로 묻고 있어, 수험생 자신의 견해보다는 주어진 제시문의 관점을 적절하게 소화해서 적용하는 능력이 요구된다.

세 개 문항이 출제되며 주어진 분량 없이 밑줄 쳐진 대
학 답안지에 답안을 작성한다. 통상 문항 (1)번과 (3)번은
1,000자 안팎, 그리고 문항 (2)번은 600자 정도로 연습하
면 적절하다. 문항 (1)번에서는 5~6개 지문을 분류하도록 요구한다. 이 때 중
심 개념을 명확히 제시해서, 각 입장에 따라 서술하는데, 때로 하나의 현상이나
이론이 지닌 순기능, 역기능과 같은 방식으로 분류되기도 한다. 문항 (2)번에서
는 도표가 출제되며, 난도는 높은 편이다. 각 도표는 (1)번에서 제기된 두 개의
논점과 각각 연결되어 의미를 파악되는 연결형, 또는 하나의 입장을 지지하는
선택형 등이 고루 출제된다. 종종 각각의 입장에서 하나의 도표를 해석하는 '다
면 해석' 문항도 출제된다. 문항 (3)번에서는 일정한 현안이나 이론의 시사점을
짧게 제시한 뒤 (1)번의 두 쟁점을 적용해서 분석, 평가하거나, 자신의 견해를
제시하라고 요구한다. (1)번의 시각을 되풀이하지 말고, 주어진 현안에 녹여내
는 서술이 요구되며, 이 과정에서 자신의 입장이 지닌 한계를 지적하고 이를 재
반박하면서 논지를 강화하는 탄력적인 답안이 적절하다.

900자 두 개 문항을 출제하며, 제시문 난이도는 평이하
지만 이를 적용하는 과정에서 탄력적인 사고를 요구한다.
제시문을 토대로 사회현상의 의의나 한계 등을 설명하거나
비판하도록 요구하며, 도표가 문항에 포함되는 경우가 많다. 특히 구체적인 사
회적 사례들을 제시문의 관점을 토대로 분류하거나 적용, 설명하도록 문항이
설계되어 있어, 정확한 제시문 이해와 이에 대한 응용 능력을 모두 갖추고 지시
시항에 충실히 답하는 서술이 필요하다.

세종 대학교

500자와 900자 두 개 문항을 출제한다. 제시문의 핵심 논지를 파악해서 이를 토대로 다른 제시문의 관점을 비판하는 문항이 주를 이룬다. 때로 상호 비판을 요구하면서 사고의 유연성을 평가한다. 문항 (1)번에서는 제시문의 요약이나, 공통점, 차이점 서술 등을 통해 논지의 핵심을 파악했는지 평가한다. 문항 (2)번에서는 주어진 제시문의 관점을 토대로 다른 제시문을 비판, 평가하거나 혹은 이를 토대로 해결책 서술을 요구한다. 제시문은 평이하지만, 수험생은 시험장에서 즉각적인 사고의 유연성을 발휘해야 한다.

숙명여자 대학교

1,000자 두 개 문항을 출제하며, 제시문의 난도가 높고, 지시사항도 까다롭다. 공통점과 차이점을 드러내는 비교, 한 제시문의 관점으로 다른 제시문을 설명하거나 의의나 한계를 지적하는 평가 서술 등을 요구하며, 가끔 도표가 포함된다. 제시문에서 드러난 두 개의 대립 견해를 토대로 자신의 입장을 전개하는 문항에 대해서는 제기된 논점 중에서 자신의 의견을 설교가 아니라, 논증적으로 개진해야 한다. 문제의 형식이 매년 역동적이고, 대학에서 공개하는 예시답안이 충실해서, 논술 사고 연습에 적합하다.

숭실 대학교

700자, 800자 두 개 문항을 출제하며 도표와 그림이 종종 포함된다. 문제의 형식은 고정되어 있지 않아, 제시문의 분류나 비교, 제시문을 토대로 한 설명과 비판, 평가식의 서술이 두루 출제된다. 제시문의 난도는 다소 높은 편이며, 특히 제시문을 토대로 시사점 등을 유추해서 사고를 확장하거나 추론하는 문항이 까다롭다. 경상 계열의 경우 문항 (2)번에서 수리가 출제되며, 매우 고난도이다.

아주 대학교

400자 문항 네 개가 두 개의 그룹으로 분리되어 출제되며, 모두 인문, 사회과학적 사고에 대해 묻고 있으며, 때로 두 번째 그룹에서 도표에 대한 사고력을 측정한다. 제시문의 비교 및 평가, 관점의 적용 등을 요구하는 과정에서 제시문 난도가 높지 않지만, 유추적 사고방식 등을 요구, 사고 확장이 때로 필요하다. 나아가 두 번째 그룹에 도표 문항이 포함되면 제법 까다롭다. 단순한 도표 해석이 아니라, 제시문을 토대로 도표의 의미를 추론하라는 요구가 적지 않다. 인간의 심리 현상을 묻는 도표 문항이 종종 포함된다.

연세 대학교

600자 안팎의 세 개 문항과 수리 문제가 포함된다. 영어 지문과 수리 문항에 고난도 언어지문까지 가세한다. 제시문의 독해 자체가 어려워 비교 및 평가의 기준을 잡기가 좀처럼 쉽지 않다. 제시문의 적용과정에서도 다면 해석, 즉 상반된 관점을 하나의 현상에 적용하는 능력을 측정하는 경우가 많다. 나아가 도표를 활용한 제시문의 평가 과정에서 이분법적인 구분이 아니라 부분적인 타당성 등을 면밀하게 찾아내는 정밀한 서술을 요구한다. 논제를 잡아내는 것조차 쉽지 않아, 별도의 집중적인 학습이 필요하다. 최저 기준이 없는 대신, 논술 난도가 대학 중 가장 높다.

연세대학교 원주 캠퍼스

1,000자 문항 두 개가 출제된다. 제시문의 관점을 비교하거나, 이를 토대로 다른 제시문을 비판, 활용해서 논의를 전개하는 문항이 주류를 이룬다. 이 과정에서 제시문을 토대로 사례를 제시하거나 현실적인 실행방법을 요구할 경우, 수험생은 적합하고, 시의적절하며, 구체적인 현상을 제시해야 한다. 문학을 비롯해 비문학,

도표 등으로 문항이 종합 구성된다.

이화여자 대학교

세 개 문항이 출제되며, 기본적으로 분량 제한이 없다. 밑줄 친 원고지가 답안지로 제공된다. 각각의 문항을 800~1,000자 정도로 구성하면 적절하며, 일부 문항의 경우, 두 개의 질문으로 나뉘어 있다. 이때에는 각각 500자 정도의 분량으로 가능할 수 있다. 이화여대의 경우, 별도의 지시사항이 없어도, 각 제시문의 핵심 내용을 먼저 간추려서 제시한 뒤, 이를 토대로 비교, 대비, 분석, 평가 서술을 전개해야 한다. 비교 서술의 경우, 대부분 공통점을 제시하고 차이점의 기준에 따른 대비 서술이 필요하다. 인문 계열의 경우, 영어지문이 포함되며 독해 난도는 높은 편이다. 사회 계열의 경우, 영어지문은 없고, 문항 (3)번에서 수리 문제가 출제된다. 수리의 난도는 그다지 높지 않아, 비례식이나 도표 개념 정도를 연습하면 접근할 수 있다. 그러나 (1), (2)번 문항의 난도 등을 모두 고려하면, 종합적으로 고난도 시험이다.

인하 대학교

1,000자와 600자 문제가 출제되며 도표와 언어 지문이 유기적으로 결합되어 출제된다. 1,000자 문항의 경우, 상반된 두 입장에 대한 수험생의 주장을 요구한다. 이때 수험생은 주어진 제시문을 일종의 자료처럼 활용해서 한편의 논설문을 쓴다는 느낌으로 답안을 서술한다. 그리고 주장의 전개 과정에서 스스로의 한계를 지적한 뒤, 이에 대한 반론을 통해 창의적인 논의 확장을 요구한다. 도표의 경우, 난도는 매우 높으며, 언어 지문과 연관된 응용 사고력을 평가한다. 도표에 대한 반복 연습이 필수적이다.

핵심 키워드가 중요한 대학이다. 400자, 500자, 600자 세 개 문항을 출제한다. 문항 (1)번에서는 제시문 분류를 요구하는데, 이때 키워드를 잡아내는 것이 핵심이다. (2)번 문항에서는 (1)번의 키워드를 토대로, 다른 제시문이나 '보기' 지문을 평가하거나 비교하는 서술을 요구한다. 비교의 경우, 공통점과 차이점 서술이 필요하며, 역시 핵심 키워드를 활용해야 한다. (3)번 문항의 경우, 키워드를 토대로 한 추론 및 적용 분석 서술이 주를 이룬다. 다만 인문계에서는 영어지문이, 사회계에서는 도표가 출제되며, 문제의 본질은 유사하다. 문제와 답안 구성이 정밀하게 짜인 느낌을 준다.

1,200자 한 개 문항을 출제하며, 수능 최저 기준이 없어 논술 '과거 시험'으로 볼 수 있다. 답안은 크게 세 단락으로 구성된다. 먼저 제시문의 논지를 명확하게 이해하는 독해의 단계이다. 대부분 대립적이거나, 상호 보완적인 관계를 이룬다. 이어 이러한 논지를 비교하거나, 대조하는 단계를 거쳐 사고를 확장해야 한다. 마지막 단락에서 하나의 입장을 옹호하는 견해를 서술하거나, 예시를 들어 주장을 강화하고, 혹은 대안을 서술하도록 요구한다. 이 모든 서술은 첫 번째 논지의 개념화를 토대로 전개되며, 사고의 확장 과정에서 유추능력을 때로 요구한다. 첫 단추가 중요하며, 모두 완성되면 한 편의 완결된 글이 형성된다.

문항 (1)번에서는 제시문의 비교나 관점의 적용 해석, 또는 도표를 통한 추론적 사고를 요구한다. 짧은 시간에 문항 (1)번을 해결하고, 수리 문제가 출제되는 문항 (2)번에 승부를 걸어야 한다. 수리 문제 중에서는 가장 높은 난도를 보인다. 함

수, 확률, 통계 등이 고루 출제되며 수능 수리 기준 1등급 학생에게 지원을 추천한다.

홍익 대학교 800자 문항 두 개를 출제하며, 주로 중심 지문에서 개념어를 추출해서, 이를 토대로 나머지 제시문을 분석하라고 요구한다. 중심지문에서 파악한 a,b의 개념어를 모두 적용하거나 혹은 선택적으로 활용하면서 순기능과 역기능 등을 서술한다. 이와 함께 3~4개 제시문을 비교하도록 요구할 경우, 이들 제시문이 공통 주제 내에서 어떻게 다른 입장을 보이는지 개념적인 어휘로 명확하게 정리해야 한다. 제시문은 평이하지만, 이를 통해 다른 제시문을 분석, 적용하는 사고의 유연성이 핵심이다.

논술
인문학

지은이 | 조진태

펴낸이 | 최병식

펴낸날 | 2021년 6월 14일

펴낸곳 | 주류성출판사

주소 | 서울특별시 서초구 강남대로 435 주류성빌딩 15층

전화 | 02-3481-1024(대표전화)   팩스 | 02-3482-0656

홈페이지 | www.juluesung.co.kr

값 20,000원

잘못된 책은 교환해 드립니다.

ISBN 978-89-6246-440-5 03800